Faye Hell

Der letzte Traum

Faye Hell

DER LETZTE TRAUM

Roman

ohneohren
VERLAG

Die Deutsche Bibliothek und die Österreichische Nationalbibliothek verzeichnen diese Publikation in der jeweiligen Nationalbibliografie. Bibliografische Daten:
http://dnb.ddp.de
http://www.onb.ac.at

www.ohneohren.com
ISBN: 978-3-903296-42-8

1. Printauflage
Autorin: Faye Hell
Covergestaltung: Verlag ohneohren
Coverfoto: Anatoly777 | pixabay.de
Kleines Fahrrad: freepik
Lektorat, Korrektorat: Verlag ohneohren

INHALTSVERZEICHNIS

ANMERKUNG DES VERLAGS

Faye Hell hat einen sehr heftigen Roman geschrieben, der viele Themen berührt, die unangenehm sind. Sehr sorgfältig haben wir uns darum bemüht, diese so vollständig wie möglich aufzuführen. Trotz aller Sorgfalt kann uns etwas entgangen sein, gerade weil dieses Buch sehr viele Themen anspricht.

Die Liste findet ihr ganz am Ende des Buches.

Der Schlaf der Vernunft gebiert Ungeheuer.
Francisco de Goya (1746–1828)

EINS

1670 Meilen bis Carlsbad, New Mexico.

Dreiundzwanzig Stunden Fahrtzeit.

Ich sitze hinter dem Steuer des Pick-up-Trucks. Ein altes, unverwüstliches Blechungetüm. Genau der Begleiter, den sich eine mutige Einzelkämpferin in einem Endzeit-Roadmovie auf ihrem Weg durch die fiktive Apokalypse wünschen würde. Dawn of the Pick-up-Truck. Ein verbissenes Arbeitstier, das zwar keine Seele, dafür aber eine Geschichte hat.

Deine Geschichte.

Ein verdammter Ford. Natürlich ein verdammter Ford, mitten im verdammten Detroit. Er ist der Inbegriff dieser Stadt, die bereits im Sterben lag, als die Menschen noch gefahrlos träumen konnten und dabei nur ihren Glauben an die Gerechtigkeit, die Menschheit und sich selbst riskierten.

Der Truck ist *ihr* Herzenskind. Mir ist Detroit nie eine Mutter gewesen. Keine gute, keine schlechte. Gar keine.

Ich starre das Lenkrad an. Kralle meine Nägel in das weiche Leder, als würde ich meine Klauen in das Fleisch eines Zinnmanns schlagen. Der Pick-up erduldet meine Umklammerung. Ich schließe meine Augen, lehne mich nach vorne und drücke meine Stirn gegen die glatte, tote Tierhaut. Rieche daran. Ich frage mich, ob nach all der Zeit noch dein Geruch daran haftet, doch mir steigt nur der ranzige Gestank einer endgültig bedeutungslos gewordenen Vergangenheit in die Nase. Instinktiv halte ich den Atem an, öffne meine Augen, richte mich wieder auf und presse meinen ausgemergelten Körper in den durchgesessenen Autositz. Ich betrachte den Schlüssel, der im Zündschloss steckt. Es grenzt an ein Wunder, dass ich ihn überhaupt gefunden habe. Und das an einem Punkt, an dem die Zeit der Wunder offiziell vorbei ist. Sie haben es gestern in den Nachrichten gebracht.

Der Schlüssel verspottet mich.

Er ist im Recht.

Und es funktioniert.

Ich verspüre Scham. Und Furcht. Weil das hier keine Fiktion ist und ich weder mutig bin, noch eine Kämpferin. Ich bin eine Frau, die in einem alten Truck sitzt. Mehr nicht. Das Garagentor ist weit geöffnet, aber ich wage es nicht, den Motor zu starten. Der Truck hat zu lang vom Weltgeschehen und mir unbewegt in der Garage gestanden und ich weiß nicht, ob er überhaupt anspringen wird. Aber das ist es nicht, was mich zögern lässt. Das ist es nicht, was mich für den gerechtfertigten Spott des Schlüssels empfänglich macht.

1670 Meilen.

In deinem Truck.

„Wie kannst du in einer Stadt wie Detroit nur ohne Auto überleben?“, haben mich unsere gemeinsamen Freunde immer gefragt. Wie sich nun zeigt, ist es nicht meine unangemessene, autolose Existenz, die mein Leben aufs Spiel setzt.

Der Traum ist die Bedrohung.

Es ist auf eine absolut humorlose Weise makaber. Ich hatte immer schon den Eindruck, dass Träume unberechenbar sind.

Gefährlich.

Ich hatte keine Ahnung *wie* gefährlich.

Ich sehne mich an jenen Punkt der Geschichte zurück, an dem die einzige Gefahr, die von unseren Träumen ausging, jene war, dass sich diese nicht erfüllten. Wir hatten Angst einsam und entzaubert aufzuwachen. Enttäuscht zu werden. Wir hatten Angst, das Träumen am Ende aufzugeben und bloß noch zu funktionieren. Heute funktioniert gar nichts mehr.

Eigentlich kümmert es mich nicht, dass es dein Truck ist.

Es sind die dreiundzwanzig Stunden.

Das ist zu wenig.

Das kann und darf nicht alles sein, was mir vom Leben bleibt.

Ich will schlafen und ich will tatsächlich endlich wieder träumen, aber ich bin nicht bereit dazu, es in dreiundzwanzig verdammten Stunden zu tun. Vielleicht ist die Welt ganz allgemein fertiggefahren und demnach auch fertig mit mir, aber ich habe noch nicht abgeschlossen. Nicht mit mir und nicht mit der Welt.

Nicht mit dir.

Mein impulsives Sehnen, das mich davon abhält, den Motor zu starten, ist keinesfalls romantischer oder optimistischer Natur.

Es ist vollkommen illusionsbereinigt.

Ich brauche keine Hoffnung. Scheiß auf Hoffnung! Sie ist die scheinheilige kleine Schwester des Traums. Das macht die Hoffnung ebenfalls gefährlich. Alles, was ich brauche, ist mehr Zeit. Dann werde ich die Fledermäuse beim Verlassen ihrer Höhle beobachten. Sobald die letzte Fledermaus in die Dunkelheit verschwindet, werde ich die Augen schließen und ebenfalls hinübergleiten.

Auf den Schwingen meines letzten Traumes.

„Aber ich brauche mehr Zeit. Das ist alles."

Mein nervöser Blick wandert ziellos durch die Garage und bleibt an meinem rot lackierten Worksman-Industrial-Bike hängen, das in der rechten Ecke neben dem Tor lehnt.

An manchen Stellen blättert der von mir unsachgemäß aufgetragene Lack ab. Das Fahrrad sieht schäbig aus. Als hätte es eine Krankheit. Ein krankes Rad in einer kranken Welt.

„Genug Zeit“, flüstere ich.

ZWEI

Der kühle Fahrtwind weht mir ins Gesicht.

Die Stadt riecht nach Rauch.

Ich trete fester in die Pedale, stelle mir vor, ich könnte abheben wie der verschrumpelte Außerirdische in diesem Kinderfilm. Bloß würde ich nicht nach Hause reisen, sondern meinem Zuhause und allem, was damit verbunden ist, den Rücken kehren. Da fällt mir ein, dass ich nichts mehr von Wert habe, das ich zurücklassen könnte. Ich muss mich weder von Last noch von Glück befreien.

Ich bin bereits frei.

Das erste Mal in meinem Leben bin ich tatsächlich frei. Doch jetzt, wo es soweit ist, sind das Leben und die Freiheit gleichermaßen bedeutungslos. Da gibt es nichts mehr in diesem Haus, das beinah zwanzig Jahre lang die Schuhschachtel gewesen ist, in der ich mein kleines lächerliches Leben aufbewahrt habe. Es ist nichts mehr davon übrig. Bloß ein alter Truck in einem baufälligen Haus.

Ich höre auf zu treten, denke darüber nach anzuhalten.

Bleib stehen, erklingt deine fordernde Stimme in meinem Kopf, fast so, als wärst von nun an du derjenige, der meine Gedanken formuliert. Fast so, als hätte ich die Kontrolle über meine Gedanken verloren und nicht dich. Aber der Weg führt leicht bergab. Das Rad rollt von ganz allein und ich habe nicht die Kraft, die Bremse zu betätigen. Meine Hände zittern. Es ist eigenartig, anhalten zu wollen, aber es im selben Atemzug nicht genug zu wollen, um auch tatsächlich zu bremsen. Würde das Rad von selbst langsamer und langsamer werden und schließlich anhalten, würde ich nicht wieder in die Pedale treten. Aber bremsen. Bremsen würde ich nicht.

Ich füge mich in die Situation.

Das ist es, was ich gelernt habe.

Zu mehr reicht es nicht.

„Aber ich bin losgefahren! Ich füge mich nicht mehr, ich kämpfe. Siehst du? Ich kämpfe!“, brülle ich und meine Gedanken verstummen. Du verstummst. Ich weiß selbst, dass mein angeblicher Kampf eine Lüge ist, aber die Lüge reicht aus, um mich wieder schneller fahren zu lassen.

Seit Monaten ist es die Lüge, die alles am Laufen hält. Uns alle weitermachen lässt.

Und täglich werden *wir alle* weniger und weniger.

Und die Lüge dreht und dreht die Welt.

Aber wer weiß schon, was mit der Lüge geschehen wird, jetzt wo das Wunder für tot erklärt worden ist.

Der eiskalte Wind pfeift mir um die Ohren. Später muss ich anhalten und mir eines meiner Tücher um den Kopf wickeln. Ich werde drei Wochen unterwegs sein. Ich darf nicht krank werden. Kranke Menschen schlafen viel zu tief. Sie erwachen nicht, wenn der Fiebertraum sie holt. Ich muss meine Ohren schützen, ich kann kein Fieber riskieren.

Ich habe mein schulterlanges Haar abrasiert. Die Stoppeln sind drei Millimeter lang. Ich bin pflegeleicht geworden, als die ersten Menschen in unserer Straße nicht wieder aus ihren Betten aufgestanden sind. Junge Menschen. Gesunde Menschen. Träumer, wie du und ich es einst gewesen sind.

Ich mag es, dass mein Haar ist, wie ich jetzt bin.

Pflegeleicht.

Warum ist das nicht immer so gewesen?

Pflegeleicht.

Das damals vermeintlich beklemmende Leben weiß man erst zu schätzen, wenn der nahende Winter die verstohlen geweinten Tränen in Eiskristalle verwandelt. Ich verziehe den Mund. Ich hasse es, wenn sentimentale Bilder meine Gedanken einholen, obwohl ich doch gar nicht gebremst habe.

Die Häuser ziehen an mir vorüber, während ich die verlassene Straße entlangfahre. Die meisten sind bloß noch ausgebrannte Ruinen. Wie die Jahresringe an einem Baum das Alter markieren, geben die Ruinen Auskunft über den Verfall der Stadt. Da gibt es die Häuser, die vor zehn Jahren schon in Flammen aufgegangen sind und dann gibt es jene, die letzte Nacht erst gebrannt haben.

Ich fahre durch ein Schlagloch und mein Rad gerät ins Wanken. Die schweren Satteltaschen auf dem Gepäckträger verstärken die zerstörerische Kraft, die mich erst aus dem Gleichgewicht und danach zu Fall bringen will.

Als ich das Rad auf einem Flohmarkt gekauft habe, hat es keinen Gepäckträger gehabt. Den hast du gebaut, weil ich ihn gebraucht habe. Ich habe dich nicht darum gebeten, du hast es einfach gemacht. Du hast gewusst, dass mir die Dinge, die ich tatsächlich brauche, weit mehr Freude bereiten, als jene Dinge, nach denen ich mich theoretisch sehne. Das Rad selbst ist grob und solide. Der Rahmen wird von zwei Oberrohren gestützt. Das Rad erweckt den Anschein, als könne es den Weltuntergang überdauern. Der grobschlächtige Gepäckträger aus rostfreiem Stahl wirkt, als würde er noch unverwüstlich aus der verbrannten Erde emporragen, während der rote Rahmen zu schwarzem Staub zerfällt.

Um die Hässlichkeit des Praktischen erträglich zu machen, hast du die Satteltaschen gekauft. Sie haben das von mir Gebrauchte durchaus schöner, aber vor allem haben sie es praktischer gemacht. Das dicke Leder ist speckig und zu den Rändern hin wird aus dem leicht rötlichen Braun fast schon ein Schwarz. Die Deckklappen werden mit jeweils zwei Schnallen verschlossen. Eine der beiden Schnallen der rechten Tasche ist verloren gegangen. Wenn ich fahre, flattert die Deckklappe im Wind.

Ein Lederfähnlein im Wind.

Ich habe diese Satteltaschen immer gemocht.

Wie man in Detroit ohne Auto überleben kann?

Ganz einfach, mit Satteltaschen auf dem Gepäckträger.

Früher sind die Taschen häufig bis obenhin mit Nahrungsmitteln gefüllt gewesen. Heute sind die beiden braunen Ledertaschen bis auf einige Wasserflaschen beinah leer. Meine wenigen Habseligkeiten habe ich in meinen Rucksack gepackt. Es muss irgendeine verquere Logik dahinterstecken, die mich dazu zwingt, meine Zahnbürste möglichst nah an meinem Körper zu tragen.

Ich habe einen Kamm mitgenommen, fällt es mir ein und ich beginne lauthals zu lachen. Öffne meinen Mund weit für den eiskalten Wind. Spüre, wie meine Lungenflügel gefrieren.

Mein Herz.

„Ich habe einen Kamm mitgenommen!“, brülle ich gegen den Wind an. Meine Stimme klingt wie der Schrei einer hysterischen Nebelkrähe. Ich schäme mich nicht, ich bin zu ausgelaugt für Scham, aber ich bin dennoch froh, dass mich niemand hören kann. Die Leute sind entweder tot oder sie haben ihre Häuser und Ruinen verlassen. Sie glauben, wenn sie auf Reisen gehen, bleibt ihr Geist wach. Bleiben sie wach. Der einst so verpönte ruhelose Geist ist zur Überlebensstrategie geworden. Nur wenige Menschen sind geblieben und die wollen die Stadt brennen sehen.

Und die Welt.

„1670 Meilen“, flüstere ich, als würde ich ein verdammtes Geheimnis bewahren. Mein Wahnsinn gehört allen. Auch denen, die ihn nicht mehr hören können. Mein Ziel gehört nur mir.

1670 Meilen.

In vierzig Meilen werde ich endlich das Stadtgebiet verlassen.

Und irgendwo viel weiter da draußen wartet die Wüste.

Sie ruft mich nicht, aber sie wartet.

Ich hasse und bewundere es, dass die Wüste so geduldig ist.

DREI

Sobald Detroit hinter mir liegt, nimmt der Verkehr wieder stetig zu. Scheint die Motor City ausgestorben, menschen- und motorenleer, so tummeln sich ihre röhrenden Kreaturen auf den Freeways und Highways außerhalb der Stadt. Wie Ratten, die das sinkende Schiff verlassen. Wie ein Vermächtnis, das schwer im Magen liegt und deshalb heraufgewürgt wird. Wie die Haarballen einer Katze auf dem Fußboden vor dem Bett.

Detroits ausgekotzte Kinder.

Die neuen Nomaden sind auf der Flucht vor ihren Träumen.

Ihren letzten Träumen.

Gut zwanzig Meilen nach Ann Arbor biege ich in einen etwas breiteren Feldweg ein. Dieser erweist sich wenig überraschend als verlassen, aber beschwerlich. Hat in der Stadt der Vorbote des Winterwinds mein Gesicht und meine Glieder schmerzhaft gekühlt, klebt nach wenigen Minuten auf der unasphaltierten Fahrbahn Schmutz auf dem Schweißfilm, mit dem die Hitze der Überanstrengung meinem müden Körper überzieht. Ich halte an und reiße das Tuch, das ich wie einen Turban trage, von meinem fast kahlen Schädel. Meine Schultern schmerzen und mein Atem rasselt, als hätte ich nicht nur Schmutz im Gesicht, sondern auch Schotter in der Lunge.

Ich drehe mich um und mustere den Weg, den ich gerade gekommen bin. Dann richte ich den Blick wieder geradeaus. Ich habe die sinkende Sonne im Nacken. Erst jetzt wird mir bewusst, dass ich nur daran gedacht habe, dass ich mehr Zeit brauche. Mehr Zeit auf meinem Fahrrad. Aber ich habe mich niemals gefragt, was ich zu tun gedenke, sobald ich absteige. Ich kann nicht durchfahren.

Ich muss mich ausruhen, ohne zur Ruhe zu kommen.

„Scheiße", fluche ich und ein Schwarm Sperlinge erhebt sich aus dem Gestrüpp zu meiner Linken. Sie schreien, als wären sie empört darüber, dass ich ihre gemächliche Vorabendstimmung störe.

„Ich habe Scheiße gesagt!", brülle ich ihnen hinterher und schäme mich. Die Stunden zuvor noch für unmöglich gehaltene Scham ist unendlich kostbar. Ich will sie dennoch nicht. Es ist entwürdigend. Nicht, weil mich die Vögel zum Brüllen bringen, sondern weil ich die Vögel beneide. Ich weiß, sie haben es sich in dieser Hecke gemütlich gemacht, weil sie demnächst schlafen wollen. Ich vermeide seit genau achtundsechzig Tagen jede Form von Gemütlichkeit. Dankenswerterweise raubt mir meine Depression ohnehin meist den Schlaf. Aber wer schläft schon fest, wenn die Welt untergeht?

Und das nicht mit einem gnädigen Knall, sondern einem abscheulich leisen Wimmern.

Einem verdammt langatmigen Wimmern.

Wer schläft?

Ich kenne die Antwort.

Die Sperlinge schlafen.

Aber sie schlafen wenigstens nicht in diesem elenden Gestrüpp. Ich gönne ihnen ihr Gestrüpp nicht. Es gibt keinen Grashalm mehr auf dieser Welt, der noch für mich bestimmt wäre, warum sollten Sperlinge dann einen ganzen Strauch ihr Heim nennen dürfen? Das Wort Heim aus ihren weit aufgerissenen Schnäbeln schreien dürfen? Es kümmert mich nicht, dass sie ein paar Meter weiter einen anderen Busch, dessen rotes Herbstlaub ein visuelles Feuer entfacht, bevölkern. Mir genügt der Moment der Vertreibung, der meine armselige Seele bereichert. Ich selbst will noch gar keinen Platz zum Verweilen finden, also wird mich mein Weg ein paar Meilen weiter Richtung Carlsbad führen. Aber ich muss der Wahrheit ins schmutzige Gesicht starren. Mein Worksman-Industrial-Bike ist ebenso wenig wie ich für diesen Feldweg geschaffen. Schweren Herzens wende ich. Es geht zurück auf die Straße, wo das Rad im Minutentakt von Zinnmännern und Zinnfrauen überholt wird.

Das Rad.

Ich habe es immer vermieden, ihm einen Namen zu geben.

Nur sentimentale Idioten beseelen Lebloses. Laden Gegenstände mit Persönlichkeiten auf, kreieren Menschendinge, weil die Menschheit ihnen zu artifiziell erscheint. Und grausam.

Ich beschließe, dass nun die Zeit dafür gekommen ist, dem Rad einen Namen zu geben.

„*Esel*, komm schon, König der Straße."

Ich schiebe Esel den Schotterweg entlang, weil ich mich nicht dazu durchringen kann, wieder aufzusteigen. Schritt für Schritt, so werde ich diesen Tag ausklingen lassen und abwarten, was die Nacht bringt. Fürs Erste ist das Plan genug. Es tut gut, sich an etwas Lebloses, das einen Namen hat, zu klammern. Weil meine Füße schwer sind und ich froh bin, dass ich mich festhalten kann. Weil mir das Leblose nicht mein Herz brechen wird. Wetten würde ich darauf allerdings keine abschließen. Mein Herz wird von Rissen zusammengehalten.

Wer auf mein Herz setzt, hat schon verloren.

„Sieht aus, als könntest du ein Taxi gebrauchen, Cutie."

Ein Wagen fährt im Schritttempo neben mir her. Ein bemerkenswert hässlicher Kombi mit einer einschüchternd schönen Frau darin.

„Ich komm klar", knurre ich und schiebe Esel das schwarze Asphaltband entlang.

„Das sieht nicht so aus. Komm schon", erwidert die Prinzessin, die den Fehler gemacht hat, ihr Märchenbuch zu verlassen. Offensichtlich hat sie das Memo nicht erhalten. Sie weiß nichts vom Weltuntergang. Weshalb sollte sie sonst freundlich sein?

Das Gute am Ende ist, dass Moral und Konvention ebenfalls draufgehen. Und das noch schneller, als wir es tun. Niemals zuvor ist es leichter gewesen, die Wahrheit zu sagen. Oder dem Nachbarn zwischen die Augen zu schießen. Das ist sogar für Detroit eine Steigerung. Eine Steigerung des Zerfalls.

„Hallo? Hörst du mich? Ich will dich mitnehmen!"

Ich könnte mich auf das Rad setzen und einfach weiterfahren. Das wäre sicher die beste Antwort auf ihre beharrliche Hilfsbereitschaft, aber ich schaffe es nicht. Allein der Gedanke daran lässt die Kieselsteine in meiner Lunge knirschen. Ich bleibe stehen und der Kombi hält neben mir an.

„Schon besser", freut sich Barbiegirl. „Ich brauche wirklich Gesellschaft. Und mal ganz ehrlich, du siehst grauenvoll, aber harmlos aus. Ich will ja nicht Ted Bundy auf dem Beifahrersitz haben."

„Du bist in Sicherheit. Ted Bundy hat nur Brünette gekillt."

Sie lacht und wirft ihr strohblondes Haar über ihre rechte Schulter.

„Das ist ja cool", stellt sie fest.

„Cool?", frage ich irritiert.

„Es ist cool, dass du so etwas weißt. Ich bin kein Psycho. Versprochen."

„Das ist genau das, was ein Psycho sagen würde."

„Und selbst wenn ich einer wäre, würde das noch eine Rolle spielen?"

Ich denke kurz über ihre Worte nach. Sie hat recht. Es spielt keine Rolle mehr. Die schleichende Apokalypse stellt alles andere in den Schatten. Ich schüttle den Kopf.

„Keine Rolle. Gar keine."

„Ausgezeichnet! Ich bin übrigens Mariem", stellt sie sich fröhlich vor.

„Das ist Esel", sage ich und deute auf mein Fahrrad.

„Super, freut mich. Klapp die Rückbank um, pack Esel in den Kofferraum und wir reiten gemeinsam in den Sonnenuntergang."

„Also doch ein Psycho", stelle ich fest.

„Bedeutungslos, Cutie. Alles ist bedeutungslos."

Im Auto machen wir das, was zwei Fremde im Auto nun mal machen, wenn nicht einer für die Gesellschaft des anderen bezahlt hat.

(Cash, Drogen, Alkohol, geheuchelte Bewunderung. Nicht nur Huren sind käuflich.)

Eine Viertelstunde lang mimen wir mit mäßigem Erfolg die freudentrunkenen Hauptdarstellerinnen einer beliebigen

Broadway-Komödie und überschütten einander mit leeren Belanglosigkeiten. Eigentlich überschüttet sie mich. Ich trinke, seltsamerweise ohne zu ertrinken, und lächle höflich. Finde sogar vier mäßig anerkennende Worte. Für eine Todgeweihte bin ich in Smalltalk-Höchstform.

Schönes Rad.

Schicker Wagen.

Unwahrscheinlich heißer Tag heute.

Die Vögel fliegen tiefer als sonst.

Bei Wallstore kann man jetzt auch Einbauküchen kaufen.

Inklusive Einbaugeräte?

Dann versinken wir in stoischem Schweigen. Der spiegelglatte See des Bewusstseins ist ein stiller, doch die Wasser des Unterbewusstseins sind tief. Und verschlammt. Und zu unserem Selbstschutz größtenteils unergründlich. Selbst der verbale Wasserfall, der eben noch zwischen Mariems vollen Lippen herausgesprudelt ist, verkommt zu einem halbherzigen Tröpfeln unartikulierter Laute.

Ein Seufzen?

Ein Lachen?

Der leise Ton, den unsere sterbende Welt ausstößt?

Ich weiß es nicht. Auf der Suche nach der richtigen Antwort fallen mir die Augen zu.

„Du kannst gern schlafen, wenn du willst."

Mariems Worte lassen mich hochschrecken. Ich reiße die Augen auf und schreie: „Ich habe nicht geschlafen!"

Sie muss nichts erwidern, denn diese Worte kenne ich. Ich habe sehr wohl geschlafen und ich habe es verabsäumt, davor meinen Wecker zu stellen.

Mein Nachbar hat ihn für mich gebastelt. Er hängt an einem blauen Strick. Ich trage den Wecker an seiner improvisierten Kette unter meinem T-Shirt, direkt auf meiner blanken Haut. Um mich zu wecken, gibt er nicht nur ein manisches Schrillen von sich, sondern versetzt mir auch einen leichten Stromschlag. Ich kann nicht sagen, wie es funktioniert, aber es funktioniert. Es funktioniert so gut, dass mein Nachbar gar nicht mehr hat einschlafen können. Er hat sich erhängt. In seiner Garage. Mit einem blauen Strick. Er ist der letzte Wachgebliebene seiner Familie gewesen. Er wird dort hängen bleiben, bis einer sein Haus abfackelt oder er von selber abfällt.

In einer eindeutigen Welt gibt es keine unbeabsichtigten Zweideutigkeiten mehr.

Und ja, ich habe ihn persönlich dort hängen sehen. Und nein, man schläft nicht einfach ein. Jedes Quäntchen Schlaf wird genau geplant. Das ist kein Spiel.

Die traumlose Welt schläft minutiös oder sie stirbt.

„Ich habe nicht geschlafen", wiederhole ich, doch dieses Mal verkommt der aggressive Aufschrei zur defensiven Frage.

Ich bin außer Atem. Keuche, als wäre ich dem Tod von der Schippe gesprungen und hätte einen Dreihundertmetersprint hingelegt, damit den Tod und mich wenigstens dreihundert Meter voneinander trennen.

Sie hätte mich weiterschlafen lassen können.

Sie hätte mich träumen lassen können!

„Du kannst gern schlafen, wenn du willst", wiederholt nun sie. Wir sind in einer Endlosschleife gefangen, aber wenigstens sind wir nicht verloren. Doch bevor ich abermals bekräftigen kann, dass ich nicht geschlafen habe, durchbricht sie das Muster.

„Wirklich, schlaf ruhig."

Ihre Stimme klingt mit einem Mal derart traurig, dass sich mein einsames Herz unter dem Stromschläge verpassenden Wecker zusammenzieht.

„Du musst nicht traurig sein", sage ich, noch bevor ich darüber nachdenken kann, warum ich das sage. Noch bevor mir bewusst wird, dass ich das besser nicht hätte sagen sollen. Dass mir eine derartig lapidare und gleichzeitig elementare Äußerung einer Fremden gegenüber nicht zusteht.

„Ich denke nicht, dass du recht hast, aber danke", antwortet sie und ihr Lächeln ist so bittersüß, als würde Lakritze von ihren spröden Lippen tropfen. „Und jetzt schlaf. Wir haben das doch geklärt. Ich bin keine Serienmörderin. Ich lasse dich nicht träumen. Ich pass auf dich auf. Wie lang schaffst du?"

„Zehn Minuten und dreißig Sekunden haben mich in den letzten beiden Monaten nicht umgebracht", erwidere ich.

„Ich gebe dir zehn Minuten. Dann wecke ich dich und erzähle dir von Honey."

„Honey?", frage ich und meine eigene Stimme klingt bereits, als wäre sie drei Menschenleben weit weg. Oder in den Untiefen des spiegelglatten Sees versunken.

„Honey. Das ist ein Kosename. Ich sag das immer zu ihm. Vielleicht, weil seine Haare so hellgelb wie Honig sind. Auch andere Leute verwenden das."

„Honig ist nicht hellgelb. Er ist süß. Süß wie die, die wir lieben."

„Die, die wir lieben. Das gefällt mir. Süß ist die beste Farbe der Welt. Was ist mit dir? Sagt niemand Honey zu dir? Bist du kein Honigbärchen?"

Die Silben sind tonnenschwer, als ich sie mit meiner Zunge, die einem langsam erstarrenden Brocken Lava gleicht, aus meinem trockenen Mund schiebe. „Kein Honig. Nicht mehr. Schon lang nicht mehr."

„Das tut mir leid. Manchmal vergesse ich das alles. Ich wollte nicht ..."

Sie verstummt mitten im Satz.

Es ist mir lieber, die Frau, die keine Serienmörderin ist, will tatsächlich gar nichts und vor allem nicht von mir.

Es genügt, wenn sie mich in zehn Minuten weckt.

Ohne Stromschlag.

„Zehn Minuten", nuschle ich. Ich glaube noch zu hören, wie sie mich Honigbärchen nennt.

„Machen wir ein Foto für Picturegram? Mit meiner neuen Bestie auf Reisen? Hashtag Roadtrip. Hashtag auf dem Weg zu Honey."

Das Auto parkt am Straßenrand. Sie hat sich zu mir auf den Beifahrersitz herübergelehnt und hält ihr Smartphone hoch. Etwas tief in mir wünscht sich, sie hätte mich weiterschlafen lassen. Scheiß auf die Zehnminutensicherheit. Scheiß auf die Wirklichkeit, in der eine blonde Südstaatenprinzessin mich mit Hashtags weckt. Ich wähle den Albtraum. Aber ich fühle mich derart ausgeruht, dass ich ihr den Social Media-Anfall verzeihe. Und die unangemessene Freundschaftsbekundung.

Und das vermeintliche Honigbärchen.

„Ich hasse Picturegram", knurre ich und sie lässt enttäuscht das Handy sinken.

„Wäre ja nur für ein einziges Foto", jammert sie.

„Ich bin dir was schuldig, Mariem, aber nicht das."

„Honey würde sicher gern ein Foto von uns beiden sehen."

„Honey kann auf mich verzichten, glaub mir, *Käsekuchen*."

Sie kichert. Ihr manisch überdrehtes Kichern legt die Vermutung nahe, dass vielleicht sie es ist, die Ted Bundy im Kofferraum versteckt hat. Dann fällt mir ein, dass es sich Esel dort gemütlich gemacht hat. Ich sollte mir Esel schnappen und abhauen.

„Honey bedeutet mir alles. Er ist meine Welt. Ich fahre extra nach Los Angeles, damit wir uns endlich mal richtig treffen. Ganz in echt."

„Moment. Endlich mal treffen? Willst du mir allen Ernstes weißmachen, dass du ihn nie persönlich getroffen hast? Dass du ihn gar nicht kennst?!"

„Wie kannst du das sagen? Ich kenne ihn von Picturegram. Ich liebe ihn. Ich habe noch nie zuvor jemanden so sehr geliebt."

„Ich weiß nicht, wie du jemanden lieben kannst, den du nie getroffen hast."

„Das weißt du wirklich nicht. Weil du nicht weißt, wen ich davor geliebt habe … und was er mir angetan hat."

Sie klingt unglaublich wütend. Und enttäuscht. Und derart verletzt, dass ich es auf gar keinen Fall ignorieren kann. Sie hat über meinen Schlaf gewacht und sie hat mich dabei nicht hängen lassen. Nach Wochen habe ich das erste Mal die Verantwortung für zehn lange Minuten einem anderen Menschen übertragen. Ich habe Mariem über meinen Schlaf wachen lassen. Über mein Leben. Das ist verdammt viel Verantwortung für zwei Fremde, die einander nicht bezahlt haben und dennoch gemeinsam im Auto sitzen.

Ich schulde ihr tatsächlich etwas.

„Erzähl es mir", sage ich.

„Ich soll dir von Honey erzählen?"

„Nein, erzähl mir von dem, den du davor geliebt hast."

MARIEM

„Du redest wirr, Kind. Wie soll das möglich sein?"

Mariem saß ihrer Mutter im Blauen Salon gegenüber. Ihre Mutter trug das Haar hochgesteckt. Mariem konnte sich nicht daran erinnern, sie jemals mit offenem Haar gesehen zu haben. Auch damals nicht, als Mariem noch ein kleines Mädchen mit großen Träumen gewesen war. Selbst dann nicht, wenn sie den heißen Sommer auf Long Island verbracht hatten und an den Strand gefahren waren.

Die Mutter trug ihr Haar wie ihre Wesenszüge.

Streng.

„Er hat mich vergewaltigt, Mama", wiederholte Mariem und Tränen, die sie nie wieder hatte weinen wollen, traten in ihre Augen.

„Er ist dein Verlobter, Kind. Er kann dich gar nicht vergewaltigen. Und jetzt wisch dir die Schande aus dem Gesicht. Eine zukünftige Montgomery weint nicht", antwortete ihre Mutter und nahm einen Schluck von ihrem Kräuter-Zitronentee.

Mariem wollte nicht in das herrschaftliche, schneeweiße Haus mit seiner einschüchternden Säulenfront zurückkehren. Sie hatte sich in dem Haus, das fünfmal so viele Zimmer hatte wie ihr gequältes Herz Kammern, niemals zu Hause gefühlt. Jetzt war dieses Unding, das sich von der Straße aus gesehen zumindest teilweise hinter üppiger Südstaatenvegetation zu verbergen wusste, endgültig zu einem Gefängnis geworden. Mariems Blut und ihre Exkremente klebten nicht nur an dem weißen Laken, das sie an diesem Morgen moralisch gebrochen und menschlich beschämt in die Waschmaschine gestopft hatte. Das Blut und die Exkremente besudelten das Antlitz des weißen Gefängnisses.

Aber Mariem musste das Haus ein letztes Mal betreten, bevor sie es für immer verlassen konnte, so wie sie Richard verlassen würde.

Es waren nicht ihre kostbaren Schmuckstücke oder die extravaganten Designerkleider, die geholt werden wollten.

Auch nicht die signierten Erstausgaben ihrer Lieblingsromane, an denen sie unter nicht blut- und kotverschmierten Umständen durchaus hing.

Es ging um Barkley.

Sie konnte und sie durfte Barkley nicht zurücklassen.

Richard war kein Mensch mehr. Er war ein Monster, und wenn Mariem weg war, würde er nicht davor zurückschrecken, seine Monstrosität an dem kleinen Dachshund-Rüden mit dem bemerkenswert langen Stammbaum auszuleben.

Sie musste Barkley retten.

Als Mariem das Haus betrat, zitterten ihre Knie.

War sie allein?

War sie sicher?

War *er* … hier?

Ihr panischer Blick raste die feudale Wendeltreppe hoch, als wäre ihr Geist in einem Hitchcockfilm gefangen und die verzerrte Optik jedes Details einzig und allein dazu erschaffen worden, eben diesen schwachen Geist endgültig zu brechen.

Fallen und hochsteigen.

Hinstreben und wegfliehen.

Ihr Magen rebellierte. Sie ging in die Knie, würgte, kotzte bittere Galle auf den grau melierten Marmorfußboden. Die changierenden, grünen Schlieren ihrer Gallenflüssigkeit verschmolzen mit dem gedeckten Grau, gingen eine avantgardistische Symbiose ein, die an das ausufernde Mississippidelta nach einem fatalen Chemieunfall gemahnte.

Der Süden war die Hölle.

„Barkley", hauchte Mariem so leise, dass das beharrliche, stumme Brüllen ihrer Angst ihr gesprochenes Wort mit herablassender Leichtigkeit zu übertönen wusste.

„Barkley!“, rief sie mit allerletzter, ihr noch verbliebener Überzeugungskraft. Nicht laut, aber etwas lauter und auf jeden Fall laut genug. Krallen kratzten über Marmor und nur Sekunden später kam der rotbraune Hund mit der spitzen Schnauze und dem treu ergebenen Blick um die Ecke gehuscht.

„Barkley“, flüsterte Mariem zärtlich und legte schützend ihre Arme um den festen, warmen Tierkörper. „Wie holen unsere Koffer, Baby. Hörst du? Wir holen unsere Koffer und nehmen das Auto, das nur für die Sonntagsausflüge gedacht ist. Hörst du, Barkley, hörst du das? Wie klingt das? Ja, wie klingt das? Das klingt gut. Ja, das klingt gut. Wir holen das Auto und wir fahren nach …“

Mariem verstummte und die zwanghafte Zuversicht, mit der sie, einer obsolet gewordenen Gewohnheit folgend, zu dem geliebten Haustier gesprochen hatte, wich aus ihrem Körper wie Helium aus einem dieser schwebenden Ballontiere, die es am Pier in Chicago zu kaufen gab und die am Morgen nach einer magischen Nacht bereits kraft- und heliumlos in einer Zimmerecke am staubigen Boden lagen. Sie hatte so intensiv darüber nachgedacht zu fliehen, dass es ihr bisher gar nicht in den Sinn gekommen war, wohin sie diese Flucht führen sollte. Jeder Ort war so gut wie der andere, denn einzig und allein Madison, einzig und allein ihre Heimatstadt, war ein schlechter Ort. Der sichere Hafen ihrer Kindheit war an dem Tag zu einer schroffen Landzunge ohne Leuchtturm geworden, als Richard das erste Mal seinen Gürtel aus den Hosenschlaufen gezogen hatte, ohne ihn daraufhin zusammenzurollen und in einer der dafür bestimmten Schubladen im Ankleidezimmer zu verstauen.

Er hatte den Gürtel in seiner Hand behalten. Und er hatte die Gürtelschnalle auf das Wesen niederschmettern lassen, das um Gnade winselnd vor ihm auf dem Boden gekauert hatte.

Die Erinnerung, die Mariem überwältigte wie ein gesichtsloser, aber allwissender Angreifer, ließ sie zusammenzucken und die Hände zur Abwehr hochreißen. Die Narbe an ihrer linken Handfläche war auch nach all den Monaten deutlich zu erkennen, aber es war die Wunde tief in ihrem Schoß, die dafür sorgte, dass sich die Watte in ihrer Unterhose mit Blut vollsog und Mariem eine Entscheidung traf.

Sie dachte an das wertlose, schlaffe Ballontier auf dem Fußboden. Und sie dachte daran, wie eben dieses, lang bevor es seine Schwerelosigkeit am Morgen darauf ausatmen würde, bunt leuchtend durch die finstere Nacht schwebte, nur von einer unsichtbaren Schnur zurückgehalten.

Mariem würde sich ein Ballontier kaufen.

Und dieses Mal würde sie die unsichtbare Schnur loslassen. „Wir holen das Auto und wir fahren nach Chicago, Barkley."

Sie legte ihre Arme wieder um den kleinen Hund, der leise jaulte.

Er zitterte.

Das war in Ordnung.

Damit waren sie schon zwei.

Damit waren sie nicht mehr allein.

Dann ging alles sehr schnell.

Aber was das Wichtigste war: Es ging schnell genug.

Mariem und Barkley flohen und es war verdammt nochmal keine Menschenseele da, um sie aufzuhalten.

Sie verließen das weiße Herrenhaus, bevor die mächtige Standuhr in der Eingangshalle die fünfte Nachmittagsstunde hatte einläuten können, und sie drehten sich kein einziges Mal um. Wozu auch? Die Welt lag vor ihnen auf der Straße, im Rückspiegel keuchte und lechzte bloß die Vergangenheit. Sie hatten einander, einen protzigen Youngtimer und einen halb gepackten Koffer. Das war nahezu absurd wenig, um damit ein neues Leben zu beginnen. Aber es war eindeutig genug, um ein altes Leben zurückzulassen wie ein Mobiltelefon auf dem Küchentisch.

Mariem und Barkley hatten ein Ziel vor Augen.

Chicago.

Und sogar noch etwas mehr als das.

In knapp fünfzehn Stunden, in denen sie nur vier Pausen machten, um kurze Hundebeine zu vertreten und anderen menschlichen wie tierischen Bedürfnissen nachzukommen, legten sie die Strecke von Madison nach Chicago zurück. Am frühen Morgen fuhren sie mit dem 1986er Lincoln Town Car auf dem Parkplatz eines Gebrauchtwagenhändlers am Stadtrand von Chicago vor.

Mariem hatte keine Fahrzeugpapiere.

Sie hatte keinen Lichtbildausweis. Zumindest keinen, den sie gewillt war vorzuweisen.

Aber zwanzig Minuten später hatte sie achttausend Dollar in der Tasche, einen Dackel an der Leine, einen Lederkoffer in der Hand und die Nummer eines Immobilienmaklers in der Manteltasche, der angeblich großes Verständnis für Frauen mit Hund und falschem Namen hatte.

Es dauerte drei Tage, bis für Mariem und Barkley die passende Wohnung in einem fragwürdigen Viertel gefunden worden war. „Passend" bedeutete billig und derart heruntergekommen, dass zwielichtige Gestalten ebenso geduldet wurden wie Haustiere. Und nicht nur sechsbeinige sowie besonders lichtscheue. Aber als Mariem die Einzimmerwohnung mit unverbautem Blick auf die Bahngleise betrat, fühlte sie sich so frei, dass ihr die Freiheit förmlich den Boden unter den Füßen wegzog und sie auf den speckigen Teppich niedersank, während ihr Tränen der Erleichterung über ihr blasses Gesicht rannen.

Das letzte Mal, dass sie die Freiheit derart überwältigt hatte, war feiner Sand zwischen ihren gespreizten Fingern hindurchgeronnen wie flüssiges Gold und eine Sonne, die gelb war wie keine Sonne davor und keine jemals danach, hatte ihr Gesicht geküsst. Sie hatte damals den ersten Blick auf das Meer geworfen und sie war noch keine fünf Jahre alt gewesen. Aber sie hatte diesen Augenblick niemals vergessen.

„Kein Sand", flüsterte Mariem geistesabwesend und fuhr mit der flachen Hand über das raue Gewebe des graublauen Teppichs. „Und kein Richard."

Interessanterweise fand Mariem viel schneller einen unterbezahlten Aushilfsjob als Küchenhilfe in einem Fast-Food-Restaurant, als ihre Familie Mariem fand. Es fiel ihr schwer festzumachen, ob diese Tatsache mehr über die Lage des semilegalen, amerikanischen Arbeitsmarktes oder über die angeblich heilige Unantastbarkeit der klassischen Südstaatenfamilie aussagte.

Doch als Mariem nach ihrer dritten Arbeitswoche und einer weiteren kräftezehrenden Nachtschicht das baufällige Mehrparteienhaus betrat, wartete ausgerechnet ihr Cousin vor ihrer Wohnungstür.

„Du kannst nicht einfach wegrennen", stellte er fest. Er wirkte wütend, aber unmotiviert. Mariem war der Gegenstand, den er idiotischerweise irgendwo hatte liegen lassen und den er nun zurückholen musste, obwohl er seiner ohnehin längst überdrüssig war.

„Ich habe bewiesen, dass ich es kann", antwortete Mariem, schob ihn – der von ihrem neu gewonnenen und handgreiflichen Durchsetzungsvermögen sichtlich irritiert war – zur Seite, öffnete die Wohnungstür und schlug ihm eben diese vor der Nase zu.

Und wieder sank Mariem zu Boden, doch es war nicht die Freiheit, die ihr den Atem raubte. Es war die Wirklichkeit, die sie eingeholt hatte, und die sie nun keuchen ließ wie vor siebenundzwanzig Tagen die Vergangenheit im Rückspiegel des Lincoln.

Wenn ihr Cousin vor ihrer Tür warten konnte, durfte Mariem selbst keinen Tag länger bleiben. Sie durfte nicht abwarten, bis es Richard war, den sie vorfand.

Dann würde sie tatsächlich nicht einfach wegrennen können.

Nie wieder.

Nirgendwohin.

Es war an der Zeit, abermals und eiligst dem wildtierischen Fluchtreflex, der wie ein Waldbrand in ihrer Brust tobte, nachzugeben, und das am besten, *bevor* das Auto nahte und die flinken, flüchtenden Bambi-Beinchen sich in schockstarre Materie verwandelten. Die Wohnung wurde wöchentlich gemietet, und wenn Mariem bereit dazu war, auf das Gehalt der letzte beiden Tage zu verzichten, gab es auch keinen Grund mehr, an ihren Arbeitsplatz zurückzukehren.

Es war keine schwierige Entscheidung.

Knapp siebzig Dollar würden noch nicht mal für ein schlichtes, schwarzes Kleid ausreichen, um sich darin beerdigen zu lassen.

Mariem wartete, bis ihr Cousin aufgab. Was auch immer es war, das er aufgab, die Beharrlichkeit oder das Interesse, nach etwas mehr als fünfzig Minuten suchte er sein weitaus wahrscheinlicheres Glück an einem anderen Ort. Mariem packte ihren Koffer halb voll, zog ihren Mantel an, nahm

Barkley an die Leine und trat hinaus in das graue Licht eines verschneiten Chicagoer Novembermorgens.

Es hatte durchaus Vorteile, unmittelbar neben den Bahngleisen zu wohnen.

Schließlich verschlug es Mariem und Barkley aber dorthin, wo es nur Anhalter hinverschlagen konnte. Ein Punkt auf der Landkarte, der so belanglos war, dass man schon einen konkreten Anhaltspunkt brauchte, um ihn überhaupt in Erwägung zu ziehen.

Und Mariem lieferte keinen Anhaltspunkt.

Einen Teil der achttausend Lincoln-Dollar hatte sie in weiser Voraussicht in einen gefälschten Reisepass investiert. Der Vorgang war einfach gewesen. Wenn man in einer schlechten Gegend wohnte, lernte man sehr schnell die richtigen Leute kennen.

Es war demnach Ariel Schreiber, die in dem kleinen, belanglosen Ort eine kleine, belanglose Wohnung fand, die nicht bloß wöchentlich, sondern monatlich gemietet werden konnte. Darüber hinaus erwies sich das Dreizimmerappartement als günstiger und, im richtigen Licht betrachtet, weitaus ansehnlicher als ihre Unterkunft in der Großstadt. Das Gute an einem Provinzkaff war, dass es in seiner Entstehungsgeschichte überhaupt erst gar nicht das räumliche Ausmaß angenommen hatte, um heruntergekommene Gegenden aufzuweisen. In diesem speziellen Fall war es das ganze Kaff, das heruntergekommen war. Dennoch fühlte sich Mariem von den derangierten Gebäuden und Menschen gleichermaßen geduldet. Das hier würde keine Heimat werden, aber es würde hoffentlich unsichtbar für ihre alte Heimat bleiben. In den ersten Nächten verbrachte Mariem viele Stunden vor dem Spiegel im Badezimmer und nannte sich selbst Ariel.

In der vierten Nacht schlief sie wie eine Sünderin, die ein Gottessohn erlöst hatte.

Am Morgen des fünften Tages stellte sich heraus, dass Ariels Vermieterin nicht nur eine kühle, aber geräumige Wohnung, sondern auch einen Job zu vergeben hatte. Ariel fragte nicht nach, warum für die Stelle im Gemischtwarenladen weniger als der Mindestlohn bezahlt wurde und die Vermieterin Schrägstrich Arbeitgeberin verlangte ihrerseits keine Bankverbindung für ein Gehaltskonto und kein Arbeitszeugnis.

„Ich kenne ihren brandneuen Reisepass. Mehr muss ich nicht wissen", waren ihre Worte und Ariel begriff, dass die Vermieterin Schrägstrich Arbeitgeberin eine Flüchtende erkannte, wenn ihr eine vor die Füße lief. Offensichtlich wollte sie ihren Vorteil aus Ariels wie auch immer gearteter Misere ziehen, dennoch wurde ihre ausbeuterische Grundhaltung von einem deutlichen Hauch von Mitgefühl durchzogen.

Eigentlich war es sogar noch weit mehr.

Die Vermieterin Schrägstrich Arbeitgeberin *verstand*.

Ariel bedauerte beinah, dass sie nicht lang genug bleiben würde, um diesem Verständnis auf den Grund zu gehen. Sie war ein Fliegenschiss in einem Haufen Pferdeäpfel und fürs Erste war sie erfolgreich untergetaucht, aber sie würde dennoch in Bewegung bleiben müssen. Aber so, wie das Leben nun mal spielte, würde sie an jedem weiteren Ort eine Frau finden, die verstand.

Einen Menschen.

Wenn Missbrauch zur verbindenden Konstante wurde, auf die man sich verlassen konnte, dann war die Welt endgültig defekt.

Drei Monate später kam der Brief.

Keine Drohung.

Kein Ultimatum.

Einfach nur ein Angebot.

Wenn man denjenigen, der das Angebot gemacht hatte, nicht auf diese Weise kannte, wie ihn Mariem kennengelernt hatte, war es genau das. Nicht mehr, nicht weniger.

Ich will was.

Du gibst es mir.

Ende der Geschichte.

Was Richard wollte, war Barkley. Und derjenige, der ihn keinesfalls tatsächlich kannte, war ein Privatdetektiv aus Chicago, der Mariem ausgeforscht hatte.

Mariem hätte nächtliche Jahrzehnte vor dem Spiegel verbringen können, sie wäre nie wieder zu Ariel geworden.

Ariel.

Die junge Frau, die mit einem Lächeln auf dem schönen Gesicht und einem bezaubernden Südstaatenakzent auf den Lippen die Kundschaft begrüßte und braune Papiertüten packte, als würde sich zwischen Kartoffeln und Magerquark dereinst ihr Lebenstraum erfüllen können.

Ariel.

Das neue Gesicht in der kleinen Stadt. Die nicht mehr ganz so Fremde, die jeden Abend nach der Arbeit ihren rotbraunen Hund spazieren führte und schweigend die mit Seife beschmierten Schaufenster aufgelassener Läden bewunderte wie Kunstwerke in einer namhaften New Yorker Galerie.

Ariel.

Die Frau, die an manchen Tagen den Sand zwischen ihren Fingern spüren konnte.

Ein einziger Brief hatte alles zerstört.

Dem Fliegenschiss war die Hoffnung ausgegangen.

Und dort, wo die Hoffnung verloren ging, wurde Platz frei für ein neues Gefühl. Und dieses neue Gefühl war kalt. Es war egoistisch, und dennoch war es nicht amoralisch. Es war einfach bloß logisch in seiner letzten, bitteren Konsequenz.

War Mariem bereit dazu, Ariel aufzugeben, um ein *Tier* zu retten?

Denn Richard wollte Barkley nicht um sich haben.

Er wollte Barkley tot sehen, damit wenigstens ein Teil von Mariem vor seinen Augen starb. Zwischen seinen Händen. Unter seinem Hammer. An seiner Wut.

Aber Barkley war eben nicht bloß ein Tier. Er war das letzte Echte in Mariems Leben. Er war die Wahrheit, die all die vielen Lügen zusammenhielt und die Ängste in den langen dunklen Winternächten nicht Oberhand gewinnen ließ. Er war ihr Schutzwall.

Aber würde sie mit Barkley an ihrer Seite jemals irgendwo wirklich frei sein?

Die Lage war emotional wie rational gesehen aussichtslos und in ihrer schieren Verzweiflung gab Mariem sich selbst – dem alten und dem neuen Selbst – drei Tage, um eine Entscheidung zu treffen. Doch das Leben kam ihr zuvor.

Die Nachtluft war derart kalt, dass Mariem beinah der Atem stockte, als sie aus dem Hintereingang des Gemischtwarenladens trat.

Es war spät geworden, denn die Vermieterin Schrägstrich Arbeitgeberin hatte darauf bestanden, dass die Waren, die an diesem Nachmittag geliefert worden waren, gleich nach Geschäftsschluss den Weg in die Verkaufsregale fanden. Gemeinsam mit Carl hatte Mariem also wieder einmal Blechdose an Blechdose gereiht, aber sie hatte nicht auf seine albernen Sprüche reagiert, die sie sonst fast immer zu einem Kichern verleiten konnten.

Sie mochte es, dass er sie zum Kichern brachte.

Sie mochte es, wie sich dieses Kichern anfühlte.

Wie nicht nachdenken.

Wie loslassen.

Wie leben.

Carl war durchaus jemand, mit dem Mariem irgendwann einmal im Diner in der Mainstreet ein miserables Glas Wein trinken wollte.

Dann, wenn *die Dinge* geklärt waren. Also niemals.

Also bloß in ihrer Vorstellung.

Aber normalerweise genoss sie diese Vorstellung, wenn die Vermieterin Schrägstrich Arbeitgeberin ihnen nach Dienstschluss noch Arbeit aufbrummte und sie an Carls Seite triviale Dinge tat, die den Kopf und die Gedanken frei genug für all die Vorstellungen ließen, die sie niemals gemeinsam in die Tat umsetzen würden.

Doch dieses Mal hatte sie ihn bloß mit einem finsteren Blick zum Schweigen gebracht und die Frequenz des Dose-an-Dose-Reihens erhöht. Das hektische Klappern der Dosenböden war in ihrem Kopf zu Hufklappern geworden und Mariem hatte sich selbst gesehen, wie sie – einer unbesiegbaren Westernsuperheldin gleich – auf einem zähen, aber stolzen Pferd über den glühend heißen Wüstensand galoppierte und in den gleißenden Sonnenuntergang entfloh.

„Es wird noch jemand verletzt werden, wenn du in diesem Tempo weitermachst", hatte Carl gescherzt.

„Ich weiß", hatte Mariem todernst erwidert.

Das hatte ihn endgültig verstummen lassen und er hatte sich mit keinem Wort verabschiedet, als er nach getaner Arbeit hinaus in die Dunkelheit verschwunden war. Seine Fußspuren im Schnee konnte sie noch erkennen, seine schwarze Gestalt war längst vom weißen Rauschen klirrender Eiskristalle ausgelöscht worden.

Mariem zog die dicke, handgestrickte Wollweste enger um ihren mageren Körper und eilte den schneeverwehten Bürgersteig entlang. Vom Laden bis zu ihrer Wohnung war es keine Meile, doch an diesem Abend war jeder Schritt genau ein Schritt zu viel.

Das Einzige, das kälter war als der Wind, war ihre plötzliche Angst.

Und kälter als ihre Angst war ihr Herz.

Lauf ein bisschen schneller, mein Kind, hopp, hopp, hopp, flüsterte eine eisige Böe und umfing Mariems blanken Nacken mit ihrem unbarmherzigen Griff.

Das zähe Pferd würde den Horizont, an dem die Sonne unterging, niemals erreichen.

Es würde totgefroren im eiskalten Wüstensand verrecken.

Ungefähr zwanzig Minuten und unzählige, fremdbestimmte Gedanken später betrat Mariem den Flur des Mietshauses. Das Licht war wie so oft ausgefallen, aber Mariem fand sich auch in tiefster Dunkelheit zurecht. Diese Fähigkeit hatte sie sich in den vergangenen Jahren angeeignet, denn egal wie düster die letzten Monate auch gewesen waren, sie waren doch ein echter Lichtblick verglichen mit ihrem Leben in dem strahlend weißen Herrenhaus.

Mariem schlüpfte aus der schneebedeckten Strickweste und schüttelte sie, dass die silbern glitzernden Kristalle nur so durch die Luft stoben.

„Wie im Märchen", flüsterte sie. Ihre Worte krochen den schwarzen Gang hinab und eine grauenvolle Sekunde lang befürchtete sie, dass etwas antworten könnte.

Jemand.

Doch die Dunkelheit war so bedrohlich wie ihr Verhalten märchenhaft. Beides war der Magie beraubt. Der guten wie der bösen Magie. Zurückgeblieben war der

Pragmatismus. Mariem hatte die Schneekristalle von der Jacke geschüttelt, weil sie diese nicht in die Wohnung tragen wollte. Nichts ließ einen schlechter schlafen als ein kaltes Zimmer, in dem Feuchtigkeit und Erinnerungen gleichermaßen festsaßen.

Um nicht zu stolpern, fuhr sie mit ihrer flachen Hand über die raue Wand, während sie langsam den Gang entlangging. Fast war ihr, als hätten die Fasern des Verputzes eine Geschichte zu erzählen. Eine Geschichte, die nur von einer einsamen, jungen Frau, die von zu Hause weggelaufen war und in einer Winternacht durch die Finsternis eines Hausflures schlich, gehört und verstanden werden würde. Blindenschrift für eine Fliehende, damit sie endlich ankommen konnte. Die Antwort auf die Frage lesen konnte, die ihren Verstand umtrieb und ihren Geist wachhielt. Dann berührte Mariem lackiertes, glattes Holz und die Geschichte verstummte.

Die Wohnungstür der Vermieterin Schrägstrich Arbeitgeberin.

Und weiter.

Die nun bloß noch raue und geschichtenlose Wand.

Mister Larson.

Die Wand.

Der vermutlich namenlose Typ mit der Halbglatze.

Die Wand.

Und schließlich …

… die Tür, hinter der verborgen lag, was einem Heim wohl am nächsten kam.

Ihre Fingerkuppen suchten das Türschloss, fanden es einen Atemzug später. Mariem wollte sich noch einmal der Dunkelheit zuwenden. Den verlockenden Fetzen der verhallten Geschichte lauschen. Doch ihre Hände rissen die Tür auf.

Ein gezielter Griff zum Lichtschalter erhellte das winzige Vorzimmer.

Mariem zog die Tür hinter sich ins Schloss. Schob den zusätzlich angebrachten Riegel vor. Platzierte die Strickweste auf dem dafür vorgesehenen Haken. Schlüpfte aus ihren festen Stiefeln. Nahm ihre klatschnasse Wollmütze ab.

„Barkley!"

Noch während sie den kleinen, rotbraunen Hund rief, wurde ihr eines bewusst. Diese schäbige Wohnung war tatsächlich zu einem Heim geworden. Und es war größtenteils Barkley, der sie dazu gemacht hatte.

„Barkley", wiederholte sie und verlieh ihrer Stimme eine liebevolle Dringlichkeit. „Ich weiß, es ist spät, aber Mama ist da."

Kein Bellen.

Kein Hundesingen.

Keine Krallen auf billigem Linoleum.

Es war nicht unüblich, dass Barkley sich bitten ließ, wenn ihn Mariem zu lange allein gelassen hatte. Aber sie wusste ganz genau, wie sie es wiedergutmachen konnte. Mariem kannte das Zauberwort.

„Baaaaarkley! Jetzt sei doch nicht beleidigt. Stell dir vor, an der Frischetheke ist Fleischwurst übrig geblieben. Ein ganzes, großes Stück. Und du musst es auch nicht mit mir teilen! *Fresschen*, komm Barkley, es gibt Fresschen!"

Nichts. Und mit einem Mal war es so, als wäre das die Antwort.

Das Fehlen des Bellens.

Das Fehlen des Hundesingens.

Das Fehlen der Krallen auf billigem Linoleum.

Die Stille war es, die unmissverständlich war.

„Bar-", baute sich ein Flehen in Mariems Kehle auf und versagte nach der ersten Silbe. Mit weit ausgebreiteten

Armen, als würde sie über das schwankende Deck eines Fischkutters taumeln, stolperte Mariem durch die Wohnung. Hatte ihr zuvor die Kälte den Atem bloß rauben wollen, erstickte sie nun die Stille.

Die Küche.

Hundeleer.

Das Badezimmer.

Hundeleer.

Das Schlafzimmer.

Hundeleer.

Mariem wankte zurück in das Vorzimmer.

Wenn in Küche, Badezimmer und Schlafzimmer keine Spur von Barkley zu finden war, dann musste er …

Während sich ihre Hand der Klinke der Wohnzimmertür näherte, verging eine Ewigkeit. Keine halbe Ewigkeit. Eine ganze Ewigkeit. Voll mit Erinnerungen an ein Leben, das sie gelebt hatte. Übervoll mit Träumen, die niemals Wirklichkeit geworden waren.

Dann umklammerten Mariems zitternde Finger die Klinke.

Sie öffnete die Tür. Betrat den Raum in ohnmächtiger Erwartung, als würde dieser eine Schritt ihr Schicksal besiegeln. Und dem war auch so. Nach diesem Schritt wäre der Verlauf ihres weiteren Lebens keineswegs derart ungewiss, wie er es hätte sein sollen. Wie er es hätte sein *müssen,* damit überhaupt ein Menschenwesen bereit dazu war, den ganzen Weg und nicht bloß einen schmerzvollen Schritt zu gehen. Dieser Schritt würde den Rest ihres Lebens mit Schmerz und Angst und ewigem Zweifel erfüllen.

Auf dem Boden, direkt vor dem durchgesessenen Sofa, lag er.

Der kleine rotbraune Hund.

Das glatte Fell glänzte im Schein der Wohnzimmerlampe. Doch die lebensfrohen Augen hatten ihren Glanz verloren. Wie verwitterte schwarze Holzperlen starrten sie in das Nichts.

Das Maul stand offen und die rosarote Zunge ragte zwischen den weißen Zähnchen hervor.

Der Brustkorb hob und senkte sich nicht mehr.

Der kleine rotbraune Hund hatte vor Stunden seinen letzten Atemzug getan.

Und so war es genaugenommen nicht das Leben, sondern der Tod gewesen, der Mariem zuvorgekommen war.

„Das ist heftig", sage ich. Weil es heftig ist. Und weil ich nicht weiß, was ich sonst sagen soll.

„Ich habe diesen Hund geliebt. Verstehst du das?", meint Mariem. Ihr Gesicht ist tränenüberströmt.

Ich wünschte, ich hätte sie einfach dieses Foto machen lassen.

Ich wünschte, ich hätte nie begriffen, was meine Aufgabe ist.

In einer Welt, in der unsere Träume unser Tod sind, braucht niemand mehr eine Aufgabe. Dennoch sitze ich hier.

Habe zugehört.

Und höre noch immer zu.

„Ich verstehe dich", sage ich schließlich. Weil ich verstehe und weil es genau das ist, was ich sagen muss. Weil es die Wahrheit ist. Weil ein kleiner rotbrauner Hund manchmal alles ist, was einem im Leben bleibt und weil das Leben weg ist, wenn sich der Brustkorb des kleinen rotbraunen Hundes nicht mehr hebt und senkt.

„Wie … wie ist er …", beginne ich, doch kann nicht weitersprechen.

„Wie er gestorben ist? Der Tierarzt …", ihre Stimme bricht und ich warte. Weil sie sprechen soll und ich es gerade ohnehin nicht kann. Meine unausgesprochene

Frage schnürt mir die Kehle zu. Mariem schluchzt. Ich berühre sie an ihrem Ellbogen. Eine ihrer Tränen tropft auf meinen Handrücken. Ihre Träne auf meinem Handrücken fühlt sich eigenartig an. Wie ein flüssiger Fremdkörper. Wie ein Insektenstich. Aber ich beherrsche mich. Ich kratze mich nicht. Ich wische die Träne nicht weg.

Und Mariem spricht weiter. „Der Tierarzt hat gesagt, dass Barkley vergiftet worden ist."

„So ein verdammtes Schwein. Ich hoffe ... er hat geträumt", bricht es voller Abscheu aus mir heraus und ich meine, was ich sage. „Wie hat das überhaupt passieren können? Wie hat er das geschafft?"

Mariem schnieft.

Aber sie schweigt.

„Hat er die Tür aufgebrochen?"

Sie schüttelt den Kopf.

„Ist er durch ein Fenster eingestiegen?"

Sie schüttelt den Kopf.

„Hat er sich einen Ersatzschlüssel von der Vermieterin geholt?"

Sie schüttelt den Kopf.

Die Eiseskälte der Winternacht, von der Mariem mir eben erzählt hat, kriecht über meinen Rücken, legt sich um meinen Hals wie ein beinloser, glatter Nerz und flüstert nun mir etwas ins Ohr.

Ich will nicht hören, was der beinlose Nerz zu sagen hat.

Aber ich höre es.

Ich will seine Frage nicht wiederholen.

Aber ich frage dennoch.

„Hat überhaupt jemals irgendjemand außer dir deine Wohnung betreten?"

Mariem senkt den Blick auf ihren Schoß. Sie faltet ihre Hände.

Ihre Finger verkeilen sich ineinander, ihre Knöchel treten weiß hervor.

Dann flüstert sie. „Nur ich allein bin in dieser Wohnung gewesen. Ich und mein toter Hund."

Der beinlose Nerz kichert in mein Ohr. Er kichert, weil er weiß, dass die durchaus realistische Möglichkeit besteht, dass ich in meinem letzten Traum einen toten, kleinen, rotbraunen Hund sehen werde. Einen toten, kleinen, rotbraunen Hund in einer schäbigen Wohnung, die außer Mariem niemand betreten hat.

„Ich ..."

Meine Stimme versagt. Ich atme. Oder versuche es zumindest. Spreche weiter. „Ich glaube, ich ... ich fahre noch ein paar Meilen. Ich habe geschlafen. Ich fühle ... ich werde jetzt aussteigen."

Mariem hält mich nicht auf.

Sie sagt kein Wort mehr.

Ich verlasse das Auto.

Ich hole Esel aus dem Kofferraum.

Ich fahre los.

Halte immer wieder an, drehe mich um. Als hätte ich Angst, dass sie mir folgt. Dass mir ihre Geschichte folgt. Ich fahre und halte an und schaue, bis ihr Auto schließlich bloß noch ein winziger, regungsloser Punkt in der entsetzlich grauen Abenddämmerung ist.

Ihr Auto steht am Straßenrand, als ich mit Esel über eine Kuppe fahre und sie somit endgültig aus meinen Augen verliere.

Und die Nacht senkt sich über das Land.

VIER

Es gibt zu wenig Wüste.

In Michigan.

Und in Illinois.

Ich habe Wüste erwartet, aber dieses verdammte Land ist vollgestopft.

Überfüllte Meile für überfüllte Meile bereue ich es, dass ich mich mit Esel auf den Weg gemacht habe und nicht in deinem roten Truck sitze. Denn dieser Weg ist zu frequentiert, um ein langsamer Weg zu sein. Mein zielgetriebenes Voran führt die Arterien unserer siechenden Urbanität entlang. Doch ich will nirgendwo mehr lang. Ich will nicht mehr sehen und ich will mich nicht mehr erinnern. Ich will ankommen, muss aber weiter und stets noch weiter und schließlich weit darüber hinaus, bevor ich endgültig innehalten darf. Die Fülle an Eindrücken, die jeder unbedachte Augenblick mit sich bringt, provoziert Erinnerungen, die wiederum Erinnerungen provozieren.

Fast-Food-Restaurants, zum Stillstand gebracht. Im Vorübergehen hat es immer nach altem Fett gerochen. Damals. Als ich an diesem kühlen Herbsttag langsam daran vorbeirolle, riecht es bloß nach einem nahenden Winter, der unerbittlich kalt und allgegenwärtig sein wird, auch nachdem wir längst vergangen sind.

Kinderspielplätze, zum Schweigen gebracht. Das Lachen auf den Schaukeln ebenso verstummt wie die Gespräche auf den Parkbänken.

Aber am trostlosesten sind die Parkplätze. Sie sind entweder vereinsamt zurückgelassene Mahnmale unseres Konsumzwangs oder überfüllte Karosseriefriedhöfe unserer automobilen Zivilisation.

Ein Verkehrsschild weist mir den Weg zu einem Krankenhaus.

Ich erinnere mich. Ich will mich nicht erinnern.

Säße ich im Auto, wäre ich schnell genug und die somit vorüberrasenden Erinnerungen würden vor meinen Augen verschwimmen, als wären sie hinter einem Tränenschleier verborgen. Als wären sie dahinter gefangen.

Weinen will ich nicht.

Ich will ans Ziel.

Und ich muss endlich vergessen.

Doch dann erinnern mich meine schmerzenden Muskeln daran, dass dies die letzten Schmerzen sind, die mein Körper empfinden wird. Und wenn ich in der Dunkelheit hinter Müllcontainern wachliege und in das Licht der Sterne stiere, ist es nicht die Kälte der Nachtstunden, die mich zittern lässt. Es ist die Erkenntnis. Das schlichte Begreifen des Unbegreiflichen. Ich verstehe und akzeptiere, was ich bereits seit Wochen nicht mehr leugnen kann.

Meine Nächte sind gezählt.

Ich weiß, wie viele Sternlein für mich noch auf dem weiten Himmelszelt stehen.

Es sind wenige.

Bald gar keine mehr.

In diesen Augenblicken liebe ich Esel, ich liebe den überfrachteten Weg und ich liebe die Schmerzen, die tagsüber meine Waden verkrampfen und um drei Uhr morgens meine starr gefrorenen Lungenflügel zerquetschen. Ich breite die Arme aus, umfasse den Schmerz, ziehe ihn an mein Herz und flüstere: „Es tut weh. Es tut immer noch weh. Aber ich lebe."

Mit den Menschen sind auch die grellen Lichter der Städte gestorben. Bloß noch vereinzelte Leuchtreklamen brüllen ihr manisches Neonlicht hinaus in eine desinteressierte Welt. Die Gesellschaft liegt dann in ihren letzten Zügen, wenn sie nicht einmal mehr ihren Götzen lauschen will. Aber ich kann in einer Stadt hinter einem Müllcontainer liegen und das Licht der Sterne sehen, fast so, als hätte ich meinen schmerzenden Körper im Wüstensand begraben und bloß meinen Schädel ausgespart.

Die Wüste.

Sie lässt mich nicht los.

Weil sie mir so fern ist und gleichzeitig so nah.

Weißt du noch? In der Wüste sind wir beide das erste Mal glücklich gewesen. Nicht das erste Mal *gemeinsam*, sondern das erste Mal *überhaupt*. Dass es dir ergangen ist wie mir, hat dieses Glück zu etwas Realem gemacht, das wir dennoch nie haben benennen müssen, weil wir es von dem Augenblick an, als die Fledermäuse über unsere Köpfe hinweggeglitten sind, in uns selbst getragen haben.

Aber natürlich weißt du das nicht mehr.

Du bist verreckt.

Du hast dich nicht einmal verabschiedet und das ist eine bewusste Entscheidung gewesen. Deine bewusste Entscheidung, die du gewiss, ohne auch nur einen Gedanken an unsere Wüste zu verschwenden, getroffen hast.

Die Wüste.

Das Problem ist nicht, dass mir die Wüste fehlt. Es fehlt mir, dass die Wüste leer ist. Ich sehne mich nach dem Nichts. Mir sind die Freeways zu voll. Die Autos. Die verdammten Kleinstädte. Die Vororte, in denen die weißen Lattenzäune brennen. Geduldige Feuer, die mit roten Zungen am amerikanischen Traum lecken.

Ihn totlecken.

Ich bin keine Patriotin.

Aber das Land hat es nicht verdient, traumlos totgeleckt zu werden.

Niemand hat das verdient.

Hinter einem Burgerladen in Plymouth, der vierundzwanzig Stunden am Tag geöffnet hat, aber dessen Fensterfront so blass und leer hinaus in die Nacht blickt wie die trüben Augen einer Wasserleiche über eine gleichmütige Schilflandschaft hinweg, blase ich einem jungen Kerl mit einer fiesen Narbe im Gesicht einen.

Mir ist danach.

Ihm wohl nicht.

Er bekommt keinen hoch. Sein Schwanz liegt schlaff und schwer in meinem Mund wie nasser Stoff. Wie ein vollgesogener Frottee-Waschlappen. Der Mann mit der Narbe schlägt mir mit der flachen Hand ins Gesicht. Nennt mich Fotze. Das Wort schneidet tief in meine Brust. Ich habe niemanden mehr angefasst, seit du …

Ich habe niemanden mehr angefasst.

Das Kribbeln, das sein Schlag auf meiner Haut hinterlässt, fühlt sich an wie der Stich eines Skorpions. Ich bin plötzlich derart lebendig, dass ich zu weinen beginne. Beschämt rennt er davon, noch bevor er seinen schlaffen Schwanz wieder in seiner Hose verstaut hat. Es ist bizarr, dass diese nach Salz duftende und schmeckende, vermeintliche Schwäche die effektivste Waffe ist.

Der Weltuntergang hat wohl die Tränen satt.

Das exzessive Weinen und der abklingende Schmerz, der langsam zum Kribbeln wird, lösen spontan eine bizarre Euphorie tief in mir aus, die ebenso schnell wieder verfliegt. Als hoffnungslos Vergängliche hätte ich mir lang anhaltende, körperliche Überlebensmomente verdient. Wenigstens brennt die Tatsache, dass er mich Fotze genannt hat, ungezügelt weiter. Noch nicht mal der Weltuntergang erlaubt es einer Frau, ihren Trieben zu folgen. Du kannst einen Mann abknallen, weil dir sein Auto gefällt, aber wehe dir, du willst seinen Schwanz in den Mund nehmen, weil dir der Sinn nach samtigem Fleisch steht. Während die Menschheit ins Gras beißt, sollen wir Frauen mit gestärkten Schürzen vor dem heimischen Herd ausharren und lügenden, träumenden Männern die Treue halten.

Auch du hast mich belogen.

Ich wünschte, du hättest es dabei belassen.

Ich wünschte, das wäre ausreichend gewesen.

Es gibt zu wenig Wüste, mein Liebling.

Am Tag darauf komme ich nach Bloomington.

Bloomington, Illinois.

Und da gibt es gar nichts mehr außer Hass.

FUENF

Ich bin vor Jahrzehnten schon einmal an diesem Ort gewesen. Damals hat mich eine Freundin begleitet. Ihren Namen habe ich vergessen, aber nicht ihr Gesicht. Und auch nicht, was sie für mich getan hat. Es befindet sich dieses gestochen scharfe, unvergängliche Polaroidbild in meinem Kopf, aber meine krakelige Schrift auf der Rückseite des Fotos ist genau dort, wo ihr Name steht, zur Unkenntlichkeit verblasst.

Ich und … dieses Mädchen mit dem fahlen Gesicht … Sommer 2009.

Wir sind in Bloomington gewesen, um ein Buch abzuholen, das der Bibliothekar für mich gesucht und schlussendlich auch gefunden hat. Ich kann mich noch deutlich an die Ehrfurcht erinnern, die ich empfunden habe, als wir das weitläufige Foyer der Whiters Public Library betreten haben.

Ein einschüchterndes Monstrum.

Von außen das finstere Märchenschloss der bösen Königin und von innen das kalte, weiße Herz der Eisprinzessin.

Ich habe besagtes Buch nicht einfach nur ausgeliehen, ich habe es gekauft. Natürlich hätte der Bibliothekar und Buchhändler mir mein Buch auch schicken können. Aber ich habe diese Reise machen wollen.

Ich habe diese Reise machen müssen.

Für mich hat es alles bedeutet, die Schwelle meines Zimmers zu überwinden. Das Haus zu verlassen. In eine fremde Stadt zu fahren. Über Nacht zu bleiben. Diese Nacht mit einer Freundin in einem billigen Motel zu verbringen und am nächsten Morgen mit einem geliebten Buch nach Hause zurückzukehren.

Joyce Carol Oates.

With Shuddering Fall.

Eine Erstausgabe.

Eine handsignierte Erstausgabe.

Es hat mir alles bedeutet und es hat alles verändert.

Ich habe immer fest daran geglaubt, dass dieses Buch zu holen der erste Schritt in mein neues Leben gewesen ist. Der erste Schritt auf dich zu, obwohl ich dich zu diesem Zeitpunkt noch gar nicht gekannt habe.

Ich habe es nicht geplant, dass mein Weg mich auf meiner letzten Reise ausgerechnet durch Bloomington führt, aber es wundert mich kein bisschen, dass er es tut.

In einer traumlosen Welt gibt es keine Zufälle mehr.

Wir dürfen nicht träumen. Keiner von uns. Keinen Augenblick lang. Nicht einmal eine unbestimmbare Millisekunde. Sie haben das in den Schlaflaboren festgestellt und wissenschaftlich belegt. Es ist gerade mal zwei Monate her, dass sie die Fakten in einer landesweiten Pressekonferenz präsentiert haben. Vielleicht ist es auch eine weltweite Pressekonferenz gewesen. Ich weiß es nicht. Die

Welt ist für mich belanglos, weil ich für sie belanglos bin. Die Welt hat mich vergessen, genau so, wie du mich vergessen hast. Die Schlaflabore sind mittlerweile übrigens ebenso verlassen wie die Kinderspielplätze. Es wird nicht geträumt, es wird nicht gelacht. Es wird bloß traumlos geschlafen oder gestorben. Es reicht der geringste Hinweis darauf, dass du dich der REM-Phase annäherst. Und du wachst nicht mehr auf.

Nie wieder.

Deshalb schlafen wir nur kurz. Wenige Minuten. Manchmal vielleicht eine Viertelstunde. Doch dieses Risiko gehen wir dann ein, wenn wir es nicht mehr ertragen können und wir den möglichen Tod im Tausch für ein paar Minuten mehr des heiß ersehnten Blackouts, mental gebrochen, wie Schlachtvieh, in Kauf nehmen.

Wir suchen den Schlaf, aber wir meiden die Träume.

Denn die Träume sind der mögliche, sie sind der *sichere* Tod.

Allerdings hat es auch viele Menschen umgebracht, nicht zu träumen. Ich spreche gar nicht nur von den Selbstmördern. Ich spreche davon, dass Menschen, die lange nicht geträumt haben, einfach tot umfallen. Niemand kann feststellen, woran genau diese Menschen gestorben sind. Und niemand kann vorhersagen, wie lange es ein bestimmter Mensch traumlos aushalten kann. Diese Zeitspanne ist so individuell, ganz wie es unsere Träume früher einmal gewesen sind.

Die Fähigkeit zu träumen hat die meisten von uns seit jeher fasziniert. Schon damals, als unsere Träume uns manchmal Wünsche und manchmal Dämonen, aber nur selten den Tod gebracht haben. Ich erinnere mich daran, dass meine Großmutter mich immer ermahnt hat, rechtzeitig ins Bett zu gehen und ausreichend zu schlafen.

„Wer nicht schläft, der träumt nicht. Und wer nicht träumt, der wird verrückt."

Lange bevor *das Ganze* angefangen hat, haben sie Versuche mit Ratten durchgeführt. Sie haben herausfinden wollen, wie wichtig das Träumen für den lebendigen Organismus ist. Damals war ihnen gewiss nicht bewusst, wie überlebensnotwendig ihre Forschung in naher Zukunft werden könnte. Die Ratten haben es übrigens drei bis vier Wochen ausgehalten. Es ist Jahre her, dass ich einen Artikel dazu online gelesen habe. Ich habe es damals erstaunlich gefunden und aufgrund der todbringenden Ratten-Traumlosigkeit am Spruch meiner Großmutter gezweifelt. Heute weiß ich mit Sicherheit, dass sich meine Großmutter geirrt hat. Wer nicht träumt, wird nicht bloß verrückt. Wer nicht träumt, der verreckt. Die Menschen sind, was das Verrecken angeht, erstaunlicherweise stabiler als die Ratten.

Die meisten Menschen.

Etwas stabiler.

Ich bin, an diesen wissenschaftlichen Erkenntnissen gemessen, nahezu unverwüstlich. Das macht der Wecker, der an der blauen Schnur um meinen Hals hängt. Das macht das Ziel, das ich vor Augen habe.

Wie gesagt, ich habe es nicht geplant, dass mein Weg mich ausgerechnet durch Bloomington führt …

… aber jetzt stehe ich wieder hier.

Stehe vor dem damals schon düsteren Märchenschloss, das heute aussieht, als wäre es Ziegelstein für Ziegelstein und Türmchen für Türmchen einem Albtraum entsprungen. Als hätte es die hauchdünne Leinwand, auf die das idealisierte Abbild unserer fragilen Wirklichkeit projiziert worden ist, zerrissen und sich aus dem lichtleeren Universum dahinter herausgequetscht wie Eiter, um seine Qualen an uns weiterzureichen.

Meine Knie zittern und meine Augen schmerzen, weil ich über mein furchterfülltes Starren hinweg vergessen habe zu blinzeln. Ich schließe die Augen, doch das Bild hat sich bereits auf meiner Netzhaut eingebrannt wie seinerzeit ein Standbild auf dem Bildschirm eines billigen Röhrenfernsehers.

Das große Eingangstor fehlt. Es ist weg, als hätten es Diebe fortgetragen. Zeitreisende. Universenreisende, die sich ein Andenken an einen einst hasserfüllten und nun toten Gott geholt haben. Die Fenster sind zerschlagen, die dicken Mauern rußgeschwärzt. Ich sollte nicht hier sein, aber ich will näher rangehen. Will die rußige Wand berühren. Will sehen, ob die damals weiße Marmorhalle nun schwarz ist.

Ich stelle Esel an den Straßenrand und nähere mich der majestätischen Ruine.

Halte inne.

Ich kann den Rauch noch riechen.

Kann ihn auf meiner Zunge schmecken.

Die Bibliothek hat erst vor Kurzem gebrannt.

„Scheiße", flüstere ich und weiß, dass ich weg muss. Dringend. Und schnell. Verdammt schnell.

Als ich mich umdrehe, ist Esel verschwunden.

Panisch lasse ich den Blick nach links wandern. Nach rechts. Werde mit ausgestreckten Armen zum Kreisel, der um die eigene Achse tanzt.

„Fuck, fuck, fuck, verdammte Kacke, fuck!", brülle ich wütend, obwohl ich gar nicht wütend bin. Ich bin verzweifelt. Voller Angst. Hoffnungslos. Wenn Esel weg ist, kann ich mich jetzt gleich vor den rußschwarzen Mauern auf den kalten Asphalt legen und mich auf den Albtraum vorbereiten, der – gewissenhaft für mich ausgewählt – gemeinsam mit der Dunkelheit aus dem zahnlosen Maul der ehemaligen Bibliothek gekrochen kommen wird.

Wenn Esel weg ist, kann ich aufgeben.

Werde ich aufgeben.

Ich habe viel Kraft. Vielleicht sogar zu viel Kraft, sonst würde ich längst friedlich am blauen Strick meines Weckers von der Decke meiner Garage baumeln. Und ich habe nahezu noch mehr Willensstärke, aber ich bin nicht stark genug *dafür*.

Ich falle auf meine Knie, lasse meinen Oberkörper nach vorne sinken, lege meine Stirn auf meine Arme, die meine Beine fest umschlungen halten, und fange hemmungslos zu weinen an.

Es ist mir egal, ob mich jemand hören kann.

Was ich zuvor gefürchtet habe, sehne ich nun herbei.

Vielleicht hört mich jemand, der zu verhindern weiß, dass ich bis zum Abend ausharren muss, um meinem schlimmsten Albtraum zu begegnen. Ich bin mir sicher, ich bin bereit.

Aber ich irre mich.

Ich schreie lauthals drauflos wie eine abgestochene Sau, als plötzlich jemand eine Hand auf meinen Rücken legt.

„Leise, Mädchen. Ich hab dich gesehen, da hast du Glück. Aber wer weiß schon, wer dich hören kann. *Sie* könnten dich hören!“, zischt mir jemand in mein Ohr und mein gellender Schrei bleibt mir im Hals stecken. Ein beißender Gestank nach Pisse, Alkohol und Kotze steigt mir in die Nase. Brandstifter sind auch häufig Bettnässer, aber dieser Jemand, der die Bibliothek in das verdammte *House of Haunted Hill* verwandelt hat, ist über das simple Bettnässen weit hinaus und wohl schon zum vollfunktionalen Serienmörder herangereift. Und seit ich denken kann, gibt es nur eine Bevölkerungsgruppe, die gleichermaßen nach Pisse, Alkohol und Kotze stinkt.

Obdachlose.

Ich drehe meinen Kopf langsam zur Seite und mein Blick fällt auf ein zahnloses, aber freundliches Grinsen.

„Siehst du, Mädchen. So ist es gleich viel leiser. Und viel besser."

„Mich hat seit über zwanzig Jahren niemand mehr Mädchen genannt", erwidere ich, weil mir keine anderen Worte in den Sinn kommen wollen.

„Weil die Leute dich nicht genau genug anschauen. Die Leute schauen nie genau genug hin. Mich nennen sie seit Jahrzehnten bloß *du da*", entgegnet der Penner, umfasst meinen Oberarm und hilft mir dabei, mich aufzurichten.

Und da bleiben wir sitzen. Mitten auf der Straße, vor einer ausgebrannten Bibliothek.

Zwei Fremde.

Zwei Obdachlose.

„Ich hab gesehen, wer dein Rad genommen hat. Aber ich würde mir überlegen, wie dringend ich dieses Rad noch brauche. Ich würde mir das ganz genau überlegen."

Das muss ich nicht.

„Ich brauche das Rad", entgegne ich und bin knapp davor ihn wissen zu lassen, dass Esel mich ebenfalls braucht.

„Du kennst aber die Geschichte nicht. Die Geschichte von denen, die dein Rad genommen haben. Vielleicht kommst du dann ohne aus. Gibt andere Räder. Findest sicher eines. Ein schönes. Auch ein rotes, wenn es das sein muss."

Ich schüttle den Kopf.

„Ich brauche *dieses* Rad. Wer hat es genommen?"

Der Penner zögert kurz, aber mein entschlossener Blick signalisiert ihm offenbar eindeutig, dass die Sache mit dem Rad für mich nicht verhandelbar ist. Vielleicht wirkt mein Blick wahnsinnig. Vielleicht ist es dieser Wahnsinn, der ihn überzeugt.

„Die Kinder sind es gewesen", flüstert er.

„Kinder?", frage ich ungläubig.

„Die Kinder von den Leuten, die auf der Mainstreet im alten Kino sind. Die Kinder."

Er betont *Kinder,* als müsste ich ganz genau wissen, von welchen Kindern er spricht und irgendwie weiß ich es tatsächlich. Zumindest weiß ich alles, was ich wissen muss.

„Kinder. Altes Kino. Mainstreet. Danke", stelle ich fest, stehe auf und marschiere los. Ich frage mich nicht, in welche Richtung ich muss. Die Mainstreet findet man in jeder amerikanischen Stadt. Auch dann, wenn man erst einmal in seinem Leben dort gewesen ist, oder gar nie.

„Ich heiße übrigens Anuk!", ruft er mir hinterher.

Ich fluche leise.

Bleibe stehen.

Seufze genervt und versuche krampfhaft bis zehn zu zählen, während mein Unterbewusstsein, das sich allem Anschein nach pünktlich zur Apokalypse einen moralischen Kompass zugelegt hat, mir sagt, was ich zu tun habe. Dann drehe ich mich um und gehe zurück zum Penner, der aus großen runden Augen zu mir aufsieht wie ein verlaustes Hündchen in einem Tierheim.

„Du bist also Anuk", sage ich und strecke ihm meine Hand entgegen, um auch ihm auf die Beine zu helfen. „Wollen wir uns vielleicht eine Runde auf die Stufen der Bibliothek setzen und uns unterhalten?"

Esel wird warten müssen, denn Anuks Geschichte hat bereits zu lang gewartet.

ANUK

„Ich hab dich gesehen", sagte sie.

„Und wenn schon. Du siehst mich ständig", antwortete er und versuchte, sie zu ignorieren, so wie er es immer tat.

Er legte keinen Wert auf Gesellschaft und das wusste sie. Er wollte in Ruhe gelassen werden. Vor allem von ihr.

„Du hörst nicht hin. Ich hab dich *gesehen*", beharrte sie und die wenigen Worte klangen auf einmal lauernd. Fast schon gehässig.

Irritiert schaute er von seinem Comic auf.

Sie stand in der Tür zu seinem Zimmer und starrte ihn an. Ihr Gesicht war verheult, aber das war nicht ungewöhnlich. Sie heulte ständig. Vielleicht war es das, was sechzehnjährige Mädchen taten. Vielleicht gehörte es einfach dazu, ständig zu flennen und die scheiß rosaroten Kuscheltiere, von denen natürlich niemand außerhalb der Familie wissen durfte, vollzurotzen. Er hatte sich bisher aber auch noch nie die Mühe gemacht herauszufinden, was es war, das sie zum Weinen brachte. Soweit er das beurteilen konnte, war sein eigenes Leben eine endlose Folge beliebiger Grausamkeiten und ihn würde ums Verrecken niemals irgendjemand mit verheultem Gesicht antreffen. Bei ihr hingegen lief alles bestens. Sie war eine melodramatische Mustertochter und die Anführerin ihrer Clique von melodramatischen Mustertöchtern. Und sie traf sich nun schon seit mehreren Wochen mit Josh.

Josh.

Niemand hatte an Josh etwas auszusetzen.

Niemand würde ihr wegen Josh jemals Vorschriften machen.

Der fantastische Josh!

Die Mutter war ganz aufgeregt wegen der Beziehung. Josh war so etwas wie der unangefochtene Superstar in Seward. Er war der Traumschwiegersohn schlechthin. Er war die Fahrkarte der Mustertochter. Die Fahrkarte hier raus und vielleicht bis rauf nach Anchorage oder überhaupt gleich ganz weg aus Alaska. Joshs Eltern gehörte die Tankstelle am Stadtrand und dieses verfluchte Drecksloch war – vor allem verglichen mit einem klapprigen, stinkigen Fischkutter – eine wahre Goldmine. Joshs Familie hätte nicht reicher sein können, wenn das Erdöl direkt neben der Tankstelle aus dem Boden geschossen wäre. Außerdem sah Josh blendend aus, hatte herausragende Schulnoten vorzuweisen und war im Highschool-Football-Team. Angeblich hatten Talentsucher bereits ein Auge auf ihn geworfen und einem Sportstipendium an einer renommierten Universität stand so gut wie nichts mehr im Wege.

Er hätte jedes Mädchen haben können.

Aus für Anuk völlig unerfindlichen Gründen wollte er ausgerechnet Djuna.

„Verpiss dich auch meinem Zimmer, scheiß Skelett", knurrte er, aber sie rührte sich nicht vom Fleck.

Während sie ihn weiterhin aus verheulten Augen anstarrte, verzog sich ihr Mund zu einem Grinsen und dieses Grinsen war tatsächlich lauernd. Sie sah aus wie eine Polarfüchsin, die es sich vor dem Bau eines Schneehasen gemütlich gemacht hatte, um seelenruhig auf ihr Abendessen zu warten.

„Warum grinst du so, Skelett?", fragte er und bemühte sich um einen ruppigen Tonfall, doch das war alles andere als einfach. Ihr Grinsen irritierte ihn. Niemand, der so grinste, führte Gutes im Schilde. Vor allem, wenn dieser Jemand einen gewiss ausgezeichneten Grund hatte, derart zu grinsen.

„Weil ich dich *gesehen* habe", wiederholte sie und ihr manisches Fuchshecheln wurde noch breiter. Sie zeigte Zähne und sie hatte ganz offensichtlich den Plan gefasst zuzubeißen.

Er legte das Comicbuch zur Seite und richtet sich in seinem Bett auf.

Spät aber doch hatte sie seine ungeteilte Aufmerksamkeit.

„Wo hast du mich gesehen?“

„Das weißt du ganz genau.“

„*Wo*, Djuna, das ist kein Spielchen!“

„Ich hab dich dort gesehen, wo du keinesfalls willst, dass dich irgendjemand sieht“, antwortete sie und tat endlich, worum er sie gebeten hatte. Sie verließ sein Zimmer. Wären seine Beine nicht genau in diesem Augenblick zu Wachs geworden, wäre er aufgesprungen und hätte sie an einem ihrer dürren Arme gepackt.

Sie hatte ihn gesehen.

Er war endgültig geliefert.

Sag *Gute Nacht*, Anuk.

Sag *Gute Nacht* zu verdammt nochmal allem.

Der eiskalte Hauch des Winters kam grimmig entschlossen aus der halb zugefrorenen Bucht gekrochen und pfiff über die platt gewalzte Ebene hinweg. Am Rande des Parkplatzes hatten sich die Schneewehen mannshoch aufgetürmt. Die letzten Urlauber hatten vor Wochen ihre Zelte abgebrochen und ihre Wohnmobile den Seward Highway entlang zurück in Richtung Anchorage gejagt. Es war Ende November und die Tage waren bereits wieder so kurz wie der Geduldsfaden von Anuks Vater.

Anuk hatte sich gegen die Ladefläche seines Pickups gelehnt. Die Fellmütze ins Gesicht gezogen, den Mantelkragen aufgestellt, die Hände tief in die Taschen vergraben stand er da und zitterte. Es war nicht die Kälte des Wintermeeres, die an ihm nagte. Er kannte das Meer. Er kannte dessen kalte Seele. Es war sein Beruf, dem Meer und all seiner Unwirtlichkeit entschlossen die Stirn zu bieten. Es waren der Zweifel und die Angst in seinem Herzen, die ihn schaudern ließen.

„Jetzt stell dich nicht so an. Du weißt, dass das nichts zu bedeuten hat", erklang die Stimme neben ihm. Er hätte der Stimme nur zu gern geglaubt und bisher hatte die Stimme oft recht behalten. Aber dieses Mal irrte sie sich.

Er schüttelte den Kopf.

„Du bist stur, Anuk. Du bist immer stur. Und gerade jetzt folgst du neben deiner dämlichen Sturheit auch noch deiner Paranoia."

„Ich bin nicht stur und ich bin niemals paranoid. Ich stelle mich nur der Tatsache. Ich belüge mich nicht selbst und ich will nicht belogen werden. Von gar niemandem und auf gar keinen Fall von dir! Ich hasse es, dass bei dir immer die Sonne scheinen muss. Schau dich verdammt nochmal um, es ist Nacht!"

Schweigen.

Schwere Atemzüge.

Dann die zögerliche Feststellung. „Es ist möglich, dass sie lügt. Das passt zu ihr. Sie will dich nur erpressen. Ganz sicher braucht sie etwas von dir. Das ist es bei ihr doch immer."

„Sie braucht was? Du denkst wirklich, sie braucht was?! Sie braucht gar nichts. Sie bekommt alles, was sie will. Von Mama, von Papa, von ihrem verdammt perfekten Freund. Sie muss nicht lügen. Sie sagt die Wahrheit. In ein paar Jahren hockt sie in einer Villa im verfluchten Denver. Sie ist der allerletzte Mensch, der lügen müsste!"

Schweigen.

Schnelle Atemzüge.

Dann die trotzige Erwiderung. „Na und? Dann hat sie dich halt gesehen."

„Sie hat mich *dort* gesehen. Dort! Verstehst du? Und wenn sie mich gesehen hat, dann hat sie uns gesehen. Sie weiß, was wir getan haben. Was wir tun."

„Ich bin nicht dumm, auch wenn meine Sonne sogar in der Nacht scheint. Das hab ich schon verstanden. Sie hat dich *dort* gesehen. Sie hat uns gesehen. Aber vielleicht …"

„Vielleicht was? Sprich weiter! Tob dich aus! Vielleicht was?!"

Anuk hatte sich vom Truck abgestoßen und stapfte wie ein wilder Stier durch den wadentiefen Schnee. Sein wutentbrannter Atem stieg in weißen Wolken von seinen geblähten Nasenlöchern auf und im gelblichen Licht der einzigen funktionierenden Straßenlaterne sah es beinah so aus, als würde sein Antlitz in Flammen stehen.

Es waren eiskalte, hasserfüllte, verzweifelte Flammen.

„Es frisst dich auf. Du denkst, wir können es für uns behalten. Du denkst, wir müssen es niemandem erzählen. Vielleicht … ist es an der Zeit", erwiderte die Stimme.

Anuk hielt inne. Fuhr herum. Raste auf die Stimme zu, als wollte er ihr nicht bloß das Wort, sondern am liebsten gleich die gesamte Existenz verbieten. „Ich werde alles verlieren! Alles! Das ist kein Spiel!", brüllte er.

Er spürte, wie die Tränen über seine Wangen liefen und auf seinen Lippen erstarrten. Gleich darauf konnte er das rechte Auge nicht mehr öffnen. Die Tränen hatten seine Wimpern aneinander festgefroren.

In Alaska weint man nicht.

Vor allem nicht, wenn es Nacht ist. Vor allem nicht im dunklen Winter, denn das weckt die Dämonen, die sich im immerwährenden Licht des Sommers in ihren finsteren Höhlen verkriechen und geduldig auf das Eis und die Dunkelheit warten.

„Es wird nie an der Zeit sein", flüsterte die Stimme.

Schweigen.

Atmen.

Und dann gar nichts mehr.

Der frisch gefallene Schnee knirschte, als sich die Schritte, von Verzweiflung schwer, langsam vom Truck entfernten.

Unendlich einsam blickte Anuk der Stimme einäugig hinterher.

„Dein Lehrer hat heute Nachmittag angerufen", stellte die Mutter fest. Sie klang dabei, als hätte sie sich einen richtig rotzigen Schnupfen eingefangen. Oder als würde ihre Verdauung streiken und ein fettes U-Boot in ihrem Enddarm querliegen.

Es war Freitagabend.

Und es war ein friedlicher Freitagabend.

Djuna hatte Anfang der Woche zwar laut geknurrt, aber ihrer trotzigen Drohgebärde keine Taten folgen lassen. Dementsprechend hatte sich Anuks Laune deutlich gebessert. Nicht deutlich genug, um von guter Laune zu sprechen, aber wenigstens hegte er vorerst keine Mord- oder Selbstmordgedanken mehr. Vielleicht hatte die Stimme doch recht gehabt. Vielleicht hatte Djuna ihn einfach erpressen wollen. Aber wozu? Er war nach wie vor der Meinung, dass es gar nicht darum ging, dass sie bereits alles hatte und nun einfach noch mehr wollte. Wahrscheinlich hatte sie nur das gewollt, was sie, wenn es um Anuk ging, immer wollte. Sie wollte ihn quälen, bis seine Gehirnnerven durchbrannten und sein Blut zischend aus den Ohren geschossen kam. Was wusste die hohle Nuss schon? Was wusste sie vom Leben? Was wusste sie von ihm? Sie wusste nichts! Und genau deshalb hatte sie auch genau das zu erzählen: Nichts!

Die Familie saß gemütlich rund um den Esstisch versammelt und genoss das gemeinsame Abendessen.

Heilbutt.

Heilbutt, den sie nicht zu fressen hätten, wenn ihn nicht Anuk und der Vater gefangen hätten. Und grüne Bohnen, die sie nicht zu fressen hätten, wenn Anuk und der Vater nicht für den Fisch Geld bekämen, mit dem die Mutter die grünen Bohnen bezahlen konnte. Sogar in Europa aßen die Leute den Fisch, den Anuk und der Vater aus dem Meer zogen. Das erzählte der Vater bei jeder Gelegenheit und Anuk konnte es nicht oft genug hören. Weil es ihn stolz machte. Weil Europa dem, was sie machten, Bedeutung verlieh.

„Er hat sogar zweimal angerufen. Dein Lehrer. Zweimal!"

Offensichtlich wollte die Mutter die Sache nicht auf sich beruhen lassen. Sie forderte Anuks Antwort ein und sie musste dazu noch nicht einmal von ihrem Teller aufblicken. Es war eindeutig, dass sie keinesfalls mit Djuna sprach. Außer natürlich, es gab mittlerweile Lehrer, die derart beschissen durchgeknallt waren, dass sie freitagnachmittags Eltern anriefen, um ihnen mitzuteilen, wie anbetungswürdig perfekt doch das Kind war, das sie furzend und stöhnend in die Welt gefickt hatten.

Anuk stocherte in seinen Bohnen herum.

Sollte sie ihn direkt ansprechen, wenn sie etwas von ihm wollte.

Besser wäre es, wenn überhaupt gleich der Lehrer selbst etwas zu ihm sagen würde, statt den Umweg über die Mutter zu wählen. Anuk war kein Kind mehr. Seine Mama hatte nichts mehr zu melden. Aber wahrscheinlich war der besorgte Lehrer niemand anderer als Mister Beck und der war beinah einen Kopf kleiner als Anuk und hatte die Hosen schon dann gestrichen voll, wenn sie einander nur auf dem Gang der Schule begegneten und Anuk ihm länger als eine halbe Sekunde den Weg versperrte.

Fotzenlehrer.

In einer Drecksschule.

Anuk bezweifelte, dass es überhaupt notwendig war, seine Schullaufbahn tatsächlich mit einem Higschool-wasauch-immer zu beenden. Er konnte sie genauso gut gleich morgen abbrechen. Immerhin war er nicht mehr schulpflichtig und ohnehin fast die halbe Zeit nicht anwesend, weil einer von Vaters Männern ausgefallen war oder der Vater aus einem der vielen anderen Gründe Hilfe auf dem Boot brauchte.

Der Vater zählte auf Ankus Unterstützung.

Anuk hatte kein Interesse an der Schule und für Bildung nichts übrig.

Er hatte den ersten Fuß auf das Boot gesetzt, da hatte er noch in die Windeln geschissen und er würde zur See fahren, bis die hungrigen Wellen sein fischelndes Fleisch und seine bleichen Knochen abnagten. In etwas mehr als drei Jahren war er einundzwanzig. Der Vater macht seit Anuks sechzehntem Geburtstag kein Geheimnis mehr daraus, dass er ihm dann einen Anteil am Fischkutter und dem damit verbundenen Familiengeschäft überschreiben würde. Die *Shea Harvest* würde von da an unter der Flagge *Vater und Sohn* in See stechen.

Nein, er hatte kein Interesse an der Schule.

Ihn interessierten nur das verdammte Meer und das verdammte Boot.

„Er sorgt sich. Dein Lehrer. Er sorgt sich“, fuhr die Mutter fort, während das U-Boot offensichtlich den Druck erhöhte.

Anuk setzte zu einem Gähnen an.

„Wirst du hinhören, wenn ich mit dir spreche!“, zischte die Mutter.

Anuk hatte sie lang genug zappeln lassen wie einen Fisch, der zu schmächtig war, um sich überhaupt erst die Mühe zu machen, ihn an Land zu ziehen. Er zuckte mit den Schultern.

Mir egal, sollte das heißen.

Scheiß drauf, sollte das heißen.

Mach dich nicht nass, sollte das heißen.

Die Mutter verstand jedes einzelne unausgesprochene Wort. Doch bevor auf das feurige Glühen ihrer Augen eine brandheiße Schimpftirade folgen konnte, berührte der Vater sacht ihren Unterarm und die Mutter verstummte, noch bevor sie die Stimme erheben konnte.

„Er ist ein Fischer", sagte der Vater. „Der Lehrer versteht nicht, dass er sich um ein Kind sorgt, wo Anuk doch längst ein Mann ist."

Anuk grinste selbstzufrieden, schaufelte sich eine mächtige Portion Heilbutt in den Mund und schluckte den fetten Bissen ...

... der ihm im Hals stecken blieb, als sein Blick auf Djuna fiel.

Fühlte er sich wie Poseidon, so strahlte sie die unantastbare, boshafte Erhabenheit einer monotheistischen Muttergottes aus.

Du denkst an dein Boot, sagte ihr Fuchshecheln.

Du denkst an deine sichere Zukunft, sagte ihr Fuchshecheln.

Du denkst, du bist ein Mann, sagte ihr Fuchshecheln.

„Ich habe am Dienstag Anuk gesehen", sprach sie laut aus und dieser konnte nur noch hilflos zusehen, wie sein Leben in die Brüche ging.

„Wo denn, mein Schatz?", nahm die Mutter, der die angespannte Stille, die ihrem zum Verstummen gebrachten Wutanfall gefolgt war, sichtlich zusetzte, den Gesprächsfaden dankbar auf.

„Ich glaube nicht, dass es ihm recht wäre, wenn ich euch das erzählen würde", räumte Djuna ein und genoss sichtlich ihren Heilbutt.

„Und warum fängst du dann damit an? Was du ansprichst, musst du auch aussprechen. Was du nicht aussprechen kannst, darüber sollst du schweigen. Du kennst die Regeln“, erwiderte der Vater. Seine Stimme hatte den bedrohlichen Unterton eines Donnergrollens angenommen. Noch war es die schnatterhafte Djuna, der er zürnte. Gleich würde es Anuk sein, der in diesem unverfänglich erscheinenden Augenblick an diesem Tisch für immer für ihn sterben würde.

„Weil ich ihn … *dort* gesehen habe.“

Ihr Flüstern klang reuevoll und unheilschwer zugleich. Sie hatte den Kopf gesenkt, als würde sie sich schämen, doch Anuk konnte ihr fieses Lächeln *hören*. Und ganz offensichtlich hatte der Vater ebenfalls etwas gehört, denn dem patriarchalen Donnergrollen folgte das alarmierte Knurren des Stammesführers.

„Wo, Djuna? *Wo* hast du deinen Bruder gesehen?“

Das Mädchen schwieg. Sie war derart stumm, dass sowohl Hecheln als auch Lächeln verstummt waren. Anuk war geneigt zu glauben, dass sie selbst erst in diesem Augenblick der Tragweite ihres Handelns gewahr wurde. Allerdings würde ihn diese Erkenntnis ebenso wenig retten, wie sie Djuna dazu bringen würde zu lügen.

Das Gespräch war an einem Punkt angelangt, an dem keine Lügen mehr möglich waren.

„Dein Lehrer ruft an und sie hat dich … gesehen? Was hast du mir zu sagen, Sohn?“, tönte der Vater und richtete sich auf seinem Sessel zu voller Größe auf.

Und waren es bloß Sekunden, die er schweigen konnte, so waren es wenigstens Sekunden, die ihm blieben. Anuk sagte kein Wort. Da brachte sich die Mutter unvermittelt ins Gespräch mit ein. Ihre Stimme war rau und so bleich wie ihr eben noch zorngerötetes Gesicht.

„Warst du nicht am Montag im Krankhaus, Djuna? Warst du nicht dort, um die Unterlagen für dein Praktikum in den Semesterferien zu holen?“

Dann wandte sie sich an Anuk und sie spie jedes Wort aus wie eine Anklage, der tiefe Abscheu ganz besonderen Nachdruck verlieh.

„Was hast du im Krankhaus zu suchen? Was hast du getan, Anuk? Was in Gottes Namen hast du bloß getan?"

Und egal, wie schlimm es bereits war, es wurde weitaus schlimmer, als der Vater zu lachen begann. Es war ein enttäuschtes, ein wütendes, aber gleichermaßen auch ein zufriedenes Lachen. Es war ein Männerlachen, das Männern vorbehalten war, die über ihresgleichen lachten.

„Hast ihn nicht in der Hose behalten können? Hast einer Unglücklichen ein Kind gemacht? Ich hoffe, du bist nicht nur Mann genug, um ein Mädchen zur Frau zu machen und sie zu schwängern, sondern auch Mann genug, um ein Vater zu sein. Das Gute für dich ist, dass du die Schule nun endgültig vergessen kannst. Ab morgen hat dich nur noch das Leben – dein eigenes und das, das du zu verantworten hast – zu kümmern und nicht mehr das Lernen!"

„Ihr habt es doch nicht etwa … weggemacht? Oder? Im Krankenhaus würden sie es nicht einfach wegmachen. Sie würden das nicht zulassen. Es … es ist ein Leben", stotterte die Mutter herum. Sie wirkte gleichzeitig entsetzt und glücklich. Babys ließen das Herz jeder Frau erweichen. Anuk fragte sich nur, wo er jetzt auf die Schnelle eine Frau auftreiben konnte, um ihr ein Baby zu machen.

„Ich war nicht im Krankhaus. Dort bin ich erst nächste Woche. Und ich glaube nicht, dass mit dem, was Anuk treibt, er irgendjemandem ein Baby machen kann", flüsterte Djuna plötzlich. Ihr fuchsiges Flüstern war so laut und es war derart weltenzerstörerisch, dass die Gläser in den Schränken klirrten und der Beerensaft im Krug des Vaters gefror.

Es dauerte drei Atemzüge lang, bis dieser ihre Botschaft vollumfänglich erfasst hatte und seine Sprache wiederfand.

„Wo hast du deinen Bruder dann gesehen, Djuna?"

Sie hob den Kopf an und starrte Anuk kerzengerade in die Augen, bevor sie antwortete: „Ich habe ihn draußen beim Gletscher, hinter Randy's Shagg, gesehen. Dort, wo die Männer hinfahren, um anderen Männern den Schwanz zu lutschen."

Es war so still im Wohnzimmer, wie das Meer im November kalt ist.

Und der Tod schien ein lauschiger Zufluchtsort zu sein.

Doch dann wurde die Totenstille vom gellenden Schrei der Mutter durchbrochen. Sie klang wie ein verwundetes Tier. Wie ein zierliches Rehkitz, das vor den Kühlergrill eines Dodge RAM gelaufen war und jetzt mit verdrehten Gliedern auf der Straße lag, während sein Blut in den Asphalt sickerte.

„Nein", flehte sie, „Oh Gott, nein!"

Und immer wieder.

„Gott, nein! Bitte nicht! Gott, nein!"

Gewiss war ihr nicht bewusst, dass sie einen rachsüchtigen, christlichen Gott anflehte, der die gütigen, alten Götter der eigenen Kultur mit seinem Starrsinn und seiner als Nächstenliebe maskierten Intoleranz verdrängt hatte. Sie bettelte einen Gott um Hilfe an, für den Sodomie, wie die Kirchenleute es nannten, eine schwere Sünde war, die er keinesfalls ungeschehen machen oder gar vergeben würde.

„Du sollst nicht lügen", brüllte der Vater und sein Brüllen war so viel schlimmer als das Flehen der Mutter, weil es zorniger war. Und hasserfüllter. Und ängstlicher.

„Ich glaub viel eher, ich soll nicht die Wahrheit sagen!", fauchte Djuna. Durch ihre Tränen hindurch erhaschte Anuk ihren Blick und was er darin sah, war das Ende.

Djuna hatte ihre innere Füchsin verloren. Ihre tränennassen Augen sprachen Bände. Ein Band flehte um Vergebung. Ein Band erzählte von unfassbarem Leid. Und ein Band offenbarte einen Zwang, den Anuk hinter ihren Tränen bisher weder vermutet, noch gesehen hatte.

Du bereust, was du getan hast. Aber du hast keine Wahl, kleines Mädchen, du hast keine Wahl, kam es ihm in den Sinn und er wollte sie anlächeln. Aber sie hatte alles zerstört und es gab nichts – kein Leid und auch keinen Zwang –, was das hätte rechtfertigen können. Also gab es keine Vergebung. Und kein Lächeln.

„Du sollst nicht lügen!", kreischte jetzt die Mutter. Und es war ihre gleißende Hysterie, die Anuk dazu brachte, die Botschaft in eine Welt hinauszuschreien, die mit diesem letzten Aufschrei für ihn endgültig unterging.

„Sie sagt die verdammte Wahrheit!"

Anuk konnte hören, wie es brach.

Das Herz des Vaters.

Und mit dem Herz zerbrach auch alles andere.

„Du bist … du bist eine Schande. Eine männliche Hure", sagte der Vater und seine Stimme, die selbst bei einem Unwetter auf See niemals den Halt verlor, schwankte wie eine Landratte an Deck der *Shea Harvest*.

„Nein, du irrst dich. Ich bin weder eine Schande noch bin ich eine Hure. Ich tu nichts Unrechtes. Ich liebe, Vater. Und der Mensch, den ich liebe, ist ein Mann."

Schließlich hatte die Stimme tatsächlich recht behalten. Es war an der Zeit. Es war an der Zeit, keine Geheimnisse mehr zu haben.

Da spuckte die Mutter Anuk ins Gesicht.

Djuna begann wie irre zu lachen.

Und der Vater schrie.

„Raus aus meinem Haus", schrie er.

„Komm nie wieder zurück", schrie er.

„Du bist nicht mehr mein Sohn", schrie er.

Anuk bäumte sich auf.

Trat vor den Vater hin. Ertrug seinen Blick. Wich seinem Hass nicht aus.

Der Vater erhob sich. Stand dem Sohn, dem die Spucke der Mutter über die Wange lief, gegenüber und schaute ihm ein letztes Mal tief in die Augen.

„Du bist für mich gestorben", sagte der Vater.

Und Anuk ballte die Faust.

Er schlug dem Vater ins Gesicht.

Dann verließ er das Haus, um nie wieder zurückzukommen. Um kein Sohn mehr zu sein. Um zu sterben.

Wenn man den Tod sucht, lässt er sich oftmals nicht auf Anhieb finden. Und manchmal kommt einem bei dieser Suche sogar die Liebe dazwischen. Anuk zog los, um zu sterben, aber endlich von dem Gefühl des Verschweigens und der damit einhergehenden Schuld befreit, war die Liebe plötzlich greifbar wie niemals zuvor. Sie war keine Illusion mehr. Er wollte Unterschlupf in des anderen Herz und Heim erhalten, doch zuvor erhielt er – ausgerechnet an der verfluchten Tankstelle und das auch noch zu einem Wucherpreis und klammheimlich an der Hintertür – eine Flasche Wodka, die er fast geleert hatte, bis er endlich vor Christophers Haustür stand. Mut hatte sich Anuk mit jedem Schluck immer nachdrücklicher angetrunken, doch die meisten Situationen im Leben erfordern etwas ganz anderes als das entfesselte Selbstvertrauen eines Säufers.

„Du bist betrunken", stellte Christopher distanziert fest, nachdem Anuk ihn mit einem Sturmläuten, dessen Leidenschaft einem Shakespeare-Drama alle Ehre gemacht hätte, aus dem Bett getrieben hatte.

„Aber ich bin da und ich liebe dich!“, erwiderte Anuk.

Und war das nicht alles, was zählte?

Er hatte zu Hause die Wahrheit gesagt und jetzt war er hier und er wollte verdammt nochmal auch bleiben. Und die Wahrheit sagen und die Wahrheit hören, bis sie es beide so oft gesagt und gehört hatten, dass sie es nie wieder sagen mussten, weil sie es wussten. Weil sie es für immer wussten. Dieses Unterfangen setzte natürlich voraus, dass nicht nur Anuk sprach, aber es kam einfach keine Antwort. Schweigend standen sie einander gegenüber, die beiden Liebenden und je länger das Schweigen andauerte, umso offenkundiger wurde es, dass einer von ihnen wesentlich intensiver liebte als der andere.

Dann brach Christopher das Schweigen.

„Ich möchte, dass du gehst“, sagte er.

Gehen?

Einfach gehen?

Anuk stutzte und trat einen Schritt zurück, um Christopher besser sehen zu können. Sein Haar war zerrauft, als hätte er tief geschlafen, aber sein Blick war hellwach.

„Hör zu. Du musst mir zuhören. Sie wissen es. Sie alle wissen alles. Wegen dir. Wegen mir. Wegen uns. Alles. Ich habe es ihnen gesagt!“

„Das ist ... es kommt ... ich möchte wirklich, dass du gehst. Du bist betrunken. Ich spreche nicht mit Betrunkenen. Du hast keinen klaren Kopf. Du lässt dich von deinen Launen leiten. Geh bitte. Komm morgen wieder.“

„Aber ich bin *jetzt* da!“, beharrte Anuk, machte einen Schritt auf Christopher zu und wollte ihn an seiner Schulter packen, doch dieser wich Anuks Hand aus.

„Was? Was ist? Was ist mit dir?“, wollte Anuk wissen, und noch bevor Christophers Worte ein weiteres Mal durch die dämpfende Daunendecke der Trunkenheit gekrochen kamen, bahnte sich ein Eindruck seinen Weg durch den benebelten Verstand und dieser Eindruck war ernüchternd.

Christophers zerzaustes Haar, der wache Blick, das schnell übergeworfene Hemd, die nackte Brust, die Schweißtropfen auf dieser nackten Brust, der hektische Atem.

Der *erregte* Atem.

„Du … bist nicht allein", stotterte Anuk.

„Ich … ja, ich bin gerade nicht allein."

„Du bist nicht allein", wiederholte Anuk fassungslos und sank wie vom Blitz getroffen vor der Haustür zu Boden.

„Das hat nichts zu bedeuten. Du warst so starrsinnig. Auf dem Parkplatz. Du hast mich gehen lassen. Du hast mich verletzt! Ich hab gedacht, es wird sich niemals etwas ändern. Ich hab nicht länger warten wollen. Ich hab nicht wissen können, dass du auftauchst. Es hat nichts zu bedeuten! Das da drin hat nichts zu bedeuten!"

Doch es hatte etwas zu bedeuten. Es bedeutete alles.

Und auch wenn er es nicht für möglich gehalten hätte, wurde Anuks Überlebenswille in dieser Novembernacht ein zweites Mal gebrochen.

Er betrat Christophers Haus tatsächlich nicht.

Er blieb im Schnee sitzen, sogar nachdem Christopher die Tür wieder geschlossen hatte. Wenige Minuten, eine ganze Ewigkeit. Es war bedeutungslos. Er wollte vor dieser Tür sitzen bleiben, weil er wusste, dass er, wenn er jetzt ging, nie wieder zurückkommen würde.

Und so war es.

Kurz bevor ihn die schmerzlindernde Liebkosungen verheißende Kälte der Nacht für immer zu sich holen konnte, stand Anuk auf und ging.

Und er kam nie wieder zurück.

Nicht als der Mensch, der er vor diesem Abend gewesen war.

Wenn es gar keinen Ort mehr gab, wo man hätte hingehen können, dann ging man in Seward zum Fördergebäude der alten *Westchester Mill*. Die Mine war Mitte des vorherigen Jahrhunderts aufgegeben worden. Das dreistöckige Fördergebäude war verlassen, aber nicht menschenleer.

Hier waren die Ortlosen.

Die Gottlosen.

Die Hoffnungslosen.

In dieser Nacht wurde Anuk einer von ihnen. Und wie es genau den Menschen eigen ist, die absolut nichts mehr ihr Eigen nennen, außer das, was sie am Leibe tragen, hießen sie ihn willkommen. Nicht bereitwillig. Nicht barmherzig. Auch nicht voller Interesse. Aber sie rückten am Feuer, das in drei Ölfässern brannte, zusammen und machten Platz für den, der ihnen zwar keinen Namen nennen wollte, aber der noch genug Geld übrig hatte für das Gift. Gift, das direkt durch die Venen ins Hirn und ins Herz geschossen wurde, und das einem Schlaf zu schenken wusste. Manchmal waren diejenigen die Glücklichsten, deren Geld ausreichte, um einzuschlafen und niemals wieder aufzuwachen. Anuk hatte schon einen beachtlichen Teil seiner mageren Finanzen in den Tankstellen-Hintertür-Wodka investiert, der ihm genau den Mut gemacht hatte, der in letzter Konsequenz jedes bisschen Hoffnung auf dem Gewissen hatte. Es waren häufig die Mutbefreiten, die zwar willenlos, aber dafür überlebensfähig durch ihr Dasein krochen. Wenigstens war Anuk genug Geld übrig geblieben, um sich mit einer zwar geringen, aber ausreichenden Dosis Gift ein paar Stunden der Erleichterung, gefolgt von ein paar Stunden des Vergessens, zu erkaufen. Und an einem Ort wie der Westchester Mill konnte man ohnehin nur mutlos, willenlos und hoffnungslos erwachen. Der Dreifachjackpot der vom Leben und der Gesellschaft Entsorgten.

Der Tod war erstaunlich schwer zu finden, wenn die Verzweiflung noch Qual und nicht schon Monster war. Ein Mensch hingegen, dem nichts und niemand mehr geblieben war, entsprechend leicht.

Wer keinen Ort mehr auf der Welt hatte, der ging zum alten Bergwerk.

Wer einen Hoffnungslosen suchte, tat dies ebenfalls.

Drei Tage nachdem Anuk erst aus seinem Elternhaus gestürmt war und danach Christophers Tür den Rücken gekehrt hatte, kamen sie ihn suchen. Und so, wie sie das heruntergekommene Gebäude betraten, in dem die heruntergekommenen Menschen hausten, war klar, dass es nicht die Suche gewesen war, die sie drei Tage lang aufgehalten hatte. Zumindest nicht die Suche nach Anuk.

Sie hatten ihre Überzeugung gesucht.

Die hatten sie nicht gefunden.

Aber am dritten Tag hatte dieser vernichtende Schmerz, der stets den Verlust eines geliebten Menschen begleitet, hell genug gelodert, um ihre zögernden Schritte in die Mill zu führen.

Es waren der Vater und Djuna, die kamen und es war eine Schande, was sie vorfanden. Anuk lag neben einem brennenden Fass auf einer speckigen Matratze. Nicht jedem bekam das Gift, auch wenn es denjenigen deshalb nicht gleich umbrachte. Anuk hatte sich in seinen eigenen Exkrementen zusammengerollt. Drei Tage hatten ausgereicht, um aus einem Fischer einen Fisch zu machen, der sich, elendiglich vor sich hinvegetierend, an eine vollgeschissene und vollgekotzte Existenz klammerte.

Nicht sein Kampfgeist hatte Anuk vor dem Tod bewahrt.

Es war der Urinstinkt eines Tieres ohne nennenswertes Bewusstsein gewesen.

„Steh auf“, sagte der Vater.

Zögerte, mehr zu sagen.

Wartete.

Vielleicht hoffte er sogar einen Atemzug lang.

Als Anuk sich nicht bewegte und den Vater die Angst überfiel, der immer noch geliebte Fisch im Dreck könnte seinen letzten Atemzug längst getan haben, setzte er nach: „Steh auf, *mein Sohn*."

Anuk schlug die Augen auf und er sah den Vater und die Schwester vor sich wie die heiligen Könige, denen für ein bizarres Krippenspiel nur der Dritte im Bunde fehlte. Was die Mutter aufgehalten hatte, vermochte er nicht zu sagen, aber es konnte durchaus sein, dass es diese Unvollkommenheit des biblischen Bildes war, die ihn wachrüttelte und dafür sorgte, dass er nicht nur sah, sondern auch verstand.

„Sohn?", fragte Anuk.

„Der bist du. Und jetzt steh auf!"

„Aufstehen?", fragte Anuk und in jeder Silbe schwang die schiere Unmöglichkeit des Geforderten mit.

„Steh auf und komm nach Hause", flehte Djuna.

Ihre zarte Stimme war derart leise, dass Anuk froh war, sie in seinem Kopf zu hören, denn sonst hätte der eisige Wind, der durch die Halle fegte, ihre Worte womöglich ungehört hinfort getragen.

„Nach Hause?", fragte Anuk.

„Es wird erst wieder ein Zuhause sein, wenn du aufstehst und mit uns kommst, mein Sohn", sagte der Vater.

„Aber, du hast mich fortgeschickt. Du hast mir verboten wiederzukommen."

„Und unsere Ahnen haben mir im Traum gezeigt, dass ich im Unrecht gewesen bin. Dass ich dir Unrecht zugefügt habe. Schweres Unrecht. Es zählt, dass du Mensch bist. Ein guter Mensch! Es zählt, dass du liebst. Viele gehen so lange lieblos durchs Leben, bis sie verlernen, Mensch zu sein. Sei Mensch und liebe, und lass die anderen ebenfalls Mensch sein und lieben. Das haben die Ahnen gefordert."

Der Vater ließ unerwähnt, dass die Tochter und er gerade eben einen Fisch vorgefunden hatten, weil er wusste, dass der Fisch den Fischer wieder freigeben würde, wenn erst das Gift den Körper verlassen hatte und dieser stattdessen von Liebe erfüllt war. Wo Liebe war, wuchs Menschlichkeit.

„Er ist übrigens zu uns gekommen. Zum Haus. Christopher. Er sucht dich. Er macht sich Sorgen", stellte Djuna fest.

„Er sucht mich?", wiederholte Anuk und verdrängte die Tatsache, dass er sich im Fegefeuer der brennenden Ölfässer keineswegs geschickt verborgen gehalten hatte. Er wollte einfach das bestätigt wissen, was gesagt worden war und nicht begreifen, was er doch so verzweifelt zu vergessen hoffte.

„Christopher", flüsterte Anuk, der die Antwort erst gar nicht abwarten wollte, andächtig und spürte, wie seinen glitschigen, halb toten Körper frischer Mut beseelte. Er rappelte sich auf der Matratze auf und der Vater bot ihm den Arm, um ihn zu stützen. Jetzt war es Anuk, der wirkte wie eine Landratte, die sich an Deck verirrt hatte, aber schließlich stand er da. Gestützt von seinem Vater, festgehalten von seiner Schwester.

„Er ist wahrscheinlich okay", sagte Djuna und sie konnte sich ein Lächeln nicht verkneifen. Sie war offensichtlich erleichtert, aber sie war auch immer noch seine Schwester, die wohl nicht vergessen hatte, dass es in gewissem Maße ihre Daseinsberechtigung war, ihren großen Bruder zu quälen. „Okay, aber wohl schon ein bisschen alt. Er verliert bereits die Haare auf dem Kopf. Du stehst auf einen alten Sack."

Und Anuk musste lachen.

Er lachte leise und es klang mehr wie ein Husten, aber er musste lachen und er lachte immer noch, als Schwester und Vater ihn aus der Mill hinaus ins Sonnenlicht führten.

Sie ließen ihn schlafen.

Als er aufwachte, schrie er vor Schmerz.

Und sie ließen ihn schreien.

Sie gaben ihm Gletschereis zu lutschen, das der Vater aus dem Meer gefischt hatte und das Eis sorgte dafür, dass seine Schreie an der Schwelle seines Körpers gefroren und nicht in seiner Seele. Die Schreie wurden zu funkelnden Eiskristallen, die von seinen Lippen rieselten, bis sein Bewusstsein in ein schwarzes Delirium abdriftete und die schillernden Kristalle in alle Himmelsrichtungen davonstoben und verstummten.

Da ließen sie ihn, fern seines eigenen Bewusstseins, liegen.

Aber sie kühlten weiterhin seine Stirn.

Sie hielten seine Hand.

Wechselten seine Decke, wenn sie durchgeschwitzt war.

Holten zusätzliche Decken, wenn er am ganzen Körper zitterte.

Und die Schwester erzählte ihm ein Geheimnis.

Dieses Geheimnis glitt tief in seine Bewusstlosigkeit hinab und er konnte die Schwester inmitten des schwarzen Nichts weinen hören. Er sah ihr tränennasses Gesicht vor sich und er erinnerte sich daran, wie oft er es zuvor gesehen, aber niemals wahrgenommen hatte. Deshalb schlug er seine Augen auf und wollte nach ihrem Gesicht greifen, wollte ihre Tränen mit seinen bloßen Händen trocknen, aber da hatte sie sein Zimmer schon längst wieder verlassen. Es war bloß ihr Weinen, das nach wie vor in den dunklen Ecken, die von dem sanften Schein der Kerze auf seinem Schreibtisch nicht erleuchtet wurden, mit verstörender Beharrlichkeit festhing.

Er setzte sich im Bett auf.

Wartete, bis seine Kopfschmerzen erträglich waren.

Schlüpfte in das frisch gewaschene T-Shirt, das seine Mutter auf die Kommode gelegt hatte, erhob sich und wankte aus seinem Zimmer. Schlurfte die Treppe hinab und schlich weiter Richtung Wohnzimmer. Dort blieb er im Türrahmen stehen und beobachtete seine Familie, die vor dem Fernseher saß. Sie hatten ihm den Rücken zugekehrt und den Ton so leise gedreht, dass er nicht verstehen konnte, wovon der Moderator im grellgelben Anzug überhaupt sprach. Sein hysterisches Grinsen war verstörend genug. Vermutlich hatte die Familie Anuk nicht wecken wollen und den Moderator deshalb zu dieser exaltierten Pantomime, die seine Gesichtszüge entgleisen ließ, verdammt. Oder es war doch dieses manische Schwarz, das in Anuks Schädel gekrochen war und nun seine Gehörgänge verstopfte.

„Ich bin wach", sagte er laut genug, um seine eigene Stimme zu hören.

Die Mutter drehte sich zur Tür hin, schlug die Hände vors Gesicht und begann hemmungslos zu schluchzen.

„Setz dich zu uns, mein Sohn", forderte ihn der Vater auf und streckte ihm die Hand entgegen. Anuk tat, wie geheißen. Als er dort saß und mit unkoordinierten, ruckartigen Augenbewegungen, die stechende Schmerzen in seinem gegrillten Hirn verursachten, den menschlichen Kanarienvogel beobachtete, fragte er sich, wie lange sie hier sitzen konnten. Wie lange sie so tun konnten, als wäre nichts geschehen. Und Anuk wünschte sich, der Kanarienvogel, dem der Vater mit der Fernbedienung endlich seine Stimme zurückgegeben hatte, würde niemals wieder aufhören zu singen.

Denn genau das tat er.

Der Mann im gelben Anzug sang.

Und Anuk hatte niemals zuvor etwas Schöneres gehört.

Nur ein paar Tage später hatten die Kopfschmerzen nachgelassen und waren einem nicht näher definierbaren Taubheitsgefühl, das unmittelbar hinter den Augäpfeln saß, gewichen. Sollte sich die Taubheit auf seinen ganzen Körper ausbreiten, würde Anuk sich über kurz oder lang den Schmerz zurückwünschen, das wusste er jetzt bereits. Vorerst aber gab er sich damit zufrieden, dass er tatsächlich wieder schlief und nicht stattdessen in regelmäßigen Abständen quasi das Bewusstsein verlor.

Außerdem war sein Appetit zurückgekehrt. Der erste Bissen Heilbutt hatte seine Lebensgeister geweckt.

„Wir bekommen am Samstagabend Besuch", sagte die Mutter, als er ihr beim Abwasch half und sie zu zweit in der Küche standen.

„Besuch?", fragte Anuk.

Die Mutter nickte. Ihr Nicken wirkte bemüht, aber einstudiert, freundlich, aber unsicher und ihre Augen leuchteten toxisch. Anuk hatte keinerlei Zweifel daran, wer in zwei Tagen mit ihnen beim Tisch sitzen würde.

„Ich freue mich", sagte er, während er das karierte Geschirrtuch über die rosaroten Blumen auf dem weißen Teller wandern ließ. Ob es ihm wohl gelingen würde, die Blumen wegzuwischen? Ob es ihm gelingen würde, wenn er es nur wirklich wollte? Wenn er es nur lang genug versuchte?

„Ich freue mich sehr", bekräftigte er.

Anuk wünschte sich, er würde seine Worte auch fühlen und nicht bloß aussprechen. Er wünschte sich, seine Freude hätte mehr zu bieten als fünf leere Silben. Und er fragte sich, ob die Taubheit hinter den Augen nicht vielleicht längst sein Herz erreicht hatte.

Anuk lächelte, als er an diesem Samstagabend das Wohnzimmer betrat und, unter den neugierigen Adlerblicken seiner Familie, Christopher vorfand.

Christopher, der ein Sakko angezogen und sich das Haar mit Gel aus dem Gesicht gekämmt hatte.

Christopher, der Anuks Lächeln nicht standhalten konnte und auf den Boden starrte.

Christopher, der einen Teddybären in Händen hielt, als würde er eine tote Babyrobbe festhalten und verhindern wollen, dass Robbenblut auf sein weißes Hemd tropfte.

Christopher.

Verdammte Scheiße.

Christopher. In Anuks Zuhause. Bei seiner Familie. Um ihn zu sehen. Um mit ihm zusammen zu sein. Ganz offiziell. Keine Spielchen mehr, von nun an nur noch die Wahrheit. Irgendjemand hatte Anuks Gebete, die er nie gesprochen hatte, erhört. Das Gift hatte ausgereicht, um seine Träume nicht nur auf der speckigen Matratze in der Mill wahrwerden zu lassen. Denn hier stand er, der Teddybären haltende, wahrgewordene Traum. Und irgendwie schaffte es dieser Traum dann doch noch, den Kopf wieder anzuheben und Anuks Lächeln zu erwidern.

„Wollt ihr Tee?", fragte die Mutter.

„Tee. Das klingt toll. Ich mag Tee. Ich trinke sehr viel Tee. Jeden Tag!", antwortete Christopher übereifrig und hielt Anuk den Bären hin.

„Ich … ich hab etwas vergessen. Ich … muss schnell etwas holen. Nicht weggehen, ich bin gleich wieder da", stotterte Anuk.

Christopher ließ den Bären sinken und Anuk stürmte aus dem Zimmer.

„Hat er auch ein Geschenk? Wo hätte er denn ein Stofftier kaufen sollen?", vernahm er die Worte seiner Schwester, als er die Treppe hocheilte. Offenbar war sie der Meinung, dass Männer einander bevorzugt Stofftiere schenkten. Und bevor er die Tür zu seinem Zimmer öffnete, glaubte er, seine Mutter sagen zu hören: „Er hat gezeichnet. In den letzten Tagen hat er sehr viel gezeichnet. Vielleicht hat er ein Tier gezeichnet."

Dann stahl sich Anuk in sein Zimmer davon und zog die Tür hinter sich ins Schloss. Sperrte die Stimmen aus. Sperrte seine Familie, zu der nach heute Abend wohl auch Christopher gehören würde, aus und atmete durch.

Was die Mutter gesagt hatte, war eine Lüge.

Es war eine Lüge, weil sie es nicht besser wusste und stattdessen annahm, statt zu wissen, aber es war dennoch gelogen.

Er hatte nicht viel gezeichnet.

Er hatte viele Stunden regungslos an seinem Schreibtisch verbracht und auf ein weißes Blatt Papier geglotzt, während sich diese Taubheit hinter seinen Augen durch sein Gehirn gefressen hatte.

Aber er hatte tatsächlich ein Geschenk.

Er hatte ein Geschenk für sie alle, und obwohl er es nicht wahrhaben wollte, machte er dieses Geschenk auch sich selbst. Er bückte sich und zog den schwarzen Rucksack hervor, der unter seinem Bett lag. Er hatte ihn gepackt, nachdem es ihm nicht gelungen war, die rosaroten Blumen von dem weißen Teller zu wischen.

Er schaute sich in seinem Zimmer um.

Ein letztes Mal.

Ein ganzes Leben.

Sein ganzes Leben.

Nervös wanderte sein Blick zur Tür und verweilte dort einen sehnsüchtigen Augenblick lang. Anuk umarmte das tiefe Bedauern, das er empfand, als er seinen Blick von der

Tür loslöste und zum Fenster schweifen ließ. Er umarmte schicksalsergeben und gleichermaßen dankbar den emotionalen Schmerz, den dieses Loslösen in seinem Herzen entfachte, denn er verstand, dass dieser Schmerz ein Zeichen war. Er musste annehmen, was das Leben noch für ihn erübrigen konnte. Er musste fühlen, was er zu fühlen fähig war oder er würde nie wieder irgendetwas empfinden können und die Taubheit hätte endgültig gesiegt.

Das war nicht der Abend, an dem er lachend in das Wohnzimmer zurückkehren würde.

Auf ihn wartete die Welt dort draußen.

Und diese Welt war von Leid erfüllt.

Aber wenigstens würden auf diese Weise die Menschen hier drinnen, die er einst so geliebt hatte, vom Leid verschont werden. Und wenn schon nicht vom allgemeinen Leid der Welt, dann wenigstens von seinem ganz speziellen.

Anuk stieg in die Stiefel neben seinem Bett, nahm seinen dick gefütterten Winterparka aus dem Schrank, schlüpfte hinein und zog die Fellmütze aus der Jackentasche und bis über beide Ohren. Dann öffnete er das Fenster, kletterte hinaus auf das schräge Dach, schlitterte bis hin zur Dachkante und sprang von dort aus in den Vorgarten.

Er stahl sich davon.

Klammheimlich.

Stahl sich davon in die pechschwarze und zugleich schneeweiße Nacht.

Dieses Mal würde er nicht zum alten Bergwerk gehen.

Dieses Mal würden sie ihn nicht finden.

Nie wieder.

Der Kanarienvogel hatte aufgehört zu singen.

Die Bergleute waren alle längst tot.

„Sie haben mich nicht gefunden. Über zwanzig Jahre lang haben sie mich nicht gefunden. Und jetzt, wo die Menschheit dem Untergang entgegendämmert, ist mein einziger Trost, dass sie mich vielleicht nie gesucht haben“, sagt Anuk und auf seinem schmutzigen Gesicht zeigt sich ein verhaltenes Lächeln. Das Lächeln gilt mir. In diesem eigenartig intimen Moment überrascht und überfordert es mich gleichermaßen. Ich verziehe keine Miene. Es ist mir unmöglich, seine Zurschaustellung von Zwischenmenschlichkeit zu erwidern. Ein solches Verhalten wäre ähnlich absurd wie mein Spiegelbild anzulächeln. Das ist etwas, was ich seit vielen Jahren nicht mehr gemacht habe. Irgendwann hat die Angst gesiegt, mein Spiegelbild könnte einfach mit seelenlosen Augen durch mein lächelndes Gesicht hindurchstarren. Doch Anuk lässt sich von meinem leeren Blick nicht beirren. Sein Lächeln wird bereiter und er greift ganz selbstverständlich nach meiner Hand. Es ist, als wolle er mein von seiner Erzählung verletztes Wesen mit seiner Geschichte versöhnen. Als wolle er mir Trost spenden, weil mich sein Leben traurig gemacht hat.

„Willst du durch deinen Schmerz meinen Schmerz heilen?“, frage ich, bevor ich über meine Worte, die keinerlei Sinn für mich ergeben, nachdenken kann. Seltsamerweise scheint Anuk mich sehr wohl zu verstehen.

„Ein immerzu wacher Geist, dem man den Traum verbietet, und das bloß, um das welkende Fleisch am Leben zu erhalten, muss nicht auf Heilung hoffen. Aber gerade in diesem Moment gibt es außer dir und mir auch noch uns.“

Ich kann mich nicht erinnern, wann geteiltes Leid zuletzt wahrhaftig halbes Leid gewesen wäre, aber ich weiß ganz genau, wie unerträglich sich die Taubheit hinter den Augen anfühlt. Als wäre man lebendig begraben. In sich selbst. Tief begraben im eigenen Nichts.

„Weshalb ist es dein einziger Trost, dass sie dich nicht gesucht haben?“, frage ich, weil ich mich sonst in meinen eigenen Gedanken verliere, und ich mir sicher bin, dass ich in diesem Fall nie wieder zurückfinden würde. „Du liebst sie doch immer noch und ich kann nicht glauben, dass es tröstend ist zu denken, sie hätten aufgehört, dich zu lieben.“

„Bist du dir da sicher? Glaubst du, was du sagst?“, fragt er und beugt sich zu mir, um mir in die Augen zu schauen. Sein Blick ist hellwach, weil der unermüdliche Schmerz, der in ihm wütet, seit er Alaska verlassen hat, an jedem gottverdammten, traumlosen Tag gegen die Taubheit anbrennt.

Anuk hat sie gefunden, die Überlebensformel.

Es ist der Schmerz, der uns nicht sterben lässt.

Ich drehe meinen Kopf zur Seite. Er hat ohnehin längst erkannt, dass ich lüge. Ich will vermeiden, dass er es auch sieht.

„Du bist zu hart zu dir selbst“, flüstere ich und bin mir nicht sicher, ob ich damit ihn oder doch mich meine. Vielleicht uns beide. Denn was hat Anuk gesagt? Gerade in diesem Augenblick gibt es außer ihm und mir auch noch uns.

„Das bin ich, aber es ist meine Entscheidung. Ich möchte hart zu mir selbst sein. Ich war hart genug zu ihnen“, antwortet er und ich begreife, dass er keinesfalls nur von sich spricht. Ich begreife und akzeptiere es. Das ist unser Konsens. Das sind wir.

„Uns ist viel Unrecht widerfahren“, sage ich.

„Und dennoch haben wir weit mehr Unrecht angerichtet“, setzt er meinen Gedanken fort. „Wäre ich an jenem Abend und in all den darauffolgenden Monaten und Jahren in Seward geblieben, dann wäre vieles anders gekommen und es wäre noch viel mehr erst gar nicht passiert.“

„Du denkst, es ist ein Fehler gewesen?“

„Das ganze Leben ist ein Fehler.“

Er spricht nicht mehr bloß von uns. Jetzt spricht er von der Menschheit. Und weil er diesen universellen Gedanken mit solch unerschütterlicher Gelassenheit kundtut, muss ich mir eingestehen, dass es durchaus die Wahrheit sein mag und ich kann die Wahrheit nicht länger ertragen.

„Ich muss trotzdem weiter", sage ich, löse meine Hand von seiner und erhebe mich von der Treppe vor der Bibliothek.

„Ich bin der Letzte, der dich aufhalten würde."

„Das alte Kino in der Mainstreet?", frage ich, und das nicht, weil ich den Ort vergessen hätte oder nach seiner Lebensbeichte meiner Erinnerung misstraue. Mir fehlen bloß die passenden Worte, die eines solchen Abschieds würdig wären.

„Das alte Kino, ja. Du hast keine Vorstellung, was dich erwartet. Aber wenigstens weißt du, wonach du suchst", sagt er und hält mir die wenigen Habseligkeiten, die ich nicht am Leibe trage, hin.

Ich finde, dass seine Worte alles hier ziemlich gut zusammenfassen, deshalb nicke ich und er erwidert mein Nicken. Ein stummes Übereinkommen.

Ich.

Er.

Wir.

Und all die fehlerhaften Menschenleben.

Bis zum ersten Wimpernschlag halte ich den Blickkontakt, dann schultere ich meinen Rucksack, wende mich dem Stadtzentrum zu und marschiere, ohne ein weiteres Wort zu verlieren oder mich auch nur einmal umzudrehen, den rissigen Bürgersteig entlang.

Und dieses Mal bin ich es, die lächelt. Weil ich weiß, wonach ich suche und weil mein seelenloses Lächeln niemand sehen kann. Noch nicht einmal ich selbst.

PAPST

Die Mainstreet von Bloomington liegt verlassen da. Der Abend dämmert. Die Nacht naht unerbittlich, dieser Schein trügt nicht. Die zur Schau gestellte Einsamkeit hingegen ist bloß eine hinterhältige Illusion. Ein potemkinsches Dorf elegischer Isolation.

Die Straße vor dem Kino ist nicht ausgestorben.

Sie ist verdächtig menschenleer.

Früher habe ich viel gelesen. Die abstrakte Stille und das - die Wirklichkeit überstrapazierende - Zwielicht erinnern mich an ein Buch, dessen Titel ich ebenso vergessen habe wie die Handlung. Aber ich habe eine der ersten Zeilen noch deutlich vor Augen, weil mir nie zuvor etwas derart Endgültiges innerhalb so weniger Worte begegnet ist.

Irgendwo bellt ein Hund.

Dass ich jetzt gerade keine Hunde bellen höre, entschärft die Situation keineswegs. Ich habe nicht vor, schlafende Hunde zu wecken. Muss ich auch nicht. Sie erwarten mich bereits. Die leere Hauptstraße ist eine Falle und ich bin das Beutetier, das einen beherzten Schritt hineinwagt, um den Speckwürfel mit dem Namen Esel zu ergattern. Aber ich muss mein Ziel erreichen und nicht bloß ankommen. In der Garage in Detroit habe ich mich darauf festgelegt, dass mir dieses Unterfangen nur mit Esel gelingen kann. An irgendetwas muss sogar ich noch glauben und ich glaube an Esel. Er ist mein Fischkutter.

An der Neonreklametafel des Kinos leckt gleichermaßen die blutrote Abenddämmerung, wie die aufkeimende Dunkelheit an ihr nagt, da sich niemand die Mühe gemacht hat, die plärrenden, fast mannshohen Buchstaben erstrahlen zu lassen.

Lichtspielhaus.

Dieses inaktive Relikt aus alten Zeiten – aus Zeiten, bevor das alles passiert ist und, wenn man es genau nimmt, sogar aus Zeiten, bevor das passiert ist, was niemals hätte passieren dürfen, keiner Menschenseele, nicht mir – berührt mein Herz und einen schrecklichen Augenblick lang befürchte ich, dass aus dem Brennen in meinen Augen doch noch Tränen werden könnten, aber der Anflug physischer Traurigkeit hinterlässt bloß einen bitteren Geschmack in meinem Mund.

Vor der gläsernen Doppeltür mit dem Bronzerahmen bleibe ich stehen. Die Tür steht nicht sperrangelweit offen, aber es schlingt sich auch keine eiserne Kette um die derb stilisierten Löwenpranken, die wohl als Türgriffe dienen sollen. Das Portal in diese eselverbergende Welt ist unverschlossen, daran zweifle ich keine Sekunde.

Wie sollte eine verschlossene Falle auch zuschnappen?

Das Glas der Schaukästen links und rechts ist eingeschlagen, die Plakate darin sind ausgeblichen und hängen in Fetzen von der weinroten Rückwand. Schon lange hat mich kein Film mehr gereizt. Es ist Jahre her, dass ich einen Kinosaal von innen gesehen habe. Jetzt bedaure ich, dass ich diese ehemals bunten und nun zerrissenen Bilder unserer ehemals bunten und nun zerrissenen Welt nicht zuordnen kann. Ich sehne mich nach der Fiktion, deren kommerzielles Gleißen die Wirklichkeit in ihre Schranken weist und die mich optisch derart überfordert, dass ich bloß noch sehe, aber nicht mehr denke oder fühle. Ich sehne mich nach einer Tüte Popcorn, die nach ranzigem Buttterersatz und dennoch wie ein Stück vom Himmel schmeckt. Ich sehne mich nach den Filmtrailern, die in neunzig Sekunden den Inhalt des gesamten und an sich inhaltsleeren, aber lautstarken Streifens verraten.

Und ich sehne mich danach, dass du meine Hand festhältst.

„Esel“, flüstere ich, löse meine zitternde Hand von der Erinnerung an deine und trete durch die Schwingtür, die sich mit einem wehleidigen Stöhnen in das mit Sperrmüll vollgeräumte Foyer hinein auftut. Irgendjemand hier hat einen Konservierungswahn kultiviert, der empfindlich an Zerstörungswut grenzt. Dieser Irrsinn hat Methode. Die diversen, möglichst profanen Überreste unserer Alltagswelt sind beschädigt, fast schon zersetzt. Ein Elefantenfriedhof unserer Zivilisation. Aber die willkürliche Anordnung von Autotüren, Fahrradreifen, Motorenteilen und anderen Objekten unterwirft sich bei eingehender Betrachtung einem befremdlichen System.

Entropie.

Der Übergang von der Ordnung zum Chaos.

Irgendjemand sammelt hier Dinge.

Und seine Kinder haben vor Stunden Esel dieser Sammlung hinzugefügt.

Ich wandere eine Reihe von Stoßstangen entlang, die mit bunten Abziehbildern beklebt sind. Die Stoßstangen bilden eine Bordsteinkante, die den Weg hin zum Eingang des Kinosaals markiert. Es ist ein altes Kino. Das ist es damals schon gewesen. *Davor.* Es gibt nur einen Saal. Ich frage mich, ob dieses Kino erst geschlossen hat, nachdem die Menschen geträumt haben wie die Fliegen. Ich frage mich, ob tatsächlich die Gefahr besteht, in genau diesem letzten Traum, den man hat, bevor man nie wieder etwas hat, festzusitzen. Eine greifbare Angst überkommt mich.

Was, wenn dieser Traum ein grauenvoller Traum ist?

Denn wie groß ist die Wahrscheinlichkeit in einer Wirklichkeit wie dieser, einem schönen Traum nachzuhängen?

Und führen uns unsere schrecklichen Träume in unsere ewige und ganz persönliche Hölle?

Alaska, the last Frontier, brüllt einer der Stoßstangenaufkleber in martialischem Rot und fesselt somit meine Aufmerksamkeit, die eben noch in ein lähmendes Labyrinth meiner Gedankenwelt abzudriften drohte. Ich muss an Anuk denken, der vor der Taubheit hinter seinen Augen davongerannt ist, weil er nicht bedacht hat, dass er sich selbst überallhin mitnimmt.

„Dummes Kind", sage ich und halte inne, weil mir erst jetzt bewusst wird, dass er nicht vor etwas geflohen ist. Er hat dieses elende und unbenannte Etwas ganz bewusst mitgenommen, um die davor zu bewahren, die er zurückgelassen hat. Die er immer noch liebt, auch wenn er nicht wissen kann, wann sie zuletzt geträumt haben. Es mag falsch gewesen sein, was er getan hat, aber keineswegs feige. Ich bin es, die dieses dumme Kind ist, und ich bin mir dessen mit einem Schlag schmerzhaft bewusst.

„Willst du rumstehen und Löcher in die Luft starren oder willst du eine Aufwartung machen?", reißt mich eine trotzige Stimme abermals aus meinen Gedanken.

Der Eingang zum Kinosaal hat sich geöffnet und im Türrahmen wartet ein vielleicht vierzehn Jahre altes Mädchen, das aussieht, als hätte es den Großteil seiner Kindheit damit verbracht, sich mittelmäßige Zombieserien anzuschauen. Über ihrer hautengen Lederkleidung trägt sie diverse Protektoren, die sie für Sportarten benötigen würde, die sie gewiss nie wieder ausüben wird. Es erstaunt mich nicht, dass sie eine Waffe auf mich richtet. Waffen gibt es gefühlt unendlich viele, aber es gibt auch in unserer nihilistischen Gegenwart nur endlich viele Menschen, die eine Waffe auf andere richten und auch bereit dazu sind abzudrücken. Sie ist keine von denen.

Aber die Waffe passt zu ihrer Ritterinnenrüstung.

„Wenn kein Platz mehr in der Hölle ist …“, setze ich an.

„Red keinen Scheiß“, fällt mir das Mädchen ins Wort und zufrieden stelle ich fest, dass ihre eloquente Überheblichkeit von eben sehr schnell dem Jargon einer adoleszenten Rotzgöre gewichen ist.

„Dann will ich mich klar ausdrücken, kein Scheiß. Ich will Esel … Ich will mein Fahrrad zurück. Ihr habt es mir vor der Bibliothek gestohlen. Ich würde jede Wette eingehen, dass du dabei gewesen bist. Gebt mir mein Rad und ihr seht mich nie wieder.“

„Wieso sollten wir dich nicht wiedersehen wollen? Weshalb sollten wir überhaupt Abschied nehmen? Vielleicht freuen wir uns ja über deinen Besuch. Vielleicht wollen wir, dass du bleibst.“

Hinter einem blinden Spiegel rechts von mir tritt ein junger Mann hervor. Auch er ist gekleidet, als würde er einer beliebigen Actionfigur auf dem Bücherregal in einem Kinderzimmer gerecht werden wollen und er richtet ebenfalls eine Waffe auf mich. Bei näherer Betrachtung zeigt sich, dass dieser junge Mann wohl ebenfalls eher noch ein Kind ist, aber darüber hinaus ist er jemand, der abdrücken würde.

Ich hebe beschwichtigend die Hände und verberge meine aufkeimende Furcht hinter der Fassade einer Frau, die zu viel verloren hat und deshalb verbittert an der Taubheit hinter ihren Augen festhält, um sich überhaupt noch an etwas zu klammern.

„Du missverstehst mich. Das ist kein Besuch. Ihr habt etwas gestohlen, das mir gehört. Etwas, das mir sehr viel bedeutet. Für euch ist es Plunder und Plunder habt ihr“, ich deute mit meiner rechten Hand durch den Raum als wäre ich eine verdammte Disneyprinzessin, die darauf wartet, dass Vögelchen geflogen kommen und auf ihrem

Unterarm Platz nehmen, „Plunder habt ihr Sammler wahrlich genug."

„Du hast recht", fährt das Mädchen fort. „Für uns ist es Plunder. Und wir sammeln diesen Plunder nicht. Wir sammeln die Menschen, für die all diese Gegenstände weit mehr gewesen sind, als du jetzt sehen kannst. Du suchst dein *Fahrrad*? Das alles hier ist für irgendjemanden ein Fahrrad gewesen."

„Du bist viel zu schlau, um Spielchen zu spielen. Das kann ich deutlich hören und ich bin ausreichend beeindruckt", stelle ich fest und es stimmt. Sie sagt Fahrrad, als würde sie Götze sagen und demaskiert damit meine Furcht.

„Deshalb spiele ich auch nicht."

„Dann gib mir mein Rad!"

„Das entscheiden nicht wir", erklärt der Junge und deutet mit der Waffe zum Kinoeingang. Einen Moment lang denke ich, dass er sie auf das Mädchen richtet, dann wird mir klar, dass er in den Saal hineinweist. „Das entscheidet *er* und *er* hat bereits entschieden, dass du uns sehr wohl einen Besuch abstattest. *Er* wartet auf dich. Seit Stunden. Und *er* wartet gar nicht gern."

„Komm", sagt das Mädchen und tritt zur Seite. Ihre pragmatische Einsilbigkeit klingt tatsächlich wie eine Einladung und darüber hinaus beinah freundlich. Ich folge der Stoßstangenbegrenzung, blicke der Kinderkriegerin – auf der Suche nach Antworten, aber auch Fragen – in die Augen, als ich an ihr vorübergehe, und betrete den Kinosaal.

Ich rechne mit der Fortführung des geordneten Chaos, doch der Saal mit den weinroten Samtsesseln präsentiert sich überraschend aufgeräumt. Ein Glaslüster an der Stuckdecke, dessen funkelnde Steine gekonnt Bleikristall imitieren, taucht den Saal in ein sanftes, orangefarbenes Glimmen, das mich im Raum gerade genug erkennen lässt, ohne dabei die laufende Filmvorführung zu stören. An den Seitenwänden befinden sich Logen, an der Rückwand ein Balkon. In mindestens zwei der Logen kann ich weitere Kinder erkennen. Jugendliche. In bizarren Rüstungen.

Bewaffnete Jugendliche in bizarren Rüstungen.

Im falschen Film, kommt mir eine Redewendung in den Sinn und ich kann noch nicht einmal sagen, wen ich damit meine.

Sind es diese Kinder, die unsere zerbröckelnde Ordnung in ihren tödlichen Spielplatz verwandeln? Oder bin ich es, der schlichtweg entgangen ist, wie weit es mit unserer Welt gekommen ist? Wie tief wir gesunken sind, innerhalb nur weniger Wochen?

Sind sie es, die ausgezogen sind, um Krieg zu spielen?

Oder bin ich es, die vom Trugbild des immerwährenden Friedens verblendet ist?

„Du bist exakt die Gesellschaft, die ich erwartet habe", übertönt eine glasklare Stimme den leisen Ton des Films. Würden Schlangen der menschlichen Sprache mächtig sein, dann würden ihre gespaltenen Zungen die Worte auf diese Weise intonieren.

„Ich bin nicht deine Gesellschaft. Ich bin die, der du etwas schuldig bist. Ich hole, was mir gehört, und dann gehe ich. Ende der Geschichte."

„Warum so unhöflich? Warum so eilig? Komm näher, setz dich, genieß die Vorstellung."

Käme mir in den Sinn, dieser Aufforderung nicht Folge zu leisten, würden mich die Waffen der Kindersoldaten schnell eines Besseren belehren, also lasse ich es erst gar nicht auf einen Warnschuss ankommen und folge dem Mittelgang bis nach vorne in die erste Reihe.

„Setz dich!", fordert mich der Mann ein weiteres Mal auf. Halb thront er majestätisch, halb lehnt er desinteressiert auf dem Sessel genau in der Mitte der Reihe. Er erweckt den Anschein, als würden die Erzählungen unserer sterbenden Welt nicht seinem Anspruch genügen, ihn ausreichend zu unterhalten, und ihn deshalb schlichtweg zu Tode langweilen. Als hätte er jedes nur erdenkliche Szenario des unweigerlichen Untergangs lückenlos durchgespielt und abschließend für belanglos befunden.

„Ich stehe bequem“, weigere ich mich.

„Das bezweifle ich. Das bezweifle ich wirklich. Erlaube mir, meinem Zweifel Nachdruck zu verleihen“, sagt er und deutet in die Loge zu seiner Linken. Drei Jugendliche treten an die Brüstung, richten ihre Gewehre auf mich. Eines sieht aus wie eine Kalaschnikow. Ich kann nicht sagen, ob die Gewehre tatsächlich funktionieren. Die Kinder funktionieren perfekt. Sie gehorchen aufs Wort. Auf sein Wort. Ich entschließe mich dazu, diesem Beispiel vorerst nachzueifern und nehme Platz. Dabei lasse ich zwei Sessel zwischen ihm und mir frei. Ich sage mir, dass ich ihm bloß nicht zu nahe kommen will, aber ich weiß, dass ich mich instinktiv dem unausgesprochenen Regelwerk dieses schaurigen Ortes beuge und deshalb einen Respektsabstand einhalte.

Wer muss man sein, dass einem immer noch Respekt entgegengebracht wird?

Wo doch alles vor die – vor dem Kino schweigenden – Hunde geht?

„Viel besser“, stellt er zufrieden fest, aber das ist es nicht. Nichts in diesem Kinosaal ist besser. Es ist noch nicht einmal gut. Alles hier ist auf seltsam subtile und dennoch offenkundige Weise böse und er ist das apathische Epizentrum dieses Fegefeuers.

„Viel besser, Kinder?!“, brüllt er, da ich ihm keine Antwort gebe.

„Ja, Papst!“, hallen die Stimmen seiner infantilen Armee durch den Raum und werden innerhalb des euphorischen, zweisilbigen Gehorsams zu einem einzigen, zu einem ungeteilten Zuspruch. Zu einer Stimme.

Du bist viele. Dein Name ist Legion, denke ich.

„Ich bin dein Gastgeber“, sagt er, als hätte er meinen Gedanken gelesen. Wahrscheinlich übertreibe ich. Wahrscheinlich steht mir diese Empfindung ins Gesicht geschrieben und er ist nicht mehr als ein aufmerksamer Leser.

„Gastgeber“, wiederhole ich irritiert und das Wort ist so bitter wie meine ungeweinten Tränen.

„Hocherfreut“, antwortet er und wirkt dabei wie ein Mensch.

Er ist eine fürwahr eigenartige Gestalt. Seltsam gewinnend und grundlegend abstoßend zugleich. Ich möchte frenetisch grinsen, ich möchte mich hysterisch fürchten. Und irgendwie kommt er mir flüchtig bekannt vor. Er ist wohl Ende siebzig, hager und lang gestreckt wie eine Stabheuschrecke, mit kurz geschnittenem, grauem Haar und einem eingefallenen Gesicht.

Direkt über seinem verbissenen Mund befindet sich ein schwarzer Schnurrbart, der so schmal ist, als hätte er nicht einen akkurat getrimmten Bart stehen gelassen, sondern bloß mit einem Kajalstift den Rand der Oberlippe nachgezogen. Er trägt eine altmodische, nur leicht getönte Sonnenbrille mit Hornrahmen, ich kann seine blassen Reptilienaugen hinter den grünen Gläsern deutlich erkennen, und einen türkisen Samtanzug. Die Finger an seinen knochigen Händen sind lang und befremdlich vielgliedrig. Ich kann gar nicht anders, als mir vorzustellen, wie diese knochigen Antennen Körperöffnungen erforschen. Eigene wie fremde.

„Genießt du Filme?“, fragt er.

„Gerade eben habe ich sie vermisst“, antworte ich wahrheitsgemäß und denke an das Popcorn. An meine Hand in deiner Hand.

„Das ist mein aktueller Lieblingsfilm“, sagt er und deutet Richtung Leinwand. „Es ist mein Film. Ich habe ihn erschaffen. Ich bin Filmemacher, aber ich denke, das ist dir bereits bewusst. Dieser Film ist gerade mal fünf Tage alt, aber ich fürchte, ich habe mich bald daran sattgesehen. Deshalb kommt mir dein Besuch gelegen.“

„Das ist …“, setze ich an, während meine Augen an der Leinwand kleben, aber ich verstumme, weil ich nicht weiß, welches der vielen widerwärtigen Worte, die mir in den Sinn kommen, ich verwenden soll.

„Das ist *wunderschön*, oder nicht, Kinder?!“, brüllt er.

„Ja, Papst!“, erschallt der Chor seiner Armee.

„Es ist *abstoßend*“, sage ich und auf verstörende Weise hört es sich nicht schockiert oder ablehnend an. Ich sage abstoßend, wie ich bemerkenswert sagen würde. Auch mein Gastgeber lächelt erfreut.

„Es ist abstoßend. Wie recht du hast! Das Abstoßende ist das einzig Erregende, das uns geblieben ist. Tu das, was du tun musst, weil du gar nicht anders kannst. Folge dem Drang zu erleben, zu erfahren, zu betrachten. Sieh hin! Lass mich deinem Akt der unzensierten Wahrnehmung beiwohnen. Sehe ich meinen Film durch deine Augen, ist es beinah so, als hätte ich niemals zuvor einen Blick darauf geworfen.“

Ich gehorche.

Und ich sehe.

Eine nackte Gestalt sitzt auf etwas, das unangenehm an einen Zahnarztstuhl erinnert. Arme und Beine sind mit breiten Lederriemen an den Stuhl gefesselt. Das Auge der Kamera gleitet langsam über den Körper, der mit Spuren übersät ist. Auf der blassen Haut finden sich Blessuren, wie man Buchstaben in einem Buch findet. Stumme Zeugen einer sukzessiven, einer geduldigen Misshandlung. Blutergüsse, Schnitte, Brandwunden. Der Misshandelnde hat den Akt der wohldosierten Dekonstruktion sichtlich genossen, aber ihn nicht bis ins letzte Extrem ausgekostet. Seine Zeichen auf dem weißen Grund erzählen eine Geschichte des Schmerzes, aber es sind Mahnmale der Unterwerfung, nicht der Vernichtung. Wir verweilen auf dem Gesicht, gehen ins gnadenlose Detail. Das Antlitz ist kreidebleich, die schwarzblauen Adern an den Schläfen treten deutlich hervor. Diese Adern unter der hauchdünnen Haut visualisieren den Rhythmus des Herzschlages. Enthüllen ihn. Das blaue Gewürm unter dem langsam sterbenden, aber noch nicht toten Pergament zuckt. Das Herz flattert. Die Lippen sind blutverschmiert. Der ursprüngliche Zweck dieses vermeintlichen Zahnarztstuhls schimmert unverhofft durch die makellos durchkomponierte, körperliche Dichtung des Missbrauchs hindurch wie ein unglücklich gewählter Vergleich oder eine abgenutzte Metapher. Die blutigen Lippen sind eine Momentaufnahme, die belegt, dass selbst der besonnenste Erzähler zu unverhoffter Eskalation neigt. Die blassgrünen Augen sind weit aufgerissen. Das Starren ist alternativlos. Lidsperren sorgen dafür, dass die Augen weder vor dem nächsten Angriff, noch vor der Wirklichkeit verschlossen werden können.

Blassgrüne Augen.

Wie die Uferzone eines Gebirgssees.

Graues Geröll, das unter eiskaltem Gletscherwasser schimmert.

„Was sollen sie sehen?“, flüstere ich. Ich muss nicht laut sprechen, damit mein Anliegen Gehör findet. Der Film ist verstummt. Das allein sagt alles, was es zu sagen gibt.

„Es ist belanglos, was diese Augen sehen. Von Bedeutung ist, was ich in ihnen sehe. Was ich gesehen habe, als ich diesen Film gedreht habe und was ich jedes Mal wiedererkenne, wenn ich ihn abermals vorführe und vorführe und vorführe. Aber es ist ein so fragiles Detail, ein unwiederbringlicher Moment, der einer Blume gleicht, die nur einmal im Jahr Schlag Mitternacht blüht, dass der Effekt zu verblassen beginnt. Er wird abgenutzt. Von meinen Blicken geschändet, bis er schließlich ganz verschwindet. Und deshalb freue ich mich über jeden neuen Gast. Ich freue mich über deine Gesellschaft."

„Um deinen Film durch meine Augen zu sehen", wiederhole ich, was er zuvor gesagt hat. Er mustert mich von oben bis unten.

„Du könntest tatsächlich schön sein, wenn du noch ein wenig älter wärst. Missversteh mich nicht, du bist keinesfalls mehr jung und das ist erbaulich, denn diese ewige Jugend, die mich umgibt, ist schrecklich ermüdend. Dein Verblühen hingegen ist erfrischend. Glücklicherweise bringt es unsere aktuelle Lage mit sich, dass das Alter endgültig seine Vorteile hat. Alte Menschen sind desillusioniert und brauchen wenig Schlaf, während die Jugend dazu tendiert, ihr halbes Leben zu verschlafen und albernen Träumen nachzuhängen. Ich habe gelernt, den Schlaf zu zelebrieren, damit ich die Träume nicht vermisse. Ich lege ich mich nackt zwischen seidene Laken und ich genieße es, vor dem Hinüberdriften einen Blick auf mein welkes Fleisch zu werfen."

„Nackt zwischen ...", stammle ich, weil ich einfach nicht verstehen kann, warum er mir erzählt, was er mir erzählt.

„Du könntest schön sein, du nicht mehr junge Frau. Und du könntest schlau sein, wenn du nicht so schwer von Begriff, aber vor allem auch nicht so leichtgläubig wärst."

„Leichtgläubig?"

„Ganz genau das, du zartes, einfältiges, fast schon altes Wesen. Ich will nichts *durch* deine Augen sehen. Nicht mich selbst, nicht meinen Film, nicht unsere Welt. Ich will etwas *in* deinen Augen sehen."

Noch bevor ich den Sinn seiner Worte begreife, spüre ich den kalten Lauf einer Waffe in meinem Nacken.

„Du willst etwas in meinen Augen sehen", wiederhole ich und versuche, mir mein Grauen nicht anmerken zu lassen. Dabei ist es in diesem Moment eigentlich gar nicht der Lauf der Waffe in meinem Nacken, der mich erschüttert. Es erschüttert mich, wie wenig es mich erschüttert, dass jemand eine Waffe gegen meinen Schädel presst. Meine Bereitschaft zu sterben enttäuscht mich und sie beleidigt meinen Kampfgeist. Mutlos klammere ich mich an die Hoffnung, dass ich mit Esel auch meinen eisernen Überlebenswillen und mein Ziel vor Augen zurückgewinnen werde. Alternativ werde ich in ein paar Tagen auf einem Zahnarztstuhl verrecken. Eine Vorstellung, die mir dann doch wieder Angst macht, was mich tatsächlich beruhigt, bis ich feststellen muss, dass diese Angst nicht ausreicht. Dass sogar die Angst sich nicht festhalten lässt. Das individuelle Erleben des Weltuntergangs ist der ultimative Trip und vor allem viel verwirrender, als sie es einem in den Filmen und Büchern immer weismachen wollen.

„Du atmest ruckartig. Fürchtest du dich?", will er wissen.

„Ich bin kurz davor gewesen", antworte ich und das ist keine Lüge.

„Schande aber auch. Furcht ist das exklusivste aller Gefühle. Man sollte keinen fürchterlichen Augenblick verschwenden. Ich bin mir allerdings sicher, dass ich da etwas nachhelfen kann. Ich bin kreativ. Als Filmemacher habe ich gelernt, mit der Angst zu spielen. Angst zu schüren. Nackte Panik."

Er kichert.

Ich kann es nicht fassen.

Er kichert tatsächlich. Wenn man eine Schlange kichern hört, kommt einem das Kotzen.

„Nackte Panik. Verzeih mir, ich liebe schlechte Wortspiele."

„Und schlechte Filme."

„Nun, du bist gekommen, um mir dabei zu helfen, einen besseren Film zu drehen. Ein Meisterwerk. Ein zeitloses Meisterwerk. Der letzte Traum. Schritt eins, ich möchte dir meine begnadete Assistentin vorstellen", sagt er und fordert mich mit einem Fingerzeig seines vielgliedrigen Zeigefingers dazu auf, mich zum Eingang des Kinosaals umzudrehen.

„Ich würde machen, was du von mir verlangst. Glaub mir, das Bedürfnis ist überwältigend, meinen Blick von dir abzuwenden, aber ich habe ernsthafte Bedenken, dass mir dein … Kind den Schädel wegpustet und ich will dir deinen nächsten großen Blockbuster doch nicht versauen. In unserer Dystopie ist der Tod so endgültig."

„Für einen noch nicht wirklich alten und noch dazu einfältigen Menschen bist du erstaunlich unterhaltsam."

Er nickt dem Kind, das hinter mir steht, zu und ich spüre, wie sich das eisige Kreisrund der Waffe von meinem Nacken löst.

„Und nun begrüße meine Assistentin. Brunhild, die Schreckliche", intoniert er so theatralisch, als würde er einen schwarzen Frack tragen und eine Gringa-Wrestling-Furie im Oktagon in El Paso ankündigen.

Ein Lachen, das noch nicht einmal von der Explosion eines atomaren Sprengstoffes aufgehalten werden könnte, quetscht sich aus meinem verkrampften Zwerchfell empor und durch meine verbissenen Lippen hindurch.

„Brunhild?!“, blöke ich wie ein manisches Schaf.

„Lach du nur. Es sei dir und mir vergönnt. Das glockenhelle Lachen der Kinder ist längst verklungen und ich vermisse diesen Reflex hörbarer Erleichterung inständig. Also lach! Aber vertrau mir, es ist nichts Lächerliches daran. Ich würde einer Künstlerin niemals vorschreiben, welchen Namen sie wählt, um ihrer Kunst einen Stempel aufzudrücken. Und das Leid, das Brunhild zu erschaffen weiß, ist erst recht nicht lächerlich. Es ist von überweltlicher Perfektion.“

Als ich mich, von der tödlichen Waffe und dem drängenden Lachen gleichermaßen befreit und dementsprechend erleichtert, zu Brunhild umdrehe, muss ich das Zugeständnis wagen, dass ich es tatsächlich mit einem faszinierend unechten Kunstwerk zu tun habe.

Die Gestalt, die durch den Mittelgang stakst, ist derart klapperdürr, dass ich mir beim besten Willen nicht erklären kann, wie sie es schafft, der Schwerkraft ihres monströsen Silikon-Vorbaus zu trotzen und nicht einfach auf die Fresse zu fallen. Die deplatzierten Brüste vom Ausmaß gigantischer Wassermelonen und der knochige Körper stecken in einer weißen Latex-Krankenschwestern-Uniform, die nicht bloß hauteng anliegt wie ein Tanga an einem Bikinimodel, sondern vielmehr wie ein Seidenhemd an einem Brandopfer. Verschmolzen ist das Wort, das mir in den Sinn kommt und auf abartige Weise trifft genau dieses Wort auch auf ihr Gesicht zu.

Verschmolzen.

Als wäre ihr wächsern anmutende Visage unter der Wüstensonne zerlaufen und von einem grausamen oder talentlosen Bildhauer behelfsmäßig rekonstruiert worden. Ihr kinnlanges Haar ist wasserstoffweiß und wie bei einem Strahlenopfer büschelweise ausgefallen. Um ihren flächig tätowierten linken Arm hat sie eine leuchtend rote Lederleine geschlungen und an dieser Lederleine …

„Das kommt echt nicht unterwartet“, stelle ich fest.

„So bin ich. Leicht zu durchschauen. Ich mag mein treues Haustierchen. Und ich vertraue ihm. Immerhin lasse ich mir von ihm auch immer die … Hand lecken, damit ich sanft aus dem Schlaf geweckt werde, bevor mich die Träume einholen.“

Mein Gastgeber erhebt sich und deutet mir, es ihm gleichzutun. Ich habe die Waffe im Nacken nicht vergessen und stehe auf. Außerdem ist so die Aussicht besser und ich will endlich vollumfänglich bewundern, was sich betont langsam nähert. Wahrscheinlich ist dies die letzte Show meines Lebens, da will ich mir etwas bieten lassen.

„Papst“, grüßt Brunhild die Grausame, als sie vor uns stehen bleibt, und deutet einen Knicks an. Ihre sich beugenden Gliedmaßen erinnern mich an Schilf, das von einem Frühlingssturm am Ufer eines Sees umgeknickt wird.

„Papst!“, brüllt die Kinderarmee.

„Wuff“, macht der nackte Kerl, der auf allen Vieren auf dem Boden kauert und dem ein zotteliger Fellschwanz aus dem Arsch ragt.

„Analplug“, klärt mich mein Gastgeber auf, als er bemerkt, dass ich den Fellschwanz fasziniert anstarre. Dann bückt er sich zu seinem Haustier hinunter.

„Braves Hundchen! Wer ist Papas braves Hundchen?“, fragt er und tätschelt den kahl geschorenen Schädel des humanoiden Vierbeiners.

„Wuff“, erwidert der Nackte und hechelt begeistert.

Das ist eine lange Zunge, mit der kann man garantiert gut … Hände lecken, denke ich und schlage meine rechte Hand vor meinen Mund, um mir mein dämliches Grinsen aus dem Gesicht zu wischen. Irgendetwas sagt mir, dass der

Humor meines Gastgebers dort endet, wo es um sein Hundchen geht. Das Grinsen vibriert unter meiner flachen Hand. Dafür, dass man mich demnächst auf einen Zahnarztstuhl schnallen und stundenlang foltern wird, bin ich entsetzlich gut gelaunt.

„Ich bin Brunhild", stellt sich die Foltermagd vor und das Hundchen bellt fröhlich.

„Ich bin hier, um mein Fahrrad zu holen", antworte ich.

„Ich habe meine Zweifel", erwidert sie.

„Ich schön langsam auch", muss ich einräumen.

„Wir haben Pläne", lässt mich die kranke Schwester aus der Twilightzone wissen.

„Pläne? Ihr habt Pläne! Die Welt geht unter und ihr dreht Snuff-Filme. Das ist doch kein Plan! Das ist so 1970er, dass es fast schon traurig ist", sage ich und der selbst ernannte Papst der Kirche des cineastischen Schmerzes beginnt abermals zu kichern. Er kichert sein Schlangenkichern so exzessiv, dass ich einen Augenblick lang hoffe, dass er daran ersticken wird, doch mit einem erleichterten Röcheln verebbt das blecherne Geräusch und lässt herzlose Stille zurück. In diesem wortleeren Raum wird Brunhilds Starren derart laut, dass ich den Blick abwenden muss und bloß noch dem einschüchternden Dröhnen in meinem Kopf lausche.

„Herrlich!", brüllt der Papst, nachdem er wieder zu Atem gekommen ist. „Das ist bestialisch herrlich! Aber es ist viel komplexer und genau deshalb elementarer als das Biest. Snuff! Wie lächerlich! Altes Kind, es kümmert mich einen Dreck, ob du stirbst. Ich finde keinen Gefallen an deinem qualvollen Untergang. Wir alle werden sterben. So bald, dass der Tod für jeden von uns das Abstrakte verloren hat. Ich will dich nicht *sterben* sehen. Ich will dich *träumen* sehen! Ich will die brutalen Funken deines letzten Traumes in deinen reglosen Pupillen tanzen sehen."

„Und das funktioniert?", äußere ich Zweifel, obwohl ich einfach weiß, dass es das tut. Ich zweifle aus Prinzip, weil ich seiner Arroganz kein mächtigeres Werkzeug als meinen Zweifel entgegenzusetzen habe.

„Ob es funktioniert?!", braust er auf und ich bemerke zufrieden, dass mein Zweifel gar keine Substanz braucht, um an seinem Selbstbild zu nagen. Das ist nicht viel, aber es ist wenigstens irgendetwas und das ist besser als nichts.

„Ob es funktioniert … pah! Und wie es das tut. Brunhild ist nicht nur eine Künstlerin, sie ist auch eine Krankenschwester. Du willst mir deinen Traum nicht gönnen? Willst wach bleiben, um mich zu bestehlen? Um mich zu bestrafen? Brunhild hat Drogen, die lassen Elefantenbullen einschlafen. Es gibt keine Weigerung. Wenn unser Schlaf dich holen will, dann holt er dich. Kleine Anekdote. Oder Geschichtslektion. Oder psychologisches Profil. Ich will mich nicht festlegen."

„Dann sprich und schwafle nicht", fordere ich trotzig etwas, das keiner Aufforderung bedarf. Aber ich bin Teil dieses Gesprächs. Ich agiere. Es ist eine rein rhetorische Agitation, aber existent. Einfach existent.

„Ist dir eigentlich bekannt, warum so viele Menschen weltweit an Schlafproblemen gelitten, aber Schlaftabletten dennoch verweigert haben?"

Ich schüttle den Kopf.

Ist es nicht.

Aber ich weiß, wer heute nicht schlafen kann, der ist klar im Vorteil.

„Weil sie Angst davor gehabt haben, dass die Schlaftabletten sie vom Träumen abhalten könnten! Ihnen die kostbare REM-Phase rauben. Welch ein Irrsinn! Stell dir vor, wie dankbar wir heute wären. Stell dir vor, wie viel Zeit uns noch bliebe, wenn dem wirklich so wäre. Die meisten

Schlaftabletten dämpfen unsere Träume tatsächlich bis hin zur völligen Unkenntlichkeit. Es ist kein REM-Schlaf mehr messbar. Aber wie uns unsere Gegenwart leidvoll gelehrt hat, verhindern sie die Quintessenz des Traumes leider nicht. Der traumlose Traum, das Sinnbild unserer Apokalypse. Aber Brunhild hat das richtig gute Zeug. Das gute Zeug, das dich zwar zum Schlafen zwingen, aber deinen letzten Traum fördern und verstärken wird. Die Wirkung des Hormons Orexin wird im Gehirn blockiert und deine REM-Phase verstärkt. Jede noch so subtile Nuance wird aus deinem Traum herausgekitzelt. Dein letzter Traum wird alles geben. Dir … und mir."

„Und wozu dann die Folter? Wozu all die Wunden, wenn der Tod dir nichts bedeutet? Wenn es nicht die Qual ist, nach der ihr sucht?"

Seine Augen leuchten.

Hat er bisher vielleicht gelogen oder die Wirklichkeit dem Showeffekt zuliebe grob überzeichnet oder schändlich vereinfacht, so wird er jetzt die Wahrheit sagen.

„Der vorangehende Schmerz sorgt dafür, dass dein Körper sich an dein lebenslanges, emotionales Leid erinnert. Dein letzter Traum wird somit ein schlechter Traum sein. Lass mir die Wahl zwischen Lust und Leid und ich werde …"

„… das Leid der anderen wählen", vervollständige ich seinen Satz.

„Du wirst wunderschön leiden und noch schöner träumen", sagt Brunhild und in ihrer Stimme schwingt eine Sehnsucht mit, der ich mich nicht entziehen kann. Ihre Sehnsucht streichelt meine Resignation und diese schmiegt sich an die Hand, die sie gerade eben liebkost, aber bald schon brechen wird.

„Ich will doch nur … mein Fahrrad holen", stammle ich.

„Und ich will mir deinen letzten Traum holen“, erwidert der Papst.

„Wird es wehtun zu träumen?“, frage ich.

„Es wird schlimmer sein als alles, was du dir vorstellen kannst, aber es wird verdammt nochmal nicht in diesem scheiß Kino passieren“, erfüllt eine raue Stimme den Saal. Ihre Silben regnen wie Eisenspäne vom Balkon auf uns herab.

„Wer zum Teufel ...?“, setzt der Papst an, wird aber sogleich wieder unterbrochen.

„Nicht der Teufel höchstpersönlich, aber dein ganz persönlicher Albtraum, wenn du sie nicht gehen lässt. Und wenn ich dich richtig verstanden habe, sammelst du fremde Albträume, damit du in deiner Ewigkeit von deinen eigenen verschont bleibst!“

„Warum sollte ich sie gehen lassen? Ich habe Soldaten!“

„Du hast weniger Soldaten, als du denkst.“

An der Brüstung des Balkons kann ich nun zwei Gestalten erkennen. Zwei Schatten, die ineinander übergehen. Körper, der an Körper grenzt. Dunkelheit, die an Dunkelheit wetzt. Doch plötzlich trennen sich die Umrisse voneinander und eine der beiden Gestalten strauchelt. Stürzt über die Brüstung. Fällt wie ein Sack Kartoffeln in die Tiefe. Schlägt auf den Sesseln der vermutlich sechzehnten Reihe auf.

Keine Gestalt.

Ein Kinderkörper.

Ein Kind.

Die Gliedmaßen verdreht.

Das Genick überstreckt.

Gebrochen.

Der Papst schreit auf wie ein verwundetes Tier. Wie eine Wildsau, der man das Mutterherz aus der Brust reißt.

„Und wenn du sie nicht gehen lässt, werden deine Soldaten weniger und weniger“, fährt die Stimme fort.

„Du wirst keine unschuldigen Kinder töten!", kreischt der Papst.

„Das habe ich doch schon. Außerdem sind wir genaugenommen alle längst tot. Ich zeige deinen Kindern bloß eine Abkürzung. Einen schnellen Ausweg, wenn du es so nennen willst. Wie sieht es aus? Lässt du meine Freundin gehen oder lässt du zu, dass sich zu deinen Füßen die Kinderleichen stapeln?"

Wir schweigen.

Wir schweigen so lange, dass ich fast davon ausgehe, dass wir alle in Kürze eines weitgehend natürlichen, schlafinduzierten Todes sterben werden.

Die raue Stimme.

Ich habe keinerlei Zweifel daran, wer gekommen ist, um mich zu retten. Ich bin mir nur nicht sicher, ob ich überhaupt gerettet werden will. Ganz gewiss nicht zu diesem Preis. Er hat ein Kind getötet und er wird weitere Kinder töten. Niemand sollte weiterleben, wenn das der Preis für sein Leben ist. Am allerwenigsten ich.

Anuk sieht das anders.

Anuk mit der Taubheit hinter den Augen.

Und irgendetwas sieht er in mir.

„Nimm sie!", brüllt der Papst plötzlich und zerreißt die Stille mit seiner Gehässigkeit. „Meine Kinder sind viele und es werden mehr und mehr und vielleicht sind sie dadurch leicht zu ersetzen, aber sie sind allesamt wertvoller als sie. Denn sie ist bedeutungslos. Nehmt euer beider Bedeutungslosigkeit und verschwindet aus meiner Welt."

„Wir nehmen dein Angebot gerne an. Aber denk daran, ich habe eine meiner beiden Waffen – nämlich jene, die nicht auf deine Kinder zielt – auf den Kopf deines Hündchens gerichtet. Und dort wird sie verweilen, bis meine Freundin das Kino verlassen hat. Danach werde ich dein

Lieblingskind mit mir nehmen und selbst verschwinden. Trete ich vor das Gebäude, lasse ich dein Kindchen frei. Ende der Vorstellung. Verstanden?"

„Ich verstehe die gesamte Schöpfung!", schreit der Papst und wendet sich dann mir zu. „Geh, du Scheusal. Geh davon und geh an dem Kind vorbei, das für deine Freiheit gestorben ist."

Ich lege meine Arme um meinen Oberkörper. Kralle meine Fingernägel durch meinen Pullover und durch mein Fleisch hindurch in meine Rippenbögen. Ich schleiche den Mittelgang entlang. Nähere mich unter dem nun blutrot erscheinenden Licht des Glaslüsters dem toten Kind.

Nähere mich.

Nähere mich.

Bin nah.

Bin unmittelbar dort.

Halte eine Sekunde lang inne und schleiche weiter.

Ich habe mich geirrt.

Es ist die vierzehnte Reihe.

Und die Kinderleiche ist eine Schaufensterpuppe.

SECHS

„Ein Wunder, dass dir nichts passiert ist. Und du hast sogar Esel gefunden", sage ich und schiebe das Rad neben mir her, während wir die Straße entlanggehen.

„Seine Kinder sind Kinder. Schlussendlich spielen sie bloß. Die Spielenden wollen nicht so gern sterben, wie der Papst es von ihnen erwartet. Schon gar nicht für ein altes, klappriges Fahrrad und einen Menschen wie dich. Als sie meine *beste Freundin* gesehen haben, sind sie geflohen wie die Kakerlaken, wenn man in der Küche das Licht aufdreht", antwortet Anuk, grinst und klopft gegen die halb automatische Waffe, die an seiner rechten Seite baumelt. „Die Wirklichkeit ist selten ebenso erschreckend wie die Vorstellung. Dank dir habe ich das heute gelernt. Ich habe mich vor dem Kino gefürchtet und ich habe dort spielende Kinder gefunden."

„Und einen Wahnsinnigen."

„Einen Wahnsinnigen, ja. Keine wahnsinnige Armee."

„Warum verfolgt er uns nicht?"

„Er ist ein Showman. Und die Show muss immer weitergehen. Er ist nicht der Typ für Rache. Wir haben ihn blamiert. Er geht der Blamage einfach aus dem Weg, und während er das macht, wartet er auf sein nächstes Opfer. Auf sein nächstes Werk. So viele mögliche Filme, so wenig verbleibende Zeit. Er muss niemandem hinterherlaufen. Es sind verdammt gute Zeiten für Serienmörder."

„Verdammt gute Zeiten für Serienmörder", wiederhole ich. „Ich hatte wirklich gedacht, du hättest ein Kind getötet."

„Ich hatte wirklich befürchtet, es könnte notwendig werden."

„Hättest du …?"

„Das kann ich nicht sagen."

Ich denke über seine Worte nach, aber er lässt mir zu wenig Zeit dafür, stürmt mit seiner Warnung mitten in meinen Gedankenpalast.

„Du solltest dir dennoch nicht zu viel Zeit lassen. Nach mir wird er nicht suchen. Aber falls seine Eitelkeit doch größer ist als sein Ehrgeiz, wird es ihn vielleicht danach gelüsten, dich zu finden. Du hast dein Rad. Schau, dass du Meilen gewinnst. Bleib vorerst im Schatten."

„Es ist Nacht", stelle ich fest.

„Auch nachts gibt es Schatten."

„Du denkst nicht wirklich, dass er mich suchen wird. Du willst mich loswerden."

„Ich denke nicht, das stimmt, und ich will vor allem keinesfalls, dass du bleibst. Du hast ein Ziel. Du musst noch etwas erreichen. Ich habe dich lang genug aufgehalten."

„Du hast mir das Leben gerettet."

„Ich habe deinen Tod bloß aufgeschoben."

„Es sind die Tage, die zählen."

„Und die Nächte. Diese Nacht solltest du nutzen, um von hier fortzukommen."

Ich bleibe stehen und strecke ihm die Hand hin.

„Ich danke dir. Dir und deiner besten Freundin. Und ich danke dir, dass du mich da drin ebenfalls als Freundin bezeichnet hast."

„Auch wenn du daran zweifelst, bist du es."

„Nein, ernsthaft, danke. Und es tut mir verdammt leid, dass du dein Boot verloren hast."

„Welches Boot?", sagt er noch, während er meine Hand loslässt und sich zum Gehen wendet. „Ich bin in meinem ganzen Leben noch nie auf einem Boot gewesen."

Ich blicke Anuk hinterher, bis er zwei Häuserblocks weiter weg um die Ecke biegt. Dann nehme ich das Fahrradlicht aus meinem Rucksack, befestige es an der Lenkstange und steige auf Esel. Noch bevor ich das erste Mal in die Pedale trete, höre ich es.

Ein Raspeln.

Ein Rascheln.

Als würden grobe Reptilienschuppen an groben Reptilienschuppen reiben.

Es ist nichts, sage ich mir selbst.

Und genau das ist es.

Nichts.

Und es folgt mir auf meinem Weg hinaus aus Bloomington und hinein in die Nacht.

SIEBEN

Ich fahre die Nacht durch und ich fahre weiter.

Nacht für Nacht.

Nicht *nur* nachts, aber bevorzugt.

Wenn ich schlafe, und ich muss schlafen, dann schlafe ich tagsüber. Wenn die Sonne, die um diese Jahreszeit zwar nichts nachdrücklich erwärmt, aber alles erhellt, vom Himmel sticht, treibt der seichte Schlaf an der lebensverschonenden Bewusstseinsoberfläche dahin.

Ich schlafe.

Ich erwache.

Ich jage den Gedanken hinterher, die mich beim Erwachen wie blutrünstige Monster überfallen haben und die eigentlich versöhnliche Träume hätten sein wollen. Kein Gedanke ist einen Traum wert. Und kein Traum ist es wert zu sterben. Noch nicht.

Ich erwache.

Ich fahre.

Ich halte mich nicht auf.

Nicht mit Menschen und nicht mit Geschichten.

Ich lasse Springfield hinter mir.

All die Leben. Die Überlebenden. Ich ignoriere den verzweifelten Lärm, und ebenso das ausweglose Schweigen. Ich halte an, wo niemand ist.

Ich lasse alles und jeden hinter mir.

Nach St. Louis beschließe ich, die Wildnis des Waldes dem Highway 44 vorzuziehen. Die Fahrt durch den *Mark Twain National Forest* ist einsam. Und eisig. Und es gibt keine Erinnerungen, die mich aufhalten. Es gibt nur das Schaben von Schuppen, das mich immer dann vorantreibt, wenn die Stille greifbar und die Kälte klirrend wird.

Ich nehme aus den Augenwinkeln wahr.

Bloß eine Andeutung, kein Sehen.

Aber ich habe den Verdacht, dass ich nur hinsehen müsste.

Der Papst sammelt fremde Albträume, um seinem eigenen Albtraum zu entfliehen. Ich hätte wissen müssen, dass er mir meinen ganz persönlichen mit auf den Weg geben würde.

In meinem Nacken tobt das Nichts.

Gleitet und schabt.

Manchmal kichert es.

Und ganz sicher grinst es dabei.

Ich trete fester und fester in die Pedale, während der Duft des Spätherbstwaldes um meinen ausgemergelten Körper strömt und meine entzündeten Nebenhöhlen ausfüllt.

Ich kann das.

Ich schaffe das.

Nichts wird mich aufhalten.

Mitten im Nationalpark treffe ich auf zwei Kirchen. Keine Ansiedlung, keine verstreuten Bauten, bloß die zwei Kirchen, die einander gegenüberstehen. Jede auf ihrer Straßenseite. Der Glaube ist hinter den wohlbehütenden Wänden sicher geborgen, aber nur den dafür Blinden wahrhaft fern. Die Suchenden sind eingeladen. Die Gläubigen werden bevorzugt behandelt. Blitzende Kreuze auf den Dachfirsten. Ein Duell wie aus einem Western. Zwölf Uhr mittags. Im Wald. Nicht in der Wüste.

Ein Glaubensduell.

Ich kann nicht die Einzige sein, die längst begriffen hat, dass beide Straßenseiten lügen.

Tatsächlich entdecke ich kein einziges Auto. Die Kirchen liegen verlassen da, ihre Holzbänke sind verwaist wie der staubige Kies auf dem Parkplatz. Den Steinen sind bloß noch die Steine geblieben. Jesus ist vom Kreuz herabgestiegen, um ein Nickerchen zu machen. Ich glaube an Esel und trete und trete und trete, bevor sich nagender Zweifel zum Schaben der Schuppen gesellen kann.

Kaum drei Meilen weiter hat mein Vorderrad einen Platten. Als müsste mir der Lauf der Dinge noch beweisen, dass mein Glaube fehlbar und bloß ein Märchen ist. Ein Märchen von einer Frau und einem Fahrrad, die auszogen, um vor den Träumen zu fliehen. Und wie jeder Mensch, der sich dazu entschlossen hat, zu glauben und nicht zu wissen, habe auch ich das Wichtigste vergessen. Ich bin mit einem Kamm im Rucksack losgefahren, den ich nie wieder brauchen werde, aber das dringend benötigte Reifenflickzeug habe ich in der Garage gelassen. Es ist noch nicht einmal so, dass ich keines gehabt hätte. In diesem Augenblick bin ich mir dessen bewusst, dass ich nur die oberste Lade des Werkzeugschrankes hätte öffnen müssen, um dort das kleine türkise Kistchen mit dem benötigten Flickzeug vorzufinden.

Aber wie einer Gläubigen hilft es mir nicht, dass ich den Weg zu Wahrheit kenne. Dass ich weiß, wo das Kistchen ist. Ich bin vor einer gefühlten Ewigkeit aufgebrochen. Die Wahrheit liegt weit hinter mir. Auch wenn ich nicht nach ihr suchen muss, ist sie dennoch unerreichbar.

Gerade als ich, meinen lahmenden Esel neben mir herschiebend, zu fluchen beginnen will, taucht ein Weg auf, der in den Wald hineinführt und die verbale Verdammnis bleibt mir im Hals stecken. Ich halte inne, blicke die asphaltierte Straße entlang, die wie mit dem Lineal gezogen vor mir den Wald zerschneidet, und richte meine Aufmerksamkeit dann auf den Schotterweg. Die Straße bringt mich ans Ziel, aber ohne Umweg werde ich dennoch nicht mehr lange vorankommen.

Eine halbe Stunde lang trotte ich müden Schrittes über groben Schotter hinweg und zerre den bockigen Esel neben mir her, dann taucht plötzlich eine Lichtung vor mir auf. Mitten auf dieser Lichtung steht eine Blockhütte. Diese wirkt zwar auf eine zweckdienliche Weise rustikal und beinah wie die Wochenendbleibe eines Jägers, aber dennoch gemütlich genug, um hier vielleicht doch ein ganzes, einsames Leben zu verbringen.

Es ist Nachmittag.

Eine melodramatisch goldene Sonne kitzelt die Wipfel der Bäume, die spitz in den blassblauen Himmel ragen.

Auf den Stufen vor der Hütte sitzt eine Frau.

Sie trägt ein rotes Nachthemd aus Seide oder Satin. Trotz des goldenen Lichtes muss sie entsetzlich frieren, aber offensichtlich kümmert sie das wenig.

Vielleicht ist es ihre Schönheit, die sie warmhält, denke ich. Ihr hüftlanges, blondes Haar umfließt ihren schlanken Körper. Uns trennen noch einige Meter und dennoch bin ich mir sicher, dass ich ihre tiefgrünen Augen strahlen sehen kann. Ihre Haut ist weiß wie Schnee und ihr Lächeln elegisch.

„Willkommen, Fremde!“, ruft sie mir zu.

„Heilige Scheiße“, flüstere ich irritiert und erwidere ihren Willkommensgruß mit einem möglichst lautstarken *Hallo*, um mein fragiles Ich in tönendes Selbstvertrauen zu kleiden und gleichermaßen den gesellschaftlichen Konventionen zu genügen. Höflich in den Untergang.

Die Band spielt, bis das Wasser unsere Scheitel küsst.

„Ich kann dir helfen“, lässt sie mich wissen und deutet mir mit ihrer Waldelfen-Hand, dass ich auch noch die letzten Meter, die uns trennen, überwinden soll. Sie scheint ganz genau zu wissen, wo mein Problem liegt und sie scheint darüber hinaus keinerlei Zweifel daran zu haben, dass sie mein Problem lösen kann.

Ich fühle mich zu ihr hingezogen.

Und ich fühle mich unsicher.

Aber unsicher fühle ich mich eigentlich immer und gerade jetzt hat Esel einen Platten, deshalb folge ich der drängenden Logik materieller Dringlichkeit und betrete das tiefgrüne Moos der Lichtung.

„Schön, dass du da bist“, sagt sie und streckt mir die Hand, mit der sie mich eben zu sich gelockt hat, entgegen.

Das Moos unter meinen Schuhen fühlt sich an wie eine weiche Matratze.

Das Funkeln in ihren Augen verrät mir, dass sie eine ziemlich genaue Vorstellung davon hat, wie ich mich fühle.

Angelockt. Betört.

Wie eine Idiotin, die schon wieder mit weit aufgerissenen Augen in eine Falle rennt.

„Komm zu mir“, lockt sie ohne Unterlass und streckt mir weiterhin ihre Hand entgegen, als würde sie einem zerlumpten Straßenkätzchen ihren Geruch anbieten, damit dieses seine instinktive Scheu ablegt.

Komm.

Schritt.

Komm schon.

Schritt, Schritt.

Komm schon näher!

Schritt, Schritt, Schritt.

Einen bizarren Augenblick lang bin ich versucht, ihre Hand zu ergreifen und einen Kuss auf ihren Handrücken zu hauchen. Dann entscheide ich mich für die peinlichere Variante und winke wie Mickey Mouse in Disney World.

Ob der Park noch geöffnet hat?

Ob wohl Menschen in den Achterbahnen einschlafen und beim dreifachen Looping aus den knallbunten Wägen fallen wie fette Gewitterregentropfen vom Himmel?

„Ich bin Sebana“, sagt sie und ich lasse verlegen meine Hand sinken.

„Das ist Esel“, antworte ich und deute auf mein Fahrrad.

„Hallo Esel! Es freut mich, dass du den Weg zu mir gefunden hast. Wie es aussieht, hast du ein Problem. Du wirkst, als würde dir etwas wehtun. Vielleicht dein Vorderrad? Ja doch, es ist das Vorderrad, das kann ich sehen. Wenn du möchtest, kann ich dir gern damit helfen.“

Ich starre sie verwirrt an.

Versuche herauszufinden, ob sie mich für debil hält oder selbst nicht mehr alle Tassen im Schneewittchen-Schrank hat. Mit Sicherheit kommen gleich die Vögelchen geflogen und helfen ihr in den Morgenmantel.

Sie nimmt meinen verdutzten Blick wahr und beginnt herzhaft zu lachen. Das Elegische ihrer Person ist mit einem Schlag verflogen, der Elfenbann gebrochen. Vor mir sitzt eine nach wie vor überirdisch schöne Frau, die aber gleichzeitig verdammt weltlich wirkt und sich vor lauter Lachen fast ins Negligé pisst.

„Es tut mir wirklich leid. Ich weiß, wie das auf dich wirken muss. Da geht die Welt unter und ausgerechnet du triffst auf eine Irre im Wald, die im Nachthemd rumsitzt und mit deinem Fahrrad spricht. Vertrau mir, ich bin so normal, wie es die Apokalypse eben zulässt. Und außerdem bin ich Lehrerin. Der Umgang mit Kindern bringt ein gewisses magisches Denken ganz automatisch mit sich. Für Kinder ist die Welt belebt und beseelt und sie ist voller Bewusstsein. Wenn man ihnen auf Augenhöhe begegnen will, übernimmt man dieses Verhalten irgendwann ganz automatisch. Also, lass es mich so sagen: Dein Rad hat einen Platten und muss offensichtlich repariert werden. Ich bin mir sicher, dass sich in meiner Werkstatt etwas finden lässt, das du gut gebrauchen kannst.“

„Danke … Se- Se-?", stottere ich.

„Sebana", hilft sie mir weiter. An der Art und Weise, wie sie liebevoll mein Unwissen überbrückt, ohne belehrend zu wirken, kann ich erkennen, dass sie damals, vor der traumlosen Zeit, wohl einen tollen Job gemacht haben muss. „Jetzt komm schon. Das Licht ist gerade so schön, wie es das nur einmal am Tag ist. Und das auch nur dann, wenn der Himmel stundenlang wolkenlos wie heute geblieben ist. Du siehst nicht aus, als hätte es in letzter Zeit viel gegeben, das du genossen hast. Setz dich, ich hol dir ein Glas Limonade aus der Küche und wir genießen gemeinsam diese Mußestunde."

„Ich glaube nicht, dass ich die Zeit dafür habe."

„Ich glaube, du willst dir bloß keine Zeit nehmen, weil du Angst hast, zur Ruhe zu kommen. Sei unbesorgt. Meine Limonade ist aus Mate-Tee. Doppelt aufgebrüht! Du wirst so wach sein, dass du anschließend bis zum Morgengrauen deinen Esel über die Straße jagen wirst. Über den Horizont und weit darüber hinaus!"

„Dann hätte ich gerne gleich zwei Gläser, Sebana!"

Sie lacht, dieses Mal in erster Linie mit ihren strahlend grünen Augen – ich habe mich nicht getäuscht –, und entschwebt in die Hütte.

Ich setze mich auf die Stufen und wende mein Gesicht den Sonnenstrahlen zu. In der Stille des Waldes kann ich sogar das Ticken des Sekundenzeigers hören. Ich entspanne mich und spüre die zarten Erschütterungen meines Weckers auf meiner blanken Haut und ich denke mir, dass ich es hätte schlechter treffen können. Nicht ganz allgemein, denn ganz allgemein ist mein Leben das absolute Vorzeigemodell für *dumm gelaufen*. So richtig beschissen dumm. Aber genau in diesem Augenblick, da könnte es schlechter sein. Viel schlechter. Mein Herzschlag passt sich den Erschütterungen meines Weckers an und ich erlaube mir, meine Augen zu schließen und den Kuss der Nachmittagssonne auf meinen müden Lidern zu spüren.

Rechtzeitig, bevor ich tiefes Glück empfinden kann, erklingen Sebanas federnde Schritte auf der Veranda.

Gerettet. Gerade noch gerettet. Das Glück ist gefährlich. Wer glücklich ist, wird unvorsichtig.

Und ich renne schon in Kinos, die von fanatischen Pseudo-Sektenführern annektiert werden, wenn ich angepisst bin, weil man mir Esel geklaut hat. Ich habe null Bock darauf herauszufinden, welche schrecklichen Dinge passieren, wenn ich glücklich bin.

„Ich sehe, du hast ohne mich mit dem Genießen angefangen“, sagt sie und setzt sich unmittelbar neben mich. Sie kommt mir nah. Sehr nah. Ich kann ihr Shampoo riechen. Es riecht nach Erdbeeren. Und vielleicht nach Karamell. Als Kind habe ich eine Katze gehabt. Ihr rotes Fell hat im Nacken ebenso gerochen. Nach Karamell.

„Und, wie ist es, mal einen Moment lang abzuschalten und nichts in Angriff zu nehmen, sondern einfach nur abzuwarten, was sich ergibt?“, will sie wissen.

„Es ist grauenvoll großartig. Und das hier wird es richtig perfekt machen“, antworte ich und nehme ihr das klobige Glas aus der Hand.

„Du meinst das und meine Gesellschaft.“

Ich nicke und sauge ihren Erdbeer-Karamellduft in mich auf. Grauenvoll großartig, auf dem unmittelbaren Weg zu perfekt. Ich atme aus und nehme den ersten Schluck. Erst als der kalte Tee meine ausgedörrte Kehle entlangrinnt, realisiere ich, wie unfassbar durstig ich bin.

„Du kannst wirklich noch mehr davon haben“, bekräftigt Sebana, die mich dabei beobachtet, wie ich ihren Tee in mich hineinschütte.

Ich fühle mich ertappt und löse nahezu widerwillig das Glas von meinen Lippen. Auch wenn ich gierig bin, will ich keinesfalls so wirken. Was ich bin und was ich nicht bin gehört nur mir.

„Du hättest eine Decke mitbringen sollen", platzt es aus mir heraus. „Dir muss kalt sein. Du hast quasi nichts an."

Tatsächlich kann ich deutlich erkennen, dass ihr kalt ist. Ihre langen, schneeweißen Arme sind von einer Gänsehaut überzogen. Durch die hauchzarte Haut ihres Dekolletés schimmern Adern, die verstörend gut zu ihren vollen Lippen passen, die ebenfalls schon eine bläuliche Farbe angenommen haben.

„Ich brauche das. Ich brauche die Kälte. Sonst würde ich noch ...", will sie erklären, verstummt aber mitten im Satz, als wäre ihr plötzlich etwas eingefallen, das sie nicht in Worte fassen kann.

„Sonst würdest du noch einschlafen?", vervollständige ich das Naheliegende.

„So ungefähr", antwortet sie.

„Was heißt ... so ungefähr."

„Es heißt, dass ich mich nicht in erster Linie davor fürchte einzuschlafen."

„Und wovor fürchtest du dich dann?"

Es spricht nichts dagegen zu fragen. Die Sonne scheint mir ins Gesicht, mein Glas mit Eistee ist halb voll und Sebana hat von einer Mußestunde gesprochen. Es bleiben uns also gut fünfzig Minuten für die Geschichte einer Frau, die nicht deshalb freiwillig friert, weil sie verhindern will einzuschlafen.

SEBANA

Die Andere drehte ihr den Rücken zu.

Schwach sah sie aus.

Schwach und erbärmlich.

Aber es würde kein Erbarmen geben.

Die Andere vertraute ihr. Die Andere wusste nichts. Nichts von dem Hass. Nichts von der Qual. Nichts von dem Unausweichlichen. Nichts von der Waffe, die genau in diesem Augenblick auf ihren gekrümmten Rücken gerichtet war. Sie wusste noch nicht einmal, dass es diese Waffe überhaupt gab.

Das war die Sache mit dem Vertrauen.

Man vergaß, die richtigen Fragen zu stellen.

Man vergaß alles.

Auch, dass das unausweichliche Gegenüber vielleicht eine Waffe haben könnte.

Und Absichten.

Die Zeit war gekommen, diese bestimmte Absicht kundzutun. Sie würde die Waffe sprechen lassen, weil sie nicht die passenden Worte fand. Sie hätte der Anderen auch einfach zwischen die Schulterblätter schießen können oder in den Kopf. Aber sie war kein Unmensch. Sie tat bloß, was getan werden musste. Sie würde es wenigstens nicht hinterrücks tun.

„Suchst du etwas?“, erhob sie deshalb ihre Stimme, die rau klang. Und unbenutzt. Als hätte sie die letzten Wochen mit stoischem Schweigen verbracht.

„Ich suche und suche. Ich suche jeden einzelnen Tag. Ich kann mein Buch nicht finden. Ich bin mir sicher, dass ich es gestern Abend auf diesen Stapel gelegt habe und jetzt ist es verschwunden. Hast du vielleicht …“

Die Andere hatte sich während ihrer wie üblich belanglosen Endloslitanei zu ihr umgedreht. Jetzt war die Andere erstarrt. Mitten im Satz. Mitten in der Bewegung.

„Ja, das ist eine Waffe", sagte sie.

„Du hast gelogen. Du hast eine Waffe. Das ist lächerlich", stellte die Andere fest. Sie klang nicht ängstlich, nur genervt. Vielleicht verwundert. Fast schon ein wenig erheitert. Sie klang, als hätte sie nicht *Das ist lächerlich,* sondern *Du bist lächerlich* sagen wollen.

„Ich habe eine Waffe, weil ich gewusst habe, dass ich sie auf jeden Fall irgendwann brauchen werde."

„Und was genau willst du mit dieser Waffe? Worauf willst du schießen? Auf Dosen? Auf Teller? Auf ein verdammtes Reh? Auf mich? Willst du mich erschießen?"

Die Andere glaubte offensichtlich nicht, dass jemand tatsächlich auf sie schießen könnte und das, nachdem geschehen war, was geschehen war. Der Anderen war das Evangelium der Waffe widerfahren. Sie war gebenedeit. Sie hatte die Schreie gehört und glaubte noch immer kein einziges Wort.

„Ja, das will ich. Ich will dich erschießen."

Die Andere riss den Mund auf. Erst, als wolle sie ein hysterisches Lachen hören lassen. Dann, als müsse sie um Atem ringen. Dann, als würde sie sich bemüßigt fühlen, der fatalen Erkenntnis Ausdruck zu verleihen. Aber dass sie erkannte, hielt sie nicht davon ab, Einspruch zu erheben.

„Nimm die Waffe runter. Das musst du nicht tun."

„Du irrst dich."

„Vertrau mir. Es gibt immer einen Ausweg."

„Das ist der Ausweg."

„Denkst du wirklich, dass ich jetzt auf die Knie gehen und betteln werde?"

„Nein. Ich denke, dass du sterben wirst."

(Und nun zu etwas völlig anderem …)

So ein schöner Tag
So ein schöner Tag
weil ich dich toll mag
weil ich dich toll mag

„Ich liebe dich“, sagte er.

Und er sagte es, als wäre es das Selbstverständlichste, aber auch Kostbarste überhaupt. Als hätte man alles und jeden auf dieser Welt infrage stellen können, bloß das nicht. Bloß nicht die Liebe, die sie beide verband und die so außergewöhnlich und vor allem außergewöhnlich tief war, dass sonst niemand jemals hätte verstehen können, was genau es war, das sie verband. Aneinander band. Weil alle immer von Krankheit sprachen. Von Abhängigkeit. Und von Manipulation. Die Gesellschaft sah dort Ketten, wo sie die Bande der Liebe nicht erkennen konnte.

Man hatte ihr vieles verboten.

Man hatte ihr diese Liebe verboten.

Man hätte sie ihr nicht verbieten können.

Sie hatte niemals zuvor etwas so sehr gewollt.

Sie hatte niemals zuvor etwas so sehr *nicht* gewollt.

Und sie hatte niemals zuvor etwas so sehr gefürchtet.

Sie hätten ihr nichts verbieten sollen. Sie hätten stattdessen hinsehen sollen. Und wenn sie dafür schon zu ignorant gewesen waren, dann hätten sie stattdessen zuhören sollen. Und wenn sie dafür schon zu unmenschlich gewesen waren, dann hätten sie ihre Empathie nutzen müssen. Aber das hätte Einsatz erfordert. Und ein Verbot war viel schneller gesprochen, als die Empathie bemüht.

Doch schneller ist nicht immer besser.

Und manchmal ist *nicht besser* schlichtweg fatal.

„Ich liebe dich", wiederholte er.

Nicht, weil sie ihm eine Erwiderung schuldig geblieben war, sondern weil es gesagt werden musste. Ein weiteres Mal gesagt werden musste. Als würde die Liebe alles erklären. Alles rechtfertigen. Alles verzeihen.

Es war ein schöner Tag. Ein schöner Dienstag. Ein schöner Dienstag Anfang Juni. Irgendwo im Mittleren Westen. Irgendwo im Mittleren Westen, wo jeder jeden kennt und eine zweistündige Autofahrt entfernt nebenan bedeutet. Irgendwo im Mittleren Westen, wo es zigmal mehr Schweine als Einwohner gibt, obwohl viele der Einwohner auch Schweine sind. Irgendwo im Mittleren Westen, wo man eine Frau auf der Straße noch mit Ma'am grüßt und der eigenen Frau daheim am Herd das Widerwort verbietet und an besonders gottesfürchtigen Tagen gar das Wort.

Es war ein schöner Tag und die Sonne brannte vom wolkenlosen Himmel. Es roch nach Staub und trockenem Gras und Schweinescheiße. Er berührte ihren nackten Oberarm mit seinen Fingerspitzen.

„Dir ist heiß. Du schwitzt", stellte er fest.

„Es ist Sommer", antwortete sie.

„Lass uns gehen", sagte er.

Sie wollte widersprechen, doch sie schwieg, an diesem schönen Dienstag Anfang Juni, irgendwo im Mittleren Westen. Und als er aus dem Truck seines Vaters stieg, folgte sie ihm.

Sie folgte seinem Weg. Seinem Vorsatz. Seinem Hass.

Der Jack und die Jill
der Jack und die Jill
die gehen ins Haus
und dann wird es still.

Den Flur entlang.

Den Flur entlang.

Den Flur entlang.

Hallo, hallo, hallo.

Den Flur entlang.

Leckt mich doch.

Ich kann das nicht!

Sie wollte umdrehen. Durchatmen. Die Augen schließen, die Augen öffnen. Und weglaufen. Weglaufen. Weglaufen. Den Flur entlang, den Flur entlang, den Flur entlang. Nur zurück und zurück und zurück.

Doch dann war er da.

War unmittelbar neben ihr.

Griff nach ihrer Hand und hielt sie fest.

Auch damals hatte er nach ihrer Hand gegriffen und er hatte sie festgehalten, als würde er sie niemals wieder loslassen wollen. Damals, als die Burschen sie Flittchen genannt hatten. Als die Mädchen behauptet hatten, sie hätte es gewollt. Als der Sheriff sie gefragt hatte, warum sie ein bauchfreies T-Shirt getragen hatte. Als ihre Eltern sich nicht um sie, sondern nur um ihr Jungfrauenhäutchen gesorgt hatten. Damals, als drei Monate lang ein Leben in ihr gewachsen war, das eines Morgens plötzlich nur mehr klumpiges Blut in der Toilette gewesen war. Die einen höllischen Schmerzen waren vergangen, die anderen höllischen Schmerzen waren geblieben.

Und er ebenfalls.

Er hatte ihre Hand nie wieder losgelassen.

Und er hielt ihre Hand auch jetzt.

Sie nickte.

Er lächelte.

Sie erwiderte sein Lächeln.

Kein Umdrehen.

Kein Durchatmen. Kein Augenschließen. Kein Augenöffnen. Es gab kein Zurück mehr.

„Ich kann das nicht", flüsterte sie.

„Du kannst das nicht. Ich kann das nicht", antwortete er. Dann zog er an ihrer Hand. Zog sie den Flur entlang und entlang und entlang.

Vor dem Klassenzimmer blieb er stehen.

„Aber *wir* können das", sagte er, dann öffnete er die Tür.

Der Jack und die Jill
der Jack und die Jill
zwei gegen alle
was er wirklich will

„Spät. Ihr seid zu spät", sagte die Lehrerin und sogar diese wenigen Worte klangen, als wäre es ihr völlig egal. Gewiss erwartete sie keine Rechtfertigung. Das war nicht diese Art von Schule und sie war nicht diese Art von Lehrerin.

Ihre Schüler würden Schweinebauern werden.

Oder Schweine.

Und ihre Schülerinnen Schweinebauern-Ehefrauen.

Oder Flittchen.

„Nicht rumstehen, hinsetzen. Wir haben schon angefangen", befahl die Lehrerin.

„Komm", zischte er und zog sie an der Hand an der Lehrerin vorbei und durch den Mittelgang zwischen den Pulten hindurch. Die Augen der anderen folgten ihnen ebenso wie der Spott und das unterdrückte Gelächter.

„Nutten-Redneck", raunte Dennis und kaschierte es halbherzig mit einem Husten. Die gehustete Beschimpfung ließ das Gelächter der Klasse ausbrechen wie einen Pappmaché-Vulkan beim jährlichen Naturwissenschafts-Wettbewerb der Schule.

„Still!“, schimpfte die Lehrerin. Es war nicht zu überhören, dass sie sich das Lachen verbeißen musste. Das Klassengelächter verebbte zum Blubbern eines Wasserkochers.

„Still jetzt!“, keifte die Lehrerin und das Gelächterblubbern wurde mit hohlen Händen durch hohle Kehlen in hohle Köpfe zurückgestopft.

„Baby-Mörderin“, nieste Luise.

„Gesundheit!“, wünschte Dennis und das Blubbern hob wieder an.

„Es reicht, still! Und eure Plätze sind da vorne!“, erboste sich die Lehrerin.

„Heute nicht“, antwortete er und stellte die Tasche auf den Tisch, der ganz hinten im Klassenzimmer stand. „Und morgen sicher auch nicht mehr.“

body, body, head
be afraid
body, body, head
you are dead

„Ich liebe dich“, sagte er.

„Wir können das“, sagte er.

Er griff in die rote Sporttasche.

Holte eine Pumpgun heraus. Reichte sie ihr.

Er griff in die rote Sporttasche.

Holte ein Sturmgewehr heraus.

Die Waffe seiner Wahl.

„Ich liebe dich auch“, antwortete sie und sie meinte es so. Weil er ihre Hand gehalten hatte. Weil er ihr zugehört hatte. Weil er sie vielleicht nicht zum Lachen gebracht, aber wenigstens ihre Tränen getrocknet hatte.

Und die anderen hatten das nicht getan.

Sie hatten sie weggestoßen. Sie hatten ihr den Mund verboten. Sie hatten sie zum Weinen gebracht.

„Ich liebe dich auch", wiederholte sie.

Dann brach die Hölle los.

Und alle in diesem Klassenzimmer fuhren zur Hölle.

Die sechzehn Mitschüler und Mitschülerinnen in den ersten neunzig Sekunden.

Die Lehrerin nach dreiundneunzig Sekunden.

Jack und Jill nach zwölf Minuten, als Sheriff Beaumont mit seinen drei Männern den Raum stürmte und sie das Feuer auf zwei Sechzehnjährige eröffneten, die mit Waffen, in deren Magazinen sich keine Munition mehr befand, auf die Beamten zielten.

Der Jack und die Jill
der Jack und die Jill
suicide by cop
alles totenstill

Sebana stöhnte. Und es war nicht dieses gute Stöhnen, das sie dem Direktor der Schule letzte Nacht ins Ohr gestöhnt hatte, als er sie nach der Dienstbesprechung auf seinem Schreibtisch durchgefickt hatte. Und das war gut gewesen. Verdammt gut. Er war vielleicht hässlich wie die Nacht finster, aber in einer finsteren Nacht zählte nur sein Schwanz und mit diesem Schwanz wusste er umzugehen.

Das Stöhnen an diesem Morgen hingegen war der Junihitze geschuldet.

Sebana legte großen Wert auf ihr Äußeres. Sie hatte sehr viele Vorzüge zu bieten. Sie war nahezu einschüchternd eloquent, überdurchschnittlich gebildet und verfügte über einen bemerkenswert kreativen Geist. Darüber hinaus war sie bei fast jedem Anlass die intelligenteste Person im Raum, aber ihr Vater hatte ihr beigebracht, dass es zuallererst die Auslage war, die zählte. Man betrat ein Geschäft doch auch nur dann, wenn die Auslage einen zu locken wusste. Sebana war wunderschön und diese Schönheit hatte ihr weit mehr Türen geöffnet als Eloquenz, Bildung, Kreativität und Intelligenz zusammen. Und weil in den Augen der Welt bloß die schön ist, die *immer* schön ist, und weil Sebana nicht darauf verzichten wollte, dass man ihr weiterhin bereitwillig nicht nur Schlafzimmertüren öffnete, sah sie auch an diesem Morgen schlichtweg atemberaubend aus. Und wurde ihres Atems beraubt. An einem heißen Junitag war nichts Vorteilhaftes an einem eng anliegenden Etuikleid. Aber es betonte ihre schlanke Silhouette und setzte trotzdem ihre Rundungen in Szene. Das Atemvolumen konnte man einschränken, der perfekte Auftritt duldete keine Einschränkungen. Sebana musste sogar dann dafür sorgen, dass ihre Erscheinung Aufsehen erregte, wenn sie bloß an einem Dienstagmorgen den Lehreraufenthaltsraum betrat.

„*Heiß* heute", sagte Kathy, die sofort auf Sebana zugeeilt kam, sobald diese die Tür hinter sich geschlossen hatte. Kathy betonte das Wort heiß, als wäre es ein geeignetes Hallo. Und das war es. Es war das perfekte Hallo für den perfekten Auftritt.

Sebana lächelte gönnerhaft. Sie wusste, dass Kathy nicht nur von der Hitze sprach, die über der Ebene hing und ein infernales Gewitter ankündigte.

„Nicht so heiß wie letzte Nacht", antwortete sie deshalb und zwinkerte ihrer Lieblingskollegin zu.

„Du bist eine richtige … Schlampe", raunte Kathy und ihre Stimme war voller Anerkennung. Da schwang kein Unterton mit. Nichts Abfälliges, nichts Urteilendes. Die Anerkennung war so rein und unverfälscht wie das Gewissen eines zölibatären Priesters.

„Eine Schlampe wäre ich dann, wenn ich nicht gewissenhaft auswählen würde, wen ich ficke. Und vor allem warum. Eine Frau mit Klasse hat ihren Preis. In meinem Fall sind das Dinge, die ich mir mit keinem Geld der Welt kaufen könnte. Eine Schlampe wäre ich nur dann, wenn ich mir von einem besoffenen Trucker auf einem Tankstellen-Parkplatz ein Kind bumsen lassen würde. Und wenn ich sieben Wochen später den Fötus mit Franzbrandwein aus meiner Gebärmutter spülen und anschließend wie Scheiße in die Toilette quetschen würde."

„Du bist so böse", raunte Kathy und aus Anerkennung wurde Ehrfurcht.

Ein Geschäft mit einer makellosen Auslage brauchte ein entsprechendes Publikum.

Kathy war das makellose Publikum.

Sebana sonnte sich in ihrem eigenen Ruhm, der sich in Kathys Augen widerspiegelte. Und es war völlig belanglos, dass vieles von dem, was Sebana sagte, keinerlei Sinn ergab. Sebana wusste das, aber alle anderen wussten es nicht, weil sie nur die Auslage bestaunten und die polemischen Lügen und Überzeichnungen einfach schluckten. Sebana manipulierte die Menschen nicht aus Notwendigkeit. Es bereitete ihr Freude, und irgendeinem Hobby wollte schließlich jeder Mensch frönen.

„Ich und böse? Die Wahrheit wird man doch noch sagen dürfen", antwortete Sebana und ihr Lächeln war so dreckig, wie die Nacht heiß gewesen war. Und der Schwanz groß. Verdammt groß.

„Du hast ja recht! Ich kann sie mir gar nicht ansehen. Alle wissen, was sie getan hat und niemand sagt etwas. Niemand außer dir. Und jetzt sitzt diese Schlampe in meinem Klassenzimmer und hält dort Händchen mit diesem Zurückgebliebenen, den seine Eltern am besten in den Stall zu den Schweinen sperren sollten. Mir wird jetzt schon übel, wenn ich daran denke, dass ich gleich in den ersten beiden Stunden wieder ihre Gesichter ertragen muss. Ihre Anwesenheit. Und sie stinken! Er nach Schweinscheiße und sie nach Regelblutungen. Wie kann es sein, dass man Wochen durchgehend blutet? Kannst du dir vorstellen, wie es ist, wenn es im Klassenzimmer nach Blut und Scheiße stinkt?"

„Ich will es mir gar nicht vorstellen. Jack und Jill. Scheiße und Blut", spottete Sebana und rollte mit den Augen.

„Jack und Jill. Ich würde mir wünschen, dass einfach jemand kommt und sie wegmacht. Es ist eine Schande, dass wir mit dieser Belastung leben müssen."

„Es ist eine Schande, dass man Teenager nicht mehr abtreiben kann."

„Das hast du nicht gesagt! Oh mein Gott, das hast du jetzt nicht gesagt! Wir sind doch gegen Abtreibung."

„Natürlich sind wir das, weil Abtreibung unschuldiges, ungeborenes Leben betrifft. Du kennst mich gut genug. Ich bin die Erste, die sich die Hände an einem Feuer wärmen würde, das eine Abtreibungsklinik niederbrennt. Aber die beiden haben das verdient. Sie haben jedes böse Wort verdient."

„Was genau meint Salinger, wenn er schreibt, dass manche Sachen so bleiben sollten, wie sie sind? Worauf spielt er an?"

Sebana schaute sich in der Klasse um und wieder einmal fühlte sie sich wie ein mythologisches Monster. Wie Medusa, deren Augenspiel die Menschen zu Stein erstarren ließ. Die Schüler wichen ihrer nonverbalen Aufforderung aus, erhoben dieses Ausweichen richtiggehend zur Meisterschaft, bloß um das Beantworten einer einfachen Frage zu vermeiden. Manche starrten gebannt auf ihr Schreibpult, andere gafften mit halb offenen Mündern aus dem Fenster, als würde sich dort draußen die Schönheit der Welt zum allerersten Mal offenbaren, und einige wenige ließen ihre Blicke schweifen, als würden sie der Flugbahn von aufgescheuchten Stechmücken folgen.

Es war zum Kotzen.

„Weshalb will Salinger bestimmte Sachen in einen Glaskasten stecken? Was bewegt ihn dazu? Was bewegt seine Romanfigur dazu?“

„Vielleicht findet er Veränderung scheiße“, kam eine Antwort und Sebana erschrak beinah. Es war, als hätte jemand seinen Schild mitgebracht, um Medusas Anblick standhalten zu können. Aber um Sebana den Kopf abzuschlagen brauchte es deutlich mehr als die lapidare Feststellung, dass Veränderung scheiße war. Dafür musste man nicht Salinger lesen. Dafür musste man nur einen Blick auf das Dreckskaff werfen, das sie großspurig Stadt nannten. Hier hatte sich nichts mehr verändert, seit der Klan sein letztes brennendes Kreuz in einem Vorgarten aufgestellt hatte.

Vielleicht musste das genügen.

Vielleicht war das schon viel.

Sowohl, dass der Klan keine Kreuze mehr aufstellte, als auch, dass eine Schülerin erkannte, dass ihnen eine Leistungsgesellschaft aufgezwungen wurde, die zwar immer mehr forderte, aber Veränderung scheiße fand.

„Gut! Guter Ansatz. Kannst du das etwas weiter ausführen? Was ist … scheiße an Veränderung?“

Irgendjemand kicherte.

Natürlich.

Das war immer so.

Es war unendlich traurig, dass schon ein Schimpfwort aus dem Mund einer Lehrerin ausreichte, um Jugendliche zum Kichern zu bringen. Deren Lebenswelt war derart angepasst und seicht, dass bereits ein haarfeiner Riss an der spiegelglatten Oberfläche zu Irritationen führte. Sebana konnte das beurteilen. Sie hatte das Oberflächliche zur Tugend erhoben, um dem Unterschwelligen keinen Raum zu lassen.

„Dass sich Dinge verändern, ohne dass man will, dass sie sich verändern. Weil wenn man will, dass was anders wird, dann bleibt es erst recht gleich. Ist einfach so", brachte sich ein Schüler, der links hinten in der letzten Reihe saß, ebenfalls in das Gespräch mit ein.

Das lief.

Das lief besser.

Wenn das so weiterlief, dann würden sie bald die letzten Groß-Drachen und Drachen aus der Stadt vertreiben. In drei oder vier Generationen. Höchstens.

„Genau. Sehr gut erkannt! Nicht wir kontrollieren die Veränderung, die Veränderung kontrolliert uns. Auch Salinger geht davon aus, dass eine …"

Weiter kam Sebana nicht.

Ein lautes Donnern brachte sie zum Schweigen.

Ein lautes Donnern veränderte alles.

Und auf das laute Donnern folgten vier dumpfe Töne, als würde jemand beherzt und sehr schnell hintereinander in ein Kissen husten.

Die Stille in Sebanas Klassenzimmer war förmlich greifbar. Der Klang der Veränderung kam aus dem Klassenzimmer nebenan.

Kathys Klassenzimmer.

Noch ein lautes Donnern.

Drei Huster. Dann vier Huster.

„Schüsse. Schüsse! Da schießt jemand", brüllte ein Mädchen in der ersten Reihe und das plötzlich ausbrechende Chaos verwandelte die Stille im Klassenzimmer in ein unzähmbares Fegefeuer der Angst.

Schüler schrien.

Sprangen auf.

Rannten durcheinander.

Stolperten über Schüler, die wie festgefroren auf ihren Plätzen sitzen geblieben waren.

Warfen sich auf den Boden.

Weinten.

Heulten.

Flehten um Gnade.

Bitte. Bitte. Bitte nicht! Oh bitte, bitte nicht!

„Die Tür! Wir müssen die Tür blockieren!“, erklang ein verzweifelter Schrei.

Sebanas schockstarrer Körper geriet in Bewegung. Sie zerrte an ihrem Lehrerpult, während sie die fremden, geschrienen Worte unablässig wiederholte und den geborgten Schrei somit in ein Mantra verwandelte, das ihr Halt gab. Das ihr Mut zusprach. Das ihr ein Überleben in Aussicht stellte.

„Die Tür! Die Tür! Die Tür blockieren! Die Tür blockieren!“

BUMM

pack pack.

pack pack pack.

„Wir müssen die Tür blockieren!“

BUMM

pack pack.

pack pack pack.

pack pack.

Die Hölle kannte keine Gnade.

Salingers Glaskästen zerbarsten und die Dinge veränderten sich.

Als der letzte Schuss verklungen war, als die Beamten das Gebäude stürmten, als im Klassenzimmer nebenan Jack und Jill von dreiundzwanzig Schuss durchlöchert wurden, als das Chaos abklang und nur noch das Weinen zurückblieb, befand sich das Lehrerpult vor der Tür. Und neben dem Lehrerpult ein hüfthohes Bücherregal.

Sebana stand vor dem Bücherregal.

Salinger.

Sie konnte Salinger nicht finden.

Jemand hatte das Buch nicht zurückgestellt.

Sebana vermisste Salinger und starrte die Tür an.

Die restlichen Möbel und Menschen lagen im Raum verstreut auf dem Boden.

Eine Woche lang stand das Leben still.

Es stand still und es explodierte.

Oder implodierte.

Tat gleichzeitig alles und absolut gar nichts davon. Verzerrte sich bizarr und verzehrte sich selbst und alle anderen gleich mit.

Die Welt war im Aufruhr, war im Begriff sich aufzulösen. Und dennoch war sie erstarrt wie das ewige Eis, das im neuen Jahrtausend doch schon längst vergänglich war.

Die Welt war so laut und sie war so verdammt leise geworden.

Vielleicht hatte einfach jemand auf Pause gedrückt, weil er die Reset-Taste nicht hatte finden können.

Für kurze Zeit waren beinah mehr Fremde in der Stadt, als die Bauern Schweine in den Ställen hatten. Viele dieser Fremden kamen in Kastenwägen, an deren Seiten Senderlogos prangten und aus deren Dächern Sendemasten in den verregneten Himmel wuchsen wie Pilze. Wie Geschwüre. Die Menschen, die aus diesen Lieferwägen strömten, waren mit Mikrophonen und Kameras bewaffnet und sie waren bereit dazu, über die Waffen und die toten Kinder zu berichten, bis noch der letzte Kadaver quotentechnisch ausgeschlachtet war.

Aber die meisten Menschen, die wie Aas witternde Insekten angeschwirrt kamen, brachten kein technisches Equipment, sondern bloß sich selbst und noch mehr und mehr von ihrer widerlichen Art in die kleine, verstörte Stadt.

Tagesausflügler, die sich Taco-Chips ins Maul stopften und das einstöckige Schulgebäude begafften. *Schrecklich, schrecklich,* murmelten sie, während ihre Unterwäsche nass wurde. Schweißnass, lusttropfenbenetzt und fotzenfeucht.

Elendstouristen, die sich eine paar Tage Sonderurlaub genommen hatten und auf den Feldern der Schweinebauern ihre Zelte aufschlugen, um möglichst intensiv und unmittelbar den Geruch von Blut, Elend und – nun ja – Schweinscheiße in sich aufzusaugen.

Aber wer hätte es den Bauern schon verübeln können, dass sie die Fremden auf ihren Grundstücken übernachten ließen?

Immerhin zahlten die Fremden gutes Geld und die Jugendlichen waren doch bereits alle tot.

Also, nicht alle.

Nur alle, die in diesem Klassenzimmer gewesen waren.

Nicht alle!

Man durfte nicht übertreiben.

In diesen schweren Zeiten war es essenziell, dass man nicht übertrieb.

Das wusste auch der Bürgermeister der kleinen, verstörten Stadt und er lächelte angemessen betrübt, aber dennoch zuversichtlich in die Kameras, während er mit der Welt dieses Wissen teilte. Tag für Tag. Und er lächelte. Und lächelte. Lächelte so lange und immer betrübter, bis er sich am Abend eines durchlächelten Tages nach einer halben Flasche Whiskey fast die Schädeldecke wegballerte, weil er sich selbst immer noch lächeln *hören* konnte.

Und Sebana?

Die war genau dort, wo die starre Welt tatsächlich stillstand.

Die war, ihres makellosen Publikums beraubt, einsam zu Hause auf ihrer schneeweißen Ledercouch und starrte auf den stummen Fernseher, dem sie verbot, ein Fenster zu jener Welt zu sein, die ohnehin vor ihrer Haustür tobte. Sie starrte leeren Herzens auf den blinden Fernseher, auf dessen glatter Bildschirmoberfläche sich demnach einzig und allein ihr Abbild spiegelte.

Ihr Haar wurde strähnig, ihre Haut wurde grau wie die kalte Asche in den Überresten ihres kalten Kaffees, die Falten auf ihrer Stirn fraßen sich immer tiefer zwischen ihre Augenbrauen, und als sie schließlich zehn Jahre gealtert war, war eine Woche vergangen.

Und Sebana?

Die verstand, dass Kathy doch nicht bloß Publikum, sondern immer eine Freundin gewesen war.

Nach einer Woche ging das Leben weiter.

Keine salbungsvollen Worte, keine energischen Lektionen.

Es ging weiter.

Schlicht und ergreifend.

Die Fremden reisten ab, der Bürgermeister hörte auf angemessen betrübt zu lächeln und lächelte stattdessen aufrichtig erleichtert, weil er keine Interviews mehr geben musste, die Schule entfernte die Absperrbänder der Polizei vom nun wieder sperrangelweit geöffneten Eingangstor und Sebana kehrte zurück ins Klassenzimmer.

Die Ordnung war wiederhergestellt.

Sogar J. D. Salinger war dort im Bücherregal, wo er zu sein hatte. Der literarische Kanon, in Reih und Glied, nach Erscheinungsjahren chronologisch geordnet.

Sebana stand vor dem Bücherregal und starrte Salinger an, als sich die Tür öffnete.

„Hast du es gesehen?“, fragte die Erdkundelehrerin, die ihren Kopf ins Zimmer steckte, ohne es zu betreten.

„Was gesehen?“, wollte Sebana wissen, obwohl sie sich einzig und allein für Salinger interessierte und für die Tatsache, dass er sich korrekt zwischen William Gaddis und Kurt Vonnegut befand.

„Der Hausmeister hat die Einschusslöcher in … der Klasse verspachtelt und die Wände frisch gestrichen. Es riecht ganz widerlich nach Farbe, aber es sieht toll aus.“

Sebana nickte und bekam schon gar nicht mehr mit, dass die Kollegin ihren Kopf aus der Klasse zog, wie eine verschreckte oder schläfrige Schildkröte den ihren zurück in den Panzer.

Zwischen William Gaddis und Kurt Vonnegut.

War das überhaupt korrekt?

Hätte Salinger nicht eigentlich zwischen Vonnegut und Irving stehen müssen?

Ich muss Aspirin herrichten, kam es Sebana plötzlich in den Sinn. *Kathy hat nie alles mit, was sie braucht. Sie hat das Aspirin sicher vergessen. Und sie bekommt garantiert Kopfschmerzen von diesem Gestank. Sie bekommt andauernd Kopfschmerzen und ich muss mir dann ihr Gejammer anhören.*

Dann fiel Sebana ein, dass Kathy tot war.

Der schrille Ton der Pausenglocke trieb die Jugendlichen ins Klassenzimmer.

Ihre Stimmen klangen zwar gedämpft, aber sie erklangen in einer Lautstärke, die darauf schließen ließ, dass die Dinge wohl noch nicht wie immer waren, aber sie waren wenigstens wieder irgendetwas. Als ein Lachen aufflammte, kehrte für wenige Sekunden betroffenes Schweigen ein, bevor die monotonen Stimmen ihren halbherzigen Sermon fortsetzen.

Als alle Platz genommen hatten, trat Sebana an ihr Pult.

Sie fuhr mit beiden Händen die äußeren Kanten der Tischfläche entlang, wie sie es immer tat. An der linken Seite befand sich eine Kerbe, die dort bisher nicht gewesen war. Eilig zog sie ihre Hand zurück. Sie wollte keine Zeugin der Veränderung werden. Immerhin hatte doch der Hausmeister die Einschusslöcher verspachtelt! Und es sah toll aus!

Sie hatte völlig den Faden verloren und war kurz davor, die Jugendlichen danach zu fragen, ob sie denn die Ferien genossen hätten, als die Panik siedend heiß in ihr hochkochte.

Knapp.

Das war verdammt knapp gewesen.

Sie räusperte sich.

Sie griff nach dem Buch, das sie vor wenigen Minuten erst aus dem Bücherregal gezogen und auf das Pult gelegt hatte.

„Und, was wissen wir über Garp? Wie sieht er die Welt? Mit welchen Augen lässt Irving seinen Protagonisten unsere Wirklichkeit betrachten?“

Betretenes Schweigen.

Sie räusperte sich ein weiteres Mal.

Strich eine lose, eine glanzlose Haarsträhne hinter ihr rechtes Ohr.

„Niemand? Kann mir denn niemand sagen, wie Garp die Welt sieht? Kann denn niemand mit mir über Irving sprechen?“

Ein nahezu geräuschloses Tuscheln in der vorletzten Reihe. Das Wetzen von Sesselbeinen auf blankem Linoleum.

Eine zaghaft hochgehobene Hand unmittelbar vor dem Lehrerpult.

„Ja? Bitte? Du kannst uns etwas über T. S. Garp erzählen?"

„Ich … ich möchte nicht unhöflich sein … aber wir sprechen gerade über Salinger und Der Fänger im Roggen."

„Nein", antwortete Sebana und schüttelte ihren Kopf. „Nein, das machen wir nicht. Wir sprechen nicht über Salinger. Wir sprechen nie wieder über Salinger. Und jetzt entschuldigt mich. Ich muss gehen. Eine Freundin hat Kopfschmerzen. Ich muss ihr Aspirin bringen."

Sebana schlug das Buch zu, das sie in Händen hielt.

Steckte es in ihre Aktentasche.

Verließ das Klassenzimmer, in das sie niemals zurückkehren würde.

Die Anteilnahme kam in widerwilligen und entsprechend widerwärtigen Wellen.

Als Sebana am ersten Tag – einem brütend heißen Freitag im Juni – nicht zur Arbeit erschien, wurde sie von der Welt und den Menschen und all den Anliegen, von denen die Menschen auf dieser Welt angetrieben wurden, verschont. Sebana hatte sich krankgemeldet. Alle wussten, wie diensteifrig die mustergültige Lehrerin war. Niemand zweifelte daran, dass der Eifer die Krankheit auch dieses Mal so rasch besiegen würde, wie er es die wenigen Male in der Vergangenheit getan hatte. Niemand hinterfragte, woran Sebana erkrankt war. Es würde jedenfalls eilig vorübergehen. Im Mittleren Westen war alles andere irrelevant.

Am zweiten Tag – einem ungewöhnlich stickigen Samstag, der um Regen bettelte, aber nur Staub aufwirbelte – meldeten sich die Wohltätigen. Das jährliche Picknick des Frauenvereins stand an und man wollte telefonisch sichergehen, dass Sebana auch dieses Jahr ihren berühmten Apfelkuchen beisteuern würde. Gleich drei Leute wollten sichergehen. Das musste ein wirklich verdammt berühmter Apfelkuchen sein. Sebana antwortete dreimal mit *nein* und unterbrach dreimal gleich darauf die Verbindung.

Am dritten Tag – einem Sonntag, der den Herrn mit sintflutartigen Regenfällen zu besänftigen wusste – meldete sich der Direktor. Der Kerl mit dem gigantischen Schwanz und dem geringen Selbstwertgefühl. Er rief an, um sich zu erkundigen, ob er ihr etwas vorbeibringen solle. Etwas Besonderes. Etwas, das sie schnell gesund machen würde. Sebana verneinte und bemerkte augenblicklich die Enttäuschung in seiner Stimme. Seine Enttäuschung gab ihr nichts. Keine Freude, kein Gefühl der Genugtuung, kein Bedauern. Nichts. Außerdem hatte die Kollegin, die für Sebana eingesprungen war, am Freitag Salinger nicht finden können und sie wollte ihn doch am Montag in der Klasse besprechen. Sie hatte das gesamte Bücherregal nach ihm abgesucht. Nichts. Offensichtlich war Sebana nicht die Einzige, die nie wieder Salinger lesen würde.

Am vierten Tag – einem Montag, der mit seinem wolkenlos blauen Himmel zu ausgedehnten Spaziergängen rund um den See einlud – meldete sich die Erdkundelehrerin mit dem Hang zur Schildkröte. Die Schüler vermissten Sebana. Sie hatten sich nach ihr erkundigt. Mehrfach. Im Lehreraufenthaltsraum gab es neuerdings Apfelkuchen. Der Physiklehrer hatte sich ein unaussprechliches, aber vor allem sündhaft teures Gerät auf Schulkosten zugelegt, dessen Verwendung nicht im Lehrplan vorgesehen war. Und ja, die Kollegin, die für Sebana eingesprungen war, hatte Salinger nach wie vor nicht finden können. Deshalb hatte sie die Woche mit Irving begonnen. Es war aber auch wirklich wichtig zu wissen, wie junge Erwachsene die Welt sahen.

Am fünften Tag – einem Dienstag, der so austauschbar und belanglos war wie die anderen durchschnittlichen Dienstage – meldeten sich die körperlichen Folgen der Unterzuckerung und Sebanas Eltern. Beides sorgte gleichermaßen für Kopfschmerzen, Kreislaufstörungen und spontanes Erbrechen auf den Wohnzimmerfußboden. Die Eltern wollten vorbeikommen, um nach ihr zu sehen, doch Sebana wusste sie fernzuhalten. Die Viren wären grauenvoll. Und vor allem grauenvoll ansteckend. Die Unterzuckerung wiederum versprach, ihre Freundin Depression vorbeizuschicken. Die Eltern hatten sich abwehren lassen, der Depression waren die Viren scheißegal. Und die Depression kam. Sie kam über Sebana wie eine Dampflok. Sie walzte alles nieder. Keine differenzierte Aufzählung notwendig. Alles bedeutete alles. Als eine Schülerin anrief, um sich zu beschweren, dass die Kollegin, die für Sebana eingesprungen war, Irving völlig missinterpretierte, konnte Sebana nur noch nicken. Selbst wenn sie genug Atem gefunden hätte, um Worte zu artikulieren, wäre es zwecklos gewesen. Die Schülerin hätte ohnehin nur das Dröhnen der Dampflok gehört, die in Endlosschleife durchs Zimmer donnerte wie durch die weite Wüste Arizonas.

Choo, choo, Fuckface!

Am sechsten Tag standen sie schließlich vor der Haustür.

Sie wollten Apfelkuchen abholen.

Sie wollten etwas Besonderes vorbeibringen.

Sie wollten sich nach ihr erkundigen.

Und sie wollten verdammt nochmal J. D. Salinger, weil sie von John Irving keine Ahnung hatten.

Sebana ließ sie draußen vor der Tür stehen. Fast so, als hätte es der Müll erst gar nicht bis ins Haus geschafft. Oder sich spätestens dann, als sich herausgestellt hatte, dass er bloß Müll und keinesfalls etwas Wesentliches oder Überlebensnotwendiges war, selbst wieder hinausgebracht. Wahrscheinlich hatten sie es zuerst am Telefon versucht, aber das war stumm geblieben. Der Akku hatte endlich den Geist aufgegeben und das Ladekabel lag außer Reichweite. Sie hätten unverrichteter Dinge wieder abziehen sollen, aber so vorschnell wollten sie nicht klein beigeben. Immerhin gebot der Anstand, wenn man sich schon auf einer fremden Veranda einfand, seiner Anwesenheit mehr Nachdruck zu verleihen. Und außerdem lief niemand gern leere Meter. Erst recht nicht Philanthropen mit tadellosem Kuchen- und Literaturgeschmack. Konnte man überhaupt von sich behaupten, man hätte Interesse am Wohle seiner Mitmenschen, wenn einem nicht die Tür geöffnet wurde?

Sie läuteten Sturm.

Sie klopften gegen die Fensterscheiben.

Droschen gegen die Tür.

Riefen ihren Namen.

Sturmläuten, klopfen, dreschen, rufen.

Sturmläuten, klopfen, dreschen, rufen.

Sturmläuten, klopfen, dreschen, rufen.

Dann gingen sie.

Ohne Apfelkuchen, ohne sich zu erkundigen, ohne J. D. Salinger.

Und Gott sei Dank nahmen sie das Besondere auch gleich wieder mit.

Am siebten Tag herrschte Stille.

Sie ließen Sebana ruhen, während sie selbst gramgebeugt die Köpfe zusammensteckten und flüsternd nach einer gemeinsamen Lösung suchten.

Salinger musste gefunden werden!

Als am achten Tag der Hausarzt und – heilige Kacke! – der Gemeindepastor und weitere sechs um ihr Wohl besorgte Mitbürger vor der Tür standen, öffnete Sebana ihnen mit einem freudenstrahlenden Lächeln, noch bevor diese sich überhaupt Gehör verschaffen konnten.

Nein, sagte Sebana, sie werde nicht zurück zur Arbeit kommen. Der ohnehin anwesende Hausarzt solle sie bitte dauerhaft krankschreiben. Oder für unzurechnungsfähig erklären. Oder was auch immer.

Nein, sagte Sebana, sie benötige keine Hilfe. Sie habe alles im Griff und jede weitere Hand sei unerwünscht. Darüber hinaus sei ihr ihre unsterbliche Seele und das damit verbundene, oft bemühte Seelenheil herzlich egal und der Pastor habe sich seinen Weg, im Gegensatz zum Hausarzt, gleich sparen können.

Ja, beteuerte Sebana, sie habe Pläne. Große Pläne. Und sie werde bereits morgen damit beginnen, erste Besorgungen zu tätigen.

Ja, beteuerte Sebana, sie wisse, dass sich das besorgniserregend anhöre, aber niemand müsse sich Sorgen machen, da sie selbst vollkommen unbesorgt sei.

Gott verdammt nochmal, forderte Sebana schließlich, als sich keine der acht Gestalten vom Fleck rührte, sie alle sollten sich sofort von ihrer Veranda verpissen, sonst werde sie die Schrotflinte holen, die sie von ihrem Großvater mütterlicherseits geerbt hatte.

Und herzlichen Dank für den Besuch.

Choo, choo, Motherfuckers!

Wie hätten der Hausarzt, der Gemeindepastor und die sechs besorgten Mitbürger auch wissen sollen, dass Sebana am siebten Tag Sergeant Pecker kennengelernt hatte? Und das nur, indem sie sich in ihrem Elend versehentlich auf die Fernbedienung gerollt und somit den Fernseher eingeschaltet hatte.

„Wer ist Sergeant Pecker?", frage ich und trinke einen Schluck von meinem Eistee. Ihre Geschichte hat mir die Kehle zugeschnürt und mir ist mittlerweile beinah so kalt wie ihr, nur dass die Kälte, die mich erzittern lässt, aus meinem Innersten kommt. Sebana hat wider Erwarten kein Feuer in mir entfacht, sie lässt mich frieren. Irgendetwas in mir möchte sie umarmen. Aber irgendetwas anderes höllisch tief in mir weiß einfach, dass diese Frau kein Mitleid gebrauchen kann und es auch garantiert nicht annehmen würde. Mitleid kann gefährlich sein.

Ich habe es gleich gewusst, sie hat eine Schrotflinte.

Und ich will diese Schrotflinte nicht kennenlernen.

Aber ich interessiere mich tatsächlich für den Sergeant aus dem Fernsehen. Es mag belanglos erscheinen, aber wahrscheinlich ist es genau diese Belanglosigkeit, die das alles hier erklären kann.

Die wunderschöne Frau und die einsame Blockhütte mitten im Wald. Nicht das mit den tödlichen Träumen.

Das nicht.

Aber ich nehme die Antwort, die ich bekommen kann.

„Du kennst Sergeant Pecker wirklich nicht?", fragt sie.

„Na, du hast ihn ja wohl auch nicht gekannt, bis dein Arsch für dich den entsprechenden Fernsehsender ausgewählt hat. Oder habe ich dich da falsch verstanden?"

„Da ist was dran", muss sie zugeben. „Nun, der Sarge hat mein Leben gerettet."

„Das ist eine Ansage."

„Und so eine verdammt wertlose noch dazu! Aber wer hätte schon ahnen können, dass mein Überleben bedeutungslos ist, weil ich ein paar Monate später sowieso sterben werde wie alle anderen auch?"

„Wie alle anderen auch. Tja, wer hätte das schon ahnen können?"

„Die im Radio sagen andauernd, *sie* hätten es geahnt. Sie haben es tatsächlich gewusst! Die Leute auf den Kanälen. Meinen Kanälen. Auf den Kanälen, denen man trauen kann. Aber was bringt das Vertrauen, wenn es keine Lösung gibt?"

„Wenn sogar Sergeant Pecker keine Hilfe mehr ist", rate ich.

„Wenn sogar Sergeant Pecker keine Hilfe mehr ist", bestätigt sie.

Es macht mir Angst, wie sie das sagt und ich weiß, ich sollte gehen. Aber dieses Ding tief in mir, das sie nicht umarmen möchte, das ist unersättlich. Es wird mit mir sterben. Sehr bald. Aber jetzt will es hören, obwohl es besser gehen sollte.

Obwohl wir besser gehen sollten.

Irgendwo im Wald schaben Reptilienschuppen an Reptilienschuppen.

„Willst du noch Tee?", fragt Sebana und deutet auf mein beinah leeres Glas.

Ich ignoriere das Schaben und schüttle den Kopf.

Sie lächelt und erzählt weiter.

Mit einen zischenden Zappzarapp, als hätte eine Regenbogenfee ein Glitzer-Zauberwort gehustet, ging der Fernseher an.

Shit.

Sebana hatte keinen Bock auf Kochsendungen, Sitcoms und beklagenswerte Todesopfer. Terrorismus, Widerstand und Seuchenkontrolle. Drauf geschissen! Sebana war selbst beklagenswert und das Beklagenswerteste daran war, dass sie es wusste. Sie war erbärmlich, eine humanoide Verschwendung überlebensfähigen Zellmaterials. Es war bloß noch eine Frage der Zeit, bis sie, wie eine Kellerassel auf der Couch eingerollt, endlich vollkommen austrocknete und sich zu den knusprigen Fliegenkadavern auf dem Fußboden gesellte. Bereit dazu, hinweggefegt und entsorgt zu werden. Die Welt, so kunterbunt und pechrabenschwarz, wie sie nun einmal war, konnte ihr schlichtweg gestohlen bleiben. Das Warten auf das eigene Ende war eine intensive und zeitraubende Beschäftigung.

„... eine außergewöhnliche Entdeckung gemacht“, klärte sie eine Männerstimme auf.

Das war es.

Genau das war das Problem.

Da draußen wurden außergewöhnliche Entdeckungen gemacht und sie konnte nicht mal Kathy Aspirin bringen, Salinger finden oder einfach nur verrecken.

Die Welt war außergewöhnlich.

Außergewöhnlich grandios und außergewöhnlich beschissen.

Sebana war nichts.

Aber leider immer noch zu viel, um nicht mehr zu sein.

Ächzend und stöhnend wand sie ihren schmerzenden Körper – der vor Hunger wahrscheinlich längst damit liebäugelte, sich selbst zu verdauen, dem aber seit Tagen nichts anderes geboten wurde als Diät-Coke und Käse-Cracker – auf den durchgeschwitzten Polsterbezügen hin und her und versuchte, mit ihrer rechten Hand an die Fernbedienung zu gelangen. Schließlich bohrte sich das Plastik-Ungetüm in ihre Leistengegend. Wunderbar.

„... muss es selbst erfahren haben“, belehrte sie die Männerstimme.

„Halt endlich deine verdammte Klappe“, fluchte Sebana, schob ihre Hand unter ihren Körper und umklammerte die bohrende Fernbedienung. Mit einem Keuchen, das finalen Triumph hätte bezeugen können, aber eher nach abgestandener Luft klang, die gewaltsam aus einem gammligen Medizinball gepresst wurde, richtete sie das tastenübersäte Ding auf den Fernseher. Ihr Daumen ruhte bereits auf dem roten runden Knopf, als die Männerstimme weitersprach.

„Sie kennen das. Dieses Erlebnis. ZACK! Und dann ist nichts mehr so, wie es zuvor gewesen ist. Dieses Erlebnis bedarf der Worte. Mächtiger Worte. Man kann es nur als lebensverändernd beschreiben. Und lebensverändernde Erlebnisse kontaminieren und untergraben das gesamte weitere Leben, wenn diese Erlebnisse nicht genau das tun, wofür sie bestimmt sind: das Leben verändern! Hören Sie das? Begreifen Sie das?! Ihr Leben ist nicht vorgefertigt. Es ist wie Ihre Meinung. Wandelbar! Es kann überdacht und geformt werden. Gefestigt! Sie sind nicht fremdgesteuert. Sie sind weder Spielball höherer Mächte noch eine Marionette des Systems. Sie sind ein selbstbestimmter Mensch, der die Macht über seine lebensverändernden Erlebnisse und somit sein Leben hat. Das Leben treibt Sie nicht voran, Sie gestalten es! Manchmal muss erst etwas Schlimmes geschehen, damit Gutes daraus wachsen kann. Sind sie bereit für das Gute? Ich garantiere Ihnen, es wird wahrhaftig lebensverändernd sein!“

Lebensverändernd?

Sebana neigte den Kopf zur Seite, als würde sie auf diese Weise besser zuhören können und nicht bloß eine dürre Gottesanbeterin mit riesigem Schädel imitieren. Ihre Beine glitten zu Boden und sie rutschte bis an die Kante der Couch. Den Oberkörper beugte sie nach vorne wie der eines Kindergartenkindes, das keine Minute seiner Lieblings-Zeichentrickserie verpassen will.

Lebensverändernd?!

„Fragen Sie sich, was es braucht, um diesem Ruf nach Veränderung zu folgen?“

Sebana nickte und hielt den Atem an, um noch besser hören zu können.

„Fragen Sie sich, ob Sie stark genug sind, zu tun, was getan werden muss?“

Sebana nickte heftiger und spannte den Oberkörper an. Oh ja verdammt, sie fragte sich! Und wie sie sich fragte!

„Wissen Sie, was es braucht? Wissen Sie, was Sie stark genug macht?“

„Nein!“, brüllte Sebana.

„Sag es mir!“, brüllte Sebana.

„Hilf mir, verdammt! Bitte hilf mir!“, brüllte Sebana.

„Es braucht keinen Helden und es braucht keinen Staat. Es braucht keine Armee, die sie schützt und es braucht keine weltverbessernden Ideen von Gutmenschen, die hoch oben in ihren Elfenbeintürmen sitzen, während sie über den Bodensatz, über das Volk diskutieren und urteilen! Es braucht Sie! Ganz allein Sie! Aber was brauchen Sie? Sie brauchen Unabhängigkeit! Und Sicherheit! Nicht diese theoretische Sicherheit, für die die anderen sorgen. Sie brauche Ihre eigene, Ihre praktische Sicherheit! Die Welt ist ein gefährlicher Ort, und wenn Sie sich nicht selbst vor der Gefahr schützen, wird Sie niemand schützen! Das tut weh, aber es muss wehtun. Nur der Schmerz lässt uns sehen.“

Sebana kannte den Schmerz.

Sie hatte ihn gesehen und sie hatte ihn gefühlt.

Sie fühlte ihn immer noch!

Es war ihr Schmerz. Es war ihr Leben. Und ihre Zeit war endlich gekommen!

Der Mann auf dem Fernsehbildschirm trug die Tarnkleidung eines Jägers. In seinen Händen hielt er ein Sturmgewehr. Eines, wie es Jack gehalten hatte. Eines, mit dem Jack die Jugendlichen und Kathy durchlöchert hatte.

Und Sebana verstand.

Wer sich vor Waffen schützen will, braucht Waffen.

Wer sich vor Gewalt schützen will, muss bereit dazu sein, Gewalt auszuüben.

Nicht die verdammte andere Wange hinhalten. Auge um Auge, mit einem Sturmgewehr fest in beiden Händen.

„Mein Name ist Sergeant Pecker", sagte der Mann mit der Waffe, die nicht zerstören, sondern schützen wollte. „Und ich werde Ihnen zeigen, wie Sie Ihre Welt zu einem sicheren Ort machen."

„Meine Welt. Zu einem sicheren Ort", flüsterte Sebana.

„Kommen Sie", intonierte der Sergeant mit frenetischem Eifer und militanter Überzeugungskraft. „Kommen Sie und folgen Sie mir auf meiner Führung durch meinen Schutzbunker. Bestaunen Sie meine Sicherheit, die auch Ihre Sicherheit sein kann."

„Schutzbunker", flüsterte Sebana und sie verstand.

Sie verstand absolut alles.

Am Tag darauf sorgte Sebana für Ordnung.

In ihrem Haus.

In ihrem Kopf.

In ihrem Leben.

Sie brachte das Haus auf Hochglanz. Sie würde es verkaufen. Demnächst. So bald wie möglich. Es durfte nicht verwahrlosen. Es musste ansehnlich sein. Das Aufräumen stellte keinerlei Schwierigkeit dar. Sebana war pedantisch und das Haus in einem so perfekten Zustand wie sie selbst. Die Panik, die Todessehnsucht und die Vernachlässigung der letzten Wochen hatten nur eine oberflächliche Patina hinterlassen. Das war nichts, was eine Pflegespülung nicht hätte wettmachen können. Bei den Haaren gleichermaßen wie bei den Teppichböden.

An diesem Tag, dem ersten Tag nach der Erweckung durch Sergeant Pecker, wies Sebana den Hausarzt, den Gemeindepastor und die sechs besorgten Mitbürger an der Haustür ab. Sie würden wiederkommen. Bald. Aber wenn alles nach Plan lief, würde Sebana dann bereits weg sein. Sebana hatte aufgeben wollen, aber sie war auferstanden, als sie von der Couch aufgestanden war. Der Erlöser mit der schützenden Waffe in seinen Händen hatte ihr sein Paradies der Sicherheit offenbart, das erstaunlich bald ihr eigenes Paradies sein würde.

An diesem Tag, dem ersten Tag in ihrem neuen Leben, kontaktierte Sebana die Firma, die Sergeant Pecker in seiner Sendung – die auf einem regionalen Kanal aus Nevada ausgestrahlt wurde, den Sebana Dank der Fügung des Schicksals empfangen konnte – empfohlen hatte.

Die Firma hieß Sebana willkommen.

Die Firma brachte ihre Freude zum Ausdruck.

Die Firma hatte Antworten. Und die Firma hatte Fragen.

Ja, sagte Sebana, sie habe Geld.

Ja, sie würde gerne das Maklerservice der Firma in Anspruch nehmen, um ihre aktuelle Immobilie gewinnbringend zu verkaufen.

Ja, sie habe großes Interesse daran, im Gegenzug ein Objekt zu erwerben, das abgelegen sei und sich, wenn noch nicht entsprechend ausgestattet, perfekt für einen Umbau eigne.

Ja, sie sei gewillt einen Kredit aufzunehmen, da der Staat und sein faschistoides, kapitalistisches System ohnehin ausgebeutet gehörten, bevor sie einen ausbeuteten.

Ja, sie sei in der NRA und habe keinerlei Probleme mit der Ideologie der Firma.

Ja, selbstverständlich werde sie eine Geheimhaltungsklausel unterzeichnen.

Ja, die Welt sei dem Untergang geweiht, aber Sebana sei jetzt endlich sicher.

Und verdammte Scheiße: Gott schütze Amerika!

Der Jack und die Jill
der Jack und die Jill
die gehen ins Haus
und dann wird es still.

Vier Autostunden.

Vier Autostunden waren ausreichend, um die Veränderung einzuleiten, die Sebanas Leben bitter nötig hatte. Zur Hölle mit den Glaskästen dieser Welt!

„Ich will Ihnen nichts vormachen. Ich lege alle Karten offen auf den Tisch. Niemand will böse Überraschungen. Sie nicht, und glauben Sie mir, auch ich nicht. Zufriedene Kunden bringen neue Kunden. Also ... die Blockhütte ist nicht absolut baufällig, aber sie ist in einem Zustand, der eine grundlegende Renovierung notwendig macht. Aber soweit ich informiert bin, wollen Sie ja nicht bloß renovieren, Ihnen schwebt eine ... Umgestaltung der gesamten Bausubstanz vor. Demnach kommt Ihnen der Zustand der Hütte vor allem preislich gesehen sehr entgegen", erklärte die Maklerin.

„Ich habe nicht vor, in der Hütte zu leben", erwiderte Sebana.

Es war eine Feststellung, keine Erklärung. Es waren Worte, die sie vielleicht zu dieser völlig Fremden sagen, aber in erster Linie selbst hören musste. Es waren ihre eigenen Worte, die ihr ein gutes und fast schon sicheres Gefühl gaben. Das war die einzige Bedingung und diese wurde erfüllt. Sebana musste nichts ausführen oder sich rechtfertigen. Die Maklerin wusste, mit wem sie es zu tun hatte. Sie war *informiert*. Diese Hütte, mitsamt dem weitläufigen Grundstück, war nicht die erste und gewiss nicht die letzte Immobilie, die sie einer Kundin der Firma erfolgreich präsentieren und verkaufen würde. Die Firma sorgte für ihre Leute. Ganz so, wie die Firma dafür sorgte, dass sie für alle Leute, die nicht zur Firma gehörten, unter dem Radar blieb. Sebana war seit fast einer Woche unterstützendes, aber stilles Mitglied. Spätestens in drei Tagen würde die Firma mit schwerem Gerät hier an dieser Waldlichtung ankommen und umbauen, was es umzubauen gab. Das hatte Sebana in genau dem Augenblick gewusst, als sie aus dem Auto gestiegen war.

Das hier bedeutete Sicherheit. Ihre Sicherheit.

Das Grundstück war ideal und es war so gut wie gekauft. Selbst dann, wenn sich darauf nur ein Hühnerstall mit verwesenden Hühnerleichen darin befunden hätte.

„Zum Überleben brauche ich die Hütte nicht. Die Hütte ist irrelevant", untermauerte Sebana mit verbissener Entschlossenheit ihre weltverdrossene Unabhängigkeit.

Ein flüchtiges Zeichen von Abscheu entstellte das makellos schöne Gesicht der Maklerin, wurde aber rasend schnell von monetärem Ehrgeiz vertrieben. Denn keinesfalls wollte die Maklerin die zahlungskräftige Wahnsinnige, die vorhatte, die nächsten Jahre in einem Bunker – der erst gebaut werden musste – unter eine Blockhütte zu verbringen, vertreiben.

„Sie lächeln schön", stellte Sebana fest und bewunderte die tadellose Auslage der Maklerin. Wenn diese einen Vater hatte, der Sebanas Vater auch nur im Geringsten ähnlich war, dann war dieser garantiert sehr stolz auf seine identitätsbefreite, perfekte Tochter.

„Danke", erwiderte die Maklerin irritiert und kam, um ihrer Verunsicherung keinen Raum zu gewähren, abermals auf die irrelevante Hütte zu sprechen. „Die Immobilie ist wunderbar gelegen. Sie haben Ihre selige Ruhe, ohne jedoch auf eine entsprechende Anbindung verzichten zu müssen."

„Die überflüssige Hütte ist wunderbar gelegen, weil sie abgelegen ist. Ich will mich nirgendwo anbinden. Ich weiß zu schätzen, dass ich hier draußen auf mich allein gestellt bin."

„Sie werden *allein* sein?", fragte die Maklerin und das erste Mal in diesem Gespräch schimmerte aufrichtiges Interesse durch ihre solide einstudierten Phrasen.

Sebana zögerte.

Dachte über die Worte der Maklerin nach.

Dachte über die Bedeutung des Wortes *allein* nach.

Erinnerte sich an Kathy und ihre ewigen Kopfschmerzen.

Erinnerte sich an die durchsiebten Kinderleichen.

Von unbändigem und unendlichem Leben erfüllt, bis hin zur Ejakulation vollkommenen Glücks. Eifrig herumstolzierend wie mit Arroganz gefiederte Pfauenwesen. Mit beneidenswerter und bedauernswerter Unbeschwertheit alles Gegenwärtige geringschätzend. An diesem Morgen waren sie fast schon Erwachsene gewesen. Tot auf dem Boden, in ihrem eigenen Blut liegend, waren sie wieder zu Kindern geworden.

„Ich werde niemals allein sein", antwortete sie.

„Was denkst du dir bloß dabei, Kind?"

„In erster Linie denke ich, dass es mein Leben ist und dass ich kein Kind mehr bin."

„Du kannst nicht alles zurücklassen!"

„Doch, ich kann."

„Du kannst aber nicht einfach das Haus verkaufen!"

„Doch, ich kann und ich habe es bereits verkauft."

„Du darfst deinen Job nicht aufgeben, du darfst nicht alles hinschmeißen!"

„Ich darf und ich habe bereits. Ich habe meinen Job aufgegeben. Ich habe alles hingeschmissen. Jedes einzelne verdammte Buch aus dem ganzen verdammten Regal. Stell dir vor, ich habe sogar Salinger gefunden! Er ist ganz hinten im Regal verschwunden gewesen und somit dann ganz oben auf dem Haufen gelandet. Ich habe alles hingeschmissen, meinen Job und meine Bücher, und dann habe ich es mit Benzin übergossen und den ganzen Dreck abgefackelt."

Der fassungslose Blick ihrer Mutter war garantiert nicht darauf zurückzuführen, dass sie Sebanas geschmacklosen Bücherverbrennungswitz verstanden hätte.

Es war mehr eine allumfassende Fassungslosigkeit.

Elementar.

Lebensverändernd.

„Wie sprichst du denn? Wie sprichst du denn mit mir?!"

„Ganz so, wie es mir einfällt und wie es der Wahrheit entspricht."

„Kind, Kind, Kind", sagte die Mutter und schüttelte traurig den Kopf.

„Ja, Mutter, Mutter, Mutter?"

„Kind, Kind, Kind. Aber dein Job! Das kannst du nicht machen! Dein Job ist ein wirklich guter Job und wer weiß, ob du jemals wieder so einen guten Job bekommst!"

„Du meinst, einen Job, wo gedemütigte und allein gelassene Kinder bis an die Zähne bewaffnet in den Raum marschiert kommen und mir eine Kugel in meinen egozentrischen und ignoranten Schädel jagen?"

Die Mutter schlug entsetzt die Hand vor den Mund.

Endlich gab es nichts mehr zu sagen.

Nicht von der Mutter.

Dafür ergriff der Vater, der sich bisher mit seiner Tasse Tee und dem Karamell-Gebäck begnügt hatte, das Wort.

„Sergeant Pecker also?"

Sebana nickte und nahm sich ebenfalls einen Keks. Karamell war eine äußerst geeignete Grundlage für eine sich anbahnende Solidarisierung.

„Guter Mann. Wirklich guter Mann. Ein Arbeitskollege kennt ihn persönlich. Schwer beeindruckend. Er denkt kompromisslos die Gedanken zu Ende, für die wir guten Amerikaner uns so oft schämen müssen."

„Gute Amerikaner", bestätigte Sebana und dachte an ihren Bunker und daran, wie egal ihr Amerika und all die guten oder beschissenen Menschen in diesem Land waren. Die Arbeiten an ihrem Paradies unter der Erde würden in etwa einem Monat abgeschlossen sein, aber Sebana würde bereits morgen Früh aufbrechen. Ihr Haus war verkauft. Sie würde die nächsten Wochen in einer Lodge verbringen. Noch mal die weite Welt verinnerlichen und dann den größten Abschied wagen, den man, abgesehen vom Abkratzen, wagen konnte. Sebana würde der Welt den Rücken kehren. Wenn es ihr gelang, falls notwendig mit Waffengewalt, die vier Wochen zu überstehen. Sebana konnte sich dessen einfach nicht sicher sein. Die Sicherheit wartete erst hinter der Bunkertür.

Der geschlossenen Bunkertür.

„Gut. Nennen wir es Phase", setzte der Vater an.

„Phase", bestätigte Sebana und hätte gerne *leck mich* gedacht, wenn ihr eingefallen wäre, ob Ödipus vielleicht eine Schwester gehabt hatte.

„Eine Phase der Selbstfindung", spezifizierte der Vater.

„Selbstfindung, genau."

„Ich kann nicht wirklich gutheißen, was du vorhast, aber ich kann und will es auch nicht verdammen. Es ist ein konsequenter Weg. Konsequente Wege verdienen Respekt. Ein Mann, der … Eine Frau, die ihren konsequenten Weg gehen und zu sich selbst finden will, sollte man nicht aufhalten."

„So ungefähr sagt das Sergeant Pecker."

„So ungefähr. Und ich will ihm da nicht widersprechen."

Das Schluchzen der Mutter drang durch ihre vorgehaltene Hand.

Sebana empfand kein schlechtes Gewissen, weil dieses verzweifelte Schluchzen in ihrem Innerstem ein Gefühl des Friedens zu generieren wusste, das ein wundervoller Vorgeschmack auf die Sicherheit im Bunker zu sein schien.

„Kein Widerspruch?", vergewisserte sich Sebana.

Der Vater nickte.

„Brauchst du noch Waffen?", kam er stattdessen auf die wesentlichen Dinge zu sprechen.

„Dein Vater hat deine Entscheidung nicht angezweifelt? Er hat zugelassen, dass du ein Vermögen aufwendest, um das hier durchzuziehen? Er hat dich nicht aufhalten wollen?", falle ich ihr ins Wort. Ich hätte so vieles fragen können, aber aus einem mir gerade nicht vollumfänglich nachvollziehbaren Grund will ich ganz genau das wissen. Ich will wissen, warum ihr Vater diesen Irrsinn zugelassen hat.

„Hat deiner dich denn jemals aufgehalten?", entgegnet sie.

Meine Gedanken driften ab.

Ein kalter Ort.

Eine zaghafte Hoffnung.

Desillusion. Banal und fatal zugleich.

„Mein Vater hat weder mich noch andere aufgehalten", stelle ich fest und spüre, wie sehr diese Worte schmerzen. Sogar nach all den Jahrzehnten schneiden sie wie unsichtbare Messer tief in das weiche Fleisch, das mich ausmacht.

Das mich zum Menschen macht.

Das weiche Fleisch, das ich wahrhaftig bin und von dem nur noch wenig übrig ist.

Viel zu wenig weiches Fleisch.

Es ist nur der Kampf geblieben. Seit so vielen Jahren der Kampf. Seit einigen Wochen der Überlebenskampf.

Im Dickicht raschelt es. Etwas bewegt sich durch das Gestrüpp. Schiebt Geäst zur Seite. Gleitet über den Boden, der mit Kiefernnadeln übersät ist. Ein Huschen. Ein Umriss. Nicht greifbar, nicht begreifbar, aber Sebanas Blick wandert in die Richtung, aus der das deutlich vernehmbare Rascheln kommt. Ihre nervösen Augenbewegungen folgen dem changierenden Gleiten, suchen den Schatten, der vom Unterholz verborgen wird, ohne dass ihm im Gegenzug die Sicht versperrt wäre.

„Du hast jemanden mitgebracht? Wieso hast du …"

Sebanas Stimme bricht. Sie zittert. Mensch und Stimme zittern. Es ist der Tonfall, der oszilliert wie das Ding im Wald changiert. Aus dem Ton wird keine Melodie und aus dem Ding wird keine Gestalt.

„Ich fürchte, ich habe etwas nicht zurückgelassen", erwidere ich.

„Du hättest nicht herkommen sollen."

„Ich hatte keine Wahl."

Sebana bleibt gerade so lang stumm, wie es mir gelingt, meine Erinnerung zu verdrängen.

„Es tut mir leid. Es ist gut, dass du keine Wahl hattest. Es ist gut, dass du hier bist."

Seite an Seite starren wir in den Wald und warten auf etwas, das sich nun, wo wir darauf warten, nicht wiederholen wird.

„Ergibt das Sinn?", will Sebana wissen.

Nichts ergibt Sinn.

Nicht, dass ich auf dieser Veranda sitze.

Nicht, dass ich nach Carlsbad muss.

Nicht, dass du nicht mehr bei mir bist.

Nicht, dass die Menschen verrecken und es die schiere Masse an Toten ist, die dafür sorgt, dass es schlichtweg niemanden mehr interessiert. „Es ist befreiend, ausgeliefert zu sein. Das Unausweichliche ist das Einzige, das mir vorübergehend meine Angst nimmt. Du willst wissen, ob es Sinn ergibt? Es ist nun mal so, dass ich hier bin. Es spielt gar keine Rolle, ob es auch gut ist."

„Ich bring dir mehr Tee", sagt Sebana, als wäre das die angemessene Reaktion auf den allumfassenden Untergang, und greift nach meinem Glas.

Ich soll verdammt sein, wenn ich nicht noch mehr Tee vertragen kann.

Dass es nicht viel zu siedeln gab, hieß nicht, dass nicht viel gepackt werden musste. Nur fünf Kisten würde Sebana mit in den Bunker nehmen. Die ungefähr fünfzig anderen Kisten würde der Gemeindepastor abholen, bevor die Schlüssel an den neuen Hauseigentümer übergeben wurden.

Sebana selbst würde beim Abholen und Übergeben die kleine Stadt und das kleine Haus längst verlassen haben. Doch jetzt saß sie hier. Umgeben von unzähligen weißen Kisten, verlor sich ihr Blick in der Dämmerung, die sich im Haus ausbreitete wie Schimmel, und fiel auf eine Vergangenheit, die sie nicht verdrängen konnte.

Vielleicht würde ihr das im Bunker gelingen.

Vielleicht würde sie im Bunker verdrängen.

Vielleicht würde sie im Bunker *vergessen*.

War es theoretisch möglich, in ein altes Leben zurückzukehren, das man vollkommen vergessen hatte? In ein altes Leben, das man mit all seinen emotionalen Abfällen und Versatzstücken begraben hatte?

Noch wusste Sebana jedes winzige Detail, aber eine Antwort auf diese Frage wusste sie nicht. Sie würde die

Frage beantworten, sobald der Tag gekommen war. Oder sie würde für immer schweigen. In einem Bunker. Fünfundzwanzig Fuß unter dem bemoosten Waldboden … verborgen.

„Da weißt alles? Aber du *hast* mich doch vergessen", erklang die vertraute Stimme hinter ihr und Sebanas Blick, der sich eben noch in der ewigen Weite der schimmelnden Erinnerung verloren hatte, fokussierte sich widerwillig. Sebana saß auf dem Fußboden. In ihren Händen hielt sie ein gerahmtes Foto, das auf einem Lehrerausflug entstanden war. Sie konnte sich nicht entschließen, ob sie das Foto in eine der fünf mitzunehmenden Kisten stecken oder es in den Container vor dem Haus werfen sollte. Der Inhalt des Containers würde Ende der Woche auf den Sperrmüll wandern. Auf welche Reise sollte Sebana das Foto schicken?

„*Vergessen,* hörst du?", beklagte sich die Stimme.

„Du redest Blödsinn. Ich habe es versucht. Aber du weißt so gut wie ich, dass ich es nicht geschafft habe. Ich habe dich nicht vergessen. Deshalb bist du schließlich hier."

„Aber du hast mich nicht gefragt, ob ich mitkommen möchte. Du gehst davon aus, dass du mich an diesem Ort hier, zwischen all den Erinnerungen, die du wegwerfen oder verschenken willst, zurücklassen kannst. Ich bin vielleicht zerstört, aber ich bin nicht wegzuwerfen. Und glaub mir, niemand möchte mich. Noch nicht mal geschenkt. Niemand außer dir."

„Mir wäre auch lieber, du würdest endlich verschwinden. Dich in Luft auflösen. Mich nicht mehr erinnern. An dich. An alles. Vielleicht bräuchte ich dann gar keinen Bunker."

„Das ist eine Lüge. Und es ist unsensibel."

„Ist es das? Ist es das tatsächlich? Und was ist mit mir? Wer fragt mich?"

Die Stimme schwieg, aber sie hatte in der letzten Zeit oft geschwiegen und war dennoch immer wiedergekommen. Sebana wusste, dass sie niemals weggehen würde. Vielleicht verstummte sie manchmal, aber sie war dennoch immer da und sie würde überall sein, egal wohin Sebana ging. Egal, wie dick die Türen waren, die sie hinter sich ins Schloss zog. Die Stimme würde bleiben. Wahrscheinlich wartete die Stimme bereits im Bunker, bevor Sebana ihn überhaupt betrat. Also wem genau machte sie etwas vor?

Sebana betrachtete das Foto in ihren Händen.

Kathy und Sebana.

Nicht umschlungen, aber nah beieinander.

Beide lächelnd.

Sebana selbstzufrieden. Kathy dankbar.

Mitnehmen. Eindeutig mitnehmen. Auf gar keinen Fall wegwerfen.

„Die gelbe Strickjacke, die du auf diesem Bild trägst, ist scheußlich", stellte Sebana fest und musste dennoch grinsen. Die Jacke war tatsächlich ein Mahnmal des schlechten Geschmacks, aber Kathy hatte diese Jacke geliebt. Im Winter hatte sie darin gefroren und im Sommer hatte sie das Ding durchgeschwitzt, aber mit der Verlässlichkeit eines Atomuhrwerks hatte sie die Jacke einmal in der Woche getragen.

„Weißt du, dass ich drei davon habe?"

„Du hast drei gelbe Strickjacken?"

„Drei exakt gleiche gelbe Strickjacken."

„Das entspricht fast schon der Definition von Wahnsinn."

„Wahnsinn wäre es nur dann, wenn ich erwarten würde, dass eine der Jacken an mir anders aussehen würde. Aber mir geht es doch genau darum, dass man sie nicht unterscheiden kann. Makellose Ratio."

Jetzt, wo Sebana von der Existenz der drei Jacken wusste, begriff sie, dass sie der Jacke schon immer misstraut hatte. Die geheime Vervielfältigung des Kleidungsstückes hatte etwas Verdächtiges an sich und es schon immer gehabt. Wie sollte Sebana die gelbe Strickjacke jemals zurücklassen können, wo es doch drei davon gab?

Mitnehmen. Eindeutig mitnehmen.

„Willst du mitkommen?", fragte Sebana, bevor sie sich eines Besseren besann. Eines Logischeren. Eines Möglicheren.

„Du fragst mich, ob ich mit dir in den Bunker kommen möchte?"

„Hätte ich denn überhaupt eine Wahl? Könnte ich dich zurücklassen?"

„Man hat immer eine Wahl."

„Ich habe den Bunker gewählt und ich habe die Wahl, dich einzuladen. Dich zu meinem Gast zu machen und nicht zu meiner Heimsuchung."

„Also … wir beide. In einem Bunker."

„Wir beide, was auch sonst."

„Ich bringe meine Strickjacken mit."

„Daran habe ich keinen Augenblick lang gezweifelt."

Genau so kam es.

Als Sebana die Bunkertür hinter sich schloss, um die Welt und all die Gefahren der Welt für akribisch durchgeplante vier Jahre auszusperren, lagen zwei der drei gelben Strickjacken bereits sorgsam gefaltet in einem der funktionalen Stahlregale.

Es war nicht schlimm.

Es war nicht belastend.

Es war nicht beängstigend.

Die Strickjacken im Regal zu sehen, kam einem Nachhausekommen gleich. Es war nicht nur wichtig, dass die Strickjacken da waren. Es war eine Grundvoraussetzung, um aus dem Bunker mehr zu machen als ein … Grab.

Kathy war keine Heimsuchung, und sie war auch nicht einfach nur ein Gast.

Sie war eine Freundin.

Eine Freundin, der Sebana sogar ein eigenes Bett in die Nische zwischen Wohnbereich und Vorratsraum gestellt hatte. Es kümmerte Sebana nicht, dass es lächerlich war, einer Stimme ein Bett hinzustellen. Es wäre noch viel lächerlicher gewesen, eine Freundin auf dem Boden schlafen zu lassen.

Und wer genau wollte in den nächsten vier Jahren schon über Sebana lachen?

Der letzte Mensch, der über sie gelacht hatte, war die Verkäuferin in *Pettys Local Market and Foodstore* gewesen. Sebana hatte dem Redneck-Supermarkt auf dem Weg zum Bunker spontan einen Besuch abstatten müssen.

Sie hatte vergessen, Dosenravioli zu kaufen. Ihre Vorratsregale waren ebenso gut mit Konservendosen und Wassertanks bestückt, wie der Maschinenraum voll mit Benzinkanistern und Gaskartuschen war. Sebana würde sparsam mit allem umgehen. Sie würde so sparsam und bescheiden sein, dass ihr tagelang die Flamme einer einzelnen Kerze und Brühwürfelsuppe aus einer Teetasse genügen würden, aber sie konnte schlicht und ergreifend nicht auf Ravioli verzichten, auch wenn sie die aus unerfindlichen Gründen bei ihrer minutiösen, und von der Firma tadellos angeleiteten Planung vergessen hatte.

Also hatte sie in *Pettys Local Market and Foodstore* alle Dosen mit Ravioli in ihren Einkaufswagen geladen.

Alle Dosen, die sie im Supermarkregal hatte finden können.

Jede einzelne verdammte Dose.

Von jeder einzelnen verdammten Marke.

Und das waren immerhin drei unterschiedliche Marken gewesen.

Und dann hatte sie die Verkäuferin gebeten, alle Vorräte aus dem Lager zu holen.

Absolut alles, bis auf die allerletzte Dose.

Da hatte die Verkäuferin herzhaft gelacht.

Sie hatte sich erkundigt, ob Sebana denn ihren Swimmingpool mit Dosenravioli füllen wolle. Ob sie gedenke, die Hundertschaft ihrer Feinde in Dosenraviolisauce zu ertränken. Ob sie denn einen Selbstmord plane, der vorsehe, unter dem Gewicht unzähliger Dosenraviolidosen zermalmt zu werden, denn wenn dem so wäre, müsse die Verkäuferin das Sheriffbüro verständigen.

Sebana hatte nicht gelacht.

Sie hatte ihre Kreditkarte gezückt und sie der Verkäuferin hingehalten. Sie hatte die Verkäuferin, die enttäuschenderweise gar nicht Petty gewesen war, dazu aufgefordert, das Doppelte zu verrechnen und die Fresse zu halten. Das hatte das Lachen verstummen lassen.

„Ich bitte dich. Das ist doch nicht schlimm. Stell dir einfach vor, es wäre Petty gewesen“, erklang die Stimme und holte Sebana zurück in den Bunker.

Diese schüttelte energisch den Kopf.

„Wenn du schon permanent in meinen Gedanken herumwühlen und es dir ausgerechnet zwischen abgespeicherten, aber nicht ausformulierten Wahrnehmungen gemütlich machen willst, musst du dir angewöhnen, nicht jeden meiner Gedanken wortwörtlich zu nehmen.“

„Ich habe nicht gegraben. Du führst Selbstgespräche.“

„Selbstgespräche?! Dass diese Anschuldigung ausgerechnet von dir kommt … Bist du dir überhaupt der Ironie bewusst?“

„Ich bin mir vor allem dessen bewusst, dass wir ein ganzes Regal voller Bücher haben und dass sich darunter kein einziges Buch befindet, das ich nicht als Horrorbuch bezeichnen würde."

„Ich will vor Augen haben, was ich zurücklasse."

„Aber Horror? Das ist doch alles bloß Fiktion."

„Im Gegenteil. Es ist die Wirklichkeit, von der Moral befreit."

„Aber ich will etwas Schönes lesen!"

„Ein Fünfzehnjähriger hat deine Gedärme auf dem Fußboden deines Klassenzimmers verteilt und du willst etwas *Schönes* lesen? Selbst tot bist du das Dümmste, was mir jemals untergekommen ist."

Die nächsten drei Tage schwieg Kathy.

Und Sebana wurde das Gefühl nicht los, dass die Stimme einer Toten vielleicht doch besser sein könnte, als die erdrückende Stille, die sie mit der Flamme einer Kerze, einem Zombie-Buch von Brian Keene und einer Dose Ravioli zu füllen versuchte.

„Sag, dass du es nicht so gemeint hast!", erklang nach Tagen die Stimme wieder.

Der Tod hatte Kathy alles genommen. Alles, bis auf ihre Stimme und eben ihre Sturheit. Es gab Konstanten im Leben – und offensichtlich im Leben nach dem Tod –, denen musste sich sogar Sebana unterwerfen.

„Gut. Wunderbar. Wenn es dir dann besser geht. Ich bin *nicht* enttäuscht, dass die Verkäuferin nicht Petty gewesen ist. Es lässt mich kalt."

Einen Moment lang erfüllte eisiges Schweigen den Bunker, dann brach die Stimme in herzhaftes Gelächter aus, das derart ansteckend war, dass Sebana einfach in den Orkan guter Laune mit einstimmen musste. Mit einstimmen wollte. Und das, obwohl diese Laune völlig deplatziert und somit unangemessen erschien. Aber es tat gut, endlich mal wieder zu lachen. Es gab keinen Grund, die Legitimation der Fröhlichkeit zu hinterfragen.

Hier wurde gelacht.

Die Strickjacken lagen im Regal.

Irgendwo zwischen der ausgewählten Horrorliteratur verbarg sich Salinger. Und Kathi hatte nicht vergessen, dass es Sebanas Eigenart war, stets einen unorthodoxen Weg zu wählen, eine Entschuldigung zu formulieren. Unter ihrem beißenden Sarkasmus lagen die Worte verborgen, die Sebana eigentlich sagen wollte. Ihre Entschuldigungen waren aufrichtig. Sie waren derart aufrichtig, dass sie nur die Menschen vernehmen konnten, die eine Entschuldigung auch verdienten.

Für alle anderen war Sebana eine bissige Schlampe.

Daran hatte sie nichts auszusetzen. Bissige Schlampen waren sicher. Sebana war schon vor dem Bunker sicher gewesen. Zumindest bis Jack und Jill mit ihren Waffen die Einrichtung zertrümmert und die Menschen zerfetzt hatten. Die Meisterin des fiesen Mundwerks ist eine Virtuosin, wenn es darum geht, einen spitzfindigen Schutzwall gegen die Menschheit zu errichten, denken doch die meisten Menschen, es wäre die Menschlichkeit, die von der Scharfzüngigen ausgesperrt wird.

„Hast du was dagegen, wenn ich das Radio einschalte?", fragte die Stimme, nachdem das Lachen verebbt war.

„Wir haben ein Radio?", erwiderte Sebana.

„Ich bitte dich. Du weißt, dass wir ein Radio haben. Du kennst jedes winzige Detail in diesem Bunker. Genau deshalb sind wir an diesem Ort. Hier ist alles abgezählt und katalogisiert. Es gibt keine Überraschungen. Du hast dafür gesorgt, dass du alles kontrollieren kannst. Alles und jeden."

„Ich bin allmächtig", scherzte Sebana und vernahm überdeutlich, wie viel trotzige Selbstverblendung in diesen wenigen Worten mitschwang. Aber fünfundzwanzig Fuß unter der Erde war sie das.

Allmächtig.

„Du bist eine Göttin", spottete die Stimme, aber dieser Spott triefte förmlich vor Anerkennung. Eigentlich hatte sich überhaupt nichts verändert.

Und Sebana begriff.

Sie wollte ihr altes Leben gar nicht vergessen. Im Gegenteil! Sie wollte es konservieren und beschützen. Deshalb hatte sie es in eine überdimensionale Konservendose gepackt und den Deckel versiegelt, damit der Lauf der Welt das alte Leben nicht länger kontaminieren konnte. Sie hatte in Sicherheit gebracht, was bedroht worden war. Sie hatte gerettet, was zu retten gewesen war. Warum sollte sie es nun verleugnen?

„Na, komm schon, mach das Radio an!", sagte Sebana.

„Werden wir auch tanzen?", freute sich die Stimme.

„Heute nicht. Heute werden wir nur zuhören."

Und das taten sie.

Sie hörten zu, bis Sebana auf ihrem Lesesessel einschlief.

Da schlich die Stimme davon und zählte.

Sie zählte gewissenhaft.

Eins, zwei, drei, vier …

„Augenblick. Die *Stimme* hat gezählt?", frage ich irritiert.

Dieses Mal ist es haargenau die Frage, die ich stellen will.

„Das hat sie", erwidert Sebana.

Ihr Blick hat sich verfinstert. Das eben noch helle Strahlen ihrer grünen Augen ist zu einem düsteren Glimmen geworden, das an die smaragdgrünen Tiefen eines Gebirgssees erinnert. Ich kann in ihren Augen sehen, dass über diesem Gebirgssee ein Gewitter aufzieht, aber ich kann mich nicht zurückhalten.

„Selbst wenn eine körperlose Stimme zählen könnte, wie solltest du das wissen? Du hast geschlafen!"

„Ich habe die Stimme dennoch zählen gehört."

„Vielleicht im Traum. Du hast davon geträumt."

„Ich habe sie nicht im Traum, sondern durch den Traum hindurch gehört."

„Das ist verrückt", stelle ich fest. Wahrscheinlich muss ich das an irgendeinem Punkt der Erzählung einfach machen. Meine Zweifel anbringen, wo ich es doch nicht schaffe, endlich das Glas zur Seite zu stellen und die Veranda zu verlassen. Es ist, als wäre ich in diesem Gespräch gefangen. Ich muss das zu Ende hören, das ich wahrscheinlich nicht werde ertragen können.

Das Ende.

Das bittere Ende.

Sebanas Blick, der bleiern auf mir ruht, hat etwas Mitleidiges. Ungeduldiges.

Boshaftes.

„Du hast *das* da mitgebracht", antwortet sie schließlich und deutet auf das Unterholz, „und nennst mich verrückt?"

Darauf weiß ich nichts zu erwidern.

Ich kann nur dem Reiben und Schaben der Schuppen lauschen. Ich spüre seine Gegenwart. Ich höre, wie es gleitet. Wie es innehält. Wie es wieder in Bewegung gerät. Wie es sich zurückhält, aber nicht zurückweicht. Wie es langsam näher kommt. Immer näher kommt, das Nichts.

Ich kann nur lauschen und schweigen.

Für Sebana ist mein Schweigen eine Aufforderung.

Leider sind wir über den Punkt ihrer Geschichte hinaus, an dem sie mir ein weiteres Glas Tee anbieten würde. Ich klammere mich an das glatte, leere Gefäß, als wäre es mein Anker. Es wird nicht verhindern können, dass die traurige Nussschale, in der ich sitze, auf diesem smaragdgrünen Gebirgssee kentert.

Sebana lächelt, während sie spricht.

Ich wünschte, sie würde das bleiben lassen. Das Sprechen und das Lächeln.

Es ist längst nicht mehr so, dass ich sie zu kennen glaube.

Ich erkenne sie.

Sie hörten.

Und sie tanzten.

Sie aßen Ravioli.

Und sie lasen.

Zumindest Sebana tat all das und mit jedem hörenden, tanzenden, essenden und lesenden Tag, der verging, war es mehr und mehr so, als würde die Stimme ebenfalls all diese Dinge tun.

Immer und immer.

Und immer wieder.

Bis aus der Stimme ganz und gar und ohne jeden Zweifel wieder Kathy geworden war.

Sebana war demnach nicht überrascht, als sie eines Morgens die Küche betrat und Kathy vorfand, die gerade eine Scheibe Knäckebrot aß und Kaffee trank.

Aus der Tasse, aus der sie immer Kaffee getrunken hatte.

„Willst du Frühstück", fragte Kathy und hielt die Tasse zur Begrüßung hoch.

Wer es selbst nicht kann, der bringt es anderen bei, stand darauf.

Sebana schüttelte den Kopf.

„Zier dich nicht so. Der Kaffee ist noch heiß. Ich habe ihn vor zwanzig Minuten erst gemacht", beharrte Kathy und nahm einen beherzten Schluck. Sebana war sich sicher, dass sie gleich würde bezeugen können, wie das Gesöff aus den Einschusslöchern in Kathys Körpermitte sickerte, aber dort gab es nichts anderes zu sehen als eine gelbe Strickjacke mit einer leibhaftigen Kathy darin.

Sebana schüttelte abermals den Kopf.

Sie wollte das aufdringliche Kaffee-Angebot mindestens ebenso dringend ausschlagen, aber noch viel dringender wollte sie das Bild loswerden, wie eine verdammte Tote mit ihrer beschissenen Lieblingstasse in ihrer verdammt toten Hand lächelnd in Sebanas Küche saß.

Mit der Stimme zu sprechen, war eine Sache gewesen. Kathy ins strahlende Gesicht zu schauen, war eine ganz andere. Sebanas Psychose hatte einen Punkt erreicht, der ihr endgültig Angst einjagte.

Am meisten fürchtete sie sich davor, dass sie sich bald nicht mehr fürchten würde.

„Das … das ist mir jetzt …", setzte sie an, nur um mitten im Satz die Küche zu verlassen.

Noch konnte sie gehen.

Aber bald schon würde sie sich zu Kathy an den Tisch setzen. Und es würde für sie das Normalste auf der ganzen Welt sein.

Wie sich zeigte, wurde es doch niemals normal.

Wie hätte auch etwas fundamental Unmögliches in einem klar umrissenen Raum, in dem jeder Winkel und jeder Zentimeter der Norm entsprach, per Definition normal sein können? Wie sollte irgendetwas in diesem Bunker, das nicht *Ding*, sondern *Existenz* war, irgendeine Form von Normalität aufweisen? Diesen Bunker gab es doch nur, weil die Wirklichkeit aus dem Lot geraten und das vermeintlich Normale verrückt worden war.

Es wurde niemals normal, aber es wurde alltäglich.

In den ersten beiden Wochen versuchte Sebana, der nunmehr personifizierten Stimme aus dem Weg zu gehen. Was in einem fensterlosen, sechzig Quadratmeter großen Kellerdomizil zwar kein Ding der Unmöglichkeit war, aber sehr wohl eine gewisse organisatorische und realitätsverweigernde Herausforderung darstellte.

Am Dienstag der dritten Woche resignierte Sebana und setzte sich zu Kathy an den Küchentisch. Dort saßen sie gut zehn Minuten lang und starrten einander in die leichenblassen Gesichter, bevor Sebana das Wort ergriff: „Danke, dass du fragst. Ich hätte sehr gerne eine Tasse Kaffee."

Diese Antwort kam mit sechzehn Tagen Verspätung, aber sie kam nicht *zu* spät. Und sie hatte wohl den süßen Beigeschmack einer Entschuldigung, was der Kathy-Manifestation ganz offensichtlich gut gefiel, denn diese schob Sebana ohne zu zögern die geliebte Tasse hin. Sebana wollte schon nach dem Gefäß greifen, stockte aber mitten in der Bewegung, ließ die Hand wie von unsichtbaren Schnüren gehalten in der Luft schweben und stellte sich eine allerletzte Frage: Mit oder gegen den Wahnsinn?

Nur das. Nichts sonst.

Und nichts darüber hinaus.

Den Bunker zu verlassen war keine Alternative.

Sebana war hier. Der Wahnsinn war hier. Eine Entscheidung musste getroffen werden. Sebana beschloss, den Weg des geringeren Widerstandes zu wählen und sich für den Wahnsinn zu entscheiden.

Sie griff nach der Tasse.

Führte sie an ihre Lippen.

Nahm einen Schluck Kaffee.

„Lecker", sagte sie, und das Schlimmste war, dass das keine Lüge war.

Es war der beste eingebildete Kaffee, den Sebana jemals getrunken hatte. Vielleicht sogar der beste überhaupt und somit war er so wirklich, wie etwas, das vor langer Zeit verrückt geworden war, es nur sein konnte.

„Er ist verdammt lecker", bestätigte Kathy.

Es kam, wie es kommen musste.

Von diesem Augenblick an war der Wahnsinn so greifbar, wie es die Tasse auf dem Küchentisch gewesen war. Dabei wich der Wahnsinn nicht der Wirklichkeit, er wurde vielmehr zur neuen Wirklichkeit. Die auf den köstlichen Kaffee folgenden Wochen waren möglicherweise irrsinnige, aber vor allem glückliche Wochen.

Ein Lachen hier.

Ein Plaudern da.

Ein ehrliches Miteinander voller Offenbarungen und das überall und jederzeit.

Alles wurde gesagt.

Alles wurde gehört.

Auch die Dinge, die man niemals hatte erfahren wollen.

Auch die Dinge, die man niemals hatte preisgeben wollen.

Im Bunker gab es keinen Platz für Geheimnisse. Mit jedem Gespräch lernten Sebana und Kathy einander besser kennen, bis sie schließlich einfach alles wussten. Über sich selbst und das Gegenüber. Das eigene Wesen wurde dadurch zwar kaum erträglicher, aber jedes noch so kleine Detail über einen anderen Menschen zu wissen war nicht ansatzweise so grauenvoll oder verwerflich, wie Sebana immer geglaubt hatte. Es war erstaunlich befreiend. Es war aufwühlend und zutiefst menschlich zugleich.

Leider war es ab einem gewissen Zeitpunkt vor allem eines: langweilig.

Man hatte alles gesagt.

Man hatte alles gehört.

Aber man saß immer noch – mit dieser verdammten Tasse in der Hand – in dieser verkackten Küche, an diesem winzigen Stahltisch und starrte auf rot lackierte Blechregale. Man saß dort fest. Und deshalb ging alles immer wieder von vorne los.

Es wurde niemals normal, aber es wurde alltäglich.

Und das Alltägliche war im Alltag bereits ermüdend. Unter der Erde wurde es zur Qual.

Es war unvermeidlich, dass man sich irgendwann wünschte, man hätte sich doch gegen den Wahnsinn entschieden. Irgendwann, wenn man längst aufgehört hatte zu zählen, wie viele Wochen oder Monate vergangen waren, seit man die Tür geschlossen hatte. Irgendwann, wenn die Nächte im ewig dunklen Bunker unter der Last der Erinnerung noch manischer und dunkler wurden. Nicht, weil man die Erinnerung nicht loswurde, sondern weil man sich nicht mehr erinnern konnte und somit auf die ebenfalls zunehmend variierende Erzählung einer Mitgefangenen angewiesen war.

In diesen dunklen Stunden wünschte man einem Menschen, der vor schieren Ewigkeiten eigentlich bereits schon tot gewesen war, abermals den Tod. Und Sebana musste keine Hellseherin sein, um zu wissen, dass dieser eigentlich tote Mensch diesen Wunsch aus tiefster, unsterblicher Seele zu erwidern begann.

Es wurde unbehaglich und es wurde eng unter der Erde, wenn man das Grab, das man sich sorgsam selbst geschaufelt hatte, mit einer Toten teilen musste, die es plötzlich für sich allein beanspruchen wollte.

Da aber beide der Gesellschaft der jeweils anderen mehr als überdrüssig geworden waren, stellte es vorerst trotzdem kein Problem dar, einander aus dem Weg zu gehen. Auf der Flucht wurde die Beengtheit des Bunkers zum Palast, dank der Ausflucht wurde das Reden zum verbalen Abfall. Das Schweigen erfüllte den schier unendlichen Raum zwischen den Stahlbetonmauern und das einzige Geräusch, das die Stille durchbrach, war das Rascheln von Buchseiten.

Die Kommunikation wurde erst wieder aufgenommen, als es ans Eingemachte ging.

Wortwörtlich.

„Das kann nicht alles sein. Das ist unmöglich", beharrte Sebana.

„Doch, das *kann* alles sein und es *ist* alles. Es ist der Rest. Mehr gibt es nicht", erwiderte Kathy. Sie klang wie die verdammte Besserwisserin, die sie schon immer gewesen war, aber Sebana konnte sich nicht daran erinnern, sie jemals so sehr für den Klang ihrer Stimme gehasst zu haben. Sebanas intensiver Hass brannte allerdings nicht wie üblich. Er war eiskalt. Nie zuvor hatte sie derart kalten Hass empfunden.

„Ich hasse dich nicht", flüsterte sie und ihre Augen weiteten sich, als sie begriff. „Ich verachte dich."

„Was hast du gesagt?", wollte Kathy wissen. Sie war die argwöhnische Lehrerin, die eine Schülerin zwar beim Tuscheln erwischt, aber die Worte nicht verstanden hatte. Und sie war im Recht mit ihrem Argwohn, aber vor allem war sie der letzte Dreck.

„Ich habe gesagt, dass das einfach nicht alle Vorräte sein können, die wir noch haben. Vor drei Wochen erst habe ich die Dosen und Einmachgläser gezählt und genau Buch geführt. Es ist genug da gewesen. Mehr als genug. Von allem!"

„Dann bist du blind oder des Zählens nicht mächtig."

Sebana starrte die beiden überdimensionierten Vorratsschränke an.

Der eine Schrank war beinah leer.

Nur vereinzelte Konservendosen drängten sich an die Rückwand des Schrankes wie Zwölfjährige gegen die Turnsaalwände, wenn die Turnlehrer verkündeten, dass es an der Zeit war, Walzer zu üben.

Der andere Schrank war gut gefüllt.

Mit Einmachgläsern. Mit *leeren* Einmachgläsern.

„Ich habe sie gezählt. Sie waren … da", wiederholte Sebana ungläubig und es klang fast so, als wäre es ihr mangelnder Glaube, der die Vorräte hatte verschwinden lassen.

„Also weder blind noch unfähig, sondern einfach mittlerweile verrückt."

„Sie waren da!", brüllte Sebana.

„Was ist bloß aus dir geworden? Dein bröckelnder Verstand spielt dir übel mit", stellte Kathy fest. Es war durchaus nachvollziehbar und auch angebracht, dass sie herablassend klang. Aber es war unerträglich, dass in ihrer Stimme diese unsagbare Traurigkeit mitschwang. Ein tiefes Bedauern, das nicht nur Sebanas überstrapazierten Verstand betraf, sondern auch Kathis eigene missliche Lage mit einschloss.

Und so, wie Sebana eben erst verstanden hatte, dass sie Kathy verachtete, so verstand sie mit einem Mal, dass sie sich all die vielen Monate über getäuscht hatte. Sie hatte gedacht, sie wäre wahnsinnig. Sie hatte gedacht, sie hätte ihren Wahnsinn akzeptiert und würde nun Seite an Seite mit der Personifikation dieses Wahnsinns leben. Stattdessen hatte sie von Anfang an genau das gesehen, was es zu sehen gab, aber die Augen vor der Wirklichkeit verschlossen.

Ihr Schmerz hatte nicht den Wahnsinn erschaffen, er hatte die Wahrheit verweigert.

Kathy war gar nicht tot.

Sie war keine Manifestation, keine Gestalt gewordene Schuld. Sie war die verweigerte Wahrheit, die Sebana in den Bunker gefolgt war.

Kathy war am Leben.

Sie war ein fetter, leibhaftiger Mensch, der seit über einem Jahr Sebanas Vorräte auffraß und die Regale leer zurückließ.

„Du hast davon gegessen", keuchte Sebana.

„Selbstverständlich habe ich das! Hätte ich etwa verhungern sollen?"

„Du lebst und du hast mein Essen gegessen."

„Na, wenn es nach dir ginge, wäre ich längst tot."

Sebana hegte Zweifel daran, dass Kathy besonders schnell verhungert wäre. Ihr Schwimmreifen hätte sie schon über die Runden gebracht. Doch diesen Gedankengang wollte sie vorerst für sich behalten und das erste Gespräch seit Wochen in konstruktivere Bahnen lenken.

Das erste Gespräch, das sie mit der Wirklichkeit und nicht mit dem Wahnsinn führte.

„Gut dann. Oder schlecht. Wie auch immer. Das Essen ist weg. Oder das meiste davon ist weg. Was machen wir jetzt?"

„Ich habe nachgedacht und ich hätte einen Plan."

„Du hättest einen Plan?"

„Wenn du den Bunker verlassen könntest, dann könnten wir …"

„Ich kann nicht zurück in die Welt. Ich kann den Menschen noch nicht gegenübertreten", unterband Sebana das konspirative Pläneschmieden.

„Wer hat denn etwas von Menschen gesagt? Ich bin zu dem Schluss gekommen, dass ich dich an manchen Tagen förmlich verabscheue. Was schade ist, weil ich dich immer verehrt, fast schon geliebt habe. Aber obwohl ich dich verabscheue, würde ich nichts Unmögliches von dir verlangen. Ich bin nach wie vor auf dich angewiesen. So wie früher. Wahrscheinlich sogar mehr als früher. Also keine Menschen!"

Abscheu.

Vielleicht hatte sich Sebana getäuscht. Vielleicht war es tatsächlich Abscheu und nicht Verachtung.

Aber was auch immer es war, sie blieben einander nichts schuldig. Auch jetzt nicht, wo sie beide wieder am Leben waren.

Noch am Leben waren.

„Dein Vater ist doch Jäger", fuhr Kathy fort, als Sebana ihr nicht antwortete. „Wenn du eine Waffe hättest, könntest du den Bunker verlassen und auf die Jagd gehen. Du hast das sicher von deinem Vater gelernt. Du könntest auf die Jagd gehen und ein fettes Reh für uns schießen. Wie schwer ist so ein Reh? Ein fettes Reh."

„Vielleicht fünfzig Pfund?"

„Fünfzig Pfund! Das ist doch was. Damit könnten wir einige Zeit lang auskommen."

„Könnten wir."

„Wir könnten Gulasch kochen, wir könnten den Darm reinigen und aus dem Fett und dem sehnigen Fleisch Brühwürste machen. Die Knochen würden sich für Suppe eignen. Schöne gehaltvolle Rehsuppe. Wir könnten das alles in die Einmachgläser füllen. Wir haben immerhin genug davon. Und wir könnten unsere Vorräte aufstocken."

„Wenn ich ..." Sie wagte einen kurzen Seitenblick auf Kathi. „Sagen wir gleich drei Rehe erlegen könnte ... dann könnten wir sogar noch länger auskommen."

„Drei Rehe!", jauchzte Kathy.

„Drei Rehe", bestätigte Sebana und grinste breit.

„Du müsstest nur nach oben gehen."

„Ich müsste nur nach oben gehen."

„Du müsstest nur die Tiere töten."

„Ich müsste nur die Tiere töten."

Nachdem sie einander so lange aus dem Weg gegangen waren und geschwiegen hatten, wirkten sie nun in ihrer ungebremsten Euphorie wieder vereint.

Sie hatten einen Plan.

Einen guten Plan.

Aber plötzlich schienen Kathy Zweifel zu kommen und ihr Lächeln gefror.

„Du kannst nach oben gehen und du kannst die Tiere töten … wenn du eine Waffe hast."

„Wenn ich eine Waffe habe."

„Hast du denn eine Waffe?"

Einen Augenblick lang war es beinah so, als würde Sebana die Antwort selbst nicht kennen, dann schüttelte sie sachte den Kopf.

„Nein, ich habe keine Waffe."

Monate nach diesem schicksalhaften Gespräch, das Sebanas und Kathys gemeinsame Hoffnung geschürt und den Wendepunkt in ihrer Beziehung markiert hatte, saß Sebana, von einer anhaltenden und lähmenden Schlaflosigkeit geplagt, auf dem Ohrensessel neben dem Bücherregal. Dieser Ohrensessel war das einzige wirklich gemütliche Möbelstück im gesamten Bunker, aber Sebana hatte die Freude daran verloren.

Es machte sie nicht glücklich, darauf zu sitzen.

Es machte sie nicht glücklich, in den Büchern zu blättern.

Es war einfach zu viel Zeit vergangen.

Also hatte sie sich unglücklich auf dem geblümten Polster zusammengekauert und lauschte dem Rauschen, das aus dem Radio kam und das noch nicht einmal entfernt an ein Musikstück erinnerte. Womöglich war das monotone Rauschen ein reißender Gebirgsfluss, der über Steine hinwegspülte. Oder ein Sommerhagel, der auf das Blechdach einer Scheune niederging. Was auch immer es war, es war gleichermaßen befremdlich und beruhigend.

Sebana hätte versuchen können, das Satellitenradio neu einzustellen. Sie hatten *damals* tatsächlich passablen Empfang gehabt – Kathy und sie hatten zur Musik aus dem Radio getanzt! – aber in den letzten Wochen war dieser immer schwächer geworden. Genauso wie sie selbst und sie verspürte nicht den Wunsch, daran etwas zu ändern.

Sebana hatte sich erinnert.

Sie hatte eine Entscheidung getroffen.

Und nun lebte sie mit dieser Entscheidung, weil sie noch nicht damit sterben konnte.

„… dass es wohl die Träume … angreifen und somit auf … auslösen, welche … bezeichnet wird. Daraus lässt …"

Sebana richtete sich wie von der Tarantel gestochen im Ohrensessel auf.

Stimmen!

Das waren Stimmen.

Besser gesagt war es *eine Stimme,* die das weiße Rauschen unerwartet durchbrochen hatte. Da im Bunker nicht mehr getanzt wurde, hatte sie den Sender gewechselt. Sie hatte niemanden mehr hören wollen. Nicht sprechen. Auch nicht singen. Keine Menschenseele. Es waren die ewig gleich anmutenden klassischen Klänge gewesen, die den Wohnraum erfüllt hatten, bevor das Rauschen eingesetzt hatte.

„… Leute stehen morgens nicht mehr … mit Sicherheit sagen, wie es … Phänomen alle Altersklassen betrifft … kein Heilmittel gibt …"

Was … zum Geier?

Wovon sprach die Stimme, die dazu fähig war, das weiße Rauschen immer weiter in den Äther zurückzudrängen und sich Gehör zu verschaffen?

Was war es, wogegen es kein Heilmittel gab?

Und vor allem: War es echt?

Sebana stand vom Sessel auf und kniete sich vor dem Radio, das auf einer Wellblechkiste stand, auf den Boden.

Die Zeit war gekommen, wieder Stimmen zu lauschen.

Genau dieser Stimme.

Sebana berührte die spiegelglatte, kreisrunde Scheibe an der Vorderseite des Geräts, auf der sich vier Pfeile befanden.

Wie Himmelsrichtungen.

Wegweisend.

Sebana drückte auf den kleinen Pfeil, der nach rechts wies, und auf das weiße Rauschen folgte Stille.

Stille.

Stille.

Dann brüllte das Radio.

SCHLAFSEUCHE!

Es war das erste erschreckend laut und ebenso deutlich ausgesprochene Wort, das erklang, seit das bleierne Schweigen Einzug gehalten hatte und dieses eine Wort machte Sebana mehr Angst, als all die Wörter zusammengenommen, die sie in ihrem ganzen bisherigen Leben gehört hatte.

Es machte ihr mehr Angst als zwei Jugendliche, die tödliche Schüsse auf andere Jugendliche abfeuerten.

Sebana fürchtete sich, weil es alles war.

Weil es die Seuche war. Die Schlafseuche.

Eigentlich gab es darüber hinaus auch nichts zu sagen, aber das Radio brüllte weiter. DIE SCHLAFSEUCHE IST AUSSER KONTROLLE GERATEN!

Sebanas zitternde Hand fand den Lautstärkeregler. Sie konnte das Radio am Brüllen hindern, aber sie wollte es nicht zum Schweigen bringen. Die Welt hatte lange genug geschwiegen. Sebana wusste, dass gehört werden musste, was die Stimme des Radios zu sagen hatte. Dass sie es war, die hören musste, was durch das weiße Rauschen drang wie die letzte Botschaft, die es zu empfangen galt, bevor …

Bevor alles vorbei war?

Bevor die Welt unterging?

„… radikale Bezeichnung. Aber ich frage Sie, liebe Hörer und Hörerinnen, was könnte radikal genug sein, wenn es darum geht zu beschreiben, dass die Menschheit stirbt? Ausstirbt! Machen Sie sich nichts vor. Es sind nicht Einzelne, die betroffen sind. Auch nicht einzelne Länder oder Kontinente. Es ist die gesamte Menschheit, die es betrifft und diese Menschheit ist dem Untergang geweiht. Wer träumt, der ist des Todes. Ein Zusammenhang, der so kausal ist und dennoch vollkommen unbegreiflich, kann nicht beschönigt werden. Es gibt keine Flucht, keine Lösung, keine Heilung. Es gibt nur das Ende und die Frage, wann Sie dieses Ende ereilen wird. Deshalb gemahne ich Sie: Schlafen Sie so kurz wie möglich. Und ich insistiere: Träumen Sie nicht! Riskieren Sie nicht Ihr Leben für einen Traum!“

„Kathy!“, brüllte Sebana.

Sie war im Aufruhr.

Sie hatte gehört, was das Radio zu sagen hatte, jetzt musste sie selbst gehört werden.

„Kathy! Hast du das gehört? Die Menschen! Sie sterben. Sie alle sterben! Verstehst du, was das heißt? Das ist das Ende. Wir haben es tatsächlich geschafft! Wir haben bis zum Ende durchgehalten!“

Aber Kathy antwortete nicht.

Und Kathy hörte auch nicht.

Denn Kathy war tot und jeden Tag war es weniger und weniger, das von ihr übrig blieb.

„Ach du Schande", sage ich, und obwohl ich mich in Sebanas Gegenwart nicht mehr sicher fühle, empfinde ich tiefes, aufrichtiges Mitgefühl. „Hast du tatsächlich irgendwann mal gedacht, Kathy wäre … echt? Also echt bei dir? Hast du wirklich geglaubt, du wärst doch nicht allein?"

Sebana nickt.

Die schwarzen Ringe unter ihren Augen verwandeln ihr ebenmäßiges Gesicht in einen mit grauem Leder bespannten Totenschädel. Ihre Lippen sind derart blau, dass sie bereits grün schimmern. Ich frage mich, wie lang dieser zierliche Mensch schon nicht mehr gegessen hat. Ich frage mich, ob sie sterben wird. Ob sie verhungern wird, noch bevor sie einschläft. Noch bevor sie träumt.

„Es muss schrecklich gewesen sein. Du hast Kathy demnach gleich zweimal verloren."

„Zweimal, ja. Das erste Mal im Klassenzimmer und das zweite Mal in diesem Bunker. Und einige wenige Male beinah dazwischen."

„Und dennoch hast du selbst Glück gehabt. Dass genau diese Stimme zu genau diesem Zeitpunkt durch das weiße Rauschen gedrungen ist, hat dir das Leben gerettet."

Ich frage mich, ob man wirklich von Glück sprechen kann. Sebana versucht zu lächeln und ich begreife, dass dem wohl nicht so ist. Glück ist etwas für Menschen, deren Welt nicht untergeht. Glück hat keinen Platz in der Apokalypse. Diese Erkenntnis tut derart weh, dass ich automatisch an dich denken muss. Ich wünschte, ich könnte träumen. Könnte von dir träumen. Ich wünschte, ich hätte keinen Weg mehr vor mir, um zu dir zu gelangen. Ich wünschte, das Nichts würde mich ziehen lassen, aber ich fürchte, dass es mich aufhalten wird.

„Gerettet, ja. Zuerst ist es meine lähmende Schlaflosigkeit gewesen, die nichts zugelassen hat, das über ein seichtes Vormichhindämmern hinausgegangen wäre. Und dann die Stimme aus dem Radio. Das hat mich gerettet."

Ich begreife.

Rettung kann ein Fluch sein.

Ich frage mich, ob die träumende, die nicht gerettete Sebana in diesem Augenblick am Küchentisch sitzen würde. Die Spruchtasse in ihrer rechten Hand, in ein Gespräch mit ihrer besten Freundin vertieft. Wäre sie glücklich, wenn ihr im Bunker nach dem Ausbruch der Seuche ein letzter und vielleicht ewiger Traum vergönnt gewesen wäre? Wenn ihre Schlaflosigkeit sie nicht wachgehalten hätte? Wenn die Stimme aus dem Radio nicht zu ihr gesprochen hätte?

„Ich habe keine Ahnung, wovon ich träumen soll, wenn ich die Augen schließe", sagt sie, als hätte sie meine Gedanken gelesen und ich beginne zu weinen.

„Ich wollte dich nicht verletzten", sagt sie.

„Ich habe mich vor langer Zeit selbst verletzt", antworte ich.

Dann schweigen wir.

Und das Nichts spricht zu uns.

Erstaunlicherweise ist sie es, die das Schaben und Gleiten und Flüstern nicht länger ertragen kann und als Erste von uns beiden wieder das Wort ergreift.

„Wir haben es wirklich versucht. Wir haben alles durchgesprochen. Wir haben Pläne geschmiedet und wir haben genau gewusst, dass keiner davon durchführbar gewesen ist."

Ich nicke.

Ich spüre tief in mir, genau dort, wo der Quell meiner Tränen sitzt, was sie meint.

Ich verstehe ihre Worte auf einer Ebene, die weit über den Verstand hinausgeht.

Doch erst als meine Tränen langsam wieder versiegen, höre ich ihr wirklich zu.

Begreife ich tatsächlich, was sie Wort für Wort gesagt hat.

„*Wir* haben es versucht?!“, wiederhole ich ihre Worte und meine Stimme ist kaum lauter als das Flüstern des Nichts, aber beinah ebenso bedrohlich.

„Ich. *Ich* habe es versucht“, entgegnet sie. „Ich habe Pläne geschmiedet.“

„Nein. Du hast *wir* gesagt. *Wir* haben es versucht“, bestehe ich auf das, was ich gehört habe.

Ein Schauer läuft über meinen Rücken.

Glatte Seide auf nackter Haut.

Ich beiße mir auf die Innenseite meiner Wange. Mein Blut schmeckt wie ein Albtraum.

Ich will aufwachen, aber wer nicht schläft, kann das nicht. Ich kann nicht aufwachen. Ich kann nicht atmen.

Mein Herz sollte rasen, aber es stolpert bloß vor sich hin. Flattert beinah nutzlos wie ein Schmetterling mit nassen Flügeln. Ich will, dass es stehen bleibt. Ich habe begriffen, aber ich kann es nicht verkraften. Doch das Ticken des Weckers ist unerbittlich und mein Herz schlägt weiter. Ich kann mich nicht in den Tod davonstehlen. Mein Herz schlägt und meine Angst ist kalt. Eiskalt. Ich frage mich, ob die Menschen, wenn sie nicht an ihren Träumen verrecken, vielleicht an ihren Ängsten erfrieren.

„Ich habe mich versprochen“, beteuert Sebana.

„Das hast du nicht. Du hast *wir* gesagt und du hast *wir* gemeint.“

Kathy drehte ihr den Rücken zu.

Schwach sah sie aus.

Schwach und erbärmlich.

Aber es würde kein Erbarmen geben.

Kathy vertraute ihr. Kathy wusste nichts. Nichts von dem Hass. Nichts von der Qual. Nichts von dem Unausweichlichen. Nichts von der Waffe, die genau in diesem Augenblick auf ihren gekrümmten Rücken gerichtet war. Sie wusste noch nicht einmal, dass es diese Waffe überhaupt gab. Das war die Sache mit dem Vertrauen.

Man vergaß, die richtigen Fragen zu stellen.

Man vergaß alles.

Auch, dass das unausweichliche Gegenüber vielleicht eine Waffe haben könnte. Und Absichten. Die Zeit war gekommen, diese bestimmte Absicht kundzutun. Sebana würde die Waffe sprechen lassen, weil sie nicht die richtigen Worte fand. Sie hätte Kathy auch einfach zwischen die Schulterblätter schießen können oder in den Kopf. Aber sie war kein Unmensch. Sie tat bloß, was getan werden musste. Sie würde es wenigstens nicht hinterrücks tun.

„Suchst du etwas?“, erhob sie deshalb ihre Stimme, die rau klang. Und unbenutzt. Als hätte sie die letzten Wochen mit stoischem Schweigen verbracht.

„Ich suche und suche. Ich suche jeden einzelnen Tag. Ich kann mein Buch nicht finden. Ich bin mir sicher, dass ich es gestern Abend auf diesen Stapel gelegt habe und jetzt ist es verschwunden. Hast du vielleicht …“

Kathi hatte sich während ihrer wie üblich belanglosen Endloslitanei zu Sebana umgedreht. Jetzt war Kathy erstarrt. Mitten im Satz. Mitten in der Bewegung.

„Ja, das ist eine Waffe“, sagte Sebana.

„Du hast gelogen. Du hast eine Waffe. Das ist lächerlich“, stellte Kathi fest. Sie klang nicht ängstlich, nur genervt. Vielleicht verwundert. Fast schon ein wenig erheitert. Sie klang, als hätte sie nicht *Das ist lächerlich,* sondern *Du bist lächerlich* sagen wollen.

„Ich habe eine Waffe, weil ich gewusst habe, dass ich sie auf jeden Fall irgendwann brauchen werde."

„Und was genau willst du mit dieser Waffe? Worauf willst du schießen? Auf Dosen? Auf Teller? Auf ein verdammtes Reh? Auf mich? Willst du mich erschießen?"

Kathy glaubte offensichtlich nicht, dass jemand tatsächlich auf sie schießen könnte und das, nachdem geschehen war, was geschehen war. Kathy war das Evangelium der Waffe widerfahren. Sie war gebenedeit. Sie hatte die Schreie gehört und glaubte noch immer kein einziges Wort.

„Ja, das will ich. Ich will dich erschießen."

Kathy riss den Mund auf. Erst, als wolle sie ein hysterisches Lachen hören lassen. Dann, als müsse sie um Atem ringen.

Dann, als würde sie sich bemüßigt fühlen, der fatalen Erkenntnis Ausdruck zu verleihen. Aber dass sie erkannte, hielt sie nicht davon ab, Einspruch zu erheben.

„Nimm die Waffe runter. Das musst du nicht tun."

„Du irrst dich."

„Vertrau mir. Es gibt immer einen Ausweg."

„Das ist der Ausweg."

„Denkst du wirklich, dass ich jetzt auf die Knie gehen und betteln werde?"

„Nein. Ich denke, dass du sterben wirst."

„Warum? Warum tust du das?"

„Weil ich leben will. Überleben. Ich will nicht verhungern müssen."

„Dann mach, worüber wir gesprochen haben! Geh verdammt nochmal raus und schieß auf ein Reh. Bring uns Nahrung!"

„Mach du es doch", erwiderte Sebana trotzig, obwohl sie genau wusste, dass Kathy in ihrer beschissenen gelben Strickjacke eher sterben würde, als auf ein anderes Lebewesen zu schießen. Kathy war die Sorte Mensch, die eine Spinne in ein Glas setzte, um sie aus dem Klassenzimmer zu tragen und in die Wiese zu setzen. Und außerdem war sie jene Sorte Mensch, die mit der absurden Ambivalenz des Fleischessenwollens, aber Nichttötenkönnens ihren Frieden geschlossen hatte.

Was sie aß, war bereits tot und sie hatte es nicht getötet.

Das war alles, was zählte.

Weiter dachte Kathy nicht.

Aber Sebana dachte und sie dachte weiter.

Viel weiter.

„Selbst wenn du mich tötest, werden dich die wenigen Vorräte, die noch übrig sind, nicht allzu lange am Leben erhalten. Nur, weil du das Wenige nicht mehr teilen musst, wird draus nicht einfach wieder mehr und der Vorratsschrank auch nicht wieder voll."

„Wie viel wiegst du eigentlich?", fragte Sebana und ihr wunderschönes Gesicht wurde zur Fratze.

„Was?! Was soll der Unsinn? Warum willst du das wissen?"

„Wie viel wiegst du? Hundertdreißig, hundertvierzig Pfund?"

„Was um alles in der Welt …?!"

„Wiegst du so viel, wie drei Rehe wiegen würden … Kathy?"

Wie seltsam anziehend das Nichts doch plötzlich ist, wenn man mit einer Menschenfresserin auf einer Veranda sitzt.

„Ich werde gehen", sage ich und stehe langsam auf. Verdammt langsam. Um sie nicht aufzuschrecken.

Um nicht zu provozieren, dass sie sich ebenfalls bewegt.

Als wäre sie ein Tier.

Und sie ist ein Tier.

Ein Raubtier.

„Ich werde Esel nehmen und ich werde gehen."

„Warte", fleht sie und will nach mir greifen. Ihre Hand verfehlt meine um wenige Zentimeter. Ich muss mich beinah übergeben. Ich kann die Vorstellung nicht ertragen, dass sie mich mit den Fingern streift, die das Fleisch ihrer Freundin von den Knochen gepult haben.

„Das werde ich ganz gewiss nicht tun", sage ich und stolpere von der Veranda. Stolpere auf Esel zu. Mein kranker Esel mit dem kaputten Rad.

Das feuchte Moos gibt unter meinen Schritten nach. Ich muss an Anuk denken und daran, wie er über das Deck seines Schiffkutters wankt, wenn der Seegang so stürmisch ist, dass die gierigen Wellen den unbedeutenden Menschen zu verschlingen drohen.

„Ich gehe!", rufe ich, während ich mir Esel schnappe und losrenne.

Auf den Waldrand zustürme.

Auf das Nichts.

Auf das Nichts, das sich durch das Unterholz schlängelt.

Aber zumindest kann ich den Gedanken ertragen, vom Nichts verschlungen zu werden.

Doch Esel ist langsam. Sein kaputtes Rad macht ihn lahm und in Wahrheit stürme ich nicht, ich schleiche und krieche wie das Nichts. Ich fluche und weine und wiederhole immer wieder, dass ich gehe, obwohl das kaputte Rad und meine bleierne Müdigkeit darauf zu bestehen scheinen, dass ich zu bleiben gedenke.

„Ich gehe!", rufe ich, als ich endlich die Schotterstraße erreiche. „Ich gehe! Ich gehe!"

Und das mache ich. Ich *gehe* die Schotterstraße entlang, obwohl ich *rennen* sollte. Aber ich muss tun, was ich kann, und geben, wozu ich fähig bin. Rennen gehört definitiv nicht dazu. Ich beginne wieder zu weinen. Ich weine, weil ich noch nicht mal mehr um mein Leben rennen kann.

Dann höre ich ihre eiligen Schritte auf dem Schotter hinter mir.

Eiliger als meine.

Schneller.

Viel schneller.

Und näher und näher, bis sie ganz nah sind.

„Du hast etwas vergessen", ruft sie mir hinterher und nur wenige Schritte später gelingt es ihr, mich an der Schulter zurückzuhalten.

„Ich will nicht sterben! Ich will *noch* nicht sterben", brülle ich, als ich herumwirble.

„Du hast etwas vergessen", wiederholt sie sanft und hält mir ein kleines türkisfarbenes Päckchen hin.

„Was … soll das sein?"

Dass sie mir nicht zwischen die Augen schießt, irritiert mich.

Dass sie keine Waffe auf mich richtet, irritiert mich.

Aber dieses türkisfarbene Ding macht mich völlig fertig.

„Ich habe es versprochen", sagt sie. „Ich habe Esel versprochen, dass ich ihm helfen werde und ich halte meine Versprechen. Das ist Flickzeug, damit kannst du den Reifen reparieren. Die restliche Ausrüstung hast du ja."

Sie deutet auf die schwarze Luftpumpe, die an Esels rotem Rahmen befestigt ist.

„Die habe ich", sage ich.

„Danke", sage ich und sie drückt mir das Päckchen in die Hand.

Dann sage ich gar nichts mehr, weil ich wie versteinert dastehe und ihr hinterherstarre. Ihre blassen Arme sind so dünn wie Spinnweben. Einen Augenblick lang bin ich davon überzeugt, dass sie nicht im Wald verschwinden, sondern sich einfach in Nichts auflösen wird, aber das leuchtende Rot ihres Nachthemdes dringt bis zuletzt an meine ungläubigen Augen. Bis sie der grüne Wald verschluckt, wie einst der böse Wolf das unschuldige Rotkäppchen verschluckt hat. Doch ich kann den Blick immer noch nicht abwenden und ich starre Sebana hinterher, bis ich begreife, dass sie tatsächlich verschwunden ist. Aus meinem Leben.

Und gewiss auch bald aus ihrem eigenen.

ACHT

Es fällt mir leicht, Esel wieder fahrtüchtig zu machen.

Handwerklich bin ich immer schon geschickt gewesen. Du hast dich häufig darüber mokiert, dass ich dich bloß selten um Hilfe gebeten habe, wenn irgendetwas hat repariert werden müssen. Du hast behauptet, meine starrköpfige Eigenständigkeit würde dein Selbstwertgefühl erschüttern, aber in Wirklichkeit hat es dir gefallen. Deine gespielte Entrüstung ist stets von einem Lachen begleitet gewesen, ganz so, wie unzählige Lachfältchen deine ernsten Augen umrahmt haben. Du hast mein handwerkliches Geschick ebenso geliebt wie meine Starrköpfigkeit. Wie mich. Wir haben jederzeit und ohne zu zögern um Hilfe gebeten, wenn es notwendig gewesen ist. Darüber hinaus haben wir die gebotene Hilfe angenommen und niemals hat das miese Gefühl der Schuldigkeit dieses Annehmen überschattet.

Wir sind einander nie etwas schuldig gewesen.

Wir haben einander nie etwas beweisen müssen.

Ich habe auf dich achtgegeben.

Du bist für mich da gewesen.

Und du bist irgendwie immer noch da. Du hast mich ohnehin nie wirklich verlassen, aber in letzter Zeit wirst du tatsächlich wieder greifbar. Bist auf meinem Weg, der mich am Ende zu dir führen wird, bereits bei mir. Wirst mit jeder Meile, die ich zurücklege, wirklicher und wirklicher. Ich stelle mir vor, dass ich meine Hand ausstrecke und dich berühre und diese Vorstellung kommt mir nicht mehr seltsam vor. Diese Berührung ist eine Illusion, dessen bin ich mir durchaus bewusst, aber es ist beruhigend, wie real sich diese Illusion mittlerweile anfühlt. Ich kann mich wieder deutlich an dein Gesicht erinnern. An den grauen Sprenkel auf der blauen Iris deines rechten Auges. An die kleine gezackte Narbe auf deinem Kinn. An diesen einen Schneidezahn, der etwas aus der Reihe tanzt. Und ich kann dich lachen hören. Manchmal ist es dein Lachen, das mich weckt, kurz bevor der leichte Stromschlag an meinem Sternum diese Aufgabe übernimmt.

Wann habe ich dir das letzte Mal gesagt, dass ich dein Lachen liebe?

Ich bin Sebana dankbar.

Dafür, dass sie mir das Flickzeug gegeben hat.

Dafür, dass sie mich nicht erschossen, fachgerecht zerlegt und mein totes Fleisch eingekocht hat.

Schläft sie schon? Träumt sie? Wenn sie träumt, wo ist sie dann?

Ist man irgendwo?

Danach.

Wohin geht der Mensch, wenn alles vorbei und das Leben endgültig ausgeträumt ist?

Wohin bist du gegangen?

Die Sonne sticht vom Himmel. Mein Kopf schmerzt und ich bin müde. Ich fahre durch Salem.

Salem, Missouri.

Nicht Salem, Massachusetts.

Hier sind keine Hexen verbrannt worden. Zumindest keine, von denen ich weiß. Oder sonst irgendjemand. Mag heißen, es wurde niemand verbrannt und es weiß auch niemand etwas darüber. Über brennende Hexen oder brennende Menschen im Allgemeinen. In Salem. Salem, Missouri. Ich könnte mich aber auch täuschen. Je länger ich nicht träume, desto leichter fällt es meiner Wahrnehmung, mich zu täuschen und ich habe verdammt lange nicht mehr geträumt.

Oder ist es mein müder Geist, der mich irreleitet?

Auf dem *Scenic Rivers Boulevard* kollidiere ich beinah mit einem streunenden Hund. Esels Bremsen quietschen und ich stoße einen gellenden Schrei aus. Wenigstens bin ich jetzt wach. Der graue Köter ist dürr wie ein Zaunpfahl. Ich könnte auf seinen Rippenbögen Xylophon spielen, finde das aber unangebracht, also nehme ich davon Abstand. Der Hund knurrt mich an, bevor er den Schwanz einzieht und davonrennt. Ich frage mich, weshalb Tierträume nicht tödlich enden. Oder haben die Tiere aufgehört zu träumen? Ich will dem Vieh etwas hinterherrufen.

„Träumst du?!“, möchte ich schreien.

Doch dann komme ich mir lächerlich vor.

Ich kenne den Namen des Köters nicht. Er wird mein sehnsüchtiges Rufen ungehört verhallen lassen und meine emotionale Tagesverfassung lässt es nicht zu, von einem Hund ignoriert zu werden. Ich wäre untröstlich. Also setze ich mich dieser Gefahr erst gar nicht aus und fahre weiter.

Ich kann beim besten Willen nicht erkennen, welche landschaftlichen Besonderheiten dieser Boulevard zu bieten hat. Das breite Asphaltband der Straße grenzt an Gewerbeflächen, die an vertrocknete Rasenflächen grenzen. Von einem Fluss fehlt jede Spur. Die Szenerie ist trostlos. Sogar der Friedhof ist dermaßen schlicht, dass sein Anblick nicht nur trostlos, sondern abstoßend erscheint.

Ich fahre an einem Gebrauchtwagenhändler vorbei – die Autos vor dem verlassen wirkenden einstöckigen Gebäude sind mittlerweile nicht mehr nur gebraucht, sondern ausgeschlachtet und ausgebrannt –, dann biege in die *Mainstreet* ein. Vor einer Bank steht die Statue eines mächtigen Elches. Die Fenster des braunen Ziegelsteinbaus sehen aus wie Spinnennetze. Das Glas ist bruchsicher, aber nicht unkaputtbar.

Das bin ich.

Bruchsicher, aber nicht unkaputtbar.

Ich frage mich zwar, wer versuchen würde, in eine Bank einzubrechen, wo in einer sterbenden Gesellschaft das Geld doch seinen Wert weitgehend eingebüßt hat, aber ich wundere mich nicht. Es ist schon immer die Symbolkraft des Kapitals gewesen, die seine Faszination ausgemacht hat. Aber vielleicht hat nur einfach irgendjemand irgendetwas zerstören wollen und der Elch sieht nicht aus, als könne man ihn von seinem weißen Marmorpodest stoßen.

Bereits nach wenigen Metern auf der *Mainstreet* verstehe ich, welche optischen Reize der *Scenic Rivers Boulevard* zu bieten hat. Man sollte niemals dem Irrglauben aufsitzen, das Abstoßende könne nicht noch abstoßender werden. Und manchmal ist Schönheit schlichtweg das, was am wenigsten hässlich ist.

Ich hätte den Hund nach seinen Träumen fragen sollen.

Ich wette, Hunde haben hässliche Träume.

Das kann ich natürlich nicht belegen, aber es hat hier auch niemand brennende Menschen gesehen. Oder Hexen.

In Salem, Missouri, gibt es kein Hexenmuseum, das in einer aufgelassenen Kirche mit mächtigen Türmen und imposanten Spitzfenstern untergebracht ist. Dafür gibt es auf der *Mainstreet* ein – Trommelwirbel! – *Mainstreet Cafe*, das überraschenderweise einen einladenden Eindruck auf mich macht. Allerdings überwiegt der geschlossene und wahrscheinlich geplünderte Eindruck dann doch und ich trete weiter in die Pedale.

Ich muss zugeben, ich bin angenehm überrascht.

Salems Innenstadt hat ihren ganz eigenen Charme. Wobei der Begriff Innenstadt trügerisch ist, weil eine Innenstadt voraussetzen würde, dass es auch so etwas wie eine Außenstadt gibt und da gibt es bloß den *Scenic Rivers Boulevard* und den abstoßenden Friedhof. Auf jeden Fall ist die Stadt, ganz ohne innen und außen, beinah schön, oder zumindest schön geräumig. Die roten Ziegelbauten geben einander Raum. Vor einem viktorianisch anmutenden Gebäude, das die anderen Häuser deutlich überragt, steht ein weiß gestrichener Holzpavillon. In der Ferne entdecke ich einen Wasserturm. Wassertürme haben auf mich immer eine beruhigende Wirkung. Wenn ich einen Wasserturm sehe, fühle ich mich irgendwie zu Hause.

Ich fahre an mehreren Geschäftslokalen vorbei. Die meisten Schaufensterscheiben sind eingeschlagen worden, einige wenige sind verschont geblieben. Auf einer dieser Scheiben steht *Lucky Me*. Ich frage mich, ob wohl das Geschäft so geheißen hat oder ob besagtes Glück sich vielleicht auf die intakte Scheibe oder den Verfasser der Nachricht beziehen könnte.

Bruchsicher. So wie ich.

Lucky Me.

Linkerhand zieht der wahrscheinlich coolste Shop dieser Gegend an mir vorüber. Zumindest wird diese Behauptung von dem Schild über der Eingangstür aufgestellt. Cool vielleicht, glücklich wohl eher weniger, denn das Glas dieser Tür ist in die Brüche gegangen. Die Scherben liegen auf dem Bürgersteig.

Die Straße ist breit und in einem guten Zustand.

Aber vor allem ist sie menschenleer.

Niemand, denke ich.

Absolut niemand.

Und mit einem Mal macht mir diese kleine Stadt, die mich an ein Zuhause erinnert, das ich vor langer Zeit vergessen habe, solche Angst, dass ich Sebanas Gesellschaft der Einsamkeit deutlich vorziehen würde. Denn das Nichts in meinem Schlepptau ernährt sich von der Einsamkeit. Salems Einsamkeit muss für das Nichts sogar noch köstlicher sein als die Einsamkeit des Waldes.

Denn Salem ist nicht einfach nur menschenleer.

Es ist ausgestorben.

Weg, denke ich.

Ich muss hier weg.

Während ich an den Geschäftslokalen vorbeirase, um möglichst schnell zu verlassen, was bereits von allem anderen verlassen worden ist, erhasche ich das erste Mal einen Blick auf das, was sich im alten Kino in Bloomington an meine Fersen geheftet hat.

Das Nichts spiegelt sich in einer unversehrten Fensterscheibe.

Seine blauen Schuppen glitzern im Licht der Mittagssonne.

Und offensichtlich hat das Nichts alle Zeit der Welt.

Noch will es mich nicht fangen.

Es will mich jagen.

Wenn ich so schneller an mein Ziel komme, soll mir die Jagd recht sein. Ich muss nur schnell genug sein. Muss dem Nichts immer eine Nasenlänge voraus sein, denke ich und weiß augenblicklich, dass ich mich selbst belüge.

Die Frage ist keinesfalls, wie schnell ich sein kann.

Die Frage ist, wann es das Nichts satthat, mit mir zu spielen.

Die Tatsache, dass es mein changierender Verfolger nicht eilig hat, treibt mich erst recht zur Eile an. Das hat Vorteile. Wenn ich schon nicht davonlaufen kann, so kann ich mich wenigstens meinem Ziel entgegentreiben lassen. Je zügiger ich vorankomme, desto weniger Zeit bleibt dem Nichts, um des Spiels überdrüssig zu werden.

Ich fahre viel.

Ich raste wenig.

Eigentlich raste ich so gut wie gar nicht.

Ich muss schnell sein.

Schneller.

Vielleicht könnte ich mir ein Auto besorgen. Vielleicht wäre einer der Kadaver am Straßenrand doch noch fahrtüchtig. Aber ich habe meine Entscheidung getroffen, als ich deinen Truck in der Garage zurückgelassen habe und eigenartigerweise bereue ich diese Entscheidung nach wie vor nicht. Ich werde gejagt. Ich will endlich ankommen. Aber ich kann noch nicht loslassen. Es spielt keine Rolle, ob mein handwerkliches Geschick einen der Autokadaver zum Laufen bringen könnte.

Nach zwei Tagen, an denen ich mich mindestens dreizehn Stunden täglich auf Esel abgemüht habe, erreiche ich Tulsa, Oklahoma.

Mein Bauchgefühl sagt mir, dass ich die Großstadt umfahren sollte.

Meine körperliche Verfassung weist mich darauf hin, dass ich meine Vorräte aufstocken muss und dass eine echte Großstadt tatsächlich so etwas wie eine Außenstadt zu bieten hat. Und Außenstädte bestehen aus Supermärkten, Tankstellen und billigen Motels.

Ein Drugstore in einem kleinen Ort, der vergleichsweise wenige Menschen zu versorgen hat, mag restlos geplündert sein.

Wo sich Megastore an Megastore reiht wie gigantisches Skelett an gigantisches Skelett auf einem Elefantenfriedhof, haben die Menschenmassen vielleicht eine Kleinigkeit übersehen.

Wenn es sich bei dieser Kleinigkeit um Proteinriegel, Kaffeebohnen oder Aspirin handelt, bin ich definitiv der glücklichste Mensch der Welt.

Lucky, lucky, lucky Me.

Ich bin zu erschöpft, um einen konkreten Plan zu fassen oder auch nur Gefahr gegen Nutzen nachvollziehbar abzuwägen. Selbst meine verworrenen Gedankenfetzen flutschen durch meine rissigen Hände wie glitschige Bachforellen.

Und dann auch noch das. „Unfassbar", flüstere ich.

Ich kann nicht sagen, ob ich von meinen Forellengedanken spreche oder ob ich mein Entsetzen über den Anblick kundtue, der sich mir bietet. Seit ich Detroit verlassen habe, habe ich größere Städte weitgehend gemieden. Ich habe den Weltuntergang deshalb keinesfalls vergessen, aber ich habe seinen Anblick so gut es ging ausgeklammert und die Erinnerung daran verdrängt. Ich habe das Ausmaß der endgültigen Vernichtung nicht mehr an mein Innerstes rangelassen.

Jetzt stehe ich davor.

Vor der endgültigen Vernichtung.

Und ich spüre, wie sich mein Innerstes nach außen kehrt.

Ich kotze auf den heißen Asphalt und augenblicklich steigt der Gestank von Galle in meine Nase. Es ist durchaus hilfreich, dass es wenigstens vorübergehend nach bitterer Galle und nicht nach süßlicher Verwesung und Tod riecht. Dann wird mir bewusst, wie sehr diese Gerüche einander ähneln und ich würge, bis mir die Tränen kommen. Galle kommt keine mehr.

Auf dem Parkplatz vor der *Wallstore* Filiale stehen an die zwanzig Fahrzeuge.

Einige zentral und ineinander verkeilt.

Andere abseits und einfach zurückgelassen.

Dazwischen liegen Leichen.

Unzählige Tierleichen.

Von der Maus bis zur Dogge. Gewiss liegen auch Ameisen dazwischen, doch die kann ich mit freiem, tränendem Auge nicht erkennen. Die Zersetzung hat bereits begonnen. Das individuelle, animalische Leben ist im Begriff, zum Einheitsbrei zu werden. Also träumen Tiere doch. Das vermute ich. Auf jeden Fall sterben sie. Zumindest sind sie hier vor dieser *Wallstore* Filiale gestorben und das ist so erbärmlich, dass es mir im Herzen wehtut.

Zwischen den Tierleichen liegen Menschen.

Tote Menschen.

Viele tote Menschen.

Die Leiber sind aufgequollen, die Gesichter grau, die Münder weit aufgerissen. Als hätte sie kollektiv der Schlaf übermannt. Als hätten sie ihre eigenen Träume überrascht. Zu Tode erschreckt.

Die Augenhöhlen sind leer.

Krähen, denke ich. *Die Krähen haben überlebt.*

Dass ich mir beim besten Willen nicht erklären kann, was genau *es* sein soll, das die gefräßigen Krähen auf diesem Parkplatz nicht hinfort gerafft hat, beunruhigt mich nachdrücklich. Der Zustand der Leichen lässt allerdings darauf schließen, dass *es* schon etwas weiter zurückliegt. Und unmittelbar vor mir liegt ein *Wallstore*. Und dieser *Wallstore* befindet sich am äußersten Rande dessen, was ich im menschenleeren Ziegelsteinparadies Salem Außenstadt getauft habe. Das bedeutet, ich kann Tulsa doch noch umfahren. Dass in der Stadt mehr Elend auf mich warten könnte, bezweifle ich, aber ich bin mir sicher, dass die Gefahr dort lauert. Akute, übermüdete, gierige Gefahr.

Ich bin zu erschlagen, um von toten Menschen in die Flucht geschlagen zu werden.

Und zu ängstlich.

Zu hungrig.

Zu durstig.

Zu viel Mensch und noch zu viel am Leben.

„Was ist hier bloß geschehen?", frage ich eine Frauenleiche, die unmittelbar neben mir bäuchlings auf dem Asphalt liegt. Jemand hat sie untenrum vollkommen entkleidet, aber ihr Torso wird von einer Strickjacke bedeckt, die von den diversen Säften durchtränkt ist, die ein toter Körper absondert. Der Tod ist niemals schön und meistens stinkt er.

Die Strickjacke ist gelb. Obwohl die Sonne vom Himmel brennt, friere ich plötzlich.

„Ich will es gar nicht hören", lasse ich die halb nackte Frauenleiche wissen und schiebe Esel an dem perfekt arrangierten Chaos vorbei.

Als hätte jemand ein Bild gemalt.

Die Apokalypse ist eine bemerkenswerte Künstlerin.

Nein, das trifft es nicht. Die Apokalypse ist die Muse und der Parkplatz ist die Leinwand.

Die Menschen sind die Kunstschaffenden. Die Prophezeienden und die Erfüllenden. Es sind die Überlebenden, die ausleben, was sie zu lange in ihren Träumen gefangen gehalten haben. Das Träumen tötet dich. Das Ausleben des Traumes tötet die anderen. Ich will die inhärente Gesetzmäßigkeit der Apokalypse nicht an meiner längst ausrangierten Moral messen. In einer Welt, in der ausnahmslos alle zu einem zeitnahen Tod verdammt sind, spielt der exakte Zeitpunkt des Todes keine Rolle mehr, und da niemand danach fragt, sind auch die Umstände belanglos. Ist es möglich, dass wir immer schon Moral und Gesetz verwechselt haben? Gibt es das Rechtschaffende ohne die Androhung einer Strafe?

Ist das Rechtschaffende selbsterklärend?

Selbstgebärend?

„Wer hat bloß diesen Traum gelebt?", sage ich so leise, dass meine zaghaften Worte nicht zur toten Frau mit den nackten Arschbacken und der gelben Strickjacke vordringen.

Belanglose Umstände, denke ich. *Belanglose Umstände.*

Ich drehe mich nicht um, als ich ein Geräusch hinter mir höre.

Kein Schaben.

Kein Gleiten.

Ein Schwirren.

Das leise Säuseln von scharfen Schwingen, die die heiße, staubtrockene Luft in schmale Streifen schneiden. Ich halte an und schließe meine Augen.

Man kann nie wissen.

Man kann nie wissen, wann die erste Krähe vergisst, wie ein lebendiger Mensch aussieht.

Im *Wallstore* ist es dunkel wie in einem Haifischmagen.

Ich krame in meinem Rucksack nach der Taschenlampe, die sich an der Grenze zu Indiana in einem verlassenen Tankstellen-Shop zu meiner bescheidenen Ausrüstung gesellt hat. Gleich darauf frisst sich der gelbe Lichtkegel durch das matte Schwarz dieser ewigen Nacht.

Mir ist damals nie aufgefallen, dass die großen Supermärkte über kein natürliches Licht mehr verfügen. Die bunte Illusion des täglichen Bedarfs braucht keinen Tag. Sie imitiert den Tag. Sie ersetzt ihn. Ich muss an unseren Ausflug nach Las Vegas denken. An die nachgebauten Gässchen europäischer Dörfer. An den künstlichen, strahlend blauen Himmel, der tief in der Dunkelheit der großen Casinohotels verborgen liegt. Diese unmögliche und dennoch unerschütterliche Gleichzeitigkeit von Tag und Nacht hat mich nachhaltig irritiert, aber auch fasziniert. Wer spielt, spielt wegen dieser Illusion. Wer kauft, der kauft sie.

Ich schiebe Esel an den Regalen vorbei.

Es ist wie erhofft.

Die Regale sind zwar weitgehend leergeräumt, aber nicht vollkommen geplündert.

Wenn ich etwas Glück habe, werde ich finden, wonach ich suche. Oder ich werde irgendetwas anderes finden und mich damit zufriedengeben. Nur wenige Meter weiter bücke ich mich nach einer Plastikverpackung, die auf dem Boden liegt. Zitronenkekse. Die meisten scheinen zerbröselt, aber ich kann ein paar größere Stücke darin ertasten.

Ich lächle.

Du hast nie verstanden, warum ich Kekse liebe, die nach Süßstoff schmecken und wie billiges Haarshampoo riechen. Ich weiß, nun würdest du es verstehen.

Die Kekse müssen auf jeden Fall mit, aber ich werde mich, bevor ich nach weiteren Vorräten Ausschau halte, bis ans Ende des Supermarktes durchschlagen, denn dort befindet sich die Apotheke. Das gute Zeug haben sicher

Horden von Traumauslebenden vor mir mitgenommen. Vielleicht ist mir das Schicksal wohlgesonnen und simples Aspirin hat ihr Interesse nicht geweckt.

Doch dieses Mal wird meine Hoffnung enttäuscht.

Die Regale sind derart leer gefegt, dass es ein Wunder ist, dass sie überhaupt an Ort und Stelle stehen und man sie nicht auch noch davongetragen hat. *Leer* ist dennoch das völlig falsche Wort, um den Zustand der Apotheke als solche zu beschreiben, denn zwischen den Regalen, denen mein schmerzender Schädel vollkommen egal ist, wartet Gesellschaft auf mich. Und obwohl diese Gesellschaft ebenfalls riecht, als wäre sie längst tot, erweist sie sich als unerfreulich lebendig.

„Gib es mir!", knurrt er.

Ich muss an den dürren Köter denken und der Gedanke ist derart naheliegend, dass er mir nicht durch meine Hände gleitet. Die Parallelen sind offensichtlich. Der junge Mann mit der unüberhörbaren Begehrlichkeit ist so spärlich gekleidet wie manche Leichen auf dem Parkplatz und so ausgemergelt wie ein Regenschirm, dem der letzte Wintersturm das Gewebe davongefetzt hat. Er ist derart dreckig, dass er beinah mit der Dunkelheit der Apotheke verschmilzt und als ich den Strahl meiner Taschenlampe auf in richte, bin ich einen Augenblick lang davon überzeugt, dass diese Handlung ausreichen wird, um ihn wie eine Kakerlake in die Flucht zu schlagen. Erst dann sehe ich die Waffe in seiner rechten Hand. Dürre Teenager und möglicherweise entsicherte und geladene Waffen sind keine besonders erstrebenswerte Kombination, aber mir mittlerweile erschreckend vertraut. Wenigstens bin ich mir nahezu sicher, dass an diesem Ort nicht noch mehr von seiner Sorte lauern.

„*Was* soll ich dir geben?", frage ich.

Meine Stimme sollte sanft und beschwichtigend wirken, aber ich klinge bloß erschöpft und genervt. Soll er doch. Soll er doch schießen. Dann hat es wenigstens einer von uns überstanden. Und ich meine nicht mich. Ich werde ihm den verdammten Gottesanbeterinnen-Schädel abreißen, wenn er es wagt, mit seiner zitternden Hand eine Kugel auf mich abzufeuern, die mich ohnehin nicht treffen wird. Ich leuchte ihm ins Gesicht. Es kann nicht schaden, ihn zu blenden.

„Ich will *es* haben!", keucht er. Ich kann das Menschliche an ihm kaum noch ausmachen und frage mich, welchem Tier wohl ich nach all der Zeit ähnlich geworden bin.

„Es? Es?! Was soll *es* sein?! Was genau willst du von mir?! Es gibt verdammt nochmal nichts mehr zu wollen! Hast du das denn noch immer nicht kapiert?! Die Zeiten, wo du etwas hast fordern können, sind vorbei. Die Welt ist", ich blicke mich um und richte dann wieder das Licht auf ihn, „leergeräumt. Die verdammte Welt ist verdammt leergeräumt und du kommst Monate zu spät, um irgendetwas zu wollen."

Er schaut mich verblüfft an.

Mein emotionaler Ausbruch irritiert ihn.

Ich kann es ihm nicht verübeln, denn ich bin mindestens so irritiert wie er.

„Drogen, Tabletten, irgendsoein Zeug?", fragt er und ich bin mir noch nicht einmal sicher, ob es das ist, was er von mir haben will, oder ob er dazu übergegangen ist, mir nun stattdessen etwas anzubieten. Nötig hätte ich *es*.

„Wenn du mich fragst, bin ich der Meinung, dass es am besten ist, wenn du dich verziehst und die Lady nicht länger belästigst", erklingt plötzlich eine sonore Stimme hinter mir.

Der Junkie und ich verharren sprachlos.

Reagieren nicht. Warum auch? Wir fühlen uns beide nicht angesprochen. Ich bin keine Lady und der verwahrloste Jugendliche will sich nicht verziehen. Er lebt hier. Er existiert hier. Er *ist* diese verdammte Apotheke. Soll er sich aus den Gedärmen des *Wallstores* fetzen und das Gebäude zum Einsturz bringen?

„Vete a la mierda, idiota!", setzt der Sprecher nach und einen Augenblick lang frage ich mich, ob wir schon in New Mexiko sind.

Der immer heftiger auf und ab hüpfende Lauf der Junkie-Waffe zeigt noch zweimal auf meinen Kopf, was ein Zufall sein muss, dann verschwindet die Hund-Gottesanbeterin-Kakerlake zwischen den Regalen.

„Ach, schau an, jetzt ist er weg", kommt es über meine Lippen und mir ist bewusst, wie bescheuert das klingt, aber ich kann es nicht ändern. Die Worte fließen aus mir hinaus, als würde ich sie ausatmen.

„Ich hoffe, Ihnen ist nichts geschehen", sagt der Mann, der rechts an mir vorübergeht und in den Lichtschein meiner Taschenlampe tritt.

Ich weiß nicht, wo ich anfangen soll. Wann ist es das letzte Mal so gewesen, dass mir nichts geschehen ist? An dem Abend, als ich dich kennengelernt habe? Im Abschlussjahr an der Highschool? Im Kindergarten? Kurz vor meiner Geburt?

„Ma'am, ist alles in Ordnung?", will der Typ wissen und diese Frage kann ich beantworten. Das ist es nicht. Nichts ist in Ordnung und genau genommen ist es das niemals gewesen. Es hat sich zwar eine sehr kurze Zeit lang in meinem Leben so angefühlt, aber man – höhere Macht oder kosmische Willkür – hat mir nur etwas gegeben, um mir später mehr nehmen zu können.

Ich schüttle den Kopf.

„Es tut mir sehr leid, dass er Sie belästigt hat. Es treiben sich schlechte Menschen in dieser Gegend herum. Sie sollten sich hier wirklich nicht alleine aufhalten."

Er sagt das, als wäre ich eine Vorstadt-Helikopter-Mutter, die sich in ihrem Sonntagskleid auf der Suche nach einem Bauernmarkt in ein mieses Viertel verirrt hat.

„Na, zum Glück sind ja Sie aufgetaucht und haben mich gerettet. Ich werde Ihnen ewig dankbar sein. Der Fairness wegen muss ich Sie allerdings darüber informieren, dass meine Ewigkeit in etwas mehr als einer Woche vorüber sein wird. Ich hoffe, das ist genug Dankbarkeit."

Er antwortet nicht. Es besteht auch gar keine Notwendigkeit dazu, immerhin habe ich mich schon so schön in Rage geredet.

„Lassen Sie mich raten, das ist Ihre Masche. Mit Ihrem Ich-könnte-in-jedem-Kartellfilm-den-attraktiven-Drogendealer-mit-dem-großen-Herzen-spielen-Gesicht tauchen Sie auf und retten arme Frauen, die sich nicht selbst retten können. Ich muss aber nicht gerettet werden. Ich habe einen Sektenführer und eine Menschenfresserin überlebt. Ich kann allein auf mich aufpassen."

„Sie finden mich also attraktiv?", sagt er und lacht.

Das macht mich so wütend, dass ich ihn schlagen möchte. Mit meiner Taschenlampe mitten in sein Gesicht. Aber die Taschenlampe wiegt plötzlich eine Tonne und ich muss mich zusammennehmen, um nicht in Tränen auszubrechen.

„Ich gehe jede Wette ein, dass Sie ein verdammter Cop sind, der es sich zur Aufgabe gemacht hat, für Recht und Ordnung zu sorgen, bevor er träumt, krepiert und sich einscheißt."

„Diese Wette würden Sie gewinnen, Ma'am. Aber ich wette nicht. Nicht mehr."

„Ein ganz Edler. Einer, der nicht mehr wettet. Alle Achtung! Danke. Herzlichen Dank. Danke, dass Sie so ein guter und tadelloser Mensch sind, und danke, dass Sie dieses ach so gefährliche Kind für mich vertrieben haben."

Er schüttelt beschwichtigend den Kopf und ich hasse es, wie sein bitteres Lächeln sein tatsächlich beschissen attraktives Gesicht noch attraktiver macht.

„Sorgen Sie einfach dafür, dass Sie hier wegkommen", sagt er. „Ich bin Ihnen nichts schuldig und Sie mir auch nicht. Ich … passe bloß auf. Ich kann nicht anders. Es tut mir leid, dass ich gedacht habe, ich müsste auf Sie aufpassen."

Er zieht zum Abschied einen Hut, den er nicht trägt, wendet sich von mir ab und leuchtet mit seiner Taschenlampe, die weitaus heller strahlt als meine, den Gang entlang. Gleich wird er verschwinden. Aus diesem Supermarkt. Aus meinem Leben. Aus seinem.

„Ich wette, Sie sind ein Spieler gewesen. Ich wette, Sie haben einen verdammt guten Grund gehabt zu spielen!", brülle ich ihm hinterher, als er sich von mir entfernt.

Er bleibt stehen.

Dreht sich um.

„Den schlechtesten", antwortet er. „Ich habe den schlechtesten Grund von allen gehabt."

Er will weitergehen, aber das lasse ich nicht zu. Mein Zorn ist so schnell verflogen, wie er über mich gekommen ist. Ich habe zwar eine grauenvolle Stimme und kann keinen einzigen Ton halten, aber von schlechten Gründen kann ich ein Lied singen und jetzt möchte ich seines hören.

„Erzählen Sie mir davon", fordere ich ihn auf.

„Wovon?", fragt er verwundert.

„Von Ihren schlechten Gründen. Oder vom Spielen. Oder was auch immer Sie mir erzählen wollen. Erzählen Sie es!"

„Warum sollte ich das machen?"

„Vielleicht geht es nicht darum, was Sie machen. Sie passen bloß auf und ich, ich mache das hier."

„Und das wäre?"

„Ich höre zu."

„Haben Sie wirklich Zeit zu verschwenden? Wollen Sie kostbare Minuten opfern?"

„Ich verschwende keine Zeit. Ich gewinne. Ihre Erinnerungen. Ihre Geschichten. Mag sein, ich gewinne ein halbes Leben. Es ist kein Opfer, es ist eine Bereicherung."

Kurz zögert er, dann kommt er wieder näher. Ich habe den Eindruck, als würde ihm eben erst einfallen, dass sich vielleicht nicht mehr viele Gelegenheiten ergeben werden, um eine Geschichte zu erzählen. Seine Geschichte. Und ich kann sehen, dass er nicht träumen will, ohne genau das zu tun. Niemand will das.

„Ich höre zu", wiederhole ich und betone dabei jede einzelne Silbe.

Ein Ruck geht durch seinen Körper.

Sein Gesicht verfinstert sich.

In dieser einen Sekunde erkenne ich die Dunkelheit der Welt in seinen schwarzen Augen.

Er reißt die rechte Hand, die eben noch locker neben seinem Körper gebaumelt ist, hoch und ich sehe, dass er natürlich ebenfalls eine Waffe hat. In diesem Augenblick weiß ich, dass er seine Waffe die Geschichte erzählen lassen wird. Ich habe etwas gesagt. Etwas Falsches. Und er muss dafür sorgen, es ungesagt zu machen.

„Ich ...", setze ich an, werde aber sofort von ihm unterbrochen.

„Leise", zischt er und ich schweige.

Der Lichtkegel seiner Taschenlampe wird zum Suchscheinwerfer. Blendet mich. Zieht an mir vorbei. Ich halte den Atem an. Lautlos gleitet das Licht über die leeren Regale, über den zugemüllten Boden. Es ist so still in diesem Walfischmagen, dass ich das Blut in meinen Ohren rauschen höre. Es ist so still, dass ich sein Herz schlagen höre. Es ist so still, dass ich gleich wissen werde, was die Menschen und Tiere draußen auf dem Parkplatz getötet hat.

Dann atmet er geräuschvoll aus.

Sein Atemzug fegt wie ein Orkan über die bleierne Stille hinweg und ich keuche.

„Was … was hast du …“, versuche ich eine Frage zu formulieren.

„Ich habe ganz ehrlich gesagt keine Ahnung. Einen schrecklichen Moment lang habe ich geglaubt, da wäre etwas. Da hinten. Unmittelbar hinter dir. Etwas Großes. Gestaltloses. Etwas … Blaues?! Dann … ist es verschwunden. Nicht irgendwohin davongeglitten oder gerannt. Es ist einfach *weg* gewesen.“

Ich antworte nicht, aber ich begreife. Nichts hat die Menschen auf diesem Parkplatz getötet. Ganz einfach nichts. Und er täuscht sich. Es ist sehr wohl davongeglitten.

Und wie es gleitet!

„Egal. Es ist egal“, sagt er, aber er klingt immer noch irritiert. Fast schon traumatisiert. „Ja, reden wir. Aber gehen wir dafür bitte raus aus diesem Betonsarg. Ich fühle mich hier nie wohl, aber seit ich … seit ich gerade eben das …“

Seine Stimme bricht, aber seine Botschaft kommt dennoch an. Klar und deutlich.

Ich nicke.

Was sollte ich auch sagen?

Immerhin kann er nicht wissen, dass das Nichts mein bester Freund ist.

Dort, wo ich bin, ist auch das Nichts.

MATEO

„Hast du sonst nichts zu tun, alter Mann? Oder bist du da, weil dein Sack juckt und du selbst nicht mehr rankommst? Ich fass deine Eier sicher nicht an", sagte Ricardo.

Er legte sich mächtig ins Zeug, um wie ein echt harter Gangster zu klingen, aber seine Mühe war vergeblich. Die Begrüßung war zwar vortrefflich respektlos formuliert, aber seine Stimme klang keineswegs lauernd oder spöttisch. In den Zwischentönen der sorgsam einstudierten Beleidigung schwang Erleichterung mit. Und Freude. Es war grauenvoll, dass Ricardo sich so offensichtlich freute, ihn zu sehen. Aber beinah noch schlimmer war, dass er dieses Gefühl erwiderte. Er fühlte sich wie ein Betrüger, weil er durchaus Freude empfand, aber Freundschaft bloß heuchelte.

„Als ob ich eine verlauste, rachitische Sackratte wie dich an meine Elefanteneier ließe", antwortete Mateo und Ricardo lachte. Dieses befreite Lachen an diesem beengten Ort raubte Mateo endgültig den Atem. Er schwitzte. Lockerte die blau gemusterte Krawatte, die sich in die Schlinge eines Henkers verwandelt hatte.

Ricardos Lachen klang wie seine Stimme. Glockenhell und unbekümmert. Er würde niemals wie ein echter Gangster klingen und dieser Umstand wäre auch äußerst begrüßenswert, wenn Ricardo nicht an diesem elenden Ort mit Typen festsitzen würde, die so klangen, weil sie verdammt nochmal genau das waren: echte Gangster. Und einige dieser bösen Männer hatten ihren langfristigen All-inclusive-Aufenthalt in der sogenannten *Plaza Fuerte* Ricardo zu verdanken.

Mateo hatte dieses Gebäude in den letzten zwei Jahrzehnten gewiss über tausendmal betreten, aber immer noch fühlte er sich dadurch vorübergehend seines Wesens beraubt. Seiner Seele. Er fühlte sich eingesperrt, weil er das auch war. Eingesperrt.

Nur war es dieser geradeмal Sechzehnjährige, den sie hier tatsächlich dauerhaft wegsperrten wie etwas Überflüssiges, etwas Hoffnungsloses. Mateo würde diesen sechs Quadratmeter großen Raum und gleich darauf die ganze schreckliche Festung in weniger als zehn Minuten wieder verlassen.

Zehn Minuten pro Woche.

Mehr war nicht drin.

Und es hatten sich bereits ein paar besorgte Kollegen dazu bemüßigt gefühlt, ihn darauf hinzuweisen, dass ihn sogar diese zehn Minuten bereits verdächtig erscheinen ließen. Mateo konnte und wollte nicht beurteilen, was verdächtiger war: sich um einen eingeschüchterten Jugendlichen zu sorgen oder ihn zu entsorgen. Mal abgesehen davon, dass er sich zu fragen scheute, wem genau es verdächtig erscheinen könnte. Die vermeintlich sauberen Hände in dieser Stadt wurden von sehr schmutzigen Menschen gewaschen.

„Hast du das Buch gelesen?", fragte Mateo, um auf andere Gedanken zu kommen und die verbliebenen neun Minuten halbwegs sinnvoll zu nutzen.

„Ganze dreimal."

„Also gefällt es dir?"

„Habe ich eine andere Wahl, als dieses monströs langweilige Buch zu lesen? Das Freizeitangebot im *Plaza* ist nicht gerade der Hammer. Aber mal ehrlich. Ich weiß echt nicht, welches Problem dieser Holden hat. Würde er in diesem Drecksloch sitzen, dann könnte er entsprechend durchdrehen. Aber er hockt in diesem … in diesem Sanata … Sanato … Wie heißt das Ding?!"

„Sanatorium?", half Mateo weiter.

„Sanatorium, wollte ich doch grad sagen. Sanatorium. Also er hockt in diesem Sanatorium und bemitleidet sich selbst, weil sein Leben so grauenvoll schwer ist. Und alle so verlogen und oberflächlich sind. Er ist ein reicher Flachwichser, dem es niemand rechtmachen kann. Er sagt, ihm ist Geld nicht wichtig, aber er fühlt sich sehr wohl wichtiger als die, die kein Geld haben. Das ist Scheiße. Holden ist Scheiße. Du hast mir Scheiße zu lesen gegeben."

„Es gefällt dir also nicht."

„Wie kommst du drauf?"

„Ich hab's im Urin."

„Du meinst, du hast es in deinen Eiern."

„Elefanteneier, merk dir das."

„Ich hasse das Buch so sehr, wie ich deine Elefanteneier hasse."

„Na, das ist schon mal was. Hass ist Emotion und diese starke Emotion füllt deine innere Leere, lenkt dich von den Dingen ab, die du derzeit nicht ändern kannst und genau ... Weißt du was? Das ist Blödsinn. Es ist schwachsinnig, was ich dir da erzähle. Vergiss es. Ich kann mir selbst nicht zuhören. Willst du eine ehrliche Antwort? Hass bringt alles um. Deine Feinde. Deine Lieben. Dich. Ist so. Und was das Buch angeht ... Es war einfach nichts Besseres da. Die Auswahl in der *Cocina* ist nicht gerade groß. Und man hat mir gesagt, dass es in dem Buch um einen Sechzehnjährigen geht und da ..."

„... da hast du gedacht, das passt doch. Weil ich ja auch sechzehn Jahre alt bin und weil zwei Jugendliche nichts intensiver miteinander verbindet als ihr Alter. Dass ich ein Hurensohn und Drogendealer aus Ciudad Juárez bin und Holden ein Anwaltssohn und Internatsschüler aus New York, das ist dir nicht aufgefallen?"

„Weit hergeholt, das gebe ich zu. Soll ich es wieder mitnehmen?“

„Lass es, Mann. Eine Runde geht noch. Die Löcher in der Decke habe ich alle schon zu Tode gezählt und ich hab echt Angst, dass ich demnächst damit anfange, ihnen Namen zu geben. Kosenamen.“

„Das hier würde ich Betty nennen“, sagte Mateo und deutete an die Decke.

„Das große schwarze Ding da?“

„Ja, genau das. Großes, schwarzes Ding. Sieht aus wie eine Betty.“

„Das ist ein Dreckfleck. Ich habe Prinzipien. Ich rede nicht mit Dreckflecken.“

Jetzt mussten sie beide lachen und Mateo hatte sich schon so oft in seinen beinah vierzig Lebensjahren mühevoll ein falsches Lachen abgerungen, dass er wusste, wie ein aufrichtiges Lachen klang. Sie lachten kurz. Sie lachten verhalten. Wahrscheinlich lachten sie mit gramgebeutelter Schwermut, aber das Lachen kam von Herzen. Es kam *aus* dem Herzen. Mit Sicherheit war es diese Aufrichtigkeit, die es schnell wieder verebben ließ. Der vergängliche Hauch von etwas Echtem, von dem man aber nicht mehr haben konnte, tat höllisch weh.

„Echt jetzt, passt schon. Ich weiß es zu schätzen. Danke, Mann“, füllte Ricardo die Stille, die das Verklingen des Lachens nach sich gezogen hatte. „Wenn es nach denen ginge, würden sie mir gar nichts aus der *Cocina* geben. Keine Bücher, keine Magazine, keine Zigaretten und auch sonst kein Zeugs. Die *Cocina* ist echt der größte Drecksladen in diesem gigantischen Drecksladen. Dabei brauch ich dringend Zeugs. Ich darf ja nur zwanzig Minuten täglich aus meinem Loch raus und das auch nur dann, wenn sonst niemand Auslauf hat. Weißt du, was noch schlimmer ist als ein betonierter Innenhof? Ein betonierter Innenhof, in dem du ganz allein bist. So allein wie in deinem Loch."

„Das alles geschieht zu deinem Schutz."

„Ich weiß gar nicht mehr, ob ich überhaupt geschützt werden will. Ich verbringe Woche für Woche damit, auf einen alten Mann mit Elefanteneiern zu warten, der mir schlechte Bücher mitbringt! Aber weißt *du* was? Der kommt wenigstens! Ich habe schon lange aufgehört, auf die Gerichtsverhandlung zu warten. Ich habe aufgehört zu hoffen, dass meine Aussage einen freien Mann aus mir machen wird."

„Die Verhandlung wird kommen. Und du wirst aussagen. Und dann werden sie ..."

Mateos Stimme versagte. Der blaue Henkersstrick hatte gesiegt.

„... dann werden sie mich freilassen und draußen – in Freiheit – umbringen", setzte Ricardo den Satz fort.

Mateo schwieg.

„Du denkst, ich sollte froh sein, dass ich im Loch sitze? Du denkst, ich bin hier drinnen sicherer? Ist es das? Gib es doch zu! Sag es! Du denkst, ich sollte besser hoffen, dass es überhaupt gar nicht erst zu einer Verhandlung kommt. Du denkst, dass diese sechs Quadratmeter, dieser verdammte Innenhof und deine beschissenen Bücher alles sind, was ich mir noch vom Leben erwarten kann."

Glücklicherweise drosch der Gefängniswärter genau in diesem Augenblick mit seinem Knüppel gegen die Eisentür und Mateo blieb es erspart, Ricardo zu sagen, was er tatsächlich dachte.

Er hätte es nicht sagen können.

Vor allem hätte er Ricardo nicht die Wahrheit sagen können, denn Mateo kannte die Wahrheit nicht.

Er kannte nur die Angst.

Aber er würde nächste Woche wiederkommen und er würde sein Bestes geben und ein gutes Buch mitbringen.

Mateo trat über die Schwelle ins Freie.

So nahm er es wahr und so formte sich der Gedanke in seinem Kopf.

Jedes Mal.

Er trat über die *Schwelle*. Ins *Freie*.

Und wie immer, nachdem er diesen bedeutsamen Schritt getan hatte, blieb er kurz stehen und sagte drei Dinge.

„Oh Herr, beschütze Ricardo."

„Oh Herr, vergib mir meinen Egoismus und mach, dass ich Erleichterung darüber empfinde, nicht an seiner Stelle zu sein."

„Oh Herr, lass mich heute Abend nicht rückfällig werden."

Danach deutete er ein Kreuzzeichen an und ging, den Blick starr geradeaus gerichtet, zu seinem Wagen.

Das Kreuzzeichen machte Mateo, weil er gläubiger Christ war. Und er deutete es deshalb bloß an, weil er seinen Glauben nicht vor dem vollzogenen Gesetz zur Schau stellen wollte. Und weil die gläubigsten Menschen in der Festung keinesfalls die besten Menschen waren. Soweit Mateo das beurteilen konnte, gab es an diesem Ort ohnehin nur einen guten Menschen. Alle übrigen Seelen hatten nichts anderes als feine Nuancen des Bösen und Verkommenen zu bieten.

Bisher hatte der Herr Ricardo beschützt.

Es musste der Herr gewesen sein, denn die Einzelhaft konnte vielleicht seine Mithäftlinge, aber keineswegs korrupte Beamte von Ricardo fernhalten und dieser war mit einem blauen Auge davongekommen. Gemeint wie gesagt. Ein blaues Auge. Das linke, um genau zu sein.

Seinen eigenen Angaben nach war beim Morgensport die Bettkante im Weg gewesen und Mateo wollte keinen Grund haben, an Ricardos Aussage zu zweifeln. Immerhin war es bei diesem einen blauen Auge geblieben. Ricardo war vorsichtiger geworden. Beim Morgensport.

Bisher war Mateo sein Egoismus vergeben worden.

Das musste er nicht glauben, das wusste er, denn er tat Buße. Er kam jede Woche in die Festung, damit ihm der Egoismus verziehen wurde, den er empfand, wann immer er die Festung wieder verließ. Ein Teufelskreis, aber Mateo war an Bord dieses Karussells und er würde auf diesem weißen Holzpferdchen reiten, solange es die Umstände erforderten. Oder bis er tot auf dem Rücken des Tieres zusammenbrach. Also ja, der Egoismus wurde ihm vergeben.

Was die dritte Bitte anging, so konnte Mateo die Scheinheiligkeit bereits schmecken, während die geflüsterten Worte über seine Lippen kamen. Auf Schutz und Vergebung hoffte er inständig. Den Rückfall meiden zu wollen war nicht mehr als ein Lippenbekenntnis. Wenn er an den Abenden, die auf seine Besuche in der Festung folgten wie das Amen im Gebet, in diesem prunkvoll herausgeputzten Keller saß, in dem es dennoch nach Schimmel und Moder stank, dann nahm er diese dritte Bitte, schmiss sie auf den mit dunkelblauem Filz bezogenen Pokertisch, riss ihr den winzigen Slip von den fetten Hüften und fickte sie in den Arsch.

Es musste schon ein Wunder geschehen, um diese dritte Bitte wahrwerden zu lassen.

Ein Wunder. Oder etwas Unaussprechliches.

„Das ist mir zu heftig!", wetterte der Texaner.

Mateo wusste es nicht, aber er ging davon aus, dass der Typ Texaner war. Wer sonst verirrte sich hierher?

Nach Ciudad Juárez.

In diesen Randbezirk.

In diesen Keller.

Die erbärmliche, siamesische Zwillingsschwester El Pasos erfreute sich bei gewöhnlichen Touristen keiner besonders großen Beliebtheit, aber die Texaner waren geradezu süchtig nach Ciudad Juárez. Der weiße Cowboyhut auf dem Kopf des namentlich Unbekannten hätte ebenfalls ein Indiz sein können, aber die Texaner waren schon längst nicht mehr die Einzigen, die das Recht gepachtet hatten, peinliche Hüte zu tragen und sich an der Grenze zwischen Amerika und Mexiko lächerlich zu machen.

„Es reicht. Ich bin raus!", knurrte der würdelose Hutträger, unterdrückte zischend einen Rülpser und warf seine Karten auf den Tisch.

Viele Leute bekamen Magenschmerzen, wenn der Druck zu hoch wurde. Dann stieß ihnen die Angst sauer auf und sie schmissen gleich nach den Nerven eben auch noch die Karten. Mateo hätte sprichwörtlich alles dafür gegeben, einen empfindlichen Magen zu haben, stattdessen hatte er den Beelzebub im Leib und tat deshalb genau das. Er gab wahrhaftig alles. Er war ein Getriebener, ein Besessener. Wenn er einen gewissen Punkt passiert hatte – eine Schwelle überschritten –, dann gab es kein Zurück mehr.

„Was ist mit dir?", wandte sich der großzügig mit Goldschmuck behängte, rattenhafte Kerl, dem dieses Kellerloch gehörte, an den übergewichtigen Glatzkopf, der rechts von Mateo saß. Mateo war sich sicher, dass der Goldschmuck des Gastgebers aus den Goldzähnen gefertigt worden war, die er seinen Gegnern aus den Mäulern geprügelt hatte, denn er trug das Gold gleichermaßen mit protzigem Stolz und bitterer Verachtung. Jeder andere hätte derart rausgeputzt unfreiwillig komisch ausgesehen. Die Ratte sah gefährlich aus.

„Gib mir einen Augenblick“, erwiderte der Fettsack und kniff seine Augen zusammen, als könne er damit seine Karten beschwören, ihr wahres und hoffentlich wertvolleres Ich zu offenbaren.

„Ich kann meine Kleine unter den Tisch schicken, damit sie dein Rohr durchbläst, wenn du mitgehst. Hilft das beim Nachdenken?“, bot die Ratte an.

Der Mann, der nicht nur entfernt an eine schwitzende Sau erinnerte, schielte auf das offensichtlich minderjährige Mädchen, das neben der Ratte auf einem Sessel hockte und gelangweilt auf einem Kaugummi herumkaute. Erst als sie bemerkte, dass die menschliche Bowlingkugel sie angaffte, drangen die Worte, die ihr Sugar-Daddy gesagt hatte, durch ihren benebelten Verstand. Immerhin war hinter dem Drogenvorhang noch genug Geisteskraft vorhanden, um zu begreifen, welches Angebot eben gemacht worden war.

„Heeee!“, protestierte das Mädchen entsetzt und in Mateo keimte die Hoffnung auf, dass es sehr wohl so etwas wie Widerstand gegen die Dreckigen gab. Gegen die Mächtigen. Hier unten in diesem Keller. Dort oben auf der Straße.

Die Ratte schlug dem Mädchen mit der Hand auf den Hintern und geiferte: „Dürr, aber geil. Na, soll sie für dich abtauchen?“

„Heeeeee“, setzte sie sich ein weiteres Mal zur Wehr, „ich hab grad einen Pfefferminz-Kaugummi drin. Du weißt doch, dass ich es ekelig finde, wie Sperma schmeckt, wenn es nach Pfefferminz schmeckt.“

Der Keller war offiziell verloren.

Die Straße ebenfalls.

„Ich bin trotzdem raus“, ließ der Dicke vernehmen. „Für das, was ich sonst hier unten zusätzlich verliere, kann ich mir dort oben eine ganze Wagenladung Nutten kaufen, die mir den Schwanz lutschen."

Mit einem breiten Grinsen warf er ebenfalls die Karten auf den Tisch.

„Ich hätte es gemacht, Daddy. Ich hätte es gemacht!", versicherte das Mädchen. Offensichtlich hatte sie ein ungutes Gefühl beschlichen. Die Angst davor, dass Daddy sich ein anderes Spielzeug holen könnte. Die Angst davor, in einem Loch neben dem Rio Bravo zu enden. Halbherzig verscharrt, aber vollkommen hinüber. Doch Daddy hatte schon etwas ganz anderes im Visier. Jemand anderes.

„Was ist mit dir, *Polizonte*? Hast du Eier in den Hosen oder die Hosen so gestrichen voll mit Scheiße wie die beiden *Pendejos*?"

Mateo musste an seine Elefanteneier denken.

An Ricardo und den Teufelskreis.

An das weiße Holzpferd auf dem Karussell.

An die beiden Damen in seiner Hand. Die aufgedeckte, aber wertlose River Card. Die beiden Dreier unmittelbar daneben. Und er musste an die schwarze Königin denken, die den Reigen der Community Cards auf dem Pokertisch eröffnete.

„Passe", hörte er sich selbst dennoch sagen.

„Du bist auch raus, *Polizonte*?! Dann ist das mein verdammter Scheiß-Pot?!"

Mateo nickte.

„Aber bist du raus, weil du *raus* bist? Oder bist du raus, weil deine Taschen *leer* sind?"

Die Rattenstimme klang lauernd. Aber vor allem klang sie auch gierig. Und ob Mensch oder Maus, wer gierig war, der machte Fehler. Mateo hatte oft Fehler gemacht, er konnte das beurteilen. Aber jetzt waren da zwei Dreier. Und drei Damen. Das war kein Fehler. Das war eine Chance.

„Was, wenn dem so wäre? Was, wenn ich leere Taschen, aber eine verdammt starke Hand hätte?", erwiderte er.

„Dann weißt du, dass die Bank dir gerne etwas … vorstreckt."

Natürlich war die Ratte die Bank. Das war sie hier in diesem Keller. Das war sie draußen auf der Straße. Das war sie in den feinen Hallen mit den Marmorfußböden, wo elegante Hilfsratten-Männer in eleganten Anzügen elegante Kredite versprachen. Die Bank war überall und ganz obenauf war die Ratte.

Zwei Dreier. Drei Damen.

Die rauchige Stimme einer Schnulzensängerin in der Luft. *Ansío un alma que esté a mi lado.* Mateo klopfte zweimal mit dem rechten Zeigefinger auf den Tisch.

Er wollte, dass die Bank ihm etwas vorstreckte.

Er hatte noch nie in seinem Leben etwas so sehr gewollt.

Es wäre sein Tod, wenn er jetzt aussteigen müsste. Und wenn es schon nicht sein Tod wäre, dann wäre sein Leben danach nicht mehr viel wert. Mateos Sucht hatte sich aus seiner Leibesmitte befreit. Sie war zum Leibhaftigen geworden. Und der Leibhaftige wollte spielen. Spielen und gewinnen.

Die gierige Ratte, die nichts von den wundervollen Damen wusste, sondern nur die bescheidenen Dreier auf dem Tisch kannte, wirkte zufrieden und Mateo war sich seiner Sache so sicher, dass er am liebsten lauthals gelacht hätte. Diese Sicherheit war der ultimative Rausch. Sie war die Entschädigung für jeden Verlust, für jede Schuld.

Sie war seine Luft zum Atmen.

Anhelo ese momento … en el que se abrirá la puerta.

Sie war die Antwort auf die Sehnsucht.

„Aber die Bank kann dir kein Geld anbieten", sagte die Ratte plötzlich und die Gier in ihrer Stimme wich einem fiebrigen Wahn, „solange du doch noch etwas hast, das sie viel lieber hätte als deine Zinsen."

„Aber ich habe nichts", brach es auch Mateo heraus und es klang, als hätte er *Aber ich bin nichts* gesagt.

„Irrtum", knurrte die Ratte und aus dem Knurren wurde ein zufriedenes Schnurren, als sie das Wort wiederholte. „Irrtum."

Das Mädchen neben der Ratte hörte zu schmatzen auf.

Ihr Mund stand halb offen.

Entweder bewunderte sie Mateos Dreistigkeit oder die Drogen hatten soeben einen kindlichen Schlaganfall in ihrem unterbelüfteten Gehirn ausgelöst.

„Ich möchte", sprach die Ratte mit einschmeichelnder Stimme und lehnte sich über den Pokertisch in Mateos Richtung, „dass du *den* setzt."

Es dauerte einen Augenblick lang, bis Mateo begriff, dass sein Gegner, der sich anscheinend weigerte, ihm mit einem Kredit auszuhelfen, auf seinen Ehering deutete.

„Den?", fragte er verwundert und hielt die rechte Hand hoch.

Die Ratte nickte.

„Aber … der ist nichts wert. Das ist kein Gold. Noch nicht mal Silber. Er ist aus Edelstahl. Wir haben jung geheiratet. Sehr jung. Wir wollten die Ringe immer ersetzen, wenn wir irgendwann Geld hätten, aber dann haben wir begriffen, dass die Ringe …"

Mateos Sprachfluss verebbte, als ihm bewusst wurde, was er soeben getan hatte.

„… bis ihr begriffen habt, dass die Ringe unersetzlich sind", beendete die Ratte Mateos Satz und leckte sich die Lippen.

„Das kann ich nicht tun", sagte Mateo und war mindestens ebenso erstaunt über seine eigenen Worte wie sein Gegner. Aber unersetzlich bedeutete kann nicht ersetzt werden bedeutete kann nicht gesetzt werden.

„Dann wirf die Karten auf den Tisch."

Mateo wollte die Karten werfen. Er wollte es wirklich.

Das Wollen war, wie über die Schwelle gehen.

Das Wollen war, wie ins Freie gehen.

Es war, wie sich Schutz und Vergebung wünschen.

Aber es war verdammterweise auch der dritte Wunsch und deshalb war es gut und recht, aber darüber hinaus war es unmöglich. Mateo zog den Ring vom Finger und schob ihn, gemeinsam mit seinen restlichen Jetons, in die Mitte des Tisches.

„Call … und ich will sehen", flüsterte er.

„Ein kleines Schweinchen, das fühlt sich so allein. Da kommt noch ein Schweinchen, da waren sie schon zwei", begann die Ratte zu singen, ließ den obszön funkelnden Blick über die Community Cards wandern und blieb schließlich an den beiden Dreiern kleben.

„Da kam das nächste Ferkel und schon waren sie gar drei", fuhr die Ratte fort und drehte ihre erste Karte um.

Kreuz-Drei.

„Und weil sie so schön schweinisch sind und Ferkel obendrein, da laden sie sich auch noch die vierte Sau ein."

Herz-Drei.

Poker.

Die Damen waren verloren und mit ihnen der unersetzbare Ring, den Mateo gesetzt hatte.

Er ließ entkräftet seine beiden Karten offen auf den Tisch niedersinken.

Schwer.

Tonnenschwer.

„Ich weiß, er bedeutet dir alles", sprach die Ratte und ihre überraschend sanfte Stimme ließ eine zarte Hoffnung in Mateo aufkeimen. Jemand, der so sanft sprach, der hatte Verständnis. Der hatte Mitgefühl. Der wusste, wenn ein Unrecht geschehen war.

„Aber weißt du was?“, fuhr die Ratte fort und ihre sanften Töne wurden zum brutalen Geifern. „Jetzt hole ich mir deinen Ring. Und bald schon hole ich mir deine Frau. Und dann werde ich ihr genau diesen Ring mit meinem Schwanz ganz weit rein in ihre feuchte Fotze rammen. Und sie wird immer und immer wieder meinen Namen schreien, bis sie daran erstickt. Und ich werde ihre Leiche ficken, bis auch ich befriedigt bin.“

Draußen regnete es.

Nein. Eigentlich nieselte es bloß.

Regen hätte ihn reingewaschen.

Regen hätte seine Tränen verdeckt.

Regen war ihm nicht vergönnt.

Mateo stolperte durch die Nacht auf sein Auto zu. Lehnte sich dagegen. Kotzte den billigen Whiskey aus seinem Leib. Kotzte die Schande aus seinem Leib. Und genau in diesem Augenblick wünschte er sich den Tod. Es war kein frommer Wunsch und genauso wenig ein wehleidiger. Es war, was es war. Er war seiner selbst überdrüssig. Er hatte das Leben nicht verdient, war sich noch nicht mal sicher, dass er sich des Todes als würdig erweisen würde, aber er wollte es auf einen Versuch ankommen lassen und schicksalsergeben ins Gras beißen. Doch der Tod kam nicht und das elende Leben klebte an ihm wie sein triefend nasses Hemd an seinem zitternden Körper.

Entkräftet sank er nieder in seinen eigenen Dreck. „Nett hier … in der Gosse“, erklang eine Stimme neben ihm.

Mateo hob den Blick, konnte aber das Gesicht des Sprechers nicht erkennen, da die Straßenlampe hinter dessen Kopf zu hell erstrahlte. Der Fremde war ein Schatten mit Heiligenschein, der gewiss gekommen war, um Mateo zur Rechenschaft zu ziehen.

Stattdessen hielt der Schatten ihm helfend und nicht verurteilend die Hand hin. Mateo zögerte kurz. Dachte noch einmal sehnsüchtig an den Tod und griff dann nach der Hand.

„Sie sehen schlecht aus“, sagte der Fremde.

„Ich sehe so aus, weil ich genau das bin. Schlecht.“

„Sie lügen. Niemand ist nur schlecht. Sie mögen Ihre finsteren Seiten haben, was sonst würde Sie in diese Gasse treiben, aber wo Schatten ist, das ist auch Licht.“

„Sie kennen mich nicht.“

„Doch, das tue ich“, beharrte der Fremde und tat einen Schritt zur Seite, sodass das Licht der Straßenlaterne auf sein Gesicht fallen konnte. „Ich kenne Sie sogar sehr gut.“

Und Mateo kannte den Mann ebenfalls.

„Was wollen Sie“, fauchte Mateo.

Wollte er fauchen wie ein verwundetes Raubtier, aber in Wirklichkeit klang er wie eine Maus, der man eben erst aus der Gosse hochgeholfen hatte. Er wich einen Schritt zurück, als würde er vor Satan selbst zurückweichen und im Grunde tat er genau das. Dieser Mann war Satan.

Und wenn er nicht Satan war, dann war er weit mehr.

„Schön, Sie erkennen mich. Dann darf unser vermeintlich zivilisiertes Gespräch voller belangloser Höflichkeiten an dieser Stelle enden und ich kann meine Karten offen auf den Tisch legen. Verzeihen Sie, der war unangebracht, aber notwendig. Und ich bin der Mann für das Notwendige, aber das wissen Sie.“

„Was machen Sie hier? Sollten Sie nicht in Ihrem … Palast im Trockenen sitzen und die Welt regieren? Was wollen Sie von mir?“

„Die Frage ist vielmehr, was Sie wollen, Mateo. Was Sie ganz grundlegend wollen und auch brauchen."

„Und was sollte das sein?"

„Scheint mir", fuhr der Teufel fort, trat auf Mateo zu und ergriff seine rechte Hand, „Sie haben an diesem unseligen Ort etwas verloren. Aber seien Sie unbesorgt, ich werde mir holen, was Ihnen gehört. Man weiß schließlich nie, ob nicht einmal der Augenblick kommt, wo man einem Mann seinen Ring zurückgeben will. Sicher ist sicher. Und ich weiß, Sie haben sogar noch weit mehr verloren als diesen Ring. Wie es das Schicksal aber will, haben Sie etwas, das *ich* verloren habe. Sie geben mir das, was mir abhandengekommen ist und ich sorge dafür, dass all ihre Verluste ausgeglichen werden und dass niemand davon erfahren muss. Ihre Freunde nicht. Ihre Kollegen nicht. Ihr Vorgesetzter. Ihre Frau!"

„Was in Gottes Namen könnte von solcher Bedeutung sein? Was könnte ich haben, das Sie so dringend brauchen? Was ist so wichtig, dass Sie mir drohen und mich gleichzeitig locken? Offensichtlich wissen Sie ja sogar darüber Bescheid, dass ich nicht nur mein Geld, sondern soeben auch noch meine Würde verloren habe. Was bringt *El Demonio* dazu, sich mit mir in der Gosse zu wälzen?"

„Mein Angebot interessiert *dich* also nicht? Du interessierst dich stattdessen einzig und allein für mich? Soll mich das ehren oder ärgern?"

Mateo stand dem Mann gegenüber, den die Menschen nicht nur in Ciudad Juárez und El Paso mehr fürchteten als den Tod selbst, und obwohl er ihn und seine Grausamkeiten kannte, begriff er erst jetzt, weshalb sie in wahrhaftig fürchteten. Er war das pure Böse.

Und er war zu Mateo gekommen, um ihm einen Handel anzubieten.

Nein, nicht bloß einen Handel.

Einen Weg zurück in ein Leben, das ihm alles bedeutete und das er allein nie wieder würde erreichen können.

Das wahrhaftige Böse war nicht bloß ein Teufel, der mit Zerstörung drohte. Das wahrhaftige Böse war ebenso ein Engel, der Erlösung bringen konnte.

„Was habe ich, das dir fehlt?", fragte Mateo.

Er konnte das Blut in seinem Mund schmecken, das den Handel besiegelte, der mit dieser Frage, wenn schon nicht vollzogen, dann zumindest eingeleitet wurde. Das Blut war bitter, weil sein Leben von nun an jeden einzelnen Tag bitter sein würde. Aber es würde wenigstens wieder sein Leben sein.

Mateo riss die Tür zu seiner Seele ganz weit auf und ließ das unantastbare Böse über die Schwelle treten.

„Ricardo", antwortete *El Demonio*. „Du hast Ricardo."

Wir sitzen auf einem umgekippten Mülleimer vor *Wallstore*.

Auf einer dieser gigantischen, blauen Tonnen.

Für zwei Fremde kommen wir einander ungewöhnlich nah. Wir kleben förmlich untrennbar am jeweils anderen, aber es fühlt sich nicht seltsam an. Wenn überhaupt, dann ist es verstörend, wie fast schon vertraut mir seine Nähe ist. Vielleicht, weil wir beide nach Schweiß und Dreck und schlaflosen Nächten stinken. Wir teilen uns den Gestank. Wir teilen uns das Schicksal.

Ich kenne dich, möchte ich sagen, aber ich schweige.

Mateo nickt zustimmend, als hätte er die geheime Botschaft hinter meinem Schweigen ganz deutlich vernommen, gibt aber keinen Laut von sich. Also sitzen wir wortlos nebeneinander und starren in der Mittagssonne auf den Parkplatz, als würden wir aufs Meer hinausschauen. Den Blick in eine Ferne gerichtet, die unnahbar für uns scheint, aber immer dann von sich aus ein Stück weit näherkommt, wenn wir blinzeln, bis die Ferne irgendwann gefährlich nah ist.

Gefährlich nah sein *wird*.

Irgendwann. Noch nicht jetzt.

Aber ein *noch nicht* ist kein *Niemals*.

Eine Windböe weht den Hauch des Todes von der abstrakten Kadaveransammlung in der Mitte des Parkplatzes zu uns herüber, aber der Tod ist so allgegenwärtig – er haftet nicht bloß an unseren Körpern, sondern auch an unseren Worten, den ausgesprochenen wie den verschwiegenen –, dass ich den Gestank nicht als störend empfinde.

Er vervollständigt Mateos Geschichte.

Er vervollständigt mich.

Was leider nicht damit gleichzusetzen ist, sich jemals wieder vollkommen zu fühlen. Die eigene, bedingungslose Vollständigkeit zu schmecken. Trotz des Gestankes bin ich nur ein kleiner Teil meines Selbst, doch dieser Teil hat sich damit abgefunden. Das ist nicht bedauerlich, es ist nicht traurig, es ist einfach so, und wenn ich nicht mehr bin, wird auch das vergehen. Das Abfinden. Das Leben.

„Was hast du gemacht?", frage ich schließlich, als ich mich leer genug fühle, um das Schweigen zu brechen.

„An diesem Abend oder überhaupt?", will er, dass ich meine Frage konkretisiere, doch ich antworte nicht. Ich warte, bis er von sich aus weiterspricht. „Nun … *überhaupt* habe ich mein ganzes Leben vergeudet. Es spielt dabei eigentlich keine Rolle, warum mich die Sucht in diesen Keller getrieben hat, obwohl der Grund keinesfalls belanglos ist. Tatsache ist, dass ich immer wieder dort gelandet bin. Auch *an diesem Abend*. Aber es ist nicht so, dass es nur Ricardos Schicksal gewesen ist, das den Leibhaftigen in meinem Leib gefüttert hat."

„Es ist das Schicksal *aller* Ricardos gewesen", sage ich, weil ich verstehe, was er mir zu verstehen geben will und weil ich ihn nicht weiter dazu nötigen möchte, sich in Erklärungen zu ergehen, die nun nicht mehr notwendig sind. Wenn einem die Zeit davonläuft, muss man sich auf das Notwendige beschränken.

Auf die Mülltonnen und auf den Gestank.

Und auf die Geschichte des Mannes für das Notwendige.

„Was hast du gemacht?", beharre ich.

„Was ich gemacht habe, nachdem ich mich aus der Gosse erhoben habe?"

Ich nicke.

„Ich bin nach Hause gegangen. Meine Frau hat auf mich gewartet. Nicht so, wie man es sich vorstellen würde. Da ist kein kaltes Essen auf dem Tisch gewesen und sie hat auch nicht die halbe Weinflasche geleert, um ihre Wut über mein Fernbleiben zu ertränken. Tatsächlich ist sie vor dem Fernseher eingeschlafen und ich habe sie geweckt, als ich unser Wohnzimmer betreten habe. Aber sie hat darauf bestanden, dass sie wach gewesen ist. Sie hat darauf bestanden, dass sie auf mich gewartet hat. Und weißt du was? Ihre Worte haben nicht gekränkt geklungen, und obwohl sie den Whiskey in meinem Atem gerochen hat, hat sie dennoch gelächelt. Sie hat mich gefragt, ob mein Tag hart gewesen ist. Sie hat mich gefragt, ob ich etwas Ablenkung habe finden können. Und sie hat gesagt, dass sie sich nach mir gesehnt hat. Dann hat sie ihre Arme um mich geschlungen und mich zu sich hinab auf die Couch gezogen. Nicht, um Sex zu haben. Es hat keine heiße Versöhnung stattgefunden, weil der Umarmung kein hasserfülltes Wortgefecht vorangegangen ist. Sie hat mich einfach festhalten wollen, während sie weitergeschlafen hat und ich habe mich festhalten lassen."

„Aber was hast du gemacht?“, sage ich ein letztes Mal, und ich weiß, dass es das letzte Mal ist, weil ich weiß, dass er mir gleich antworten wird. Ich fürchte die Wahrheit, aber ich bin der Dämon in der Gosse und ich will alles hören.

Seine Erinnerungen.

Seine Geheimnisse.

Seine Geschichte.

Hier draußen auf dem Müllcontainer vor *Wallstore* lebe ich in Minuten ganze Tage, Wochen und Monate seines Lebens. Und was könnte kostbarer sein als Zeit?

„Sie hat auf mich gewartet“, sagt er.

„Sie ist in meinen Armen eingeschlafen“, sagt er.

„Ich habe unzählige Male egoistisch gehandelt“, sagt er.

„Aber dieses eine Mal …“, setze ich an.

„… aber dieses schreckliche eine Mal …“

Die undurchdringliche Dunkelheit des wolkenverhangenen Himmels hatte sich über die schwarzen Fluten des Rio Bravo gelegt wie ein Leichentuch aus Samt. Kein Ton war zu hören. Die Nacht hatte die Hitze des Tages nicht vertreiben können. Vielleicht hielt sie deshalb den Atem an. Mateo betete stumm, die Nacht möge ersticken und er mit ihr.

Sie waren aus dem Wagen gestiegen, weil es im Inneren erdrückend heiß gewesen war. Jetzt sogen sie die unbefriedigende Schwüle in ihre lechzenden Lungen.

Sie hatten sich gegen die Motorhaube gelehnt.

Sie standen nebeneinander.

Sie schauten hinaus auf den Fluss, als würden sie hinein in die Ewigkeit starren und die Ewigkeit kroch durch ihre weit aufgerissenen Pupillen in ihre angstgebeutelten Körper und starrte in ihre Seelen.

„Das ist so viel besser als ein verdammtes Buch", brach Ricardo das Schweigen, doch auch seine Stimme klang gepresst, als könnte seine Sprache dem Druck der Dunkelheit und dem Geifern der Ewigkeit kaum standhalten.

„Das hoffe ich allerdings sehr", versuchte Mateo einen matten Scherz, und war der Hoffnung doch niemals ferner gewesen. Mateo war derart jeglicher Hoffnung beraubt, dass er nicht zu sagen vermochte, ob die pechschwarze Nacht jemals wieder enden würde. Er wusste nur, dass er in dieser Dunkelheit den Weg zurück nicht finden konnte.

Weil es kein Zurück gab.

Der Pakt war besiegelt. Der Zauber hatte gewirkt.

Der Dämon hatte den geächteten Schergen und das unschuldige Kind aus den Mauern der Festung befreit und an das Ufer des dunklen Flusses geführt. Die unpassierbaren Tore des Verlieses waren unverschlossen gewesen, die allsehenden Augen hatten die Blicke abgewandt und jeden einzelnen Wachposten hatten die beiden Fliehenden verlassen vorgefunden.

Mateo war keinesfalls notwendig, aber er war von Nutzen. In diesem Spiel war er der Mann, der die schwarze Kapuze über dem Kopf trug. Denn einer war dazu verdammt zu handeln, während es genügte, dass alle anderen ganz bewusst *nichts* taten.

„Werde ich eigentlich allein gehen? Ich meine, alleine mit den Männern? Oder werden noch andere dabei sein?", fragte Ricardo.

„Andere?", erwiderte Mateo irritiert. „Wen glaubst du, dass du treffen wirst?"

„Andere wie mich! Andere, die nicht hier bleiben können und die deshalb dort drüben neu anfangen müssen. Andere, damit ich nicht allein gehen muss. Ich bin lange genug allein gewesen. Du weißt schon. Das Loch."

Nein, mein Kind. Heute Nacht gibt es nur dich und morgen wird es auch dich nicht mehr geben, hätte Mateo antworten müssen, hätte er wirklich offen sprechen wollen. Aber da ihm dieses stumme Eingeständnis seiner unsagbaren Schuld erst recht die Sprache raubte, versuchte er es stattdessen mit einem Lächeln. Doch das Lächeln war wie die Dunkelheit. Es war so allgegenwärtig, dass es zwar alles war, aber nichts Konkretes. Die Nacht verschluckte die hilflose, aufgezwungene Gefühlsregung und Mateo war froh, dass – wo er schon nichts ungeschehen machen konnte – wenigstens das Lächeln ungesehen vorüberging.

„Komm schon, alter Mann. Die Leute tun das doch sicher nicht für mich allein. Das kann nicht für mich sein. Da sind auch andere. Und denen wird es gehen wie mir. Wir werden gemeinsam aufbrechen. Gemeinsam, hörst du? Ich danke dir. Ehrlich. Ich weiß, was ich dir schulde. Ich kenne die Preise. Jeder kennt sie. Ich werde drüben etwas finden. Ganz sicher. Ich zahle dir alles zurück. Du wirst es bekommen, ich verspreche es dir", fuhr Ricardo fort, der nicht damit aufhören konnte, das gestaltlose Schwarz, das sich so eng an sie schmiegte, dass es beinah greifbar wurde und sich langsam wie eine zweite Haut anfühlte, mit Worten zu füllen. Sie sprudelten aus ihm heraus wie Blut aus einer Schusswunde.

Zu verletzt, um befreiend zu sein.

Zu endgültig, um zurückgenommen zu werden.

„Zu gut. Das ist zu gut", hauchte Ricardo schließlich und Mateo konnte das Lächeln hören, das dieses Hauchen beseelte. Mehr als das. Er hörte ein Lächeln und eine mögliche Zukunft. Eine glückliche Zukunft. Doch nur im Märchen geschahen Dinge, die zu gut waren, um wahr zu sein. Und in Ciudad Juárez gab es schon lange keine Märchen mehr.

Es gab nur noch Legenden wie *El Demonio*.

Plötzlich zerschnitten zwei Scheinwerferkegel die Finsternis. Silberne Scheren, die durch schwarze Seide glitten. Ein Wagen, der langsam die Schotterstraße entlanggekrochen kam. Ein einsamer Rappe in einer unendlichen Nacht. Wenige Meter von ihnen entfernt blieb das Auto stehen. Das Licht der Scheinwerfer erlosch nicht. Suchend starrten sie hinaus auf den Rio Bravo und ließen die Kanten seiner rauen Fluten silbern glitzern, als wären zwei grelle Monde an seinem Ufer aufgegangen, um seine wirre Schönheit zu offenbaren.

Die Wagentüren öffneten sich.

Alle vier Wagentüren.

Und es waren vier Gestalten, die auf sie zukamen.

Mateo hatte sich getäuscht.

Es ging nicht um den Rappen.

Es ging um die vier Reiter.

„Sind sie das?", fragte Ricardo. „Sind das die Männer, die mich rüberbringen werden?"

„Ja, das sind sie. Das ist die Freiheit", flüsterte Mateo.

Einen Augenblick lang war er fest davon überzeugt, dass er dem Jungen nie etwas Besseres hätte bieten können als diese schwarze Nacht und diese dunklen Fluten.

Dann standen die vier Reiter unmittelbar vor ihnen.

„Haben sie ihn …", meine Stimme bricht.

„Sag es!", brüllt er mich an. „Sprich es verdammt nochmal aus!"

Es ist das Schwarz der Nacht, das den Weg aus seiner Erinnerung in unsere Gegenwart findet, bevor ich die richtigen Worte finden kann. Dunkle Wolken schieben sich vor die Sonne und es kühlt augenblicklich ab. Es wird Regen geben. Ich muss daran denken, dass mir Mateo gesagt hat, dass der Regen die Tränen von den Gesichtern wäscht und ich erkenne, dass ich selten zuvor einen Regenguss derart dringend gebraucht hätte.

„Sag es!“, brüllt Mateo ein weiteres Mal und ich begreife, dass ich das Unaussprechliche aussprechen muss. Er hat mir seine Zeit geschenkt. Ich schulde es ihm, auch noch die endgültige Wahrheit hören zu wollen, obwohl ich mich schweigend abwenden und auf den Regen warten will.

„Sprich!“, schreit er und in seinen dunklen Augen funkeln ungeweinte Tränenmeere.

„Haben die Männer ihn umgebracht?“, frage ich. Meine Stimme ist stärker, als ich es jemals gewesen bin. Sollte ich versagen, werden es meine Worte bis nach Carlsbad schaffen, um dort mit den Fledermäusen in den Himmel zu steigen.

„Ich weiß es nicht“, antwortet Mateo.

„Was soll das heißen?!“

Erste fette Tropfen lösen sich aus den schwarzen Gewitterwolken und stürzen gemeinsam mit meinen selbst überschätzten Worten vom Himmel.

„Das heißt, dass ich nicht weiß, ob die Männer ihn umgebracht haben.“

„Aber … natürlich haben sie das. Dass du es nicht mit Sicherheit sagen kannst, ändert doch nichts an seinem Tod!“, brülle ich. Der Regen peitscht mir ins Gesicht.

Aber jetzt will ich nicht mehr weinen.

Ich will weiterbrüllen.

Gegen den Regen und Mateos Feigheit anbrüllen.

„Dass du nicht weißt, dass es geschehen ist, macht es doch nicht ungeschehen! Dass du es nicht weißt, befreit dich nicht von deiner Schuld! In jeder Sekunde geschehen Abermillionen Dinge, von denen du nichts weißt und sie geschehen trotzdem!“

„Du verstehst mich nicht! Ich wollte es wissen! Und wie ich es wissen wollte! Ich habe dieses Unwissen nicht ertragen können. Ich wollte nichts wiedergutmachen, ich wollte schon gar nicht den Helden spielen. Ich wollte meine Schuld auf mich nehmen können! Ich habe wirklich alles getan, was möglich gewesen ist. Ich habe alles andere zurückgestellt. Und soll ich dir sagen, was ich herausgefunden habe? Nichts! Gar nichts! Ich habe jeden gefragt, ich habe alles überprüft, ich war in Gegenden, die nie ein Mensch betreten sollte, wenn er diese auch wieder verlassen möchte. Aber ich habe überlebt. Ohne Antworten. Ich habe tausend Steine umgedreht, aber nicht eine einzige Kakerlake gefunden."

Ein Blitz zuckt über sein schmerzverzerrtes Gesicht.

Das gleißende Blau frisst den letzten Rest Menschlichkeit von seinem leichenblassen Antlitz und zurück bleiben nacktes Grauen und zersetzender Wahn, den er zu lange tief in sich begraben hat.

Was uns eben noch verbunden hat, das trennt uns jetzt.

Wir springen von der Tonne auf, reißen uns voneinander los.

Stehen einander gegenüber, als würden wir bei einem Duell auf den Schlag der Kirchturmuhr warten. Und das Duell gleicht meinem gesamten Leben, denn nur einer von uns beiden ist bewaffnet.

Dann donnert es.

Ich frage mich, ob nun die Welt untergehen oder bloß der Regen die Leichen vom Parkplatz spülen wird.

„Und weißt du, was das Schrecklichste ist?", schreit er.

Ja, will ich antworten, *das weiß ich. Das alles ist das Schrecklichste. Dein Leben, mein Leben. Das genau jetzt und das eben davor und das, was Jahre zurückliegt. Das alles ist das Schrecklichste, und deshalb sind wir hier. Nicht auf diesem*

Parkplatz, sondern in diesem ganzen beschissenen, traumlosen Desaster. Weil es das Schrecklichste ist!

Doch ich kann nicht sprechen, weil ich kaum noch Luft bekomme. Der Regen peitscht gegen mein Gesicht. Die Erde grollt, der Himmel zuckt, meine stumme Anklage versinkt im Stroboskoplicht der Apokalypse.

Dann hält der Sturm seinen Atem an.

Das Gewitter verschwindet so schlagartig, wie es gekommen ist, aber leider hat der improvisierte Weltuntergang vergessen, die Welt tatsächlich mitzunehmen. Diese liegt in Trümmern. Zu unseren Füßen. Irgendjemand wird den Dreck wegfegen müssen.

„Was ist das Schlimmste?", flüstere ich in die Stille nach dem Sturm hinein.

„Ganz egal, wie viele Fragen ich auch gestellt habe, niemand hat jemals mich gefragt. Niemand hat die offenen Türen, die blinden Überwachsungskameras oder die verlassenen Sicherheitsposten hinterfragt. Niemand hat einen Verdacht geäußert. Das ist gar nicht notwendig gewesen. Sie alle haben mich ja dabei unterstützt zu tun, was ich getan habe. Sie mussten mich nicht verdächtigen. Sie haben es gewusst, aber es ist ihnen egal gewesen. Ricardo war nur ein Problem, und dann war er endlich weg."

„Das war das Schlimmste?", frage ich.

Die Sonne scheint. Ich kann die Leichen wieder riechen.

Sie riechen nass.

Er schüttelt den Kopf. „Meine Frau hat weiterhin auf mich gewartet. Und weil ich nie mehr da gewesen bin, weil ich ständig Dämonen gejagt habe, hat sie nichts anderes mehr getan als zu warten. Und das vergeblich. Diese Nacht am Rio Bravo hat nicht nur Mateos Leben zerstört, sie hat absolut alles zerstört. Aber so ist das wohl, wenn man sich auf einen Pakt mit dem Teufel einlässt."

Die Nacht war finster und lang gewesen.

Und trocken.

Er hatte keinen Alkohol mehr angerührt, seit er vor etwas mehr als drei Wochen Ricardo am Ufer des Rio Bravo ausgesetzt hatte wie einen räudigen Hund.

Er hatte keine Alkohol *und* keine Karten mehr angerührt.

Doch Mateo war nicht durch seine tief empfundene Reue geläutert und durch Gottes große Gnade erlöst worden. Er war nach wie vor ein Süchtiger, er hatte bloß die alte Sucht gegen eine neue eingetauscht.

Und diese neue Sucht hieß Schuld.

Schuld, nicht Rache.

Mateo wollte sich nicht rächen.

Er wollte Gewissheit darüber, was wirklich mit Ricardo geschehen war und er wollte entweder dem Überlebenden unterstützend zur Seite stehen oder seinem Leichnam die letzte Ehre erweisen. Er wollte seine Schuld begleichen. Das war nicht edelmütig und nicht großherzig. Schlussendlich war es bestenfalls feige, denn er hatte sich für Schuld entschieden, weil ihm für Rache der Mut fehlte. Die rachsüchtige Kugel hätte konsequenterweise nämlich nicht nur das Haupt des Dämons, sondern auch Mateos eigenen Schädel spalten müssen.

Es war kurz nach sieben Uhr morgens und Mateo saß in einem Diner in San Elizario, einem weitläufigen und entsprechend trostlosen Randbezirk von Ciudad Juárez. Dass der lang gestreckte Raum nahezu menschenleer war, lag mit ziemlicher Sicherheit nicht an der für Mexiko frühen Morgenstunde, sondern daran, dass sich in diesem Dreck und Speck wohl ausschließlich *las Cucarachas* wohlfühlten. Dass noch keine über die zerkratzte und gleichermaßen klebrige Tischplatte getanzt war, und sein erster Eindruck sich demnach bisher noch nicht bestätigt hatte, musste Zufall sein. Wenn es nach Mateo ging, hätte Dreck und Speck, ganz unabhängig davon, ob das hier heimische Ungeziefer sicher blicken ließ oder nicht, einen vortrefflichen Namen für diese Spelunke abgegeben.

Auf dem Tisch stand eine große Tasse randvoll mit pechschwarzem Kaffee, auf dem Highway hatte er knapp 130 Meilen vor sich. Er musste um elf Uhr in Sueco sein, um einen Mann zu treffen, der behauptete, Ricardo in den letzten drei Wochen viermal gesehen zu haben. Mateo setzte keine allzu großen Hoffnungen in dieses Gespräch, aber er wollte der Spur dennoch nachgehen. Er hätte es sich niemals verziehen, wenn er darauf verzichtet hätte, den Mann zu befragen.

Schuld, nicht Rache.

Wenigstens sollte der Ausflug nicht allzu viel Zeit in Anspruch nehmen und das kam Mateo sehr gelegen, denn so konnte er bereits am frühen Nachmittag zurück in Ciudad Juárez sein und den Rest seines freien Tages mit seiner Frau verbringen.

Es war ihr Jahrestag.

Nicht ihr Hochzeitstag.

Es war der Jahrestag ihrer ersten Begegnung und Mateo hatte ihn in über fünfzehn Jahren kein einziges Mal vergessen. Auch in diesem Augenblick, als er einen Schluck des gerade mal lauwarmen Kaffees nahm, konnte er an nichts anderes denken. Seine erste eigene Wohnung nach Abschluss der Akademie, das Straßenfest, der alte Mann mit der Gitarre, die geheimnisvolle junge Frau mit der rauchigen Stimme, die sehnsüchtigen Blicke. Sein Herz, das plötzlich schneller geschlagen und seinen wahrhaftigen Rhythmus gefunden hatte. An diesem Abend hätte Mateo seine Seele für die Gesellschaft dieser Frau verkauft und nur wenige Monate später war sie tatsächlich seine Frau geworden. Seine Seele hatte er sich für etwas ganz anderes aufgespart.

Kurz erwog Mateo die Möglichkeit, das Treffen mit dem Mann in Sueco abzusagen. Die Nachtschicht war hart gewesen, er fühlte sich so schmutzig, wie dieses Drecksdiner aussah, und eigentlich wollte er bloß den Tag mit seiner Frau im Bett verbringen, sich abends schick machen und zur Feier des Tages fein essen gehen.

In den letzten Wochen hatte er viele Menschen getroffen, die angeblich etwas über den Verbleib von Ricardo gewusst hatten. Diese vermeintlichen Zeugen hatten allerdings ernüchternd wenig zu erzählen gehabt und somit war das bisher einzige Ergebnis seiner intensiven Nachforschungen, dass er zwar nicht vielen, aber dafür mächtigen Menschen ans Bein gepinkelt hatte. Vielleicht war es tatsächlich an der Zeit, sich mal eine Auszeit zu gönnen.

Aber etwas hielt ihn zurück.

Nicht Rache, Schuld.

Er musste seinen eigenen Erwartungen gerecht werden, wenn er schon weit hinter seinen Hoffnungen zurückblieb. Er würde nach Sueco fahren, den Mann treffen, endlich wertvolle Informationen erhalten und danach auf schnellstem Weg nach Hause fahren. Dieser Plan war nicht perfekt, sondern bestenfalls ausreichend, aber mit Perfektion wurden ohnehin nur diejenigen belohnt, die ihre Schuld mit gotteslästerlichem Stolz zu tragen wussten.

„Ist da noch ein Platz frei bei dir, *Compadre*?“, riss ihn eine kratzige Stimme aus seinen getriebenen Gedanken.

Mateo hob den Blick von seiner Kaffeetasse, die wohl seine ungeteilte Aufmerksamkeit beansprucht hatte, an und sah zwei Männer, die sich vor seinem Tisch aufgebaut hatten und die dasselbe Schwarz zur Schau trugen wie der Kaffee. Ganz offensichtlich waren sie ebenso ungenießbar.

Mateo schaute sich im Diner um. Keiner der anderen Tische war besetzt. „Bei mir leider nicht“, entgegnete er, „aber dafür habt ihr sonst freie Wahl.“

„Weißt du, *Compadre,* mir gefällt aber nur dein Tisch. Und weißt du auch, warum mir nur dein Tisch gefällt?“, fragte der kleinere der beiden Männer. Mateo hatte keinerlei Zweifel daran, dass der Mann, der wirkte wie ein durchtrainierter Schakal, der gefährlichere von ihnen war. Harmlos war garantiert weder der eine noch der andere, das verrieten allein schon ihre maßgefertigten, schwarzen Anzüge und ihre affigen, bunten Seidenhemden, die förmlich *Kartell* brüllten.

„Ich habe keine Ahnung, warum dir genau mein Tisch gefällt und stell dir vor, es ist mir herzlich egal“, erwiderte Mateo und nahm einen Schluck Kaffee.

„Weißt du denn, was ich an genau diesem Tisch so mag?“, fragte der Mann mit der Vorliebe für ausgewählte Sitzplätze den bulligen Kerl, der Mateo bisher bloß stoisch angestarrt hatte.

„Vielleicht die Aussicht?“, riet der gezähmte Stier und der Schakal klatschte empört zweimal in die Hände, als müsse er einen lästigen Moskito zerquetschen.

„Nicht die Aussicht, verdammt. Es ist die wunderbare Gesellschaft, die mein Interesse geweckt hat!“

„Die Gesellschaft ist super“, stellte der Stier fest und nickte zufrieden.

„Und super Gesellschaft lasse ich mir ungern entgehen. Du wirst meine Gegenwart sicher auch noch zu schätzen wissen“, sagte der Schakal und nahm Mateo gegenüber Platz. Dann wartete er drei Sekunden, bevor er den Stier anknurrte: „Super Gesellschaft, *Tonto*. Setz dich endlich!“

Der Stier ließ sich neben dem Schakal auf die Bank fallen und diese knarrte besorgniserregend.

„Komm mir nicht so hautnah. Wenn ich kuscheln will, dann kuschle ich mit deiner Frau“, fauchte der Schakal. Der Stier zuckte mit den Schultern und rückte zur Seite.

Mateo war nachdrücklich beeindruckt, dass Schakale fauchen konnten.

Er führte die Tasse zum Mund.

Nahm einen weiteren Schluck.

Verzog das Gesicht.

Fauchende Schakale waren wirklich beeindruckend, aber Angst machten sie ihm keine. Mateo war lang genug bei der Polizei. Bei der Polizei in Ciudad Juárez. Er hatte schon so viele Tiere fauchen hören. Solange besagtes Tier darüber hinaus nicht mit seinem Schwanz zu rasseln begann, fürchtete er sich garantiert nicht.

Der Schakal hob die Hand und schnippte. Sogar die Kellnerin, die eben noch ihr gesamtes geistiges Potenzial dafür hatte aufwenden müssen, gelangweilt an ihrem Kaugummi zu kauen, war schlau genug zu erkennen, dass sie ihre neuen Gäste besser nicht warten ließ, wenn sie bisher auch nur irgendeinen Gefallen an ihrem armseligen Leben gefunden hatte und es ihr dementsprechend lieb war.

„Bring meinem Freund doch bitte ein ausgiebiges Frühstück. Er hat einen großartigen Tag vor sich und er will sich unbedingt stärken“, sagte der Schakal und die Kellnerin kicherte. Es war allerdings kein Hach-ist-das-lustig-gib-mir-viel-Trinkgeld-Kichern, sondern viel mehr ein Bitte-schieß-mir-nicht-von-hinten-in-den-Kopf-wenn-ich-weggehe-Fiepen.

„Danke, ich bin satt“, stellte Mateo fest.

„Nein, das ist er nicht. Er ist nicht satt und deshalb möchte er jetzt sein Frühstück und er möchte es bitte möglichst schnell“, wandte sich der Schakal ein weiteres Mal an die Kellnerin, der nun nicht einmal mehr ein Zähneklappern entfleuchte. Sie lächelte verbissen und eilte davon. Vielleicht eilte sie sogar ganz weit davon, falls sie wusste, was gut für sie war. Mateo hätte, wenn er noch ein Diener der alten Sucht gewesen wäre, so ziemlich jede Wette darauf abgeschlossen, dass es in diesem Diner sehr bald sehr ungemütlich werden würde.

„Wie du siehst, *Compadre*, bin ich sehr um dein körperliches Wohlergehen besorgt", adressierte der Schakal nun wieder Mateo, nahm eine Zigarette aus einem aufwendig verzierten, silbernen Etui, zündete diese an und blies den Rauch über den Tisch und die Kaffeetasse hinweg direkt in Mateos Gesicht. Es war tatsächlich nicht zu übersehen, wie sehr ihm Mateos Gesundheit am Herzen lag. „Dein Wohlergehen kümmert mich in der Tat so sehr, dass ich an diesem herrlichen Morgen in dieses erstklassige Establishment komme, um dir ganz persönlich und ihm Vertrauen mitzuteilen, dass du schlafende Hunde schlafen lassen solltest."

„Schlafende Hunde", wiederholte Mateo.

Allem Anschein nach lag dem Schakal nicht nur die Befindlichkeit seine potenziellen Opfers am Herzen, sondern auch die seiner domestizierten Artgenossen.

„Schlafende Hunde", bestätigte der Schakal.

„Weißt du, ich habe da so ein Problem. Es ist eine Leidenschaft, die mich antreibt. Wenn es irgendwo nach Scheiße stinkt, wecke ich zu allererst die Hunde, um nachzuschauen, ob es ihre Ärsche sind, die diesen Scheißegeruch verbreiten."

„Interessant. Sehr interessant. Aber ich bin mir sicher, dass du dir die Mühe in diesem konkreten Fall sparen kannst, weil es nämlich deine eigene Scheiße ist, die hier stinkt. Womöglich hat sich dieser spezielle schlafende Hund also bloß auf deine Scheiße gelegt, damit niemandem deine Scheiße auffällt."

„Das ist natürlich großzügig von dem Hund“, antwortete Mateo und nickte wiederholt, als würde er sich die Großzügigkeit angestrengt durch den Kopf gehen lassen, sie wie eine Flipper-Kugel durch seine Gehirnwindungen treiben.

Der Schakal rauchte.

Die Zigarette knisterte.

Der Stier schwieg.

Mateo nahm einen Schluck Kaffee.

„Also achtest du endlich auf deine Gesundheit?“, wollte der Schakal schließlich wissen.

„Ich achte auf meine Gesundheit, indem ich Hunde schlafen lassen und …“, setzte Mateo an und der Schakal vervollständigte. „Und du dein gesundes, glückliches Leben mit deiner gesunden, glücklichen Frau genießt, ohne durch die Gegend zu laufen, an Hundeärschen zu schnuppern und Fragen zu stellen. Niemand mag Leute, die andauernd fragen und fragen und fragen. Man muss Dinge auch auf sich beruhen lassen können.“

„Stinkende Dinge.“

„Stinkende Dinge.“

„Denn wenn man das nicht kann …“

„… dann könnte dieser Hund, den man aufgeweckt hat, vielleicht beißen. Fest beißen. Und nicht den Scheiße schnüffelnden, Hunde weckenden *Polizonte,* sondern dessen bezaubernde Gattin. Er könnte sich bei ihr so richtig durchbeißen, bis auf die Knochen. Du verstehst das sicher. Niemand wird gerne geweckt.“

Mateo nickte.

Trank Kaffee.

Der Schakal blies Rauch in die Luft.

Dem Stier fielen langsam die Augen zu. Es war früh am Morgen und der Stier war gewiss daran gewöhnt, neben dem Schakal zu sitzen, während dieser Menschen einschüchterte. Dinge, die sich permanent wiederholten, waren ermüdend. Eine Endlosschleife an ewig gleichen Tagesabläufen war garantiert noch weitaus ermüdender.

„Gut, dass wir einander verstehen", sagte der Schakal.

„Gut", bestätigte Mateo. „Gutes Gespräch."

Da trat die Kellnerin an den Tisch und stellte zaghaft einen Teller, der randvoll mit aufgewärmtem Fertigfraß beladen war, vor Mateo hin.

„Danke", sagte Mateo.

„Danke, aber den braucht er jetzt nicht mehr", stellte der Schakal fest und drückte seine Zigarette auf einem der fettigen Speckstreifen aus. „Er will jetzt dringend nach Hause zu seiner reizenden Frau."

Nachdem die beiden Hundefreunde in den schwarzen Maßanzügen das Diner verlassen hatten, blieb Mateo noch ein paar Minuten lang sitzen. Er trank seinen ungenießbaren und mittlerweile kalten Kaffee aus, bezahlte seine Rechnung und dachte nach.

Als er an dem logischen Punkt angelangt war, der ihn tatsächlich nur an einen Ort – nämlich nach Hause – führen konnte, stand er auf und verließ Dreck und Speck. Ins rotgoldene Licht des frühen Tages gehüllt wie in einen erschreckend vergänglichen, königlichen Mantel, ging er auf seinen Wagen zu.

Hinter dem Scheibenwischer steckte ein Zettel.

Eine handgeschriebene Nachricht.

Ein Versprechen. Und eine Adresse.

„Scheiße", flüsterte Mateo und ließ sich gegen die Motorhaube sinken. Dort lehnte er und dachte daran, wie er gemeinsam mit Ricardo hinaus auf die pechschwarzen Fluten des Rio Bravo gestarrt hatte.

„Was stand in der Nachricht?", will ich wissen.

Die Sonne brennt wieder vom Himmel. Es ist entsetzlich heiß für diese Jahreszeit. Wir sitzen auf dem Asphalt, haben unsere Oberkörper gegen den Müllcontainer gelehnt und hören unserer Kleidung beim Trocknen zu, während Mateo in stoisches Schweigen verfällt.

Ich gebe ihm drei Minuten, dann habe ich lange genug gewartet. Mir läuft die Zeit davon und meine Augenlider werden schwer.

„Mateo!", fordere ich ihn auf, mir zu antworten und er zuckt zusammen.

„Ja?!", fragt er verwirrt.

„Die Nachricht! Was stand in der Nachricht?"

„Eine Adresse. Die Adresse eines Schleppers, der lange Zeit für El Demonio gearbeitet hat. Ein kleines Kaff, gute sechs Stunden von Ciudad Juárez entfernt. Wer auch immer mir diese Nachricht geschrieben hat, hat mir darin versichert, dass dieser Schlepper gewusst hat, was mit Ricardo geschehen ist."

„Und du hast das geglaubt?"

„Ja, das habe ich. Ohne Wenn und Aber. Ohne darüber nachzudenken. Irgendetwas an diesen wenigen Worten hat mich berührt. Und ich bin auch heute noch davon überzeugt, dass es nicht diese beiden Männer in den schwarzen Anzügen gewesen sind. Nicht sie haben diese Nachricht an meinem Auto angebracht. Es muss jemand gewesen sein, der ihnen gefolgt ist. Jemand, der mir tatsächlich hat helfen wollen."

„Und hat dir dieser Jemand geholfen?"

Mateo schüttelt den Kopf.

Tropfen rinnen aus seinen Haaren über sein Gesicht.

Zumindest denke ich, dass es Tropfen aus seinen Haaren sind und nicht Tränen.

„Bitte sag mir, dass du nicht dorthin gefahren bist."

Er schweigt.

„Mateo. Die schlafenden Hunde! Was verdammt nochmal war mit den schlafenden Hunden?! Bitte sag mir, dass du nicht in dieses Kaff gefahren bist, nur um herauszufinden, dass dieser Mann dir nicht hat weiterhelfen können."

Plötzlich springt er auf. Zieht seine Waffe.

Fuchtelt damit wie wild in der Gegend rum.

Schreit.

„Da ist es! Da ist es wieder! Da ist wieder dieses Ding! Dieses Ding, das vorhin dort drin in der Apotheke gewesen ist. Dieses glänzende, kriechende, blaue Ding, das ich da drin schon gesehen habe. Ich kann seine verdammten Schuppen *hören*!"

Er dreht sich im Kreis, heult, flucht, wiederholt seine panischen Worte.

Langsam stehe ich auf. Ich habe keine Angst mehr. Zumindest nicht vor seiner Waffe. Ich gehe auf ihn zu. Halte ihn fest. Halte ihn auf. Drücke den Arm mit seiner Waffe nach unten, bis die Waffe auf den Boden zeigt.

„Natürlich ist es da", sage ich. Ich klinge selbstbewusst, aber auch sanft. Mir gefällt, wie ich klinge, aber mir gefällt keineswegs, was ich zu sagen habe. „Es ist immer da. Es ist nie weg gewesen. Seit es mir folgt, ist es jeden Augenblick an meiner Seite, und es folgt mir schon lange."

Er schaut mich an.

Irritiert. Völlig aufgelöst.

„Aber wie kannst du damit leben, dass dir dieses schreckliche Ding … auflauert?"

„Möchtest du jetzt wirklich über meinen Dämon sprechen? Oder möchtest du mir nicht vielleicht doch lieber etwas über deinen Dämon erzählen und darüber, wie du den Hund geweckt hast?"

Die Adresse hatte gestimmt.

Ein Drecksloch von Schuppen in einem Drecksloch von Kleinstadt.

Auch den Mann hatte er gefunden. Steinalt an der geriatrischen Grenze zu tot, weitgehend blind und paranoid wie eine Scheißhausratte auf Crystal Meth.

Der Mann hatte wirklich für *El Demonio* gearbeitet, aber das war längst Geschichte. Eine äußerst unerfreuliche Geschichte, über die er nicht hatte sprechen wollen. Der Name Ricardo war dem Mann tatsächlich geläufig gewesen, aber er hatte noch nie etwas von dem Ricardo gehört, den Mateo verzweifelt suchte. Oder der Verfolgungswahn Methusalems – gepaart mit einem bemerkenswerten, aber in seinem Fall wohl verschwendeten Überlebenswillen – war einfach zu groß, um die Wahrheit auszuspucken.

Die Nachricht war demnach tatsächlich keine Falle gewesen, aber der Spur zu folgen hatte auch nichts dazu beitragen können, Mateos Qual zu lindern. Der vergilbte Zettel unter dem Scheibenwischer seines Wagens hatte Mateo vor eine Wahl gestellt und Mateo hatte gewählt. Als er nach einem langen, abstoßenden und desillusionierenden Tag in der Abenddämmerung den Highway 45 entlang und endlich auf Ciudad Juárez zuraste, wusste er, dass er die falsche Wahl getroffen hatte. Und sogar das war kaum mehr als eine recht halbherzige Wahrheit. Tatsächlich hatte er es bereits gewusst, als er wider besseres Wissen einer möglichen Antwort hinterhergejagt war und dabei mutwillig der Gefahr den Rücken gekehrt hatte.

Mateo hatte den falschen Weg eingeschlagen.

Jetzt galt es herauszufinden, wie spät es war, wenn er zu Hause eintraf.

Wie spät oder *zu* spät.

Als Mateo schließlich zu nachtschlafender Stunde auf sein Haus zuging, drang kein Lichtschein mehr durch die Fenster. Kein Laut war zu hören. Sogar die Zikaden hielten den Atem an. Oder eben die Hinterbeine still. Der weiße Kies auf dem Weg, der zum Vordereingang des Hauses führte, funkelte im kalten Mondlicht wie kostbare Edelsteine und knirschte unter jedem seiner Schritte. Es war, als würde er über zerbrechliches Glas wandeln, um herauszufinden, was in seinem Haus noch heil und was zerbrochen war.

Gewiss hasste sie ihn dafür, dass er sie am Jahrestag alleingelassen hatte.

Hoffentlich tat sie genau das.

Er hätte Hals über Kopf – so, wie er sich damals in sie verliebt hatte – ins Haus stürmen und sie um Verzeihung bitten wollen, aber die Furcht riet ihm, auf der Hut zu sein. Und diese Furcht war keine namenlose.

Mateo zog seine Waffe.

Hielt den Atem an.

Streckte seine Hand nach der Tür aus.

Unverschlossen.

Einer Einladung gleich glitt die Tür geräuschlos auf und Mateo wusste, dass dieser Einladung bereits andere vor ihm gefolgt waren.

Als er das Haus betrat, setzte sein Herz zwei Schläge lang aus und schien in seine Magengrube zu fallen. Ins Bodenlose. Gleich darauf stolperte sein Herz hektisch voran. Raste, als könne es davongaloppieren und ihn allein zurücklassen. War die Nacht draußen vor der Tür stumm gewesen, so war die Stille im Haus erdrückend. Mateo hielt inne und lauschte. Lauschte, bis das Rauschen seines Blutes in seinen Ohren zum Tosen eines Wasserfalls anschwoll. Er musste an den Sommer vor vier Jahren denken.

Sie hatten gemeinsam mit Freunden die Niagarafälle besucht. Trotz der Schutzkleidung waren sie triefend nass geworden. Er erinnerte sich an das Flusswasser auf seinen Lippen. An das Flusswasser auf ihren Lippen und an den Gedanken: *So muss Glück schmecken*. Auf allen Fotos strahlten sie über das ganze Gesicht. Sie hatten diesen Tag mit küssen und lachen verbracht. Er hatte gelacht, bis seine Leibesmitte geschmerzt hatte. Und es war ein guter Schmerz gewesen.

Das Rauschen der Niagarafälle.

Das Rauschen seines Blutes.

Das eine in einem völlig anderen Leben, das andere in genau diesem einen Augenblick.

Und durch das Rauschen hindurch hörte er …

… er hörte absolut gar nichts.

Langsam ließ er die Waffe sinken.

„Valentina", flüsterte er zaghaft.

Dann lauter.

„Valentina."

Dann schrie er ihren Namen. Er schrie ihren Namen, bis ihr Name bloß noch etwas Abstraktes war, dessen Sinn er nicht mehr begreifen und auch nicht mit seiner Angst in Verbindung bringen konnte. Er wollte losstürmen, war aber in seiner Angst gefangen. Doch schlussendlich gelang seinem verzweifelten Wimmern, was seinem panischen Schreien nicht gelungen war. Seine tonnenschweren Füße lösten sich vom Fußboden und er stürzte ins Wohnzimmer.

Niemand.

Nur eine Lampe.

Eine Lampe, die vom Beistelltisch neben dem Sofa gefallen war und die nun auf dem Teppich lag. Mitten im Raum. Wie eine Zeugin.

Eine sprachlose Zeugin.

Er drehte sich um. Rannte aus dem Wohnzimmer, sprintete die Treppe hoch, nahm immer zwei Stufen auf einmal, bis er förmlich über die Treppe hinweg und auf das Schlafzimmer zuflog.

Die Tür zum Schlafzimmer stand weit offen.

Aber Valentina hasste offene Türen.

Sie hatte ihm einmal gesagt, dass die offene Bauweise moderner Häuser sie ängstigen würden, weil die Geister somit ungehindert durch das ganze Haus gleiten könnten. Er hatte sie gefragt, von welchen Geistern sie denn spräche. Er hatte sie gefragt, ob das tatsächlich ihr Ernst wäre. Sie hatte nicht geantwortet und ihr Schweigen war ihm Antwort genug gewesen.

Doch jetzt stand diese Tür offen.

Wiederholte die Einladung der Haustür.

Fordernder und gleichsam vorsichtiger.

Der Teppich im Flur dämpfte seinen Schritt. Wie eine Katze glitt er geschmeidig auf die Tür zu und dann hindurch. Die Vorhänge des raumhohen Fensters waren zur Seite gezogen. Der kalte Silberschein des Mondes und das gelbe Leuchten der Straßenlaterne kämpften darum, wer die Szenerie im Raum in ein diffuses Licht tauchen durfte.

Mateo war es einerlei, welches Licht ihn sehen ließ.

Aber er sah.

Er sah das Grauen. Er sah das Unvorstellbare.

Valentina lag auf dem Ehebett.

Ihre weit aufgerissenen Augen starrten an die Decke.

Ihr Leib war entblößt.

Ihre Arme und ihre Beine waren verrenkt.

Ausgerenkt. Zertrümmert.

Ihre linke Hand und beide Füße fehlten.

Aus ihrem Unterleib ragte der pechschwarze Griff eines Messers empor.

Das einst glatte, weiße Laken war zerwühlt und tiefrot von Blut.

Buchstaben. Buchstaben an der Wand über dem Bett.

Wörter.

Mit Blut geschrieben.

Valentinas Blut.

Nun hast du zwei Kinder verloren, Polizonte.

Mateo hätte schreien müssen. Niemals zuvor in seinem ganzen Leben hatte ein Schrei derart heftig in seiner Seele gebrannt. Doch Mateo wollte den Schrei nicht freigeben. Er wollte ihn nicht loslassen. Der Schrei gehörte ihm. Er wollte ihn an sich fesseln, tief in sich begraben, auf dass er für immer in seinem Herzen wohnen und wüten würde.

Er stolperte auf seine Frau zu, sank neben ihrem Totenbett zu Boden, griff nach der Hand, die von den Schergen des Dämons verschont worden war. Ihr Arm glitt über das Laken. Die Totenstarre hatte noch nicht eingesetzt. Die Finger ihrer Hand öffneten sich wie die Blätter einer Seerose am Morgen.

Aus ihrer geöffneten Hand rollte Mateos Ehering auf das blutrote Leichentuch.

Ich will mein Beileid aussprechen.

Ich will ihm sagen, dass es nicht bloß leere Worte sind.

Ich will ihm sagen, dass ich mit ihm fühle, weil ich ebenfalls verloren habe. Ebenfalls alles verloren habe. Aber ich kann nicht sprechen und ich habe das Gefühl, dass ich nicht sprechen kann, weil kein Wort angemessen wäre.

Kein Mitgefühl.

Kein Beileid.

Kein gleiches Leid.

Es gibt keine zwei Menschen auf der Welt, die auf die gleiche Weise leiden.

„Zwei Kinder", flüstert er.

Ich kämpfe, ich ringe, aber ich habe es vergessen.

Vergessen, was ich sagen will. Vergessen, wie man überhaupt irgendetwas sagt.

„Ricardo und unser ungeborenes Kind", flüstert er.

Ich weiß, dass ich meine Sprache nicht wiederfinden werde, also greife ich stattdessen nach seiner Hand. Halte seine Hand fest. Er erwidert meinen Händedruck und wir schweigen. Es ist kein vorübergehendes Schweigen, es ist eine andauernde Stille. Eine so allmächtige und allgegenwärtige Stille, dass mich nur noch ein Wimpernschlag davon trennt einzuschlafen.

Vielleicht ist es genau das, was passieren soll.

Vielleicht sollen wir beiden, die wir verloren sind und verloren haben, hier zusammen einschlafen. Seite an Seite, während wir uns an den Händen halten. Seite an Seite, während wir hinüberdriften in den letzten Traum.

Ein Hupen weckt mich.

Also habe ich geschlafen.

An Mateos Blinzeln kann ich erkennen, dass er ebenfalls geschlafen hat.

„Ihr schaut entspannt aus", sagte die Frau, die sich aus dem offenen Fenster ihres Wagens lehnt. „*Zu* entspannt, wenn ihr mich fragt. Deshalb hab ich mir gedacht, ich halte mal an und wecke euch. Sollte das für euch allerdings ein guter Tag zum Träumen sein, entschuldige ich mich und fahre weiter. Ich habe noch zehn Stunden Fahrt vor mir, ich bin nicht stehen geblieben, um mich lange aufzuhalten. Oder euch."

Ich lockere meinen Griff und schaue zu Mateo hin.

Er nickt mir zu.

Es ist in Ordnung.

Wir haben uns nichts weiter zu sagen. Was es zu sagen gibt, haben wir gesagt. Was es zu hören gibt, haben wir gehört. Es gibt nichts mehr, woran wir festhalten müssten.

Ich lasse seine Hand los.

Richte mich auf und ringe mir ein Lächeln ab.

„Dann schätze ich mal, dass ich mich bedanken sollte", sage ich.

„Musst du nicht. Du siehst nicht gerade unglücklich darüber aus, dass du wieder wach bist. Das genügt mir."

„Ich hatte schon bessere Tage, aber ich fange gerade damit an, auch diesem hier etwas abzugewinnen."

„Na dann, macht was draus!", sagt die Frau und nickt, wie man es zum Abschied tut.

„Halt!", rufe ich, bevor sie wieder aufs Gas steigen kann.

„Ich halte, und was passiert dann?", will die Frau wissen.

Ich schaue abermals zu Mateo. Dieses Mal schüttelt er den Kopf. Wir beide wissen es. Ich werde gehen, aber er wird bleiben. Das ist vielleicht nicht gut so, aber es ist richtig und über *gut* ist unsere Welt ohnehin längst weit hinaus.

„Sicher?", frage ich dennoch.

„Sicher. Endlich wieder sicher", antwortet er.

Und das ist es. Keine Zweifel mehr. Wir haben einander losgelassen. Die Entscheidung ist vor wenigen Sekunden wortlos gefallen.

„Was dann passiert? Du hältst deinen Wagen weiterhin an und ich frage dich, wohin dich deine zehn Stunden Fahrt führen sollen."

„Wirst du nicht kennen. Ich muss nach Whites City. Meine Schwester lebt dort. Oder sie träumt dort. Lass uns hoffen, es ist das Erste. So oder so, ich will zu ihr."

Whites City.

Das ist kein Zufall.

Das ist ein Zeichen.

Und wenn es Zufall ist, dann ist der Zufall selbst das Zeichen.

„Gibt es das *Cactus Cafe* denn noch?", frage ich. Ich erinnere mich an die Einrichtung. An den ganzen Tand, der das heruntergekommene Mobiliar förmlich erschlagen hat. Ich erinnere mich daran, wie grauenvoll der Kaffee geschmeckt hat und wie unendlich tief das Loch in der Mitte deiner Augen gewesen ist. An diesem Vormittag habe ich das erste Mal deine Seele gesehen.

„Wenn es meine Schwester noch gibt, dann ja!", erwidert die Frau und grinst.

„Brauchst du vielleicht jemanden, der dich zehn Stunden lang wachhält? Ich bin eine hervorragende Gesprächspartnerin."

„Liegt den Whites City in deiner Richtung?"

„Whites City liegt nicht in meiner Richtung, Whites City ist mein Ziel. Ich will nach Carlsbad. Also eigentlich nach Whites City. Also eigentlich will ich zu den Höhlen. Ich habe gedacht, ich würde mehr Zeit brauchen, um dorthin zu gelangen. Würde mir mehr Zeit nehmen müssen. Doch seit gerade eben weiß ich, dass genug Zeit vergangen ist. Ich bin bereit anzukommen."

„Na dann spring rein, Schätzchen!"

„Das ist übrigens Esel. Kann ich ihn mitnehmen?", frage ich und deute auf mein Fahrrad.

„Ein blaues Fahrrad? Aber sicher, das passt perfekt in mein blaues Auto. Pack ihn in den Kofferraum, da ist Platz. Und was ist mit ihm? Wollen wir den auch mitnehmen?", fragt die Frau und deutet auf Mateo.

„Nein danke, Ma'am", antwortet dieser, steht ebenfalls auf und greift nach meinem Rad, „ich kann nicht. Ich habe hier noch *nichts* zu tun."

Die Frau nickt.

In einer traumlosen Welt bedarf diese Erklärung keiner weiteren Worte. Offensichtlich haben wir nur kapieren müssen, dass wir alle krepieren werden, um einander endlich leben zu lassen.

Nachdem mir Mateo geholfen hat, den blauen Esel im Kofferraum des blauen Wagens zu verstauen, stehen wir unbeholfen da. Wir wissen weder wohin mit unseren Armen, noch wohin mit unseren Blicken.

„Sollen wir uns … umarmen? Zum Abschied festhalten?“, frage ich.

„Ich glaube nicht, dass uns irgendetwas in dieser kurzen Zeit, die uns noch bleibt, trennen wird. Dafür sind zehn Stunden Autofahrt einfach nicht genug.“

„Also kein Abschied, aber vielleicht trotzdem eine Umarmung?“

Er macht ein paar Schritte auf mich zu und zieht mich an sich.

Wir verharren in dieser Position zwei Sekunden lang.

Zwei Leben lang.

Dann lasse ich ihn los.

Ich wende mich von ihm ab und gehe.

Ich drehe mich nicht um.

Ich verschweige, was ich vielleicht noch zu sagen hätte.

Ich steige zu der Frau ins Auto.

„Fahren wir!“, sage ich und kämpfe mit meinen Tränen.

„Fahren wir!“, wiederholt die Frau.

Und wir fahren.

Wir fahren über den Parkplatz. Vorbei an den verlassenen Karosserien, vorbei an den verwesenden Kadavern.

Hinaus auf die Straße.

Zehn Stunden bis nach Carlsbad, New Mexiko.

„Ich weiß, du gehst schweren Herzens hier fort und ich

spüre, du gehst ebenso schweren Herzens dorthin. Aber vielleicht hilft es dir, wenn ich dir sage, dass es mir sehr viel bedeutet, dass du uns auf unserem Weg begleitest."

„Kein Thema", antworte ich.

Obwohl es das ist. Es ist ein Thema. Das allerwichtigste Thema überhaupt, aber noch habe ich keine Lust dazu, mit ihr darüber zu sprechen.

Und dann ist sie plötzlich wieder da.

Diese winzige Stimme in meinem Kopf, die leise flüsternd Dinge wiederholt, die ich – laut ausgesprochen – überhört habe.

Uns auf unserem Weg, flüstert die Stimme und mein Nacken versteift sich.

„Ich begleite *euch*?!", frage ich alarmiert und schaue mich verstohlen im Wageninneren um. Bis auf einen alten, abgeschundenen Koffer und ein paar dreckige Lumpen auf dem Rücksitz kann ich nichts entdecken.

Und auch niemanden.

„Ja, und wie du uns begleitest! Wir freuen uns riesig. Wir sind nun schon lange genug nur zu zweit unterwegs gewesen", sagt die Frau. „Ich bin übrigens …"

CLAUDIA

„Lass das! Lass das endlich sein!", schimpfte ihre Nachbarin und schüttelte ungläubig den Kopf. „Ernsthaft! Leg das sofort wieder hin, du bist doch kein kleines Kind mehr!"

Dann wandte sie sich Claudia zu.

„Ich habe keine Ahnung, wie ich ihm das abgewöhnen soll. Er hüpft durch die Gegend wie eine Wüstenspringmaus, verwendet ohne zu protestieren das Erwachsenen-Töpfchen und kann mir ganz genau erklären, warum er sich im Fernsehen auch das ansehen will, was ich mir ansehe und keine Zeichentrickfiguren. Du solltest einmal seine Argumente hören! Ich habe wirklich keine Ahnung, woher er das hat. Er ist fast schon verdächtig schlau. Aber er steckt immer noch alles in den Mund, das zwei Kriterien erfüllt: Es darf nirgendwo festgemacht sein und es muss in seinen Mund passen. Entschuldige, wo waren wir gerade?"

Fasziniert starrte Claudia auf die beiden Finger, die ihre Nachbarin hochstreckte.

Das perfekte Victory-Zeichen.

Erstens.

Zweitens.

„Du wolltest mir erklären, wie es dir gelungen ist, aus den Dosenravioli eine anständige Mahlzeit zu zaubern. Ich habe einen ganzen Schrank voll von dem Zeug, was anderes konnte ich das letzte Mal nicht mehr bekommen, und ich muss wirklich dafür sorgen, dass die Pampe wenigstens nicht immer schmeckt wie Wattepads mit Tomatenketchup. Milly hat sich schon beschwert, und wenn sich Kinder mal über Dosenravioli beschweren, dann weißt du, dass die Lage ernst ist."

Die Lage war ernst. Verdammt ernst. Niemals zuvor war irgendetwas mit Dosenravioli so ernst gewesen. Oder überhaupt irgendetwas.

„Es muss auf jeden Fall Sahne rein. Hast du Sahne?"

Claudia schüttelte den Kopf.

Keine Sahne.

„Wie dumm von mir, natürlich hast du keine Sahne. Hast du vielleicht Kondensmilch?"

Claudia nickte.

Kondensmilch.

Da war garantiert noch eine Tube Kondensmilch ganz hinten im Schrank.

„Ausgezeichnet. Die ist zwar etwas süßer als Sahne, aber dadurch schmeckt die Tomatensauce nicht mehr so penetrant sauer. Ich habe ja immer das Gefühl, dass dieses Zeug mir total die Magenschleimhaut ... Kevin! Heilige Kacke! Das ist ein verdammter Stein! Nimm endlich diesen Stein aus deinem Mund oder ich gebe dir wieder einen Schnulli! Willst du, dass die anderen Kinder dich mit einem Schnulli sehen? Dass sie den großen, großen Buben mit seinem Schnulli sehen? Entschuldige ... also durch die Kondensmilch wird es sämiger. Das schmeckt nicht nur völlig anders, es wirkt fast so, als hättest du es selbst gekocht. Nach frischen Tomaten muss ich dich gar nicht fragen, oder?"

Claudia schüttelte den Kopf.

Keine Tomaten.

Seit Wochen keine Tomaten mehr.

„Also ich hatte ja eine Tomatenpflanze im Garten, aber die haben sie gestohlen. Nicht nur die Tomaten, nein, gleich die ganze Pflanze. Feinsäuberlich ausgegraben. Ich würde ja sagen, das habe ich wohl total verschlafen, aber ... na ja, du weißt schon."

Die Nachbarin lachte.

Claudia lachte.

Ja, sie wusste es.

Sie wussten es beide.

Aber um die Tomatenpflanze war es schade. Wirklich sehr schade.

„Wie sieht es mit Mais aus? Hast du Dosenmais?"

Claudia schüttelte den Kopf.

„Dann vielleicht Erbsen?"

Claudia nickte.

Sie nickte begeistert.

Denn sie hatte Erbsen. Erbsen in der Dose.

Tatsächlich hatte sie sogar etliche Dosen, die randvoll mit übergarten Erbsen waren. Erbsen waren immer gut. Essenziell. Sie waren fast so etwas wie Baby-Brei, auch wenn Milly schon lange keinen Baby-Brei mehr aß, weil sie doch schon lang kein Baby mehr war. Gut möglich, dass Millys Argumentationsfähigkeit noch nicht derart fortgeschritten war wie die von Kevin, aber im Gegensatz zu ihm steckte sie sich wenigstens keine Steine in den Mund, sondern Erbsen.

„Lass endlich den verdammten Stein los!", kreischte die Nachbarin, als würde ihr Sprachzentrum von einer telepathischen Macht befehligt, und Claudia kicherte.

„Mama, was sind Erbsen?", wollte Milly wissen.

Ihr strohblondes Haar umrahmte ihr pausbäckiges Gesicht wie ein Heiligenschein. Ihre blauen Augen strahlten mit dem Blau des Himmels um die Wette.

Das Mädchen war perfekt.

Ein perfektes Mädchen in einer beschissenen Welt.

„Erbsen sind diese kleinen grünen Dinger, die du so gern magst, weil sie im Mund plopp, plopp, plopp machen, wenn du sie mit der Zunge gegen deinen Gaumen oder deine Zähne drückst", erklärte Claudia.

„Plopp!", freute sich Milly und alle lachten herzhaft. Alle bis auf Kevin, denn der war nach wie vor damit beschäftigt, an seinem Stein zu saugen. Die Nachbarin war mittlerweile dazu übergegangen, sein Verhalten zu ignorieren. Auch Fürsorge kannte ihre Grenzen. Claudia konnte das nur zu gut nachvollziehen und an einem Stein zu lecken würde schließlich niemanden umbringen.

„Also die Erbsen", half sie der Nachbarin auf die Sprünge.

„Erbsen, genau. Aber das ist es noch nicht gewesen. Jetzt kommt der richtige Geheimtipp. Am Schluss gibst du einen Esslöffel Mehl dazu. Das dickt das Ganze richtig ein. Dann kannst du es in eine Auflaufform geben und im Ofen überbacken, ohne dass du dafür auch nur ein Fitzelchen Käse verwenden musst."

Claudia stand der Mund offen.

Das war mal ein Ding.

Mehl.

„Kaum zu glauben, oder?!", freute sich die Nachbarin überschwänglich darüber, dass es ihr ganz offensichtlich gelungen war, Claudias Alltagsroutine mit diesem grandiosen Food-Hack zu erleichtern und das an und für sich nur bedingt schmackhafte Ergebnis ihrer entsprechend bescheidenen Kochkünste aufzuwerten.

Es war das gute Recht der Nachbarin, sich exzessiv zu freuen und Claudia war ihr wirklich dankbar. Vielleicht war es kein überschwänglicher, aber es war ein tiefempfundener Dank.

Das Leben war kostbar.

Mehl war es nicht.

Und dennoch würde es dem Billigen gelingen, dem Kostbaren noch ein letztes Bisschen Würde zu bewahren.

„Das könnte das erste nennenswert genießbare Abendessen seit Wochen werden", sinnierte Claudia vor sich hin. „Das muss ich versuchen. Unbedingt! Heute Abend noch. Außer sie drehen den Strom wieder ab."

„Sie haben den Strom abgedreht?"

„Ja, gestern Nachmittag. Hast du das nicht mitbekommen."

Die Nachbarin schüttelte den Kopf und kramte eine zerknüllte Zigarettenpackung aus der Tasche ihres Morgenmantels.

„Magst du eine?", fragte sie und hielt Claudia die Packung hin.

Claudia rauchte nicht, aber es schien ihr ein passender Zeitpunkt, um damit anzufangen.

„Gern", erwiderte sie.

„Wen meinst du eigentlich mit *sie*? Wer glaubst du, dreht den Strom ab?", fragte die Nachbarin und blies den Rauch in die klare Morgenluft.

„Ich weiß nicht. Die Regierung?"

„Aber warum sollten sie das machen?"

„Weil sie glauben, dass wir sparen müssen. Dass wir uns die Energie einteilen müssen?"

„Aber warum sollte irgendjemand irgendetwas sparen?"

Darauf wusste Claudia keine Antwort mehr und sie konzentrierte sich auf das Brennen in ihrer Lunge. Der Schmerz war so real. Es fühlte sich an, als würde etwas Lebendiges in ihr absterben. Das war hässlich und es war gut, weil es hässlich war. Ein guter, hässlicher Schmerz. Sie nahm einen weiteren Zug, sog den Rauch noch tiefer in die Lunge und genoss den Schmerz. Sie blickte die Privatstraße entlang. Einfamilienhaus reihte sich an Einfamilienhaus. Keine Villen. Bescheidene, aber schöne Eigenheime, für bescheidene, aber schöne Menschen. Ein unkrautfreier, sorgfältig gemähter Rasen. Ein weißer Lattenzaun. Dass etwas einem Klischee entspricht, bedeutet nicht automatisch, dass es einen nicht glücklich machen kann.

Vor dem Haus der Petersons stand ein schwarzer Lieferwagen. Zwischen den pastellbunten Häusern, den saftig grünen Rasenflächen und den makellosen Zaunlatten wirkte der Lieferwagen wie ein schwarzes Loch.

Weil er das ist, dachte Claudia. *Weil er ein schwarzes Loch ist.*

Dann kamen sie aus dem Haus.

Menschen.

In Schutzkleidung.

Claudia wusste nicht, wovor sie sich eigentlich schützen wollten. Im Fernsehen hatten sie so viel gesagt, dass sie beinah alles gesagt hatten. Aber sie hatten vor Wochen damit aufgehört von Viren, Bakterien und Parasiten zu sprechen. Also wovor schützte der weiße Overall? Wovor schützte die Atemmaske? Vor den Blicken der anderen? Vor den Anschuldigungen?

Vor den Träumen?

„Schau", sagte die Nachbarin. „Sie bringen beide raus. Ich kann es nicht fassen, dass sie beide geträumt haben. Wie kann man nur so leichtsinnig sein?"

„Wenigstens haben sie noch etwas gemeinsam gemacht", antwortete Claudia.

„Kann ich Erbsen haben?", fragte Milly.

Claudia beobachtete, wie die Menschen in der weißen Schutzkleidung die Bahren mit den schwarzen Säcken darauf zum schwarzen Lieferwagen trugen. Schwarz Säcke. Müllsäcke.

Wer es wagte zu träumen, war bloß noch Müll.

„Du kannst Erbsen haben, sicher", murmelte sie geistesabwesend.

„Beide", wiederholte die Nachbarin. „Wirklich beide. Eine verdammte Schande."

Während Kevin an seinem Stein leckte, fuhr der Lieferwagen an ihnen vorüber, um den Müll wegzubringen.

„Denkst du, dass sich bereits irgendwo die Leichen stapeln? Dass sich Leichenberge auftürmen? Wo bringen sie die hin, die sie wegbringen? Und was, wenn sie mit dem Wegbringen nicht mehr nachkommen?", flüsterte Claudia.

„Es reicht. Du bist ja mit deinen Toten fast schon so wie Kevin mit seinem Stein. Jeden Morgen dieselbe Leier. Das muss jetzt ein Ende haben. Du musst auf andere Gedanken kommen. Vielleicht schütten sie die Leichen ins Footballstadion, wer weiß das schon. Wen kümmert es? Und vor allem: Was geht das uns an? Wir sind nicht tot. Vielleicht ist es spät, aber es ist noch nicht zu spät. Nicht für uns. Nicht für dich. Du musst was aus der Zeit rausholen, die dir bleibt. Das Leben noch mal auskosten, bis es wehtut. Du musst etwas tun, das du normalerweise nie getan hättest. Du musst zu dieser Party gehen."

„Welche Party?"

„Na die Party, von der ich dir vorgestern erzählt habe. Du weißt schon, als sie die Millers weggebracht haben", sagte die Nachbarin und setzte in einem Tonfall, der weder erstaunt noch erheitert, aber irgendwie dann doch wieder beides war, nach, „die Millers. Ihn und sie. Auch die sind gemeinsam eingeschlafen. Vielleicht sind wir deshalb noch wach, weil wir niemanden haben, an dessen Seite wir einschlafen können."

Claudia ignorierte geflissentlich den Anflug seichter Moral, der ihre Nachbarin, die sich üblicherweise mit Mehl in Tomatensauce und verbalem Kleinkram zufriedengab, heimgesucht hatte. Vielleicht tat sie es deshalb, weil sie verärgert war. Wie hatte sich die Nachbarin das Recht rausnehmen können, für sie beide zu sprechen? Über sie beide ein Urteil zu fällen? Claudia war nicht allein. Sie hatte Milly. Milly und Claudia. Das machte zwei Menschen und zwei Menschen waren niemals allein. Claudia wollte erst gar nicht darüber nachdenken, warum Kevin für ihre Nachbarin nicht zählte. Warum diese in ihrer rudimentären Rechnung ihr Kind nicht mitzählte. Warum sie sich allein fühlte. Also kehrte sie an den Ausgangspunkt des Gedankens zurück.

„Vorgestern. Die Millers, stimmt. Die Party. Ich erinnere mich."

„Du musst dorthin."

„Ich kann nicht. Ich kann nicht dorthin, ich kann nirgendwo hin. Es geht um Milly. Ich muss auf Milly aufpassen."

„Das mache ich. Sie kann gemeinsam mit Kevin fernsehen oder ihn dabei beobachten, wie er an seinen Spielzeugautos lutscht."

„Ich weiß nicht", erwiderte Claudia.

„Ich kenne dich gut genug, um zu wissen, dass du es sehr wohl weißt, wenn du erst einmal behauptest, es nicht zu wissen. Kannst du dich noch an den Typen aus dem Fitnessstudio erinnern? Da hast du es auch nicht gewusst. Du hast es beinah drei ganze Monate lang nicht gewusst."

Claudia musste grinsen.

Das stimmte.

Und es waren drei wundervolle, wissens- und gewissensbefreite Monate gewesen.

„Dein Punkt", räumte sie ein und die Nachbarin erwiderte ihr Grinsen. „Du hast recht. Wir machen das. Ich gehe, du passt auf Milly auf."

„Bekomme ich dann Erbsen?", wollte Milly wissen.

„Eine ganze Dose", antwortete die Nachbarin. „Du bekommst so viele Erbsen, wie du essen kannst."

Milly lachte.

Die Nachbarin fuhr ihr zärtlich durchs Haar.

Kevin ließ den Stein sinken und fragte: „Erbsen?"

Und Claudia dachte daran, dass eine gute Entscheidung war, auf diese Party zu gehen, wo sie doch demnächst auf dem Leichenberg im Footballstadion enden würde.

„Ich habe die ganze Zeit dieses Lied im Ohr. Seit du eingestiegen bist, geistert es durch meinen Verstand, als wäre es mit dir gemeinsam zuerst in mein Auto und dann in meinen

Schädel gekrochen", sagt Claudia und sieht mich lächelnd an. Das sprachliche Bild, dass ein Lächeln die Augen nicht erreicht, ist derart platt, wie es hier unzutreffend ist. Es ist ihr Lächeln, das ihr *Lächeln* nicht erreicht.

„Ich habe noch nie verstanden, ob dieses Lied einen traurig oder glücklich machen soll und dabei habe ich jedes einzelne Mal, wenn sie es im Radio gespielt haben, aufmerksam hingehört", fährt sie fort.

Ich kann den Anblick ihres leeren Gesichts nicht länger ertragen, also wende ich mich ab. Ich hoffe, dass sie mein Abwenden als das versteht, was es ist.

„Ich habe zu diesem Lied schon getanzt und ich habe dazu geweint. Kann es sein, dass das Lied nicht weiß, was es will?"

Ich kann mir auf jeden Fall sehr wohl denken, was Claudia will.

Sie will mich dazu bringen, sie nach dem Lied zu fragen.

Sie will nicht länger schweigen.

Mir ist ihr Lied egal. Es kümmert mich ebenso wenig, wie mich ihre Geschichte kümmert. Das ist eine Lüge. Es ist kein *Es kümmert mich nicht*, es ist ein *Ich kann es nicht ertragen*. Ich will nicht hören, was mit ihr geschehen ist. Und ich will nicht wissen, welches Lied durch ihren Verstand geistert. Sie soll einfach nur den Mund halten. Sie soll mich stumm und taub hier sitzen lassen und mich mit ihrem Leben und ihrem Lied verschonen. Denn wenn sie spricht, bin ich dazu gezwungen ihr zuzuhören, weil ich ihr Auto nicht verlassen kann. Weil ich endlich ankommen muss. Weil meine Reise schon zu lange dauert und der letzte Traum bereits an den Wänden meines Bewusstseins scharrt. Meiner Illusion von Bewusstsein. Sie soll schweigen, weil ich ihr Schweigen schon kaum verkraften kann und weil ich mir sicher bin, dass ihre Worte mich in den Wahnsinn treiben werden. Mitten hinein in die Fänge des scharrenden Traumes.

„Es ist so seltsam still, seit du eingestiegen bist. Du musst wissen, dass wir eigentlich immer singen. Aber seit du bei uns bist, hat sie keinen Ton mehr von sich gegeben. Das ist nichts Schlechtes. Das soll auf gar keinen Fall ein Vorwurf sein. Bitte versteh mich nicht falsch. Ich denke, das ist wichtig für sie. Du scheinst ihr ein Gefühl von Sicherheit zu geben und ich will ihr die Ruhe lassen, die dieses Gefühl mit sich bringt und die sie so dringend braucht. Etwas an dir stellt sie still. Aber wir singen später. Wenn sie nicht mehr ruhen muss. Versprochen. Wir singen später. Alle gemeinsam."

Später. Ich sollte es dabei belassen.

Jetzt bin ich es, die dringend schweigen sollte.

Aber ich kann nicht.

Ich bin mir dessen schmerzhaft bewusst, dass ich mit diesem einen Wort nach vielen weiteren Worten verlange und dennoch kann ich es mir nicht verkneifen, sondern sprudle es hemmungslos hinaus in das Innere eines Wagens, das viel sicherer wäre, wenn es mit Schweigen erfüllt wäre. Aber ich spucke das Wort aus, als würde ich daran zu ersticken drohen. „Sie?!", frage ich.

„Ja, *sie*. Ich dachte, du wüsstest es. *Sie*, meine kleine Tochter. Sie heißt Milly. Sie wird bald drei Jahre alt. Ein aufgewecktes Kind, das nun endlich zur Ruhe kommt."

Ich sehe mich erneut im Wagen um, nur diesmal nicht mehr verstohlen wie zuvor. Diesmal provokant, als würde ich mit meinen Blicken fragen und meine fragenden Blicke sind nicht zu übersehen.

„Oh, sie hat sich da hinten in die Tücher und Decken gekuschelt", sagt Claudia.

Und so, wie ich eben erst das Wort nicht habe sagen wollen, so will ich mich jetzt keinesfalls umdrehen. Und so wie ich zuvor gesagt habe, was ich besser verschwiegen hätte, so scheitere ich auch an dieser Aufgabe. Mein Blick wandert Zentimeter für Zentimeter über meine linke Schulter hinweg. Streift die abgegriffene Mittelkonsole, die sich beinah bis zum Rücksitz durchzieht. Gleitet über das abgewetzte Gewebe des beigen Sitzbezuges. Klammert sich an die bunten Farben der Fetzen. Tastet die Wölbung ab, die sich unter den Fetzen abzeichnet. Erhebungen. Rundungen. Wahrscheinlich zu klein für ein dreijähriges Kind, aber deutlich genug, um etwas zu sein. Deutlich genug, um ein Kind zu sein. Ein Kleinkind.

„Sie schläft", kommen die zwei Silben unbedacht über meine Lippen, und ich weiß nicht, ob ich etwas feststellen oder etwas fragen will.

„Das tut sie nicht. Milly schläft nicht. Ich habe dir gesagt, sie ruht. Sie ruht sich bloß aus. Du hast ihr die Ruhe gebracht. Ich bin ihre Mutter. Ich würde es wissen, wenn sie schläft. Jetzt ruht sie und sie hört unsere Stimmen und sie spürt den kühlen Stoff an ihren nackten Armen, und wenn sie sich ausgeruht hat, dann singen wir wieder. Dann singen wir alle gemeinsam."

Woher sollte Claudia wissen, ob ihr Kind schläft? Immerhin hat sie sich kein einziges Mal zu Milly umgedreht, seit ich zu ihnen ins Auto gestiegen bin.

Keine Frage des Wissens, flüstert mein Verstand, *eine Frage des Begreifens.*

„Sie ruht sich aus", wiederhole ich. Ich wiederhole es, um meinem vorlauten Verstand etwas entgegenzuhalten. Wenn schon Claudia spricht, dann soll wenigstens er schweigen. Diese beiden Stimmen sind unvereinbar.

„Sie ruht sich aus", bestätigt Claudia.

Ich glaube es nicht, aber ich möchte es glauben und einen Augenblick lang gönne ich mir den Luxus, genau das zu tun. Zu glauben. Nicht an Gott. Nicht an mich. Ich glaube daran, dass Milly bald drei Jahre alt ist und sich auf dem Rücksitz des Autos ausruht.

Mein Glaube ist nicht puristisch.

Er ist durchwachsen.

Nicht vom Zweifel wie der eines anständigen Christen. Ich glaube an die sich ausruhende Milly, wie ich nie zuvor an irgendetwas geglaubt habe und dieser unerschütterliche Glaube wird von einer einfachen Melodie getragen. Er wird beseelt. Von einem Lied, an das ich seit Ewigkeiten nicht mehr gedacht habe. Mag sein, ich habe überhaupt noch nie bewusst daran gedacht.

Da beginnt Claudia neben mir zu summen.

Erst subtil.

Kaum hörbar.

Dann etwas nachdrücklicher, bis das Summen schließlich Gestalt annimmt.

Bis aus dem Summen Töne werden und diese Töne sich mit Worten füllen.

„Sie trägt blaue Seide …", singt Claudia so leise, dass ihr sanfter Gesang die ruhende Milly nicht stört.

„… aus blauer Seide ist ihr Kleid", singe ich weiter.

„Ist das unheimlich?", fragt Claudia.

„Was?", erwidere ich, obwohl ich ganz genau weiß, wovon sie spricht.

„Ist es unheimlich, dass du dieses Lied ins Auto gebracht hast? Dass du und ich … dass wir beide den gleichen Ohrwurm haben?"

Ich verspüre das Bedürfnis, mich zu verteidigen.

Ich will ihr sagen, dass ich erst in diesem eben vergangenen Augenblick an dieses Lied gedacht habe, aber noch bevor ich die Worte aussprechen kann, muss ich mir selbst eingestehen, dass sie eine Lüge wären. Bestenfalls ein kläglicher Versuch. Ich habe dieses Lied auf den Lippen meines Bewusstseins, seit Claudia in ihrem blauen Auto auf dem Parkplatz haltgemacht hat, um Mateo und mich aufzuwecken.

„Es wäre nur dann unheimlich, wenn ...", setze ich an, spreche aber nicht aus, was gar nicht mehr ausgesprochen werden muss, um verstanden zu werden. Stattdessen strecke ich die Hand nach dem Autoradio aus.

Halte inne.

Halte den Atem an.

Verharre mit meiner Fingerspitze über dem Knopf, der für uns das Lied erwecken wird, das in der Maschine schläft.

„Mach es", flüstert Claudia und ich drücke auf den Knopf. *... denn das Blau, das Blau das schmeichelt ihr*
und ihr blauer Gedanke ist bei mir.
Sie trägt blaue Seide ...

... aus blauer Seide ist ihr Kleid
und ihre Träume sind ein Zeichen der Zeit
dunkles Herz siehst du nicht, wie ich leide.

„Vergiss es! Ich kann nicht", sagte Claudia und bückte sich, um gleichzeitig den drängenden Fragen auszuweichen und nach dem nächsten bunten Plastikpferdchen zu greifen. Die manisch fröhlichen Tiere lagen quer über den Wohnzimmerteppich verteilt. Beinah so, als wäre Milly leibhaftig zu ihrer Lieblingsfigur, der märchenhaften Gretel, geworden und hätte auf ihrem Weg zum Kühlschrank Ponys ausgestreut, um danach sicher wieder zurück zum Fernseher zu finden.

„Von wegen ... du *kannst* nicht. Du *willst* nicht!", erwiderte die Nachbarin und kickte mit ihrem Leopardenpumps eines der regenbogenfarbenen Dinger unter das Sofa.

„Ich kann wirklich nicht", beharrte Claudia und knallte den Korb mit den Tierleibern darin derart unsanft auf den Wohnzimmertisch, dass die Hufe trampelten und die Nachbarin zusammenzuckte.

„Aber hallo! Da steckt doch noch viel Temperament in der braven Mami. Ganz ruhig, du machst die Pferde scheu. Es ist in Ordnung. Es ist keine Schande, wenn man zu *feig* ist, sein Leben zu leben, selbst wenn gar nicht mehr allzu viel Leben übrig ist. Man kann auch einfach brav Spielzeug einsammeln und anschließend still, heimlich und vor allem manierlich verrecken."

Die Nachbarin nahm ein gelbes Pony mit hellblauer Mähne und einer pinken Kirsche auf dem üppigen Hinterteil aus dem Korb. Sie fasste es mit spitzen Fingern an einem Beinchen, als würde sie einen fetttriefenden Hühnerschenkel aus einem ranzigen Schnellimbiss festhalten, und musterte es argwöhnisch. Schließlich verzog sie das Gesicht und schleuderte das Spielzeugding mitten in den Raum. Eindeutig, um es loszuwerden, und nicht, um es bewusst irgendwo zu platzieren. Dennoch musste Claudia gegen den Impuls ankämpfen, dem Pony hinterherzujagen wie ein gewissenhaft abgerichtetes Schoßhündchen, das es geifernd auf seine Leckerli und ein paar anerkennende Worte abgesehen hatte. Sie wollte keinesfalls bestätigen, was die Nachbarin ihr eben vorgeworfen hatte. Claudia biss die Zähne zusammen und versuchte krampfhaft, das gelbe Pferdchen auf dem blauen Teppich zu ignorieren.

„Feige, sag ich da nur. Sehr feige", wiederholte die Nachbarin.

„Wie kommst du eigentlich dazu, über mich zu urteilen? Wer gibt dir das Recht, mich feige zu nennen?"

„Ich stelle bloß fest. Ich urteile nicht. Und wenn, dann verurteile ich deinen grauenvollen Musikgeschmack. Mach bitte endlich diese alten Schnulzen aus. Ich bekomme Magenschmerzen von diesem wehleidigen Herumgesülze."

„Das ist ein Radiosender. Die spielen nicht, was ich ihnen auftrage, sondern ich höre mir an, was sie spielen."

„Dann such dir einen anderen Radiosender aus. Oder dreh das Ding einfach ab. Bitte."

„Vielleicht will ich das nicht. Vielleicht will ich genau dieses Lied hören, weil ich genau dieses Lied mag, weil ich alt und schnulzig und ein klein wenig wehleidig bin. Und vielleicht will ich nicht auf diese Party gehen, weil mir diese Party zuwider ist, weil sie all das ganz sicher nicht ist", verteidigte sich Claudia, griff aber dennoch nach der Fernbedienung und brachte die Sängerin mit der rauchigen Stimme zum Schweigen.

„Du bist noch nie dort gewesen. Was weißt du schon über diese Party?", fragte die Nachbarin und wedelte verlockend mit einem goldenen Ticket, das so groß wie eine Spielkarte war und das sie aus ihrem üppigen Dekolleté hervorgezaubert hatte, vor Claudias Nase herum.

„Ich weiß, dass es dir dort gefallen hat."

Die Hand mit der goldenen Eintrittskarte schien mitten in der Bewegung einzufrieren. Regungslos hingen Hand und Karte in der Luft, als würden sie an den unsichtbaren Fäden eines unsichtbaren Marionettenspielers hängen. Kein Vor, kein Zurück. Nur ein peinlicher Moment, der gewiss noch das Ende der Zeit überdauern würde. Es war ganz so, als hätte jemand die Wiedergabe des allerletzten Films kurz vor dem Abspann pausiert.

„Na, wer verurteilt hier wen?", flüsterte die Nachbarin.

Claudia spürte, wie ihr siedend heiß wurde. Sie wollte sich entschuldigen, aber es war ihr immer schon scheinheilig vorgekommen, das einmal aus Überzeugung Geäußerte zurückzunehmen. Und eine Entschuldigung war eben nur dann sinnvoll, wenn man genau dazu bereit war. Wenn man das Gesagte vielleicht nicht ungesagt machen konnte, aber wenigstens ungültig machen wollte. Wenn man zugeben wollte, dass man sich geirrt hatte. Und Claudia hatte sich nicht geirrt.

Ja, sie sehnte sich danach, ihr Leben auszukosten, bevor es vorbei war. In absehbarer Zeit vorbei war.

Aber sie hatte nachdrückliche Zweifel daran, dass sie das würde genießen können, was ihre Nachbarin, die am helllichten Tag Leopardenpumps und ein lachhaft winziges Top mit darin verwobenen Glitzerfäden darin trug, genossen hatte.

Die Nachbarin war anders.

Sie war wild.

Wie ein Mustang in der Prärie, nicht wie ein Plastikpony in einem Wäschekorb.

„Ich wollte dich nicht verletzen, bitte glaub mir", versicherte Claudia und das war auf jeden Fall die Wahrheit. „Ich hätte mich wirklich anders ausdrücken sollen."

„Dann mach es halt einfach wieder gut."

„Und wie?"

„Geh in dein Schlafzimmer. Öffne deinen Schrank und hol dieses eine heiße Kleid raus, das du nicht mehr getragen hast, seit du mit Milly schwanger geworden bist, und von dem du glaubst, dass es dir ohnehin zwei Nummern zu klein ist, das du aber trotzdem aufgehoben hast, weil dein Arsch darin so hammermäßig geil aussieht. Zwäng dich in dieses verdammte Kleid und geh zu dieser verdammten Party. Und tu endlich das, was du dich bisher nie getraut hast. Ficke, als wäre es das letzte Mal. Außer, du möchtest lieber gefickt werden, dann lass dich ficken."

„Nicht so laut!", quietschte Claudia und begann nervös zu kichern. „Was, wenn dich Milly hört?!"

„Dann hat sie wenigstens ein sinnvolles Wort gelernt, bevor sie stirbt."

Drückende Stille senkte sich über das Wohnzimmer. Die bunten Ponys hatten noch nie zuvor so blass ausgesehen. Und während sie sich im Geräusch der Stille und im bedauerlichen Anblick der blassen Pferdchen verlor, begriff Claudia, wie leicht es sein würde einzuschlafen und wie unfassbar schwer es hingegen war wachzubleiben.

Vielleicht war es gar nicht der Weltuntergang, vielleicht war es die Erlösung. Vielleicht aber war es auch der Weltuntergang selbst, der die Erlösung war.

Angeblich hatte die Band auf der Titanic bis zum bitteren Ende weitergespielt. Das hier war das bitterste Ende von allen. Es war an der Zeit zu tanzen. Und wer noch nicht tanzte, der musste so schnell wie möglich damit anfangen.

„Warum ist denn die Tante da?", hallte Millys glockenhelle Stimme über das frisch ausgehobene Grab hinweg, in das Claudia soeben kurz entschlossen ihren Selbsterhaltungstrieb und ihre Selbstachtung hinabgetreten hatte. Sie würde beides nicht mehr brauchen. Was sie hingegen brauchte, waren ein zu enges Kleid und die Leopardenpumps ihrer Nachbarin.

„Kannst du mir die Dinger borgen?", fragte Claudia und deutete auf das gefleckte, hochhackige Schuhwerk.

„Geschenkt", antwortete die Nachbarin und grinste über das ganze Gesicht. Dann wandte sie sich Milly zu. „Meine Süße, ich bin hergekommen, weil ich dich abhole. Ich werde heute Abend auf dich aufpassen, weil deine Mama einen wichtigen Termin hat."

„Voll cool", sagte Milly.

Und somit war alles gesagt, was es zu sagen gab.

„Du bist da echt hingegangen?“, frage ich. „Zu einer Party, für die man ein goldenes Ticket braucht?!“

„Und wie ich dort hingegangen bin. In den unbequemsten Schuhen der Welt.“

„Ich fasse es nicht!“, sage ich, nicke anerkennend und ertappe mich dabei, dass ich mit einer Fremden, die mit einem *ruhenden* Kleinkind am Rücksitz durch die Apokalypse fährt, plaudere wie mit jemandem, der mir schon mein ganzes Leben lang auf eine sehr intime Weise vertraut ist. Was ist aus dem von mir bevorzugten Schweigen geworden? Was daraus, dass ich weder ihr Lied noch ihr Leben hören will? Mag sein, dass die Tatsache, dass es nicht ihr, sondern tatsächlich unser Lied ist, alles verändert hat.

„Du weißt doch gar nicht, was dort vor sich gegangen ist!“, erwidert Claudia und schüttelt selbst ungläubig den Kopf.

„Aber ich kann es mir denken. Ich habe auch so eine Nachbarin. Wir alle haben so eine Nachbarin.“

„Du *hattest* so eine Nachbarin. Heute hat niemand mehr irgendjemanden. Das Leben ist schön gewesen, als es noch nicht vorbei gewesen ist, oder?“

„Du lebst! Und du hast Milly!“, sage ich, um wenigstens nicht einfach dumm Löcher in die Luft zu starren und zu schweigen, und weil ich beurteilen kann, wie es sich anfühlt, glauben zu wollen. Glauben zu können. Ich denke nicht, dass uns etwas darüber hinaus geblieben ist.

Ich glaube an Milly.

Die Ruhende. Die Dreijährige.

Die Tochter.

„Du hast recht. Ich habe Milly. Und jetzt habe ich auch dich an meiner Seite. Und gemeinsam fahren wir zu meiner Schwester.“

„Und zu den Höhlen", ergänze ich.

„Und zu den Höhlen!", bestätigt Claudia. Einen Augenblick lang wirkt sie so glücklich, dass ich nicht nur an Milly glaube, sondern auch daran, dass das Leben sogar jetzt noch schön ist. Manchmal. Wenn ich an die Fledermäuse denke. Und an dich.

„Die Party", greife ich den Faden ihrer Geschichte wieder auf, weil aus der süßen Erinnerung bereits eine bittersüße geworden ist und ich nicht zulassen will, dass der Gedanke an dich bitter schmeckt. Weil ich dann doch lieber ihre Geschichte hören will als meine.

„Zeig her dein holdes Gesicht und dann komm tritt ein, das Gold deiner Karte möge dein geheimer Schlüssel zum Paradies sein", wurde Claudia von einer Frau empfangen, die ein Elfenkostüm trug.

Die Elfe hatte garantiert schon bessere Zeiten gesehen. Ihr knappes Kostüm saß derart schlecht, dass das verführerische Märchenwesen an eine ordinäre Presswurst erinnerte. An ihrem Oberteil lösten sich die schäbigen Pailletten ab wie die Illusion von der Wirklichkeit. Ihr linker Flügel war schmutzig und das glitzernde Netz wies am Rand einige ausgefranste Löcher auf. Ihre Stimme klang, als hätte sie drei Tage am Stück filterlose Zigaretten geraucht. Die schwarzen Ringe unter ihren Augen waren so tief und dunkel wie der Marianengraben. Und was mysteriös hätte wirken sollen, wirkte auswendig gelernt und hatte die emotionale Tiefe eines bei der Frühlingsfeier der örtlichen Pfadfinderinnengruppe runtergeleierten Kindergedichts. Ganz offensichtlich war die Elfe wohl einer dieser Lampen, die man auf die Terrasse hängen konnte und die im Sommer die Insekten grillten, zu nahe gekommen.

„Was?", fragte Claudia.

Und das keineswegs, weil sie die Aufforderung des abgefuckten und garantiert auch durchgefickten Märchenwesens nicht verstanden hätte. Sie wollte nur ihre Irritation kundtun und ihr fiel gerade keine passendere Silbe ein.

„Na, zeig mir die scheiß Karte, dann kannst du reingehen", krächzte die Elfe.

Claudia hatte sich getäuscht. Die Elfe war nicht zu nah an die Ungezieferlampe geraten, sie war genau das, was sie zu sein hatte. Sie war ein Fantasy-Wesen, das Charles Bukowski nach einem Vollrausch neben die Toilette gerotzt oder gekotzt oder gewichst oder was auch immer hatte. Wenigstens gab das Ganze jetzt ein weitaus stimmigeres Bild ab.

„Ähm … danke?", erwiderte Claudia, gab der Elfe das goldene Ticket und betrat in die vulgär pompöse Vorstadtvilla wie ein Rehkitz den Vorgarten eines Hauses, das eine naturliebende Großstadtfamilie zu nah an den Waldesrand gebaut hatte. Claudia wusste nach wenigen Metern, dass die Sache stank.

Deshalb war sie hier.

Deshalb waren all die anderen hier.

Der Gestank hatte sie angezogen wie die Küchenabfälle das Rehkitz.

Claudia blickte über ihre Schulter zum Eingang zurück, der noch in verlockender Reichweite war. Die Elfe winkte ihr. Sie deutete, Claudia solle weitergehen und das tat sie. Wenn man von einer Bukowski-Elfe verscheucht wurde, dann ging man. Man ging zumindest drei unentschlossene Schritte weiter.

Die Schuhe brachten sie um. Wenn sie auf einem Hocker saß, sahen die Leopardenpumps verdammt heiß aus, und wenn sie stand, verlängerten sie ihre Beine auf magische Weise nahezu bis ins Unendliche. Wenn sie sich allerdings damit fortbewegte, entfalteten die Schuhe einen ganz anderen Zauber und verwandelten Claudia in ein Brauerei-Ross nach einem Schlaganfall. Aber die Nachbarin hatte ihr versichert, dass es ohnehin Pumps waren, die sich besonders gut dazu eigneten, in die Luft gestreckt zu werden, während man ordentlich einen weggesteckt bekam. Die Pumps hatten Claudia eindeutig etwas voraus. Sie waren schon einmal auf dieser Party gewesen und passten so gut hierher wie Claudias Brüste, die der Push-up-BH der Nachbarin aus dem engen Kleid quetschte. Wenn sie an der Bar saß, würde sie keine freie Hand brauchen, um ihr Kinn abzustützen.

„He! Niklas!", grölte die Elfe, der Claudias Unentschlossenheit wohl auf die Fetzenflügel ging. „Ich habe hier eine Neue für dich. Zeig ihr mal alles, bevor sie sich verirrt. Die soll ja Spaß haben und kein Trauma. Ist eine Schüchterne!"

Noch bevor Claudia sich bedanken konnte, kam ein wahrlich prächtiger Niklas auf sie zu stolziert. Auf seinem makellosen Gesicht trug er das breiteste Lächeln, das sie jemals gesehen hatte, und dazu passend den entsprechend winzigsten Tanga. Sonst nichts. Das gefleckte Stofffetzchen bedeckte nur äußerst dürftig einen mächtigen Penis, den man tatsächlich nicht mit dem Wort Penis beschreiben konnte, sondern schlicht und ergreifend Hammerschwanz nennen musste. Oder mächtiges Gemächt.

„Gefällt dir, was du siehst?", fragte Niklas und es war eindeutig, dass er nicht in erster Linie nach dem Ambiente fragte. Eigentlich wollte er ein Kompliment für den Hammerschwanz im Leopardenmäntelchen hören, aber Claudia brachte gerade kein Wort heraus.

Gefiel ihr, was sie sah?

Also das Muster wusste sie an den Schuhen der Nachbarin viel eher zu schätzen.

Der Hammerschwanz beunruhigte sie.

Und das Haus erinnerte sie an die opulente Kulisse eines Versace-Shootings, die anschließend noch für einen Pornodreh herhalten musste.

„Wie heißt du, Sugarbaby?“, fragte Niklas.

„May“, antwortete Claudia und nannte dabei, ohne darüber nachzudenken, den Namen ihrer Nachbarin.

„May. Wie versaut. Du bist nicht die erste May, die ich … herumführe.“

Claudia konnte sich gut vorstellen, wie der Leopardentanga die Leopardenpumps fickte, und sie war knapp davor, auf den Hacken kehrtzumachen und davonzurennen. Zur Not würde sie die Pumps einfach in ihrem angestammten Lebensraum zurücklassen. Das Einzige, das sie davon abhielt, war die Tatsache, dass Niklas seine Hand um ihre Taille gelegt hatte, um sie vor dem Stolpern zu bewahren.

„Auf hohen Schuhen kann man hier nur schlecht gehen. Es liegt einfach schon zu viel Müll auf dem Boden, man sieht ja den Teppich kaum noch“, plapperte Niklas drauf los und zog Claudia mit sich fort, an der majestätisch geschwungenen Wendeltreppe vorbei und den Gang im Erdgeschoss entlang.

„Da haben wir“, setzte Niklas zur Erklärung an, als sie vor der Tür, die den Blick in den ersten Raum freigab, kurz stehen blieben, „den Ausgangspunkt fast aller unserer Reisen. Drogen. Du bekommst bei uns jede Droge, die du dir nur wünschen kannst. Du willst es? Egal was es ist, wir haben es. Auch das Zeug, von dem du noch nie etwas gehört hast. Du kannst die ersehnte Wirkung beschreiben? Wir liefern! Natürlich musst du dafür nicht bezahlen. Du hast ein Ticket. Du hast bereits bezahlt.“

„Wir alle haben bereits bezahlt. Und bald bezahlen wir mit unserem Leben“, flüsterte Claudia und starrte an Niklas vorbei in den von diffusem, grünem Licht erfüllten Raum. Auf Polstern und Felldecken lagen Körper. Viele waren nackt. Einige so bleich, dass man sie wenigstens für tot halten musste, wenn sie nicht schon längst tot waren. Wer die falschen Drogen nahm, lief Gefahr zu träumen. Aber gewiss waren einige genau in dieser Hoffnung hergekommen. Sie hofften, dass ihnen der Drogenrausch die Chance auf einen schönen und befriedigenden letzten Traum zu bieten hatte.

„Was sagst du?“, brüllte Niklas gegen die sphärischen Klänge an, die aus dem Raum hallten.

„Mir ist nicht nach Drogen“, antwortete Claudia.

„Ach, dann also doch gleich ficken. Du bist mir nur etwas angespannt vorgekommen, da dachte ich, du bist mehr eine fürs Visuelle und brauchst eine kleine Auflockerung.“

Gemeinsam irrten sie an wild kopulierenden Paaren und Menschengruppen vorbei bis hin zur nächsten Tür.

„Da links haben wir etwas, wenn du ausgiebig Gesellschaft suchst.“

Der Raum war angefüllt mit nackten und halb nackten Leibern, die sich wie gigantische Maden auf dem Boden wanden und wahllos ineinander steckten, was man ineinander stecken konnte.

„Wenn du es lieber etwas intimer magst, dann empfehle ich das.“

Im Zimmer gleich daneben stand Bett neben Bett. Dazwischen hatte man halbseidene Tücher aufgehängt, die eine Illusion von Privatsphäre schufen, die an ein Weltkriegs-Lazarett erinnerte, in dem die Verwundeten zu Tode penetriert oder zurück ins Leben geleckt wurden.

„Wenn du es gröber bevorzugst, findest du auf der rechten Seite ein paar ansprechende Abstufungen. Vom sanften Auspeitschen bis hin zu *Ich muss nicht träumen, um zu verrecken* können wir dir alles bieten. Jeder Raum wird von einer hingebungsvollen Hostess beaufsichtigt. Du kannst ihr beim Eintreten sagen, ob du lieber quälen oder gequält werden willst."

Claudia nickte.

Daran hatte sie schon des Öfteren gedacht. Früher waren diese Fantasien devote Gedankenspiele gewesen, aber seit die schwarzen Lieferwägen die Nachbarn wie Müll wegbrachten, hatte sie sich immer öfter nach Schmerzen gesehnt, die so intensiv waren, dass sie sogar durch die Angst und die Gleichgültigkeit hindurchdrangen und Claudia endlich wieder etwas empfinden konnte. Endgültig etwas empfinden konnte. Finale Schmerzen.

Sie nickte abermals.

„Schön. Sehr schön. Raum drei. Ich denke, du bist geeignet für Raum drei", teilte ihr Niklas seine professionelle Einschätzung mit, bevor er sie an den Räumen vorbeizerrte. Schmerzensschreie und Genussgebrüll drangen über die dröhnenden Bässe hinweg und Claudia lauschte fasziniert. Dann drehte sie den Kopf nach links … und verharrte für einen Augenblick.

„Ist das …", setzte sie an, schwieg dann aber.

„Ja, das ist ein Schaf. Wir haben alle Tiere. Okay, viele Tiere. Aber wir haben sie in allen fickbaren Größenordnungen. Auch hier musst du angeben, ob du gefickt werden willst, oder doch lieber ficken. Wir haben eine große Auswahl an Strap-On-Dildos, damit kannst du es sogar einer Kuh besorgen."

Claudia schüttelte den Kopf derart vehement, als müsse sie vom Regen tropfnasses Haar trockenschütteln.

„Du magst keine Tiere?", fragte Niklas.

Claudia fuhr mit dem Kopfschütteln fort.

„Es tut mir leid, wenn dich das abstößt. Aber bitte hab Verständnis. Wir leben in der Apokalypse. Nein! Es ist noch so viel mehr als das! Wir leben die Apokalypse, wir kosten all ihre Möglichkeiten aus! Und die Menschen kommen in unseren Palast, um Dinge zu tun, die sie davor nicht mal zu denken gewagt hätten. Wenn sie es nicht jetzt tun, heute Abend, werden sie es wahrscheinlich nie wieder tun. Wir wollen uns nicht bereichern. Wo wir hingehen, brauchen wir kein Geld. Wir wollen Lust stillen und Wünsche erfüllen. Der Mensch frisst das Tier, das zuvor grausam ermordet worden ist. Warum sollte er es dann nicht ficken? Es gibt Menschen, die wollen nicht träumen. Alles, was sie wollen, ist, dass der letzte Schwanz, der sie fickt, ein Pferdeschwanz ist."

„Können wir … können wir hier bitte … mir wird …", stotterte Claudia und taumelte.

„Ich hab dich! Stütz dich auf mich. Wir gehen zurück ins Foyer, da bekommst du frische Luft. Und ich zeig dir dann unsere persönlichen und intimen Partnerzimmer, wo du dir von den dort anwesenden Gästen den Menschen aussuchen kannst, mit dem du ungestört zusammen sein möchtest. Klingt das besser?"

„Das klingt besser. Viel besser", antwortete Claudia, die eigentlich nur gehört hatte, dass er sie an die frische Luft bringen wollte. Wo frische Luft war, da war auch die Freiheit nicht mehr weit.

An dem Körperlichen und Akustischen, das sich im Orgastischen vereinigte und sich in Säften und Geschrei ergoss, vorbei, ließen sie sich zurück zur Wendeltreppe treiben, auf der Claudia entkräftet niedersank. Sie kam nicht weiter. Keinen Schritt mehr.

Die Schuhe brachten sie um, die Villa erst recht.

„Geht es dir gut?", fragte Niklas.

Hier im Foyer war die Musik leiser und sie konnte jedes seiner Worte ebenso verstehen, wie sie schlagartig den besorgten Tonfall darin wahrnahm. In diesem Augenblick, am Fuße dieser eleganten Treppe, war er um ihr Wohlergehen besorgt und es war Ewigkeiten her, dass ihr Wohl jemandem am Herzen gelegen war. „Das klingt nicht nur besser, das ist besser. Danke", bestätigte Claudia.

„Ich muss mich entschuldigen, wirklich", fuhr Niklas fort und zog eine samtene Decke, die auf der Treppe lag, über Claudias Beine und bedeckte dabei auch sich selbst, vor allem sein forderndes Geschlecht. Es war ganz so, als gäbe es in diesem vertrauten Moment keinen Platz mehr für einen Hammerschwanz. Als wäre es ein Moment, der allein dem Wort und Wohlergehen gehörte. „Hätte ich gewusst, dass du absolut nicht weißt, was dich erwartet, wäre ich einfühlsamer vorgegangen. Die Leute, die zu uns kommen, sehnen sich nämlich nach dem Extrem und sie wollen es auch sofort. Sie haben keine Zeit zu verlieren. Du bist anders als diese Leute. Deine Gnadenfrist läuft ebenfalls ab, aber das lässt dich innehalten und nicht hetzen. Das hätte ich erkennen sollen."

„Ich wollte es. Wenn ich ehrlich bin, will ich es sogar immer noch, aber ich will …"

„… du willst es nicht so. Du willst es liebevoll …

„… und sanft …"

„… und so nah, wie man einander nur nah sein kann, wenn die Welt dabei ist unterzugehen", sagte Niklas und zog Claudia unter der Samtdecke an sich. Mit beiden Händen strich er ihr blondes Haar aus ihrem Gesicht, legte seine kühlen Handflächen in ihren verschwitzten Nacken und küsste sie.

Der Kuss explodierte auf ihren Lippen.

Er war das Zärtlichste und gleichermaßen Endgültigste, das sie jemals gefühlt hatte.

„Spürst du es?“, fragte er, nachdem sich ihre Lippen wieder voneinander gelöst hatten.

„Ich spüre es.“

„Verstehst du jetzt, dass wir hier Sehnsüchte erfüllen?“

„Mehr als das. Ihr erweckt sie.“

„Dann komm mit mir in einen privaten Raum und ich werde jede deiner Sehnsüchte erst erwecken, um sie dann zu erfüllen. Jede einzelne. Von der schüchternen Annäherung bis hin zum weltenerschütternden und erlösenden Schmerz. In dieser Nacht werde ich dir alles geben.“

Da erklang ein Lachen.

Ein glockenhelles Lachen, das aus einem der Gemächer im ersten Stock drang und die Treppen herunterpurzelte wie schimmernde Glasmurmeln.

Ein Lachen so fröhlich und schön wie die Unschuld selbst.

Ein Kinderlachen.

„Ihr erfüllt hier auch die Wünsche von Kindern?“, fragte Claudia, während sie sich an Niklas schmiegte. „Ist dafür das obere Stockwerk reserviert?“

Doch Niklas antwortete nicht.

Er antwortete so lange nicht, bis Claudia keine Antwort auf ihre Frage mehr benötigte.

Er schwieg, bis sie begriff.

Bis sie sich von ihm losriss.

Und rannte.

Auf bloßen Füßen aus dem Haus rannte.

Um ihr Leben rannte.

Um das Leben von Milly.

Als Claudia beim Auto ankam, hatten sich bereits unzählige spitze Steinchen in ihre Fußsohlen gebohrt, aber das spürte sie nicht. Als sie endlich das Haus der Nachbarin erreichte, hatten ihre Tränen ein Netz aus nachtschwarzer Wimperntusche über ihr leichenblasses Gesicht gespannt, aber das interessierte sie nicht.

Claudia stolperte über den Rasen, riss die Vordertür auf, stürmte ins Haus und sah … Kevin und Milly vor dem Fernseher sitzen.

Sie hob die Hand und verdeckte das Gesicht der Nachbarin.

„Sprich nicht mit mir“, sagte Claudia. „Sprich einfach nie wieder mit mir.“

Diese Forderung sollte kein Problem darstellen.

Als Claudia am nächsten Morgen rauchend auf der Straße stand, während Milly im Gras mit ihren Ponys spielte, parkte der schwarze Lieferwagen vor dem Haus der Nachbarin.

„Ich weiß nicht, was ich sagen soll“, sage ich, weil ich nicht weiß, was ich sagen soll, mir aber durchaus dessen bewusst bin, dass von mir erwartet wird, zumindest irgendetwas zu sagen, das meinem Unvermögen mich auszudrücken Ausdruck verleiht.

„Dann versuch es wenigstens. Sag das, was dir als Erstes in den Sinn kommt.“

Das sollte ich nicht machen.

Niemand sollte das.

Vor allem sollte es niemand zu hören bekommen.

Diese sogenannten ersten Dinge sind ausnahmslos für den Privatgebrauch gedacht und meistens so sinnlos wie verletzend.

„Jetzt komm schon, sprich dich aus.“

Wie zu erwarten gibt sich Claudia nicht mit der Deklaration meines Unvermögens zufrieden. Sie will eine

Antwort. Oder eine Meinung. Sie will irgendetwas. Ich überlege, während ich angestrengt aus dem Fenster starre. Ich interessiere mich nicht für die aussterbende Welt, die an mir vorüberzieht. Ich will damit nur vermeiden, Claudia anzustarren.

Wir fahren durch eine Stadt mit dem Namen Stamford, die auf mich so bemerkenswert wirkt wie ein Staublurch unterm Bett und die auf der Straßenkarte meiner letzten Lebenstage wohl nicht größer ist als ein Fliegenschiss. Ein winziger Fliegenschiss einer winzigen Fliege. Stamford. Wie Standfords kleine, verhurte Cousine zweiten Grades. Als würde man beim Glücksrad ein renommiertes N kaufen wollen, aber nur ein billiges M bekommen. Die flachen dreckigen Bauten stehen so weit voneinander, dass man sich des Eindrucks, sie würden krampfhaft Abstand halten, sich fast schon auf der Flucht befinden, nicht erwehren kann. Das weiß-rote Stamford-Donuts-Diner sieht aus, als hätte man darin jemanden ermordet. Vor Kurzem. Bestenfalls.

Bestenfalls nur ermordet.

Die Grundstücke sind verwildert, von den Holzgebäuden blättert der Lack ab. Neben der Straße liegt ein regungsloses Tier. Vielleicht ein Hund, vielleicht eine große Katze. Ich kann es nicht genau erkennen. Ich will es gar nicht. Die Highschool ist zum Kotzen beige, der Sportplatz auf der gegenüberliegenden Straßenseite kreischt sein penetrantes Blau in den blassen Himmel. Über den rissigen, grauen Asphalt ziehen sich pechschwarze Teerlinien. Jemand hat versucht, etwas auszubessern. Irgendwann. Es ist ihm bis heute nicht gelungen.

Wahrscheinlich träumt er.

Es ist das, was es ist, bis ans Ende. Es bleibt keine Zeit mehr für Veränderung, bloß noch Zeit um zu träumen und zu sterben, denke ich.

Die schlichte Kirche und der Platz davor machen zwar einen gepflegten Eindruck, aber das eigenartig gekrümmte Haus Gottes wirkt dennoch, als würde es sich schämen. Für die Welt im Allgemeinen, aber ganz im Speziellen für Stamford. Besonders dafür.

Claudia hat mehr als das verdient. Wenigstens von mir.

„Vielleicht ist es nicht durch die Ethik zu erklären, sondern vielmehr eine Frage der Moral", sprudeln die unbedachten, verhängnisvollen Worte aus meinem übermüdeten Körper, bevor ich es schaffe, mir etwas Belangloses auszudenken. Etwas Erbauliches.

Schönes Wetter heute. Angenehm wenig Verkehr. Wir kommen gut voran. Die Menschheit ist krank und ich begrüße ihren Tod.

„Was ist eine Frage der Moral?"

Ich zögere.

Verfluche mich, dass ich damit angefangen habe.

Das passiert mir ständig.

In den unpassendsten Momenten sage ich garantiert das Unpassendste und das ist sogar noch weitaus schlimmer, als einfach das Erste zu sagen, das einem in den Sinn kommt.

„Nichts. Ich … rede dummes Zeug."

„Wenigstens redest du endlich. Also, was hat es mit der Ethik auf sich? Oder eben nicht?"

„Die Ethik analysiert die Vorstellung der Moral. Sie ist die Wissenschaft der Moral. Sie stellt keine Gebote auf, sie hinterfragt und deutet. Die Moral hingegen ist es, die unser Handeln bestimmt."

„Ich weiß wirklich nicht, was du mir sagen willst."

„Können wir es dann bei diesem Unwissen belassen?"

„Nein. Du sitzt in meinem Auto. Du antwortest oder du steigst aus."

„Dein Ernst?“, frage ich entsetzt, aber eigentlich bin ich beeindruckt, dass sie auf einer Antwort besteht. Aber irgendetwas muss man schließlich machen, wenn man ein Mensch ist und sie hat keine allzu große Wahl. Ich ziehe in Erwägung, sie anzulügen. Sie hat tatsächlich mehr verdient als Stamford, aber vor allem hat sie etwas Besseres verdient als meine Wahrheit. Dennoch entscheide ich mich gegen eine Lüge.

„Vielleicht ist es eine Frage der Moral, warum wir Tiere töten und essen, aber sie nicht … nicht Sex mit ihnen haben dürfen … nicht haben *wollen*!“

„Ich wünschte, ich hätte mir *meine* Frage verkniffen“, sagt Claudia und ich weiß nicht, ob ihre belegte Stimme darauf hindeutet, dass sie gleich anfangen wird zu weinen. Es könnte auch ein Lachen sein, das in ihrer Kehle feststeckt. „Hätte ich bloß nicht gefragt!“

Da kann ich ihr allerdings nur zustimmen, aber von meiner Zustimmung will sie nun doch nichts mehr hören, deshalb starre ich wieder aus dem Fenster.

Wir verlassen Stamford, obwohl mir Stamford für den konkreten Vorgang des Verlassens eigentlich zu wenig präsent ist. Wir sind genau genommen doch nirgendwo gewesen. Wie kann man etwas verlassen, das gar nicht wirklich da ist?

So wie ich.

Gar nicht wirklich da.

Nur noch irgendwie.

Die Straße wechselt von einem staubigen Grau zu einem staubigen Braun und führt kerzengrade zwischen brachliegenden Feldern hindurch.

Am Rande der Fahrbahn taucht ein Punkt auf.

Ein Punkt, der anwächst.

Größer wird.

Umriss wird.

Gestalt annimmt.

Ein Mensch, der neben der Fahrbahn wartet. Auf einen anderen Menschen. Auf eine Mitfahrgelegenheit wahrscheinlich. Gewiss nicht genau auf uns. Aber wird ihn das stören, wenn er eine Gelegenheit sucht, diesen unfruchtbaren Acker im Umland dieser unfruchtbaren Stadt zu verlassen? Noch wartet der Mensch geduldig, aber ich kann spüren, wie seine Geduld schwindet so wie der Abstand, der uns voneinander trennt.

Claudia fährt langsam, als hätte sie sich in Gedanken über Ethik und Moral verloren. Sie fährt zu langsam und ich kann die Gestalt bald deutlicher erkennen.

Als wir näherkommen.

Ihr nahe sind.

An ihr vorüberschleichen.

Es ist ein Mann, hager und lang gestreckt wie eine Stabheuschrecke, mit kurz geschnittenem, grauem Haar und einem eingefallenen Gesicht. Direkt über seinem verbissenen Mund befindet sich ein schwarzer Schnurrbart, der so schmal ist, als hätte er nicht einen akkurat getrimmten Bart stehen gelassen, sondern bloß mit einem Kajalstift den Rand der Oberlippe nachgezogen. Er trägt eine altmodische, nur leicht getönte Sonnenbrille mit Hornrahmen und einen blauen Samtanzug. Ich kann im Vorüberfahren seine blassen Reptilienaugen hinter den blauen Gläsern deutlich erkennen. Die Finger an seinen knochigen Händen sind lang und befremdlich vielgliedrig.

Er hält ein Plakat hoch.

Hölle, steht auf diesem Plakat. *Hölle.*

„Der Papst!“, schreie ich, als könnte die Nennung seines Namens ihn in die Schranken weisen wie einen Dämon. Ihn vom Antlitz meiner Erde verbannen.

„Wer! Verdammt was?", kreischt Claudia, während sie in die Bremse steigt und der alte blaue Wagen in ihr Kreischen mit einstimmt.

„Fahr!", brülle ich. „Scheiße, bleib nicht stehen. Fahr! Fahr doch! Er kommt näher. Er darf uns nicht erreichen. WIR MÜSSEN WEG!"

Ich drehe mich um. Blicke bewusst über die ruhende Gestalt, die ich nicht sehen will, hinweg und aus dem Heckfenster, um dort erst recht zu sehen, was ich nicht sehen will. Der Papst stakt auf uns zu, als wären seine unnatürlich langen Glieder steif vom Tod. Von seinem nahenden und von jedem einzelnen, den er bezeugt hat. Er kriecht vorwärts wie ein Insekt, das sich wider seine Natur aufgerichtet hat. Wie ein insektoides Monster aus einer anderen Dimension, das danach giert, sich an unseren lebenden und leidenden Körpern zu laben. Sich an unserem Leben und Leiden zu nähren.

Er grinst.

Ich kann es sehen.

Ich kann es spüren, sein Grinsen.

Sein Grinsen offenbart ein Maul, das voller Zähne ist. Und voller Gier.

„Fahr, fahr, fahr!", brülle ich.

Doch der Wagen bewegt sich nicht.

„Was hast du?", höre ich Claudia fragen. „Was *siehst* du?"

Ich reiße meinen Blick vom Papst los, der sich auf uns zu schleppt wie eine samtige Heuschrecke, die von einer gebärenden Fledermaus in diese Dimension gepresst worden ist. Ich gaffe Claudia aus panisch weit aufgerissenen Augen an und schreie mir die Seele aus meinem Leib: „Siehst du das denn nicht? Kannst du *ihn* denn nicht sehen?"

Stille.

Noch mehr Stille, für die uns die Zeit fehlt.

Sie schaut aus dem Heckfenster.

Lange. Viel zu lange.

Dann wendet sie sich wieder mir zu.

„Ich sehe nichts", sagt sie. „Ich sehe rein gar nichts."

„Dann schau doch genau hin!", kreische ich … und schau hin.

Ich sehe.

Ich sehe genau das, was Claudia gesehen hat.

Ich sehe gar nichts.

„Fahren wir", flüstere ich und wir fahren.

„Du bist ja ein liebes kleines Mädchen", sagte die junge Frau, die auf dem Parkplatz vor Wallstore auf sie zukam. Sie fuhr Milly durchs Haar und Milly lächelte dankbar. Normalerweise hasste es Claudia, wenn Fremde ihre Tochter berührten – denk nicht dran, denk nicht dran, denk nicht dran –, aber die Normalität war spätestens vor einer Woche in dieser Villa gestorben und diese Frau wirkte so zurückhaltend höflich und dennoch herzlich. Und sie hatte Milly zum Lächeln gebracht. Etwas, das Claudia vielleicht nicht mehr gelingen würde, bevor sie beide auf dem Leichenberg im Footballstadion endeten. Claudia war sich mittlerweile sicher, dass es diesen Leichenberg gab. Er war von der Furcht zur Bestimmung geworden. Und das war viel armseliger, als es klang.

„Ich danke Ihnen. Für die freundlichen Worte und das Lächeln auf dem Gesicht meiner Tochter", sagte Claudia. „Sie haben recht, sie ist ein liebes Mädchen."

„Ich bin ein echt liebes Mädchen", bestätigte Milly.

„Ein liebes und ein schlaues und auch noch so ein fröhliches Mädchen!", sagte die junge Frau und deutete auf Claudias Einkaufswagen. „Sie haben ja richtig viel ergattert. Und so eine tolle Auswahl."

Der Einkaufswagen war randvoll mit Dosenravioli.

Von drei unterschiedlichen Marken.

Immerhin wusste Claudia jetzt, wie man sie zubereiten musste, damit sie nicht an aufgeweichte Hostien in alkoholfreiem Messwein versetzt mit Sojasauce erinnerten. Wenn sie jetzt noch wüsste, wo die Tomatenpflanze abgeblieben war, wäre das Leben perfekt. So verdammt perfekt, dass sie nicht auf dem Parkplatz vor Wallstore zu weinen beginnen und sich der Lächerlichkeit und dem Mitleid gleichermaßen preisgeben musste, nur weil eine fremde junge Frau Kinderköpfe streichelte und Müttervisagen ansprach.

„Nicht doch“, sagte die Frau, „nicht doch, alles wird gut.“

Claudia schüttelte den Kopf.

Alles wird gut? Wissen Sie, wo die Tomaten geblieben sind? Wissen Sie, wann die Tomaten die Supermarktregale, unsere Vorgärten und unser Land verlassen haben?, wollte sie fragen, brachte aber keinen Ton mehr heraus.

„Wirklich, ich verspreche es Ihnen. Alles wird gut.“

Etwas am Tonfall der jungen Frau mit der bis obenhin zugeknöpften weißen Bluse, dem dunkelblauen Pullunder und den kurz geschnittenen aschblonden Haaren ließ Claudias Tränen … nun ja, es ließ sie zögern. Als würden sich die Tränen erst anhören wollen, was die Frau zu bieten hatte, bevor sie ihr gnadenloses Geschäft der offenkundigen Hoffnungslosigkeit bereitwillig fortsetzten.

„Sehen Sie? Schon ist es besser,“ sagte die Frau, legte ihre Hand auf Millys Kopf und ließ sie dort liegen. Milly drängte sich dagegen wie ein Welpe, der gestreichelt werden wollte und Claudia fing sofort wieder zu weinen an.

„Nicht doch. Nicht doch! Sagen Sie mir bitte, was Ihnen fehlt. Sagen Sie mir, wie ich Ihnen helfen kann. Sie haben mein Wort, alles wird gut.“

Claudia starrte die junge Frau ungläubig an. Der Vorteil dieses Starrens war, dass aus ungläubig großen Augen nur schlecht Tränen fließen konnten und die drückende Trauer sich somit sehr schnell in beißenden Sarkasmus verwandelte. Na jetzt, wo sie das Wort der jungen Frau hatte, konnte es nur noch eine Frage der Zeit sein, bis auch die Tomatenpflanze der fürsorglich entsorgten Nachbarin endlich in Claudias Besitz überging. Wahrscheinlich sollte sie sich auf die baldige Rückkehr der Tomatenpflanze einstellen.

„Sprechen Sie mit mir. Was fehlt Ihnen?“

Claudias Damm der Selbstbeherrschung brach endgültig, doch diesmal war es nicht ein schier endloser Schwall Tränen, der sich seinen Pfad ins Tal der Selbstaufgabe – besser bekannt als der Parkplatz vor Wallstore – suchte. Es war der eben zum Leben erwachte Sarkasmus, der sich seinen Weg aus Claudias Innerstem freibiss und über die aufopfernde Zuhörerin herfiel wie ein Rudel Bestien.

„Was mir fehlt? Mal ehrlich, was *mir* fehlt?! Die Frage ist, was fehlt *Ihnen*? Warum rennen Sie hier herum, angezogen wie eine Bibelschwester und tätscheln fremde Menschen? Was fehlt Ihnen, dass Sie *nicht* weinen? Sie können mir nicht helfen, Sie können sich selbst nicht helfen, Sie können niemandem helfen. Die verdammte Welt geht unter, und da sie nicht erst gestern damit angefangen hat, kann ich mir nicht vorstellen, dass Ihnen das mit dem Weltuntergang bisher noch nicht aufgefallen ist.“

„Das ist gut. Das ist so viel besser. Lassen Sie einfach alles raus und wenn Sie alles rausgelassen haben, dann atmen Sie tief durch und hören mir zu.“

„Es rauslassen? Wogegen sind Sie eigentlich gerannt? Steht Ihre Reifenschaukel zu nah an der Hauswand? Haben Sie *mir* überhaupt zugehört? Ich habe keinen Bock auf Sie und Ihren Erlösungs-Scheiß.“

„Weiter. Einfach weiter so. Wir sind gleich dort, wo wir hinwollen."

Am Ende ihres beißenden Sarkasmus angelangt, hob Claudia die Hand. Wollte zuschlagen. Zögerte aber dann doch in letzter Sekunde. Nicht, weil es die Frau nicht verdient gehabt hätte, geschlagen zu werden. Nicht, weil Claudias kleine Tochter sich verängstigt am Einkaufswagen festklammerte. Nicht, weil mittlerweile Menschen angehalten hatten und neugierig zu ihnen herüberglotzten. Claudia schlug keine Menschen und das war etwas, womit sich keinesfalls jetzt noch anfangen würde. Sie hatte den Einkaufswagen ebenso wie die Schränke voller Dosenravioli, aber ihre einst so eisernen Prinzipien waren ihr in den letzten Wochen erschreckend schnell ausgegangen.

Also nein, sie würde wenigstens niemanden schlagen.

Im Prinzip war das eine letzte einfache Rechnung.

„Los! Schlagen Sie mich! Wenn es das ist, was Ihnen helfen kann, dann machen Sie es und danach hören Sie mir zu."

„Mama sagt immer, man darf keine Menschen hauen", stellte Milly erschrocken fest.

„Doch, mein Engel. Deine Mami darf das. Wenn es ihr hilft, dann darf deine Mami mich sogar ganz fest hauen. Ich erlaube es ihr."

Claudia ließ die Hand endgültig sinken. Die Kraft hatte sie ebenso verlassen wie der Zorn, doch die Tränen waren nicht zurückgekehrt und das war immerhin ein Anfang.

„Angenommen ich würde Ihnen zuhören wollen", räumte Claudia ein, „was würden Sie mir dann sagen?"

„Ich würde Ihnen sagen, dass mein Erlösungs-Scheiß genau das ist, was sie hören müssen, weil es das Einzige ist, das Ihnen noch weiterhelfen wird. Ich weiß, dass die Welt untergeht und ich weiß, dass wir knapp vor dem

Ende sind. Das Ende ist sogar viel näher, als Sie denken. Sonst würden Sie nicht so viele …", die Frau schielte auf den Einkaufswagen, „Sie wissen schon. Aber ich kann Sie retten. Sie und Ihr Kind."

„Sie können uns retten? Tatsächlich?!", in Claudias Tonfall hatte sich sofort wieder der Sarkasmus eingeschlichen, immerhin hatte er dort nicht erst in den letzten Wochen ein gemütliches Zuhause gefunden.

„Ja, ich kann Sie retten. Sie beide. Nicht ihre Körper. Nicht ihre Leben, aber ich kann ihre Seelen retten und ich kann dafür sorgen, dass es für sie ein Leben nach diesem Leben gibt. Eine Erfüllung nach dieser Erfüllung. Denken Sie daran, dass der Tod nicht das Ende ist, er ist nur das Ende dieser Welt. Das Ende dieser Zeitspanne."

„Und nach dieser Welt wartet …"

„… es wartet das Paradies."

Das war eine Ansage.

Das Paradies fand man zumindest nicht bei Wallstore.

„Leck mich", antwortete Claudia. „Sie geben sich nicht mit kleinen Brötchen zufrieden. Sie lassen es richtig krachen mit Ihren Versprechungen. Paradies. Nicht schlecht. Großes Kino. Ganz großes Kino. Und dafür gibt es noch Tickets? Last Minute?!"

„Ich höre den Klang Ihrer Stimme. Ihre Stimme ist aufgebracht, argwöhnisch und voller Schmerz, so wie Sie es sind. Aber ich höre noch viel lauter die Bedeutung Ihrer Worte, und wenn Sie heute Abend in der Dunkelheit sitzen, werden Sie es selbst hören. Sie werden an meine Worte denken und Sie werden den tieferen Sinn begreifen. Und wenn Sie begriffen haben, dann kommen Sie hier hin. Aber zögern Sie nicht, denn am Sonntagmorgen ist es bereits zu spät." Die junge Frau hielt Claudia eine Broschüre hin und Claudias Hände griffen zu, bevor

Claudias Worte dankend ablehnen konnten. Auf dem Heftchen war eine Blumenwiese abgebildet. Und ein kleines Mädchen, das mit einem Hündchen spielte.

Es war Freitagnachmittag, kurz nach 16 Uhr.

Und mit einem Mal hatte Claudia keinen Bock mehr auf Ravioli aus der Dose.

Dafür hatte sie nachdrücklich Bock auf Paradies.

„Die Typen mit den weißen Hemden und den Pullundern und der dämlichen Blumenwiese auf ihrer dämlichen Broschüre, die kenne ich. Die waren auch bei uns in Detroit", sage ich.

„Und was ist geschehen?"

„Sie haben ihr Haus angezündet."

Nur eines von vielen Häusern, das in Detroit gebrannt hat.

„Was haben Sie getan? Sie haben ihr Haus angezündet?!"

„Eine Gang von der sechsten Meile hat deren Kirche abgefackelt", spezifiziere ich meine zuvor etwas schwammig formulierte Aussage.

„Ich schätze, die Leute in Tulsa sind da wohl ein wenig anders", erwiderte Claudia.

„Bei euch brennen keine Häuser?"

„Zumindest nicht, weil jemand eine Abneigung gegen dämliche weiße Hemden oder dämliche Blumenwiesen hat."

„Aber besser wäre es."

„Eine Abneigung zu haben?"

„Deren Haus anzuzünden!"

Ich blicke aus dem Fenster. Keine Blumenwiese, dafür endlich die Wüste. Ich habe die Wüste immer geliebt. Sie hat so etwas Unzerstörbares. Unverwüstliches.

„Und? Bist du hingegangen? Selbstverständlich vor Sonntagmorgen?", will ich wissen, nachdem ein paar stumme Wüstenminuten an meinen todmüden Augen mit den bleischweren Lidern vorübergezogen sind. Ein paar Minuten oder ein paar Tage.

Claudia schweigt.

Sie schweigt mit Nachdruck.

„Verdammt nochmal“, kann ich mich nicht zurückhalten, „du hast aber auch echt gar nichts ausgelassen. Du hast die ganze Bandbreite mitgenommen. Zuerst die Sex-Villa und dann den Blumenwiesen-Tempel. Du wolltest wirklich auf die Kacke hauen, bevor die Apokalypse das letzten bisschen Leben aus deinen Knochen saugt.“

„Ich wollte bloß einen Neuanfang. Ich wollte den Schmerz zurücklassen und an einem neuen Ort ein neues Leben beginnen. Und irgendwann wieder glücklich sein.“

„Heilige Scheiße!“, fluche ich und presse mich erschrocken in meinen Sitz.

„Du sollst doch nicht fluchen! Gott mag es nicht, wenn wir seine Schöpfung oder seinen Namen mit dreckigen Worten beschmutzen“, sagt die bezaubernde Südstaaten-Barbie mit den strohblonden Haaren und schenkt mir ihr strahlendes Schönheitsköniginnen-Lächeln.

„Mariem“, keuche ich. „Echt jetzt?“

„Ganz genau. Ich bin es. Du hast mir schließlich gar keine Zeit mehr gelassen, dir zu erklären, warum ich getan habe, was ich getan habe. Also hole ich mir diese Zeit. Jetzt echt!“

„Das hättest du dir sparen können. Du musst mir nichts erklären, ich kann dir auch so sagen, was du getan hast, dafür brauche ich deine erläuternden Worte nicht. Du hast deinen verfluchten Hund umgebracht. Du hast die einzige Seele getötet, die dir jemals treu ergeben gewesen ist.“

„Ich habe ihn vor einem viel schlimmeren Schicksal bewahrt. Die Liebe hat ihn zur Zielscheibe gemacht. Seine Liebe und meine Liebe. Ich habe verhindert, dass er gequält wird und ich habe teuer bezahlt. Nicht nur dafür, sondern auch für alles andere in meinem Leben."

Ihr Lächeln ist verschwunden.

Ihr liebliches Gesicht ist zur versteinerten Maske geworden. Ihre Stimme klingt bitter, als sie weiterspricht: „Aber ich bin mir sicher, dass du fehlerlos bist. Oder dass du zumindest nicht die Fehler gemacht hast, die ich gemacht habe."

Mein Magen verkrampft sich und eine lähmende Übelkeit steigt so unaufhaltsam in mir hoch wie die Magensäure in meiner Speiseröhre. Mir wird schwarz vor Augen.

Nicht schwarz. *Blau.*

Ich sehe nur noch blau. Tiefes, sattes Blau. Nichts sonst.

Blue-Out. Over and out.

Nur zögerlich nimmt das Innere des Wagens wieder Form an. Manifestiert sich die Welt im Blau, erwächst aus der Farbe, die mir das Bewusstsein raubt.

Auf dem Fahrersitz hat ein junger Mann Platz genommen. Er trägt eine aufwendig bestickte Tracht, an deren Säumen weiches Robbenfell glänzt. Ich erkenne ihn sofort, aber ich brauche noch einen Augenblick, bevor mir sein Name wieder einfällt.

Sein Anblick ist zu … blau.

„Mir ist schlecht", flüstere ich.

„Als würde der Boden unter deinen Füßen schwanken. Als würdest du an Deck eines Schiffes stehen."

„Als hätte ich den Boden unter den Füßen verloren."

„Als würdest du untergehen."

Wir versinken in Schweigen und er fährt langsamer, hält den Wagen beinah an.

„Besser so?", fragt er schließlich und das Blau lichtet sich, bis es endgültig verschwindet und ich ihn deutlich erkennen kann.

„Gut“, sage ich.

„Frag mich“, fordert mich Anuk auf.

„Was soll ich dich fragen?“

„Frag mich das, was dir jetzt gerade in den Sinn kommt. Frag mich das, was du mich vor ein paar Tagen schon hast fragen wollen.“

„Warum bist du niemals nach Alaska zurückgekehrt?“

„Wenn das mal nicht die falsche Frage ist. Warum ich nicht zurückgekehrt bin? Weil du das leicht getan hast? Weil du verziehen hast? Weil du den Menschen, die dich lieben, eine echte Chance gegeben hast? Vielleicht sogar eine dritte Chance? Und sag mir jetzt nicht, du wolltest sie schützen, denn das hast du bereits gesagt.“

„Ich habe rein gar nichts gesagt. Das warst du. Diese Worte kamen von dir! Du hast nach all den Jahren noch dich und mich belogen. Ich würde so etwas nie behaupten. Ich bin meiner Familie ferngeblieben, weil …“

„Weil was?“

Blaues Mädchen, blauer Schatz
Ich nehm an deiner Seite Platz
Ich sing ein Lied für dich, mein Herz
Ich erzähl dir von meinem Schmerz

„Mach das Radio aus, ich ertrage diese Lieder nicht mehr“, fauche ich, weil ich davon ausgehe, dass es Anuk gewesen sein muss, der das Radio, dem ich doch eben erst Wort und Ton verboten habe, wieder aufgedreht hat. Ich schlage mit meinen geballten Fäusten gegen das Armaturenbrett und brülle wutentbrannt: „Ich kann das nicht mehr hören.“

„Wie ich sehe, hast du eine bequemere Möglichkeit gefunden, dein Ziel zu erreichen“, erklingt eine Frauenstimme links von mir und ich muss gar nicht erst hinsehen, um zu wissen, wer nun neben mir sitzt. „Ich hätte ja gedacht, dein Rad bedeutet dir etwas. Ich hätte gedacht, du hältst das länger durch. Vor allem, nachdem ich dir geholfen habe. Ich habe Esel wieder gesund gemacht. Hattest du dir nicht etwas vorgenommen? Warum bist du nur so unglaublich schwach?"

„Schwach? Ich bin schwach?! Du hast deine einzige Freundin auf der ganzen verdammten Welt gefressen!", keife ich.

„Das klingt wirklich hart, wenn du das so sagst", erwidert Sebana und schaut mich aus ihren tiefgrünen Augen verletzt an. Ihr hüftlanges blondes Haar hat sich um ihren zarten Körper geschlungen. Sie trägt nach wie vor das blaue Nachthemd. Die blaue Seide schimmert und schmiegt sich an ihren perfekten Körper. Ich will den glatten blauen Stoff berühren, aber ich darf mich nicht ablenken lassen. Ich darf mich nicht bevormunden lassen. Ich muss stärker sein als das wunderschöne Blau an ihrem wunderschönen Körper. Ich darf noch nicht einmal an das Blau denken.

„Fass mich ruhig an, wenn du das möchtest. Oder hast du etwa Angst?"

Ich ignoriere sie. Ich ignoriere das verlockende Blau. Ich verbeiße mich in die Tatsache, dass ich im Recht bin, nicht sie, auch wenn das Blau sich ganz offenkundig ihrem Willen beugt.

„Ich soll also verschweigen, was ich denke", spucke ich die wütenden Worte aus, „aber du glaubst, du kannst so einfach hier wieder auftauchen und mir erzählen, wie toll du doch zu mir gewesen bist und wie undankbar und schwach ich bin. Du hast deine Freundin nicht nur im Stich gelassen, du hast sie vernichtet, um dich zu retten!"

„Etwas, das du niemals getan hättest. Du hättest dich immer in die erste Reihe gestellt, um andere Menschen zu schützen. Vor allem die wenigen, die dir nahestehen. Du hättest alles für die getan, die du liebst. Du hättest natürlich nie im Leben eine Freundin verraten."

„Hätte ich nicht! Warum sollte ich?!"

„Ja genau, warum solltest du?"

Ich wende den Kopf ab.

Ich will ihr süffisantes Lächeln nicht sehen.

Aber ich kann es weiterhin hören. Ich höre, wie ihr lächelnder, selbstgefälliger Mund schmatzt und die Spuckebläschen auf ihren blassen, rissigen Lippen aufplatzen. Ich höre, wie sie ihre blendend weißen Zähne zeigt. Und ich will sie weder lächeln sehen noch will ich sie lächeln hören, aber ich will das Blau an ihrem Körper berühren. Ich will ihren blauen Körper schmecken.

Nie habe ich etwas so sehr gewollt.

Noch nicht mal Geld für meine drei Damen.

„Das Geld, ja. Aber das wahre Problem ist niemals das Geld gewesen, sondern die Entscheidung. Hätten wir uns bloß für den richtigen Weg entschieden, nachdem wir schon die falsche Entscheidung getroffen hatten. Hätten wir wenigstens die Person gerettet, die zu retten gewesen ist. Hätten wir die Liebe über die Schuld gestellt."

„Wir?", frage ich, meine Hände nach wie vor zu Fäusten geballt, und wende mich Mateo zu. „Wie kommst du dazu, von einem *Wir* zu sprechen?"

„Wie kommst du dazu, es nicht zu tun?", fragt er.

Ich weiß es nicht.

Ich kenne die Antwort nicht und es macht mich wahnsinnig.

Oder ich kenne die Antwort, kann aber die Botschaft nicht begreifen.

Kann nicht aussprechen, was ohnehin längst gesagt worden ist.

Blau, blau, blau ist alles was ich habe
Blau, blau, blau ist alles was ich mag
Darum lieb ich, alles was so blau ist
Weil mein Schatz …

„Wie kommst du dazu, es nicht zu tun?“, fragt Claudia.

„Was?! Was tue ich nicht?!“, schreie ich.

„Ich hab dich grad zum vierten Mal gefragt, wie du dazu kommst, nicht an einen Gott zu glauben. Oder an irgendeine andere höhere Macht.“

„Gott? Wir sprechen über Gott?“

Sie sieht mich mitleidig an und schüttelt den Kopf. Die Frau, die mit ihrem ruhenden Kind auf dem Rücksitz ihres blauen Wagens auf dem Weg zu ihrer träumenden Schwester ist, schüttelt meinetwegen den Kopf.

„Sag mal, was ist denn bloß los mit dir? Du bist ja total weggetreten“, sagt sie.

„Gar nichts. Es ist gar nichts mit mir. Ich glaube, ich bin eben kurz eingeschlafen.“

Aber etwas ganz tief in mir fürchtet, dass das gar nicht der Fall gewesen ist. Denn wenn ich geschlafen habe, dann habe ich geträumt.

Aber ich bin noch hier, oder?

Wir alle sind noch hier, nicht wahr?

„Ich habe gewusst, dass du kommst! Ich habe keine Sekunde lang daran gezweifelt“, rief die junge Frau mit dem weißen Hemd und den kurz geschnittenen aschblonden Haaren begeistert. Ihr Rufen war so leise wie das Flüstern eines Schmetterlings, aber es tobte wie ein Orkan durch Claudias fensterlose Seelenwelt. Laut, allgegenwärtig, liebevoll. Das geflüsterte Rufen leuchtete die Dunkelheit jener Ecken, wo die Hoffnungslosigkeit wucherte, mit dem Licht der Erkenntnis aus und es füllte das eiskalte Gletscherblau jener Stellen, wo das Sehnen einer desillusionierten Leere gewichen war, mit der Wärme der Zuversicht auf.

„Und wie ich sehe, hast du dein süßes, fröhliches Mädchen mitgebracht!"

Das hatte Claudia. Gäbe es Milly nicht, wäre sie niemals der Einladung der Fremden gefolgt. Claudia war nicht einfach bereit dazu, sich selbst aufzugeben. Bei Gott nicht. Sie war so weit über eine Bereitschaft hinaus, dass sie knapp davor war, ihren eigenen Namen zu vergessen. Sie hatte sich selbst spätestens an jenem Abend aufgegeben, als sie in den Leopardenpumps der Nachbarin das Haus verlassen hatte und auf bloßen Füßen zurückgekommen war. Aber sie konnte Milly nicht aufgeben. Niemals.

Deshalb war sie hergekommen.

Weil Milly alles verdiente, aber Claudia ihr nichts anderes als das bieten konnte.

„Ich bin übrigens Hope", sagte die junge Frau.

Und das war sie. Sie war die Hoffnung.

„Und ihr seid?"

„Claudia und Milly. Also ... ich bin Claudia, Milly ist meine Tochter."

„Natürlich ist sie das. Und sie ist wundervoll. Ihr beide seid wundervoll! Wir werden übrigens demnächst unsere Tore schließen. Es sind schon bald genügend Leute in unserem Saal der Begegnung. Walter sagt, das kommt, weil wir es so sehr gehofft haben und weil wir unablässig geworben und gebetet haben. Walter sagt, das kommt, weil wir überzeugt sind."

„Ist Walter dein Freund?", fragte Milly.

„Ja, er ist mein Freund und jetzt ist er auch der Freund von dir und von deiner Mama. Walter hat sehr viele Freunde, so wie damals Jesus, weißt du?"

„Im Kindergarten hat ein Mädchen gesagt, Jesus ist nicht echt."

„Deshalb haben wir Walter. Der ist echt. Ein echter Walter und ein echter Freund."

„Wenn er ein echter Freund ist, warum macht er dann die Tore zu? Er ist wohl wählerisch, wem er seine Freundschaft anbietet", konnte sich Claudia die abfällige Bemerkung nicht verkneifen, obwohl ihr Sarkasmus an diesem licht- und hoffnungsdurchfluteten Ort so deplatziert wirkte wie niemals zuvor sonst irgendwo. Das war auf eine seltsame Weise beruhigend. Es gab Claudia Sicherheit. Ihr Sarkasmus war hier nicht willkommen und wahrscheinlich auch nicht überlebensfähig. Er würde an all dem Licht und den bunten Tüchern und Bildern krepieren. Dieser Ort war zu froh, um bissige und böse Widerworte zu dulden. Dieser Ort würde all das Böse mit seiner Liebe ersticken. Schlussendlich würde es Claudia also doch noch gelingen, sich von sich selbst zu befreien.

„Walter ist nicht wählerisch, er ist unser regionaler, spiritueller Führer. Er untersteht direkt dem Auge in Washington, er ist eines seiner Organe und als solches ist er besonnen. *Wir* sind besonnen. Leider können wir nicht alle retten. Walter sagt, es liegt gar nicht in unserer Verantwortung, das zu tun. Walter sagt, das ist nicht die Aufgabe, für die Gott das Auge auserkoren hat und die das Auge an uns weitergegeben hat. Wir können aber die retten, die es – so wie ihr – rechtzeitig schaffen, weil die Erleuchtung in ihnen hell genug erstrahlt. Ich bin erleichtert, dass ihr ausreichend erleuchtet und dementsprechend strahlend und pünktlich seid."

„Wir kommen nie zu spät wohin, weil Mama sagt, dass das voll nicht nett ist und dass man aber immer nett sein soll", erklärte Milly eifrig.

„Das ist schön“, freute sich Hope, „und es passt so gut zu unserer Einstellung. Die, die freundlich und demütig sind, werden gerettet werden.“

„Und die anderen einfach nicht“, flüsterte Claudia und ihr Flüstern war tatsächlich eines, aber die Botschaft wurde dennoch vernommen.

„Die anderen gehören auch nicht zu uns“, sagte Hope.

Wenn sogar die Hoffnung mit einer nonchalanten und unerschütterlichen Selbstverständlichkeit Schutzsuchende als *nicht dazugehörig* abstempelte und im selben Atemzug abwies, war die Welt endgültig gefickt.

Und das auf die unbefriedigendste Weise überhaupt.

„Wir sammeln uns jetzt im Saal der Begegnung. Dort werden wir unsere Plätze einnehmen. Dann werden wir singen und beten. Danach wird jeder eine Schüssel Reis bekommen. Nur eine kleine Schüssel. Es soll eine symbolische Portion sein. Wir wollen uns nicht leer auf den Weg machen. Unsere Seele wird von unseren Gesängen und Gebeten erfüllt sein, unser Körper von der reinsten aller Speisen.“

Claudia war sich sicher, irgendwo gelesen zu haben, dass Reis – wenn er nicht aus einem biologisch geführten Betrieb stammte – alles andere als rein war. Er war voller Pestizide. Er war voller Gift. Aber es passte zur neuen, untergehenden Welt, dass als Inbegriff des Reinen galt, was voller Gift war.

„Und was machen wir dann noch?“, fragte Milly.

„Wir schweigen, bis wir bereit sind für den Schritt über die Schwelle.“

„Oh, das ist nicht viel“, sagte Milly.

„Nein, mein Schatz. Das ist nicht viel. Das ist alles“, antwortete die Hoffnung.

Claudia teilte sich mit Milly einen Platz. Es waren noch weitere Kinder anwesend und alle saßen bei ihren Müttern. Unter den geschätzt hundert Menschen befanden sich allerdings nur wenige Männer. Walter tat das, was er so tat, wohl am liebsten im Beisein von Frauen.

Seine Jüngerinnen, sieben an der Zahl, hatten alle die Haare kurz geschnitten und trugen weiße Hemden. Sie sahen einander derart ähnlich, dass Claudia beinah die Hoffnung abhandengekommen wäre, doch dann stellte Hope Augenkontakt her und lächelte ihr beruhigend zu. Claudia fragte sich, was die anderen sechs Apostelinnen wohl anzubieten hatten, aber sie beschloss, dass die Hoffnung die einzige Verlockung war, die man ihr noch hätte bieten können.

Claudia und Milly waren der Hoffnung gefolgt.

Nun saßen sie auf einem Rechteck, das die Ausmaße eines durchschnittlichen Strandtuchs hatte und sich wie eine Mischung aus Fußabstreifer und Turnmatte anfühlte.

„Wie alt ist deine Tochter?“, wisperte die Frau neben Claudia, die selbst ein kleines Mädchen im Arm hielt.

„Sie wird in zwei Wochen … sie würde in zwei Wochen drei Jahre alt werden.“

„Drei Jahre. Sie ist ein großes Mädchen.“

„Ein großes und ein fröhliches Mädchen“, wiederholte Claudia die Worte der Hoffnung und sie spürte, wie ihr die Tränen, die sie nicht in der Gegenwart von Fremden vergießen wollte, selbst dann nicht, wenn sie bereit dazu war, ihr Schicksal mit ihnen zu teilen, die Kehle abschnürten.

„Es ist hart“, flüsterte die Frau und drückte ihr Kind fester an sich.

Claudia weinte nicht, aber sie nickte.

„Meine Kleine ist übrigens kein Jahr alt. Aber sie haben mir versichert, dass ihre Seele reif genug ist. Dass ein

Kleinkind nicht zu jung für den Prozess des Aufsteigens ist. Ich habe Denise deshalb sogar extra taufen lassen. Denise, das ist meine Tochter. Sie heißt Denise. Jetzt auch vor den Augen Gottes."

„Das ist gut", versicherte Claudia mit brüchiger Stimme.

Noch bevor sie weitersprechen konnten, sangen sie.

Sie sangen im Chor.

Im Chor der hundert Stimmen.

Das immer gleiche Lied.

Minute für Minute.

Stunde für Stunde.

Bis das Lied sich auflöste, in sie eindrang und sie alle zu einem machte. Zu einem Lied, zu einem Körper, zu einer Existenz. Sogar die Kinder, die zu Beginn noch lautstark ihren Unmut über die zwar nicht eintönige, aber dennoch redundante Beschäftigung kundgetan hatten, waren nun entweder in ein Summen, ein Singen oder ein Schweigen verfallen.

Nach dem Lied kamen die Gebete.

Drei Gebete.

Vater unser.

Ave Maria.

Komm, Heiliger Geist.

Immer.

Vater unser. Ave Maria. Komm, Heiliger Geist. Vater unser. Ave Maria. Komm, Heiliger Geist. Vater unser. Ave Maria. Komm, Heiliger Geist. Vater unser. Ave Maria. Komm, Heiliger Geist. Vater unser. Ave Maria. Komm, Heiliger Geist.

Und immer.

Vater Ave Maria Heiliger Geist Vater Maria Heiliger Geist Vateria Heiligeist.

Und immer wieder.

Vateriaheigeist.
Vateriaheigeist.
Vateriaheigeist.
Bis die Schale mit dem Reis kam.

Und der Reis war tatsächlich rein. Und das Licht war sogar noch reiner. Und die Hoffnung war so rein, dass sie vorne am Pult zu allen sprach. Nicht nur zu Claudia, sondern zu der Hundertschaft. Nicht nur zu allen, sondern durch alle und in allen.

„Wir sind das Licht, halleluja!", rief die Hoffnung.

Und die Hundert riefen: „Wir sind das Licht! Halleluja! Halleluja! Hal-le-lu-ja"

Dann gingen die Jüngerinnen mit den weißen Hemden und den kurz geschnittenen Haaren los. Und eine jede von ihnen trug kleine weiße Plastikbecher auf einem runden Silbertablett. Sie hielten bei jeder Matte. Sie gaben jedem der Hundert einen Becher in die Hand. Sie lächelten dabei.

Eine orange Flüssigkeit.

In einem weißen Becher.

Für alle. Für sie alle, die sie hier waren und bald dann dort sein würden.

Claudia hielt ihren Becher in der rechten und Millys Becher in der linken Hand.

(*Das musste doch so sein, oder? Wie hätte ein kleines Mädchen einen kleinen Becher festhalten können?*)

Claudia starrte auf die orange Flüssigkeit in ihrem Becher und ihr vom Beten und Singen und von der winzigen Portion Reis aufgekratzter und gleichsam betäubter Verstand ... sträubte sich plötzlich.

Es war zu ...

Alles war zu viel.

Das Beten und Singen war zu lang, der Reis zu weiß, die Hundert zu erlöst, das Licht zu grell und Walter, der noch kein Wort gesagt hatte, sondern nur in der Mitte eines langen Tisches saß, der war zu erhaben. Und er war zu sehr Jesus. Und Jesus war nicht echt.

Als dann wieder eine der Jüngerinnen an das Rednerpult vortrat, stellte Claudia fest, dass es dieses Mal nicht die Hoffnung war, die sich zu Wort meldete.

Es war der Wille.

Der Misstrauenswille. Der Überlebenswille.

Und Claudia konnte nicht sagen, ob der Wille tatsächlich zu allen sprach, aber sie konnte die Worte hören. Die Worte hinter dem Licht. Die Worte hinter dem Halleluja. Die Worte hinter den Worten und der leuchtend orangefarbenen Flüssigkeit.

Laut. Laut und deutlich.

Und vielleicht waren sie deshalb so gut zu verstehen, weil diese Metaworte eigentlich nur ein Wort waren.

Lauf!, schrie der Wille.

Lauf!

Und Claudia ließ den Becher fallen und lief.

Lief, wie sie aus der Villa davongelaufen war.

Doch dieses Mal lief sie mit Milly an ihrer Hand und sie beide liefen, bis sie von dort fortgelaufen waren und wieder irgendwo ankamen. Es war exakt dieses Irgendwo, das sie nirgendwo hinführen würde, aber wenigstens war es noch nicht vorbei.

Der Rest war Schweigen.

„Heilige Kacke, pass verdammt nochmal auf!“, kreische ich, als der Wagen plötzlich unkontrolliert den Rand der Fahrbahn entlangschlittert und in den Straßengraben zu kippen droht.

„Ich bin wach! Ich bin wach!“, schreit Claudia, steigt auf die Bremse und bringt den Wagen zum Stillstand.

Nur noch zwei Räder berühren den Asphalt.

„Jesus – oder meinetwegen auch Walter –, das war knapp“, keuche ich.

„Ich bin wach!“, schreit Claudia ein weiteres Mal und reißt die Augen auf.

Ich kenne diesen panischen Schlachtruf. Ich habe ihn selbst in den vergangenen Wochen und Monaten wiederholt und mit stets steigendem Entsetzen ausgestoßen. Deshalb weiß ich, dass ein gebrülltes *Ich bin wach* in erster Linie dazu gedacht ist, sich selbst etwas vorzumachen. Und deshalb weiß ich auch ganz genau, was zu tun ist.

„Steig aus“, befehle ich.

Eine klare Ansage, die keine Widerrede duldet.

„Was?!“, keift Claudia missmutig.

„Steig aus. Ich fahre. Du bist lang genug gefahren. Du ruhst dich jetzt aus. Holst eine Mütze Schlaf nach. Eine verdammt kleine Mütze.“

„Man darf nicht schlafen.“

„Falsch, und das weißt du. Wir dürfen schlafen und wir müssen schlafen, weil wir sonst uns und unsere unschuldigen Beifahrerinnen UMBRINGEN!“

„Deshalb musst du nicht gleich so rumbrüllen. Ich bin wach. Ich kann fahren. Das war nur ein kleiner Schreck. Oft brauch ich das. Das weckt mich auf.“

„Du nimmst sofort die Hände vom Lenkrad. ICH FAHRE!“

Sie bleibt noch einen Augenblick lang sitzen, wahrscheinlich so lange, wie sie mein Starren, das sich zielstrebig in ihre rechte Schläfe bohrt, ertragen kann, dann steigt sie tatsächlich aus. Ich bin nicht wirklich verwundert, aber doch erleichtert. Ich hätte nicht darauf gewettet, dass sie mir das Steuer überlässt. Nicht meinen Ehering, gar nichts.

Ich stoße die Beifahrertür auf und trete hinaus in die Wüste. New Mexiko. Ich komme nach Hause.

Der Tag neigt sich dem Ende zu. Die Vorboten des Abends legen sich in zartroten Schlieren über die scheinbar unendliche Ebene und ich weiß, dass wir dem Ziel nahe sind. Bald schon wird Claudia ihre Schwester in die Arme schließen, ganz egal ob diese noch atmet oder nicht, und ich werde mich auf die Wiese vor der Höhle legen und warten, bis die Fledermäuse im Morgengrauen zurückkommen. Natürlich muss ich dann bis zur nächsten Dämmerung ausharren. Denn ist es wohl herrlich, die gespenstisch schönen Tiere dabei zu beobachten, wie sie in Gruppen zu ihrer Höhle zurückkehren, so es ist doch erst richtig überwältigend, wenn eine halbe Million Fledermäuse am Abend gemeinsam hinaus in die Wüste fliegen.

„Ich mag New Mexiko", sage ich, bleibe neben ihr stehen und schenke der Wüste vor uns ein Lächeln. Ein aufrichtiges Lächeln.

„Bist du schon oft hier gewesen?"

„Nein, das ist das zweite Mal."

„Ich könnte dich jetzt fragen, warum du noch nicht öfter hier gewesen bist, wenn du es doch so magst, aber ich frage dich lieber, warum du genau jetzt hierher zurückkommst."

„Ich werde, wie alle anderen auch, sterben und ich will es an diesem Ort tun."

„Du kommst nach New Mexiko um zu sterben? Das könnte dir hier besonders leicht fallen."

Aus meinem Lächeln wird ein Lachen.

Es tut gut zu lachen.

Der Wüstensand kriecht mir in die Lunge. Ich müsste husten, doch ich unterdrücke den Reiz. Ich genieße es, wie wach es mich macht, dagegen anzukämpfen.

„Auch das. Aber vor allem will ich träumen“, sage ich und kann dem Drang nicht länger standhalten. Ich räuspere mich.

„Du hast den Mut zu träumen?“, fragt sie.

Ich nicke.

„Aber was, wenn dein letzter Traum ein schrecklicher Traum ist? Was, wenn du dann in diesem Traum festsitzt? Niemand weiß, was geschieht, wenn wir träumen. Und sterben.“

„Es wird kein schrecklicher Traum sein. Und ich hoffe, dass ich in diesem Traum festsitzen werde, weil ich an genau diesem Ort von genau ihm träumen werde.“

„Ich verstehe“, sagt Claudia.

Es ist seltsam, aber ich habe nicht den geringsten Zweifel daran, dass sie mich versteht. Jedes Wort und jeden tieferen Sinn. „Wie war er?“, fragt sie.

„Er war besser, als ich es jemals verdient gehabt hätte. Aber er hatte auch Fehler. Er war eben ein Mensch. Der Mensch an meiner Seite, bis er dann einfach weg gewesen ist. Ich habe nie aufgehört, mich einsam zu fühlen.“

„Damit wird bald Schluss sein.“

„Keine Einsamkeit mehr?“

„Nicht für dich.“

„Irgendwie bin ich jetzt schon nicht mehr einsam.“

Claudia lächelt und wir schweigen. Ich spüre, dass ich mein seltsam intimes Eingeständnis abschwächen oder bekräftigen muss. Ich entscheide mich für die zweite Variante. Weil Claudia mehr verdient hat als Stamford. Weil sie es verdient hat, dass ich nicht zurücknehme, was von Herzen gekommen ist, auch wenn mir genau das Angst macht.

„Ich habe wirklich gedacht …“, setze ich an und zögere dann kurz, um die richtigen Worte zu finden. „Ich habe wirklich gedacht, ich müsste den gesamten Weg allein gehen. Aber ich glaube, es war von Anfang an so bestimmt, dass ich den Rest des Weges mit dir gemeinsam gehe."

„Von Gott bestimmt?"

„Nein, natürlich von Walter, verdammte Kacke!", fauche ich und wir lachen beide. „Und jetzt schwing deinen Arsch auf den Beifahrersitz, damit du uns nicht umbringen kannst, bevor wir in Carlsbad sind."

„Das würde ich niemals machen. Ich will nicht, dass du deine Chance verpasst", sagt sie und ich weiß, dass sie von uns spricht.

Von ihr und mir.

Von dir und mir.

„Wie lang hast du?", will ich wissen.

„Bisher habe ich es nie länger als neun Minuten gewagt. Neun Minuten sollten sicher sein. Neun Minuten *sind* sicher."

„Dann gönne ich dir acht Minuten und dreißig Sekunden. Ich bin gern auf der ganz sicheren Seite. Du sollst dich auch auf mich verlassen können."

Ich greife nach der Schnur um meinen Hals und ziehe den Wecker heraus.

„Was um alles in der Welt ist das denn, bitte?"

„Das ist das Ding, das mich bisher am Leben gehalten hat und das jetzt dafür sorgen wird, dass ich dich ebenfalls am Leben halte."

„Ein Wecker an einem blauen Seil? Wer bist du? Ein Rapper?"

„Ich hatte diese Karriereoption in Betracht gezogen, doch dann ist mir der Weltuntergang dazwischengekommen. Den Wecker hat mein Nachbar für mich gebastelt. Er hat nicht nur entsetzlich schrille Alarmglocken, er versetzt mir zusätzlich einen leichten Stromschlag. Ich trage ihn unmittelbar über meinem Herzen. Das Ticken gibt meinem nervösen Herzschlag Stabilität und der Stromschlag reißt mich aus den Latschen, falls ich den Alarm einmal überhören sollte."

Ich verschweige, dass mein Nachbar sich in seiner Garage erhängt hat.

Mit einem blauen Seil.

„Wenn du jetzt einschläfst, wirst du es sein, die uns in den Graben fährt. Also hoffe ich doch, dass du den Wecker gar nicht brauchen wirst!"

„Ich habe nicht vor zu schlafen, aber ich will die Zeit nicht übersehen. Deine Zeit."

„Und du passt auch auf Milly auf, während ich schlafe?"

„Ich werde auf Milly aufpassen, als wäre sie meine eigene Tochter."

„Ich vertraue dir", flüstert sie.

„Acht Minuten und dreißig Sekunden", sage ich und stelle meinen Wecker. „Acht Minuten und dreißig Sekunden."

„Acht Minuten …", flüstert sie.

Sie kommt nicht mehr dazu, die dreißig Sekunden zu erwähnen. Mit einem Flüstern auf ihren Lippen schläft sie ein.

Es ist seltsam, durch die Wüste zu fahren, während neben einem jemand schläft und auf dem Rücksitz …

Ich verdränge den Gedanken.

Die Wüste ist für mich immer schon voller fremder und angsteinflößender Geister gewesen. Jetzt fahre ich mit meinen ganz persönlichen Geistern durch die Dämmerung und mittlerweile sind es so viele, dass ich gewiss einen vergessen würde, müsste ich sie alle beim Namen nennen. Doch sie machen mir keine Angst. Nicht mehr. Wenn überhaupt, dann machen sie mich traurig. Wobei das weniger die Geister, sondern vielmehr die Erinnerungen sind. Am schlimmsten sind die schönen Erinnerungen. Was auf der Zunge so süß wie Honig schmeckt, das brennt in der Magengrube wie Moonshine und wird schlussendlich dort bitter, wo es für immer bleibt.

Im Herzen.

Claudias Atmung ist flach und regelmäßig.

Ich kann nicht anders, ich stimme in ihre ruhige Atmung mit ein, als würde ich ein Lied mit ihr singen.

Ich atme so langsam wie sie.

Ich spüre das Ticken an meiner Brust.

Die Straße vor mir ist kerzengerade.

Die rechte Straßenseite wird von den Masten der Stromleitung gesäumt. Es sieht aus, als hätte ein wahnwitziger Christ den Highway entlang Kreuze aufgestellt. Ein wahnwitziger Christ oder ein antiker römischer Herrscher. Ich kann mich nicht mehr daran erinnern, ob dieser Herrscher ein Christ gewesen ist oder eben gerade nicht.

Am Horizont zeichnen sich noch keine Hügel ab.

In keiner Richtung.

Der Himmel färbt sich purpurrot.

Ich spüre das Ticken an meiner Brust.

Ich spüre, wie die Zeit vergeht.

Die Wüste ist keineswegs so karg, wie man sie sich vorstellen würde. Die Menschen glauben immer, in Alaska liegt das ganze Jahr über Schnee und in New Mexiko sieht es aus wie in der Sahara. Und dann sind sie enttäuscht, wenn es im August in Fairbanks fünfundzwanzig Grad hat und in New Mexiko dicht auf dicht Wüstengras in festen Büscheln wächst. Mit Halmen, die so scharf sind, dass sie dir mit Leichtigkeit die Pulsadern aufschlitzen können.

Ich beobachte das Band der Straße.

Ich stelle mir vor, wie es unter mir hinweggleitet.

Ich denke an Mariem und daran, wie sie in diesem Supermarkt Freunde findet.

Ich denke an Anuk und an das Fischerboot, das er als Kind so geliebt hat.

Ich denke an Sebana und ihre beste Freundin und an diese verdammte gelbe Strickjacke.

Ich denke an Mateo und an das Straßenfest, auf dem er seine Frau kennengelernt hat.

Ich denke an Claudia und an ihre verzweifelten Versuche, wirklich alles zu versuchen.

Ich denke an Claudia …

… und ich kann das Ticken an meiner Brust nicht mehr fühlen.

Panisch presse ich meine Hand gegen den Wecker, doch da ist gar nichts.

Gar nichts.

Warte!

Warte, da ist …

… ich spüre meinen Herzschlag. Spüre, wie er durch das Plastikgehäuse des Weckers dringt.

Aber der Wecker selbst tickt nicht mehr.

Es ist bloß noch mein Herz, das schlägt.

Ich halte den Wagen an. Ich sammle mich und ich höre hin. Ich höre hin, bevor ich hin greife, aber eigentlich müsste ich nicht hin greifen, um zu wissen, was ich nicht mehr hören kann. Um zu fühlen, was nicht mehr ist.

Claudia atmet nicht mehr.

Es ist bloß noch mein Herz, das schlägt.

All die Monate lang ist die Erfindung meines toten Nachbarn das Einzige gewesen, worauf ich mich habe verlassen können. Der Schlag meines Herzens, das Ticken des Weckers. Jetzt hat er mich innerhalb von acht Minuten und dreißig Sekunden im Stich gelassen. Er hat zugelassen, dass ich die erste Person, die sich auf mich verlassen hat, seit du von mir gegangen bist, im Stich gelassen habe.

Ich weine. Ich beginne nicht zu weinen. Es fühlt sich wahrhaftig so an, als hätte ich die letzten Monate hindurch geweint, könnte die Tränen aber erst jetzt auf meinem Gesicht spüren. Könnte das Weinen erst jetzt hören.

Ich bin in der Wüste. Auch wenn sie nicht alle Hoffnung erfüllt oder alle Vorurteile bestätigt, so wird in den nächsten Augenblicken doch garantiert kein Regen fallen, um meine Tränen zu verstecken. Ich sitze, während die Nacht über mich herein- und der Boden unter mir zusammenbricht, in einem Auto in der Wüste und beobachte eine tote Frau, die beinah eine Freundin geworden wäre, und es tut unbeschreiblich weh, dass es schlussendlich einfach nicht mehr ausreicht, hier zu sitzen und zu weinen.

„Warum nicht ich!?", brülle ich und ich brülle so laut und ich weine so hemmungslos, dass ich meine eigenen Worte nicht mehr verstehen kann.

„Warum?!"

Ich meine, was ich brülle. Ich will nicht mehr nach Carlsbad. Die Fledermäuse sind mir egal und die Möglichkeit, von dir zu träumen, hat ihre Magie eingebüßt. Ich will nicht sterben. Sterben ist ein Vorgang. Ich will sein, was Claudia ist. Ich will einfach nur tot sein. Ich will nicht, dass das Ende anfängt. Es soll bereits vorbei sein. Alles soll vorbei sein.

Ich stoße die Tür auf und stolpere hinaus in die Wüste. Sinke nieder auf den Asphalt, der noch warm ist vom Tag, und presse meine Hände dagegen. Meine Tränen schlagen auf der Straße ein wie Bomben und weil ich schreien will, aber keine Worte finden kann, brülle ich wie ein Tier. Ich brülle, bis ein Kojote in mein Brüllen mit einstimmt.

Da verstumme ich.

Und es ist nicht meine Stimme, die versagt.

Es ist mein Schmerz, der andächtig dem Heulen des Kojoten lauschen will, weil das animalische Heulen ihn viel besser kleidet, als mein erbärmliches Jammern und Weinen.

Deshalb, heult der Kojote und ich verspüre keine Scham, weil ich auf der Straße kniend meinen Lebenswillen wiederfinde. Zumindest für die nächsten vierundzwanzig Stunden. Die letzten vierundzwanzig Stunden.

Ich werde auf Milly aufpassen, als wäre sie meine eigene Tochter, flüstert die Stimme meiner Erinnerung und auch wenn ich selbst in meinem Schmerz keine Worte mehr finden kann, so schaffe ich es doch, mein vergangenes Ich anzuhören und dessen Botschaft zu begreifen.

Es ist bloß noch mein Herz, das schlägt.

Ich weiß, dass Milly nicht zwischen den Fetzen liegt und ruht. Ich weiß, dass sie nicht schläft. Nicht mehr. Ich weiß, dass sie tot ist. Ich weiß auch, dass sie nicht auf dem Rücksitz dieses Autos gestorben ist. Und ich weiß vor allem, dass ich nicht einfach Esel schnappen und das Auto mit Claudias Leiche darin am Straßenrand zurücklassen kann, ohne einen Blick auf den Rücksitz zu werfen.

Ohne Milly in den Arm zu nehmen.

Ganz egal wann sie gestorben ist, ich bin mir sicher, dass ich es Claudia schuldig bin, ihr totes Kind ein letztes Mal festzuhalten. Ich habe Claudia getötet, ich werde keinesfalls ihr totes Kind ungeliebt zurücklassen. Ich werde die Tücher von der Leiche ziehen, den kalten Kinderkörper erst an mein Herz drücken und ihn dann der immer noch warmen, aber ebenso toten Mutter in die Arme legen.

Allerdings ist die Wüste bekannterweise voller Geister und bei Hereinbrechen der Nacht die Leiche eines Kindes auf dem Rücksitz eines Autos zu enthüllen ist etwas, das die Fantasie auf eine Weise beflügeln kann, wie niemandes Fantasie beflügelt werden sollte, wenn einem der Verstand lieb ist. Glücklicherweise habe ich meine geistige Gesundheit schon lange begraben. Es ist an der Zeit, da mal etwas Erde nachzutreten.

Ich erhebe mich von der Straße. Ich bin der Tod und ich breite meine schwarzen Schwingen über dieses Land.

An der offenen Fahrertür vorbei schleiche ich zur Hintertür des blauen Wagens. Ich wollte Claudia keinesfalls umbringen. Das hier will ich noch viel weniger tun, aber das ist es, was ich tun kann.

Ich strecke meine Hand aus.

Meine Hand zittert so sehr, dass ich es kaum schaffe, meine Finger unter der blauen Türschnalle der Hintertür zu platzieren. Ich will fluchen, aber mir sind nicht bloß meine Wünsche, sondern auch meine Flüche ausgegangen. Der Klang meiner eigenen Stimme könnte mich beruhigen, glaube ich, doch durch meine immer noch zusammengebissenen Zähne dringt bloß ein Wimmern.

Meine Seele ist leergesprochen.

Was gesagt werden musste, wurde gesagt.

Ich kann das, denke ich und ich weiß augenblicklich, dass ich lüge.

Wenigstens ist es die letzte Lüge, mit der ich leben muss. Und auch das nicht mehr lang. Bevor ich den Griff wieder loslasse – um doch nicht zu tun, was ich nicht tun kann – besinne ich mich eines Besseren. Es ist nicht eine Frage des Könnens, ob ich diese Tür öffne oder nicht.

Ich kann das nicht, aber ich muss es tun, befiehlt meine innere Generalin und ich reiße die Tür auf.

Alle Tücher und Decken sind vom sterbenden Licht des sterbenden Tages blutrot gefärbt. Ich halte den Atem an, als ich meine Hand ausstrecke, um die Gestalt zu berühren, deren Umriss sich deutlich unter dem Stoff abzeichnet. Selbst wenn es um mein Überleben ginge, könnte ich meinem Körper keinen Atemzug abringen.

Ich greife nach dem Tuch, das obenauf liegt.

Ein schwerer, aber dennoch zarter Schal, wahrscheinlich aus Pashmina.

Ich umklammere das feine Gewebe so fest, dass meine Finger schmerzen, und ziehe den Schal mit einem beherzten Ruck zur Seite, weil ich sonst wohl den Rest meines Lebens daran ziehen würde.

Ein Babystrampelanzug.

Mit tanzenden Tierchen darauf.

Und Blumen.

Ein Babystrampelanzug, aus dem oben der Kopf eines …

… eines Monsters herausragt.

Eine bleiche, bizarr verzerrte Fratze. Starre, kalte Augen, so kugelrund und riesig wie milchige Murmeln. Ein gigantisches Maul, das die untere Gesichtshälfte dämonisch weit aufreißt und den Blick auf schier unzählige, gefletschte, spitze Zähne preisgibt.

Ich schreie.

Ich schreie, wie ich zuvor geweint und niemals bisher geschrien habe, und unter meinem toten Wecker setzt mein Herz zwei Schläge lang aus, bevor es dann doch wieder hektisch weiterstolpert. Das ist es, was mein Herz macht. Es stolpert und stolpert weiter, auch wenn ich das gar nicht mehr will. Weil ich es nicht verkraften kann.

Weil das der Fall ist, was nicht sein darf.

Deshalb also schaffen sie die Leichen weg. Deshalb entsorgen sie die Toten wie Müll, weil niemand sehen soll, dass wir nach unserem unerklärlichen Tod nicht Menschen bleiben, sondern Monster werden.

Die Menschen werden ausgerottet und die Dämonen erobern unsere traumlose Welt.

Als mein Schrei erstickt, weil ich sonst ersticken würde, bin ich dazu gezwungen, ganz genau hinzusehen, weil ich ebenso wenig den Blick abwenden oder die Augen schließen kann, wie ich weiterhin schreien kann. Ich möchte schreien. Und ich möchte wegsehen. Aber ich bin nicht dazu in der Lage. Ich schweige und ich sehe. Ich sehe alles. Und ich begreife alles.

Was ich sehe, ist kein Monster.

Es ist noch nicht einmal ein Mensch.

Es ist der Kadaver eines toten Opossums.

Ein totes Opossum in einem Babystrampelanzug, das mich aus toten Augen anstarrt.

Ich fange wieder zu weinen an. Weil Monster zwar grausam wären, aber auf die schlimmste nur denkbare Weise einen Sinn ergeben könnten.

Und das, was auf unserer Welt geschieht, ist einfach nur sinnlos.

Die Wirklichkeit hat keine Fratze.

Und sie ist auch kein Monster.

Die Wirklichkeit ist ein totes Opossum in einem Babystrampelanzug.

Claudia hat gesagt, dass es schlussendlich nicht die Hoffnung, sondern der Wille ist, der uns davonlaufen und weitermachen lässt, bis es vorbei ist. Also nehme ich das steife Opossum in der bunten Kinderkleidung vom Rücksitz. Ich wiege es in meinem Arm. Ich drücke es gegen den stummen Wecker. Langsam schreite ich rund um das Auto, als wäre es das Feierlichste, was ich jemals gemacht habe, öffne die Beifahrertür und lege das tote Tier in die Arme der toten Frau.

Nein.

Ich lege Milly in Claudias Arme.

Dann hole ich Esel aus dem Kofferraum und fahre los.

60 Meilen bis nach Whites City, New Mexico.

ICH

Ich fahre durch die Nacht.

Licht brauche ich keines. Der silberne Schein des Mondes weist mir den Weg. Sein kaltes Glühen ist gleißend hell, verglichen mit der Dunkelheit in meinem Herzen. Meine Augen sind Dunkelheitswerfer. Sie tauchen die Welt, die vor mir und zu meinen Füßen liegt, in ein undurchdringliches Schwarz, das nur ich zu bezwingen weiß. So kann mir niemand folgen. Das sollte mich beruhigen, aber ich bin schon seit geraumer Zeit nicht mehr beunruhigt. Ich weiß, seit ich Mateo zurückgelassen habe, dass das blaue Nichts mich gar nicht verfolgt. Ich schleppe es hinter mir her wie einen degenerierten Schoßhund, wie ein kleines Kind sein liebstes Spielzeug.

Das Nichts ist von mir abhängig und nicht umgekehrt.

Es hängt an mir wie eine Klette.

Traurig.

Das Nichts ist traurig.

Ich kann die Wüste riechen.

Ihr Sand knirscht zwischen meinen Zähnen.

Ich möchte singen, um das stumme Weinen, das meinen hageren Körper in regelmäßigen Abständen erschüttert und mir die Tränen über mein eingefallenes, sandiges Gesicht treibt, zu verdrängen. Dieses Sehnen ist keinesfalls als Fluchtversuch zu verstehen. Meine Gefühle sollen nicht unterdrückt werden. Im Gegenteil. Ich möchte meinem Schmerz auf eine tiefer gehende, feierliche Weise Ausdruck verleihen. Meine Tränen erscheinen mir nach

Stunden des Weinens inhaltsleer. Bestenfalls wiederkehrend. Wahrscheinlich bedeutungslos. Aber ich akzeptiere schließlich, dass die Schönheit des Gesangs, selbst meines Gesangs, einfach nicht genug Raum für die Hässlichkeit der Verzweiflung lassen würde. Außerdem habe ich die Worte noch nicht wiedergefunden. Und auch sie mich nicht.

Von Zeit zu Zeit heult ein Kojote.

Ich bin nicht allein, aber niemals zuvor bin ich so einsam gewesen.

Kein Auto kommt mir entgegen.

Ich halte nicht an.

Wozu auch? Sobald ich angekommen bin, werde ich anhalten und ich werde bleiben. Für immer.

Aber noch nicht jetzt, noch nicht sofort.

Ich fahre durch einen Randbezirk von Carlsbad.

Vorbei an verlassenen Imbissbuden und leer stehenden Motels. Vorbei an schicken Hotels, deren pechschwarze Fenster ihre Schatten in die Nacht hinausgähnen, und feinen Restaurants, deren gewissenhaft vernagelte Eingangstüren das ruhende Innenleben vor der Außenwelt schützen.

Hat Carlsbad eigentlich ein sehenswertes Stadtzentrum?

Sind wir damals Hand in Hand an Eisdielen und Antiquitätenläden vorbeispaziert?

Ich kann mich nicht mehr daran erinnern und der Gedanke ist auch bloß ein Gedanke und darüber hinaus irrelevant, weil Carlsbad nicht mein Ziel ist und tatsächlich bin ich schneller daran vorbeigefahren, als ich den flüchtigen Gedanken, die mögliche Schönheit der Innenstadt betreffend, fertiggedacht habe.

Kurz nachdem ich Carlsbad hinter mir gelassen habe, wird die silberne Nacht blau, als hätte eine höhere Macht einen Filter über den Mond gelegt und meine Welt zu einem monochromen Dasein verdammt. Ich halte an und betrachte im blauen Mondlicht meine blaue Haut, hebe meinen Blick an und lasse ihn über die verlassene blaue Straße schweifen, die in der blauen Wüste vor mir liegt.

Ich bin bald bei dir, flüstert die Stimme in meinem Kopf, die einzig und allein dir vorbehalten gewesen ist. Mit niemandem sonst habe ich auf diese Weise gesprochen. Nicht, bevor ich dich getroffen habe und erst recht nicht, nachdem ich dich verloren habe.

Ich bin bald bei dir, mein Schatz.

Mit einem leisen Ächzen steige ich wieder aufs Rad. Ich bin müde, aber nicht so müde, dass ich einschlafen werde. Davor habe ich mich überflüssigerweise gefürchtet. Vor diesen Stunden, die ich am Eingang der Höhle wartend und wachend werde ausharren müssen. Doch nun fürchte ich mich nicht mehr. Ich bin früh dran. Wortwörtlich sehr früh am Morgen. Bald werde ich die Fledermäuse ankommen sehen und am Abend werde ich bezeugen, wie sie wegfliegen. Erst dann werde ich meine Augen schließen. Das weiß ich. Hätte ich nur irgendwann zuvor in meinem Leben etwas mit einer derart unerschütterlichen Sicherheit gewusst. Kaum auszudenken, hätte ich mich von diesem nagenden Zweifel, den die anderen oft meine Persönlichkeit nennen, davon abhalten lassen, mich auf den Weg zu machen.

Dann wäre ich so müde, wie ich es jetzt bin, aber ich wäre zu Hause.

Zu Hause in Detroit, wo du schon lange nicht mehr bist, und ich hätte keine Chance mehr, diesen Ort zu erreichen, an dem du immer für mich sein wirst.

Esel knarrt unter meinem Gewicht. Offensichtlich spürt er, dass uns nun die wenigen Meilen bevorstehen, die unsere Reise zu einem Abschluss bringen und uns einen Berg hochführen werden. Es ist kein stattlicher Berg. Eigentlich ist es kaum mehr als ein Hügel. Es sind gerade mal achthundert Höhenmeter, die wir überwinden müssen, aber in der flachen Wüste werden diese sanften Hügel zur Gebirgskette und am Ende unserer Reise zu einer echten Herausforderung.

Wenn nötig, werde ich absteigen und Esel schieben, denke ich.

Dabei kann ich nicht einschätzen, wer dieses Schieben gleich nötiger haben wird, mein vom Traum- und wohl auch Schlafentzug gemarterter Körper oder mein altersschwaches, blaues Fahrrad.

Doch als wir in Whites City von der Hauptverkehrsachse, die hinab zur Grenze nach Mexiko führt, abbiegen und der rasch ansteigenden, schmalen Straße folgen, da wird das blaue Rad von den Schwingen der blauen Nacht emporgehoben. Die gewundene Straße wird zu einer kerzengeraden Fahrbahn. Zu einem Liftschacht, der uns binnen eines Wimpernschlages auf den Parkplatz des Besucherzentrums befördert.

Keine Metapher.

Bloß ein Wimpernschlag, vielleicht auch zwei.

Irritiert blicke ich mich um.

Das Besucherzentrum ist so blau, wie es das wahrscheinlich nie zuvor gewesen ist, aber es ist eindeutig das Besucherzentrum des *Carlsbad Caverns Nationalparks*.

Interessant.

Ich zwinkere. Presse meine Augenlider fest zu, weil ich die Theorie überprüfen will, die soeben, und allem Anschein nach nicht bloß auf sprachlicher Ebene, aufgestellt habe.

Nichts geschieht.

Sehr interessant.

Ich zwinkere ein weiteres Mal und ich befinde mich nach wie vor auf dem Parkplatz.

„Na dann", sage ich, erschrecke vor meiner eigenen Stimme und stoße einen gellenden Schrei aus, der über den verlassenen Platz vor dem blauen Besucherzentrum hallt.

Vielleicht brauchst du sie noch, flüstert mein Verstand.

„Wen?", frage ich.

Na, deine Stimme!, erwidert mein Verstand und ich kann spüren, dass er sich Augen wachsen lässt, um mit diesen frisch gewachsenen Augen zu rollen. Ich kann es ihm nicht verübeln. Ich bin anstrengend und mein Verstand ist vielleicht nicht so sehr mein eigentliches Selbst, wie es mein Herz ist, aber er muss dennoch auf engstem Raum ein zumindest grundlegend harmonisches Auskommen mit mir finden.

„Wofür sollte ich meine Stimme brauchen?", frage ich, aber mein Verstand schweigt. Um sicherzugehen zwinkere ich noch zweimal rasch hintereinander, und als abermals nichts geschieht, lausche ich angestrengt in die Nacht. Dann schiebe ich Esel rechts an dem Besucherzentrum vorbei und folge dem schmalen Weg, der hinab zur Fledermaushöhle führt.

Bat Flight, steht auf einem braunen Schild.

Ein Wegweiser.

Einst für Touristen, nun für meinen letzten Traum.

„Was, wenn andere Menschen dort sind?"

Mein Verstand schweigt beharrlich.

Allerdings muss ich gestehen, dass meine Frage eine überflüssige ist, die auf meine lebenslange Abscheu gegen Menschen zurückzuführen ist und die ich mir hätte sparen können. Es befinden sich, ganz wie zu erwarten, keine anderen Menschen auf der Wiese vor der Höhle. Auch die Stufen des Amphitheaters, auf denen sonst die Besucher sitzen und auf das Ballett Fledermäuse warten, sind verlassen.

„Niemand“, sage ich.

Noch niemand, korrigiert mich mein Verstand. Das ist es, was er immer tut. Sich zu Wort melden, wenn er etwas besser weiß. Besser als mein Herz.

„Du hast recht, noch niemand.“

Ich hebe Esel hoch und trage ihn die Stufen hinab zur Wiese. Er kann unmöglich dort oben am Rand der Stufen stehen bleiben. Er muss neben mir liegen. Neben mir im Gras. Für den Fall, dass du doch nicht kommst, wird Esel bereits da sein.

Selbst wenn ich die letzten fünf Meilen und achthundert Höhenmeter im wahrsten Sinne des Wortes überflogen bin, so habe ich mich davor entsprechend verausgabt. Meine schweißnassen Kleider kleben an meinen schmerzenden Gliedern und die kühle Luft der blauen Nacht sorgt dafür, dass ich nahezu augenblicklich zu zittern beginne, als ich mich ins Gras lege. Das kümmert mich nicht. Selbst wenn ich mir die schlimmste Erkältung aller Zeiten hole, selbst wenn es eine Lungenentzündung ist, so wird sie mich nicht in den nächsten Stunden quälen oder gar töten und in ungefähr achtzehn Stunden wird es ohnehin vorbei sein.

Mein Abenteuer mit Esel.

Mein Leben.

Alles.

Genaugenommen heiße ich die Kälte, die meinen Körper durchschüttelt und verkrampft, sogar willkommen. Sie wird ihren Teil dazu beitragen, mich garantiert wachzuhalten.

„Hast du eigentlich Angst?“, frage ich und strecke meine Hand aus, um Esels Vorderrad zu berühren. Es kommt mir keinesfalls lächerlich vor, dass ich mit meinem Rad Händchen halte und mit ihm spreche. Ich bin gerade einen Hügel hochgeflogen. Auf eben diesem Rad. Und eigentlich ist das noch nicht einmal das Seltsamste, das in den vergangenen Tagen passiert ist.

Noch nicht einmal annähernd.

Es ist also absolut nicht lächerlich, mit Esel zu sprechen, aber es ist ein wenig traurig, dass ich eine Antwort erwarte und doch keine bekomme. Eigentlich ist es nicht nur ein wenig traurig, es ist regelrecht unerträglich und damit meine ich nicht meine Erwartung, sondern sein Schweigen.

Wäre es denn so abwegig, wenn er …

Wenn was?

Wenn er seine Lenkstange in zwei Lippen spalten und zu sprechen beginnen würde?

„Oder wo sonst würden deine Töne rauskommen, wenn da Töne aus dir rauskämen?", frage ich und kann meine eigenen Worte nur schwer verstehen, weil meine Zähne klappernd aufeinanderschlagen.

Ich rapple mich hoch und krame in meinem Rucksack. Selbst die kleinste Tasche kann zum schwarzen Loch werden, wenn man etwas darin sucht. Dementsprechend schaffe ich es nicht, in meinem Rucksack das Sweatshirt zu finden, von dem ich weiß, dass ich es eingepackt habe. In dieser blauen Nacht hilft es nur wenig, dass das Sweatshirt blau ist.

Wieso ist eigentlich alles blau?, erklingt eine Stimme in meinem Kopf.

Es ist nicht Esel, es ist wieder mein Verstand, der es sich nicht nehmen lassen will, mich auf etwas Offensichtliches, das ich bisher tunlichst ignoriert habe, hinzuweisen.

„Frag nicht mich", sage ich, „frag das Licht. Ich habe die Welt nicht blau gemacht."

Bist du dir da sicher, hakt die Stimme nach. *Also weißt du das mit Sicherheit? Und mir gefällt das Blau, aber bin ich nicht eigentlich einmal … rot gewesen?*

Ich halte inne.

Also doch?

Also doch Esel?

Oder könnte es sein, dass Esel mein Verstand ist?

Ich lasse den Rucksack los und drehe mich zu Esel um, der zur Seite gesunken im Gras liegt und sich absolut nichts anmerken lässt.

„Rot gewesen?", wiederhole ich argwöhnisch.

Ja, rot. Ein wunderschönes Rot. So rot wie eine überreife Tomate. Aber lassen wir das. Fragen wir uns lieber, wer dort drüben an der Absperrung, die uns von der Höhle fernhalten soll, steht und zu uns herüberstarrt.

„Wer sollte …", setze ich an und schweige, als ich sehe, was es zu sehen gibt.

Wen es zu sehen gibt.

Es ist seltsam, das mit der Hoffnung.

Wenn sie sich nicht erfüllt, ist die Enttäuschung garstig, aber auch irgendwie befriedigend. Weil die Hoffnung ohnehin ein Konzept ist, dem ein erwachsener Mensch nicht vertrauen und demnach auch nicht wirklich etwas abgewinnen kann. Doch wenn sich die Hoffnung erfüllt, dann ist es …

… es ist ein Schock.

Und das ist das Mindeste, was es ist. Ich bin schockiert.

Und ich bin so glücklich, dass ich befürchte, dass es mein Herz zerreißen und ich in genau dieser glücklichsten Sekunde meiner gesamten Existenz sterben könnte.

„Christian?", flüstere ich.

Du stehst da, im blauen Licht des blauen Mondes, gegen die Brüstung gelehnt und selbst auf die Entfernung, die ohnehin nicht allzu groß ist, kann ich dich lächeln sehen.

„Träume ich schon?“, will ich wissen.

Das ist eine Frage, die mich aufwühlt, aber nicht verunsichert, denn wenn ich träume, dann ist es perfekt. Dann ist genau das passiert, was ich mir erhofft habe. Dann bin ich hier und ich träume. Ich träume von dir.

Dein Lächeln wird breiter. Du kommst langsam auf mich zu und schüttelst dabei den Kopf.

Ich kenne diese Bewegung. Wie ein Welpe, der das nasse Fell schüttelt. Als wäre die Welt zu gut zu dir und du müsstest etwas von dem Glück abschütteln, um vor dem Schicksal nicht gierig zu erscheinen. Das hast du immer gemacht. Auf diese Weise hast du meine verrückten Ideen angezweifelt, ohne sie oder mich herabzuwürdigen. Du hast gezweifelt, aber niemals eine Möglichkeit ausgeschlossen. Dafür habe ich dich immer geliebt. Nicht nur dafür. Und ich liebe dich immer noch. Auch dafür.

„Hast du auf mich gewartet? Die ganze Zeit über? Bist du hier an diesem Ort gewesen und hast gewusst, dass ich kommen würde?“

Du bleibst stehen.

Wirkst unschlüssig.

Als müsstest du über meine Worte nachdenken.

Das Problem ist bloß, dass das nicht mehr du bist.

Ein Mann, hager und lang gestreckt wie eine Stabheuschrecke, mit kurz geschnittenem, grauem Haar, einem eingefallenen Gesicht und einem schwarzen Schnurrbart, der so schmal ist, als hätte er nicht einen akkurat getrimmten Bart stehen gelassen, sondern bloß mit einem Kajalstift den Rand der Oberlippe nachgezogen, steht mitten auf der Wiese und sieht mich traurig an. Er trägt eine altmodische, nur leicht getönte Sonnenbrille mit

Hornrahmen und einen blauen Samtanzug. Er schüttelt den Kopf. Ich würde denken abermals, aber eben bist es noch du gewesen und jetzt ist es der andere, also ist es das erste Mal, dass er den Kopf schüttelt. Eine Gottesanbeterin, die langsam, aber nachdrücklich den Schädel von links nach rechts wirft, um den besten Winkel ausfindig zu machen, um einem wehrlosen, nass geschwitzten, zitternden Opfer wiederum seinen Kopf abzubeißen.

„Ich beiße nicht", stellt der Papst fest. „Habe ich nie gemacht. Beißen ist nicht mein Kink. Außerdem sieht dein verschwitztes Äußeres – verzeih mir bitte, wenn das beleidigend klingt – keinesfalls zum Anbeißen aus. Viel eher würde ich deine Bauchdecke aufschlitzen und mir aus deinen Gedärmen eine schicke Federboa basteln."

Erschrocken drücke ich meine Hände gegen meinen Bauch.

„Teufel auch, bist du leicht zu beeindrucken! Hätte ich dich töten wollen, dann hätte ich dich im Kino getötet."

„Darf ich deine Erinnerung auffrischen? Du *wolltest* mich im Kino töten. Du wolltest mich zuerst foltern und dann in weiterer Folge töten."

Er hebt seinen langgliedrigen Zeigfinger, um mir das Widerwort zu verbieten, und stößt seine spitze Zunge gegen seine makellos weiße, obere Zahnreihe. Einen Augenblick lange denke ich, er wird zischen wie eine Schlange, aber es entsteht bloß das tadelnde Geräusch eines enttäuschten Sonntagsschullehrers

„Ts, ts, ts, da wirfst du die Dinge aber in den Topf, wie es dir passt. Foltern? Auf jeden Fall. Siehst du, *das* ist mein Kink. Aber doch nicht Mord! Ich hätte dich schlafen lassen, mein Kind, ich hätte dich einfach schlafen lassen. Schlafen und träumen. Apokalypse, Baby. Man muss niemanden mehr umbringen, um ihn sterben zu sehen."

Ich seufze.

Und zittere.

Immer noch.

„Was machst du überhaupt hier?“, frage ich.

„Hier? Was ich hier mache? Wir sprechen gerade über unsere sexuellen Vorlieben, dachte ich. Hast du denn spezifische Vorstellungen? Pläne?“

Das ist mir zu anstrengend. Ich kann dieses Gespräch nicht führen. Nicht mit ihm. Da fällt mir ein, dass ich, falls ich doch schon träume – was mehr als nur vorstellbar ist – womöglich für immer und ewig mit dem Papst auf dieser Wiese sein und ein grauenhaftes Gespräch über Sexualität und Folter führen werde.

„Nein“, sagt der Papst, schleicht näher und setzt sich schließlich mir gegenüber ins Gras, „ganz so einfach ist es dann leider nicht. Du träumst nicht. Und vertrau mir, auch ich lege keinen gesteigerten Wert darauf, meine Ewigkeit mit dir zu verbringen. Und ich lebe meinen Kink lieber aus, als darüber zu sprechen.“

Das ergibt Sinn. Und ich kann nicht sagen, was erschreckender ist. Die schiere Möglichkeit oder deren Sinnhaftigkeit. Ich bin auf der Wiese. Der Papst ist es ebenfalls.

„Also … Papst … ich wiederhole: Was machst du hier?“

„Gerade jetzt frage ich mich, wieso ich mich ins Gras gesetzt habe. Ich hasse Gras. Es ruiniert meinen Anzug.“

„Dann kannst du dich ja glücklich schätzen. Mir hat es mein ganzes Leben ruiniert.“

„Das Gras?!“

„Nein“, muss ich zugeben, „das bin ich selbst gewesen. Ich habe mein ganzes Leben ruiniert.“

„Das ist ein guter, wenn auch etwas theatralischer Ansatz. Aber damit kann ich arbeiten. Schau mal genauer hin.“

„Wo soll ich hinschauen? Auf das, was ich unterlassen habe? Auf das was ich getan habe, obwohl ich es besser unterlassen hätte? Auf den ganzen Dreck dazwischen. Ich sehe es. Und weißt du was? Ich sehe rein gar nichts."

„Dann bemühst du dich nicht wirklich. Schau noch mal hin. Schau ganz genau hin."

Ich habe keine Vorstellung, was der Papst, der mit …

… wo bin ich?

Wo bin ich hier?

Und wann bin ich?

Ich blinzle.

Es ist finster, aber nicht stockdunkel, und langsam gewöhnen sich meine panisch weit aufgerissenen Augen an die Dunkelheit. Ich kann schemenhafte Umrisse erkennen.

Doch was ich erkenne, gefällt mir nicht.

Es gefällt mir absolut nicht.

Ein beengter Raum, an den Wänden mit Gerümpel vollgestellt. Zu meiner Rechten befindet sich eine Werkbank. Ich weiß ganz genau, in welcher Lade das Flickzeug für die Fahrradreifen aufbewahrt wird. Und ich weiß, wenn ich den Kopf nach links drehe, werde ich in der Ecke mein Fahrrad sehen. Alles in meinem Körper sträubt sich – und da ist auch wieder mein Verstand, der nahezu hysterisch brüllt – aber ich mache es dennoch. Ich drehe meinen Kopf und Tränen sammeln sich in meinen Augen.

Dort steht er.

Esel.

Und er ist tatsächlich rot.

Und völlig fahruntauglich.

Er lehnt seit Jahren dort in dieser Ecke. Wie hätte ich damit fahren sollen? Wie hätte ich damit so viele Meilen fahren können?!

Ich will zu Esel gehen, da fällt mir auf, dass ich die Garage, in der übrigens kein Auto abgestellt ist, aus einem ungewohnten Blickwinkel betrachte.

Von oben herab.

Ich richte meinen Blick nach unten.

Ein Hocker.

Ich stehe auf einem Hocker.

Warum bin ich mit dem Auto aus der Garage gefahren, nur damit ich mitten in der Garage auf einem Hocker stehen kann?

Und habe ich geschlafen?

Habe ich geträumt?

Das kann nicht sein!

Mein Wecker hätte mich niemals …

Ich schlage mit der Hand gegen meine Brust.

Der Wecker!

Der Wecker ist weg. Mein keuchender, hektischer Atem sticht in meinen Bronchien und ich reibe darüber. Reibe mit beiden Handflächen über mein Sternum. Heule, keuche und reibe, bis meine Hände nach oben zu meinem Hals wandern und dort erschrocken innehalten.

Ein Strick. Da liegt ein Strick um meinen Hals.

Ich muss ihn nicht sehen können, um zu wissen, dass dieser Strick blau ist.

„Großartig", stellt der Papst anerkennend fest, „du kannst es also doch sehen. Dann wissen wir ja, worüber wir sprechen."

„Bin ich … bin ich …", stottere ich.

„Ob du *tot* bist? Ich bitte dich! Fühlst du dich denn tot? Ich nehme deine Antwort vorweg, weil ich mir deine Stotterei ersparen will. Nein, du fühlst dich nicht tot. Und das ist deshalb so, weil du nicht tot bist."

„Dann … wo … bin ich *hier* oder bin ich *dort*?"

„Sowohl – als auch … weder – noch … wer weiß das schon, wenn du das sogar selbst nicht weißt?"

„Was mache ich bloß?"

„Oh, du stehst in deiner Garage und …"

Ich falle ihm kreischend ins Wort: „Heilige Kacke, ich weiß, was ich *dort* mache … Ich will wissen, was ich *hier* mache."

„Hier sprichst du mit mir."

„Und worüber sprechen wir?"

Der Papst neigt den Kopf zur Seite, als müsse er darüber nachdenken, aber da er die Situation offensichtlich genießt, weiß ich, dass er es nur der eskapistischen Geste wegen macht. Und um seine Antwort möglichst lang hinauszuzögern und den Augenblick vollkommen auszukosten.

„Lass uns nachdenken? Worüber sprechen wir? Ich denke, wir sollten auf jeden Fall über deine Reise sprechen."

„Gibt es denn etwas, dass du nicht darüber weißt? Immerhin bist du am Ziel meiner Reise aufgetaucht. Mir scheint, du bist bestens informiert."

Er schüttelt den Kopf.

Diese Bewegung ist kein bloßer Selbstzweck. Sie unterstreicht seine Enttäuschung. Würde er nicht neben mir im Gras sitzen, würde er seiner Enttäuschung gewiss so ganzkörperlich Ausdruck verleihen wie ein russischer Tänzer, der in einer modernen Inszenierung möglichst expressiv einen schwarzen Schwan sterben lässt. Er ist der stolze Vater, der bezeugen muss, wie sein eben noch sehendes Kind nun wieder erblindet.

„Liebchen, das ist doch nicht meine Show. Hier geht es nicht um mich, denn ich weiß verdammt nochmal alles. Nicht nur die lausigen Details über dein kleines Abenteuer. Von Bedeutung ist das, was *du* nicht über deine Reise weißt."

„Was sollte ich nicht wissen? Eigentlich weiß ich alles, aber irgendwie auch gar nichts mehr. Es ist alles zu … blau, um es tatsächlich zu begreifen."

„Wenigstens ergibt es jetzt einen Sinn, dass alles blau ist."

Ich starre ihn verwirrt an.

Er räuspert sich, umklammert mit seiner rechten Hand seinen Hals, verdreht die Augen und streckt die Zunge aus dem Mund.

„Ach das, ja", flüstere ich und senke beschämt den Blick. „Der Strick."

„Der Strick. Echt eine blöde Sache, das mit dem Strick. Aber zurück zur Reise. Was weißt du über deine Reise? Und was weißt du *nicht*?"

„Ich weiß, dass ich in Detroit losgefahren bin und …"

„LANGWEILIG!", fällt er mir grob ins Wort. „Willst du mir jetzt die Straßenkarte runterleiern? Langweilig, langweilig, langweilig! Ich will über die Menschen sprechen."

„Die Menschen, die ich getroffen habe?"

„Die Menschen, die du getroffen hast und die Geschichten, die sie dir erzählt haben."

„Es waren alles tragische Geschichten."

„Und … hatten diese tragischen Geschichten sonst noch irgendetwas gemeinsam?"

Ich denke nach. Nein, keine weiteren Gemeinsamkeiten.

Ist es denn nicht ausreichend, dass sie alle tragisch sind?

„Hatten sie irgend*jemanden* gemeinsam?", betont der Papst.

„Mich?", frage ich.

„Bingo!", schreit er begeistert.

„Ich habe ihnen allen zugehört."

„Uuuuh, so nah dran und dann doch wieder so deutlich dran vorbei. Schau hin. Schau doch bitte noch einmal ganz genau hin."

Ich stehe auf dem Hocker.

Wage es nicht, mich zu bewegen.

Ich sollte die Schlinge über meinen Kopf ziehen.

Es ist gefährlich, mit einem Strick um den Hals auf einem Hocker mitten in der Garage zu stehen. Lebensgefährlich.

Aber wahrscheinlich soll es genau das sein.

Lebensgefährlich.

Vielleicht habe ich meinen ganzen Mut gebraucht, um diesen Strick zu knoten, ihn über den Balken zu werfen, auf den Hocker zu steigen und den Kopf durch die Schlinge zu stecken. Ich sollte diesen Mut nicht einfach in die Tonne treten, nur um zu überleben. Es könnte nämlich sein, dass ich genau das nicht will. Überleben.

Ich sehe mich in der Garage um.

Links neben der Tür, die von der Garage ins Haus führt, hängt ein weiterer Strick.

Nein, kein weiterer Strick.

Es ist eine Leine.

Eine Hundeleine.

„Ein Hundeleine“, sage ich laut.

„Eine Hundeleine!“, wiederholt er enthusiastisch. „Hattest du denn ein süßes, flauschiges Hündchen?“

„Nein, hatte ich nicht … obwohl doch. Warte … ich hatte mal einen Hund. Aber das ist wirklich ewig her. Und irgendwann ist dann Christian mit dieser Leine aufgetaucht. Weil er gehofft hat, ich möchte wieder einen haben. Einen Hund. Weil er gehofft hat, es würde mir helfen. Aber ich wollte nicht. Und es hätte nicht geholfen.“

Auf mein bereitwillig dargebotenes Scheitern steigt er nicht ein, dafür zeigt er großes Interesse am eigentlich längst vergessenen Vierbeiner.

„Wann hattest du einen Hund?“

„Ich war jung. Viel zu jung, um jetzt noch daran zu denken. Warum sollte ich mich auch daran erinnern wollen? Es war eine grauenvolle Zeit. Ich war auf der Flucht. Das kannst du dir nicht ausdenken. Ich ließ alles zurück, bis auf ein altes Auto und eben meinen kleinen Hund. Ohne ihn hätte ich nicht gehen können. *Er* hätte dem Hund …“

Meine Stimme bricht.

Meine Kehle schnürt sich zu.

Falls ich noch nicht träume, werde ich dennoch gleich sterben.

Genau jetzt.

Und es ist besser, wenn ich sterbe, denn dann muss ich nicht nachdenken. Doch ich sterbe nicht und es ist auch zu spät, denn ich muss gar nicht mehr nachdenken.

Ich erinnere mich.

Schlimmer.

Ich weiß es bereits.

„*Wer* hätte dem Hund *was* angetan?“, fragt der Papst.

„Er hätte den Hund getötet. Er hätte mir den Hund weggenommen und er hätte den Hund getötet, um mich zu quälen.“

„Aber er hat den Hund nicht getötet, weil …“

„… weil ich es getan habe.“

„Sag es“, verlangt der Papst, aber seine Stimme ist nicht fordernd. Sie ist nachdrücklich, aber sanft und voller Mitgefühl.

„Ich bin Mariem“, sage ich. „Als junge Frau floh ich von zu Hause, weil mein Verlobter mich misshandelte. Ich hätte unsere Ehe nicht überlebt. Ich musste fliehen. Zuerst war ich in Chicago, aber dort konnte ich nicht bleiben und ich zog weiter. In Kanada begann ich ein neues Leben. Ich hatte sogar Freunde. Zumindest gab es da diesen einen Freund. Doch dann fand mich mein Verlobter. Ich tötete meinen Hund, weil ich dachte, dass wir so sicher wären. Mein Hund und ich."

„Du hast deinen Hund ...?", setzt der Papst an.

„Ich habe ihn nur getötet, er hat nicht gelitten", unterbreche ich ihn.

„Aber wieso bist du nicht früher fortgegangen? Warum hast du so lange gewartet?", will er wissen. „Hast du denn nichts unternommen?"

„Das habe ich."

„Und was?"

„Mein Vater hatte diese Autowerkstatt. Im Süden war das ein großes Ding. Wer eine gut laufende Werkstatt hatte, der hatte ausgesorgt. Ich wollte diese Werkstatt unbedingt von ihm übernehmen, weil ich wusste, dass ich dann frei wäre. Unabhängig und selbstbestimmt. Aber er hätte nie auch nur eine Sekunde daran gedacht, mir seinen Betrieb zu überlassen. Das war ein Männerberuf und ich war nur ein Mädchen. Und außerdem war da mein Bruder und der war viel besser dafür geeignet, das zu bekommen, wonach ich mich sehnte. Das zu bekommen, was mir mein Leben gerettet hätte."

„Sag mir deinen Namen. Sag mir, was du getan hast!"

„Ich bin Djuna und ich habe meinem Vater erzählt, dass mein Bruder homosexuell ist, weil ich gewusst habe, dass im Süden eine Frau nicht viel zählt, aber ein Homosexueller gleich noch viel weniger."

„Wir wissen, wie diese Geschichte ausgegangen ist."

„Ja, das tun wir. Mein Bruder floh von zu Hause. Niemand fand jemals heraus, wohin er gegangen war. Auch ich nicht. Auch viele Jahre später nicht. Er war weg, wie ein Goldfisch, den man die Toilette hinuntergespült hatte."

„Ein Goldfisch?!"

„Meine Großmutter hat mir immer erzählt, die Goldfische würden in der Kanalisation weiterleben."

„Dann ist dein Bruder Anuk?"

„Er ist Anuk, aber ich bin es ebenfalls. Ich ging zweimal in meinem Leben von zu Hause fort, wandte mich zweimal von meiner Familie ab. Einmal als junge Frau, die alles zu verlieren hatte, einmal als erwachsener Mensch, dem gar nichts mehr geblieben war. Aber weißt du, was das Schlimmste ist? Wie Anuk machte ich mir bis zuletzt vor, dass ich meine Familie nicht für ihre Taten bestrafen, sondern sie nur vor mir beschützen wollte. Vor meinem Leben, das schon so viele andere Leben zerstört hatte."

„Welches andere Leben?"

„Weißt du noch, dass ich dir gesagt habe, dass ich meinen Hund getötet habe, weil ich dachte, dass wir so beide sicher wären? Mein Hund und ich?"

„Ob ich noch weiß, was du mir vor zwei Minuten erzählt hast?"

„Sehr lustig. Aber du weißt noch nicht, dass ich mich geirrt habe."

„Das wundert mich nicht. Wir irren uns alle."

„Mein Irrtum war fatal. Ich war nicht sicher. Niemand war sicher. Ich hatte meinen Hund getötet und mein Verlobter tauchte dennoch auf. Weil ihm jemand erzählt hatte, dass ich an diesem Abend die Spätschicht hätte, ging er in den Supermarkt und knallte mich einfach von hinten ab. Zumindest war das seine Absicht. In Wahrheit erwischte es Carl. Er spürte nichts. Er war sofort tot. Aber ich hatte es gewusst. Ich hatte gewusst, dass mein Verlobter kommen würde. Ich hätte den Menschen warnen müssen, der mein Freund gewesen war. Ich hätte Carl warnen müssen, stattdessen ließ ich ihn sterben."

Ich warte darauf, dass der Papst kommentiert, was ich eben gesagt habe, aber er schweigt. Der Morgen graut. Ein sanftes Rosa durchdringt die blaue Nacht. Ich erblicke die ersten Fledermäuse, die zur Höhle zurückkehren, und beginne wieder zu weinen.

„Ich bin Sebana“, sage ich. „Im Nebenzimmer wurde meine beste Freundin erschossen. Nur war ich nicht wirklich im Zimmer nebenan und es war auch nicht meine beste Freundin, sondern mein bester Freund. Und der war danach tatsächlich tot.“

„Der Teufel steckt im Detail.“

„Nach Carls Tod war ich krank vor Sorge. Nicht, dass ich wirklich in Gefahr gewesen wäre. Die eintreffenden Beamten hatten Richard verhaftet und kurz darauf hatte ihn ein Typ im Gefängnis abgestochen. Aber meine Angst war unkontrollierbar. Ich floh abermals, fuhr den Lake Superior entlang weiter nach Westen. Ich mietete ein schäbiges Haus am Rande von Terrace Bay. Das soll eine bezaubernde kleine Stadt sein. Dazu kann ich nichts sagen. Ich verließ meine Wohnung über drei Monate lang nicht. Die Einkäufe bekam ich alle drei Wochen vor die Tür geliefert. Ich verkroch mich in dieser Wohnung wie in einem Bunker … und ich sprach mit Carl. Andauernd. Ich spürte, dass er bei mir war. Und weißt du was, die meiste Zeit über genoss ich seine Gesellschaft.“

„Und dann hast du ihn gefressen“, sagt der Papst.

Wir lachen.

Wir lachen unser herzhaftes Blau in das sanfte Rosa eines sanften Morgens hinaus.

Weil ich ihn nicht gefressen habe und weil es alles andere als lustig ist. Ich habe mir Carls Schicksal einverleibt, seinen Tod verdaut und nie wieder an ihn oder meine Schuld gedacht. Zumindest nicht an diese Schuld.

„Du bist Mateo?", reißt mich der Papst aus meinen Gedanken.

„Ja, der bin ich ebenfalls. Aber zuerst bin ich Claudia. Christian und ich, wir hatten eine kleine Tochter. Eine kleine Tochter namens Milly. Nach Millys Geburt litt ich an Depressionen. Meine alte Welt und meine alten Ängste hatten mich eingeholt. Ich ging an meine Grenzen, um mich wieder zu spüren, hatte bedeutungslose Affären. Unzählige. Christian vergab mir nicht einfach nur, er verstand meinen Schmerz und mein Handeln. Er wollte mir helfen, aber er drang nicht zu mir durch. Und dann tauchte diese Frau auf. Sie zeigte mir einen neuen Weg. Einen neuen Weg raus aus meinen Schmerzen und meiner Vergangenheit."

„Einen Weg zu Gott?"

„Einen Weg zu Gott, ja. Und ich fand zu mir. Ließ das Schlechte zurück. Liebte Christian und Milly und lebte endlich mein Leben."

„Mit Gott?"

„Ja, mit Gott!"

„Ich wollte nur sichergehen."

„Das hätte ich auch tun sollen. Sichergehen. Denn Milly wurde krank. Und meine Freunde in der Gruppe beschworen mich, ich sollte auf Gott vertrauen. Und ich sollte zu Gott beten, denn Gott würde mich hören und er würde Milly helfen. Und warum hätte ich zweifeln sollen? Gott hatte mir doch schon geholfen. Christian hasste mich. Er wollte nicht glauben, nicht so bedingungslos und tief wie ich."

„Er hat sie zu einem Arzt gebracht. Er hat es nicht länger mit ansehen können, wie sein Kind leidet, während seine Frau betet."

„Es gibt kein … *länger* mit ansehen. Es waren keine Wochen oder Monate. Es waren bloß wenige Tage. Und am

Ende war es eine Stunde zu wenig. Als Christian mit Milly ins Krankenhaus fuhr, war es zu spät."

„Milly ist gestorben."

„Noch am selben Abend. Und sie war nicht beinah drei Jahre alt. Drei Monate. Es waren beinah drei Monate."

Der Schmerz sitzt so tief, in meiner Erinnerung sind aus den drei Monaten drei Jahre geworden und selbst das ist viel zu wenig. Keine drei Leben würden ausreichen, um diese Schuld zu tilgen.

„Kannst du die Fledermäuse sehen?", fragt der Papst.

„Deshalb bin ich hier", antworte ich und füge aber gleich darauf hinzu, „ich habe gedacht, ich wäre deshalb hier."

Aber natürlich kann ich sie sehen, die Fledermäuse.

Und ich würde nichts lieber sehen als nur das. Nur die Fledermäuse.

Dennoch sehe ich so viel mehr.

„Und nun, nun bin ich Mateo. Nach Millys Tod begann ich zu trinken. Nicht nur einen über den Durst. Es war ein Trinken bis zur Selbstaufgabe. Eine Sucht."

„Eine Sucht wie die Karten."

„Eine Sucht, die alles auf eine Karte setzte. An einem Montagvormittag, natürlich bereits betrunken, rammte ich einen jungen Mann auf einem Fahrrad. Ich hielt nicht an. Ich fuhr einfach weiter. Aber ich musste herausfinden, wer er war. Ich musste wissen, ob er überlebt hatte. Er hatte überlebt. Es wurde zur Obsession. Ich ersetzte den Alkohol durch diese neue Schuld. Ich harrte nächtelang im Krankenhaus aus, bis es der Familie verdächtig vorkam. Es war wohl nachvollziehbar, dass ein gläubiger Mensch wie ich mit ihnen gemeinsam beten wollte, um ihr Kind zu retten. Aber ich war wohl etwas zu gläubig. Man klagte mich nie an. Man konnte mir nichts nachweisen. Aber die

Familie erwirkte ein Kontaktverbot. Ich durfte das Krankenhaus nicht mehr betreten. Das zerstörte mich endgültig. Aber nicht so sehr, wie es Christian zerstörte. Ich hatte ihn mit seinem Schmerz allein gelassen. Ich hatte nicht mit ihm getrauert. Erst war ich in den Alkohol geflohen. Danach in die Schuld. Ich war nicht da. Er war allein mit seiner Höllenqual und er war allein, als er sich das Leben nahm. Vor fünfzehn Jahren."

„Vor fünfzehn Jahren."

„Er hat sich vor fünfzehn Jahren in unserer Garage erhängt."

„In der Garage, in der du gerade stehst."

Ich nicke ...

... und ich lasse meinen Blick durch den Raum schweifen.

Meinen Blick, der sich nun vollkommen an die Finsternis gewöhnt hat. Ich kann alles erkennen. Eigentlich kann ich viel zu viel erkennen.

Ich bin Mariem.

Ich bin Anuk.

Ich bin Sebana.

Ich bin Claudia.

Ich bin Mateo.

Aber ich stehe nicht hier auf diesem Hocker, weil sich die Geschichten dieser Personen in mir vereinen. Ich stehe nicht hier auf diesem Hocker, weil die Summe ihrer Geschichten meine eigene Geschichte ergibt. Ich stehe nicht hier auf diesem Hocker, weil ich nicht mehr damit leben kann. Weder bin ich schockiert, noch bin ich zerstört. Ich habe mich auf die wichtigste Reise von allen begeben. Meine Reise hätte mich zu dir bringen sollen, aber sie hat mich vor allem zu mir selbst gebracht.

Ich erkenne, was ich nicht habe sehen wollen.

Ich akzeptiere, was ich nie wieder ändern kann.

Ich verzeihe mir, weil mir irgendjemand verzeihen muss und mir niemand sonst verzeihen wird.

Das wäre ein guter Zeitpunkt, um das zu tun, worüber ich vorhin nachgedacht habe. Die Schlinge ablegen, vom Hocker steigen und weiterleben.

Leider ist das mit dem Weiterleben nicht so einfach, wenn die Leute wie die Fliegen krepieren. Wenn die Menschen die Augen schließen, einen Blick auf ihren Traum werfen und die Augen nie wieder öffnen. Wenn sogar der Hauch eines Traumes reicht, damit du dein Leben aushauchst.

Ich stehe nicht auf diesem Hocker, weil ich schuldig bin oder Buße tun möchte.

Ich stehe hier, weil ich feig bin.

Weil ich wie die ganzen anderen feigen Selbstmörder den letzten Traum fürchte.

Ich ziehe einen schmerzvollen Tod einem träumenden Tod vor.

Und das endgültige blaue Nichts der ungewissen Ewigkeit.

Die Angst, dass auf mein schreckliches Leben ein schrecklicher Traum folgen könnte, ist zu groß. Und was ist der letzte Traum schon anderes als die Essenz des Lebens?

„Hast du nicht jemanden vergessen?", fragt der Papst.

„Nein", erwidere ich, „das habe ich nicht."

Er mustert mich eingehend, als würde er mir kein Wort glauben, dann steht er auf und ich folge seinem Beispiel. Wir stehen einander schweigend gegenüber. Er klopft Erde von seinem Samtanzug und grinst mich herausfordernd an.

Es ist das Grinsen einer Hyäne und ich kenne es.

Ich erkenne es und es ist mir wohlbekannt."

„Ich bin der Papst", sage ich. „Ich brauche das Leid von Fremden, um mein eigenes Leid zu begreifen. Schlussendlich habe ich begriffen und nun werde ich verzeihen. Ich verzeihe mir."

„Dann weißt du auch, warum ich gehen muss."

„Das weiß ich. Und dennoch finde ich es fast schon schade. Ich hätte es niemals für möglich gehalten, aber es war schön. Am Ende der Geschichte war es schön mit mir."

Der Papst nickt, dreht sich von mir weg und geht auf die Absperrung zu.

„Warte. Eines noch!", rufe ich ihm hinterher.

Er bleibt stehen.

Sein grüner – grün, nicht blau – Samtanzug schimmert im rosaroten Licht der Morgendämmerung, als würden zärtliche, winzige Flammen an ihm lecken.

Dann dreht er sich um.

Nur, dass der Papst nicht mehr der Papst ist.

Du bist es wieder. Du bist es, der zu mir herüberschaut und mich anlächelt. Gleich darauf ist es nur noch ein einziger Schritt, der uns beide voneinander trennt und du breitest deine Arme aus.

Und ich?

Was ist mit mir?

Stehe ich auf dieser Wiese oder stehe ich in meiner Garage auf einem Hocker?

Welche Welt ist meine Welt? Welche Wirklichkeit die wirkliche?

Wiese oder Garage?

Vielleicht kenne ich die Antwort nicht, weil das *du* entscheiden musst.

Ja, du! Ganz genau du. Nicht über die Schulter schauen, ich meine tatsächlich dich. Und das, obwohl du dich beinah nicht angesprochen gefühlt hättest, weil es seltsam ist, dass ich dich direkt anspreche. Aber sag mir, was ist schon normal?

Wiese oder Garage?

Der Papst oder Christian?

Du ganz allein triffst die Entscheidung.

Du entscheidest es für mich. Du entscheidest es für dich.

Heute.

Morgen.

An jedem einzelnen weiteren Tag.

Und auch dann, wenn es schließlich so weit ist.

Wiese oder Garage?

Ich weiß nur, dass ich jetzt den letzten Schritt machen werde.

DIE AUTORIN

In der Nähe von Wien wohnt Faye Hell (Schriftstellerin, Filmhistorikerin und freie Journalistin) in einem Haus zwischen Wald und Friedhof. Die Katzenfanatikerin beschäftigt sich bevorzugt mit den düsteren Gefilden von Kunst, Kultur und Gesellschaft und ist immer auf der Suche nach Werken, die sie herausfordern und vielleicht sogar ein kleines bisschen quälen.
Ihre Diplomarbeit hat sie im Fachbereich Cultural Studies (Schwerpunkt Film) zum Thema "Serienmörder im Film und ihre historischen Vorbilder" geschrieben.
In ihrer schriftstellerischen Arbeit verbindet sie subtiles Grauen mit expliziter Gewalt und Obszönität.
Ihr Debütroman „Keine Menschenseele" wurde 2016 mit dem Deutschen Phantastik-Preis ausgezeichnet. Ihr Roman „Rigor Mortis" erhielt 2018 den Vincent Preis.
Ein Leben ohne Horror ist für Faye undenkbar.

Weitere Informationen: www.fayehell.com

CONTENT NOTES

INHALTSHINWEISE

- Schlafmangel/-entzug
- Krankheit
- Tod
- Körperflüssigkeiten
- Einsamkeit/Isolation
- Depression
- Schusswaffengebrauch
- (Serien)mord
- Drogen, Alkohol (erwähnt)
- Prostitution (erwähnt)
- Suizid
- Vergewaltigung/Übergriffe auf Minderjährige
- Tierquälerei/Tod eines Haustiers
- Häusliche Gewalt
- Flucht
- Wohnungslosigkeit
- Bodyshaming
- Queerfeindlichkeit
- Schwangerschaftsabbruch/Fehlgeburt
- Folter
- Verbrennungen
- School shooting
- Kannibalismus
- Nekrophilie
- BDSM/Kink